Daniela Wiedmer • Der Fotes Hof

Daniela Wiedmer

Der Fotes Hof

Bibliographische Information der Deutschen Nationalbibliothek: Die Deutsche Nationalbibliothek verzeichnet diese Publikation in der Deutschen Nationalbibliographie; detaillierte bibliographische Daten sind im Internet über www.dnb.de abrufbar.

© 2016 Daniela Wiedmer
Fotos: Privatbestand
Herstellung und Verlag:
BoD - Books on Demand, Norderstedt

ISBN: 978-3-8423-3804-3

Gewidmet Elvira

Vorwort

Sehr geehrte Leserin, sehr geehrter Leser,

ich danke Ihnen für den Kauf dieses Buches! Es ist inzwischen mein Drittes und auch wenn Vi sagt, dass Schreiben nur brotlose Kunst ist und ich damit zweifelsohne nicht viel Erfolg haben werde, will ich es dennoch versuchen. Denn einen Versuch ist alles im Leben wert! Außerdem ginge es ohne das Schreiben gar nicht. Seit ich den Frauen begegnet bin, habe ich genügend Inspiration und ein Leben ohne Schreiben wäre wie ein Leben ohne ein Herz oder eine Seele. An die ich fest glaube.

Ich will Sie aber nicht mit einem langen Vorwort und meinen Überzeugungen quälen. Ich möchte Sie nur auf ein paar grundlegende Aspekte dieses Buches hinweisen.

Um diesen dritten Teil zu verstehen, ist es angeraten, dass Sie wenigstens den zweiten Teil gelesen haben, denn dieser wird auf den folgenden Seiten gewissermaßen fortgesetzt. Ohne das Vorwissen des zweiten Teils könnte es Ihnen schwer fallen, die Zusammenhänge zu verstehen. Vi kennt den zweiten Teil und war schon manchmal verwirrt. Aber sie wird auch älter –

Es handelt sich nicht direkt um einen historischen Roman. Ich möchte nicht, dass Sie enttäuscht sind, weil es großer Unsinn ist, was ich hier geschrieben habe, nur weil einige zeitliche Details nicht passen. Ich weise Sie daher darauf hin, dass meine Bildung nicht sehr ausgereift ist, ich mich aber nach bestem Wissen und Gewissen bemüht habe, Ihnen alle Umstände wahrheitsgemäß wiederzugeben. Einige Wörter habe ich in Kursiv verfasst. Zu ihnen gibt es Anmerkungen am Ende des Buches, die mein Verleger, Herr André Setz – dem an dieser Stelle recht herzlich gedankt sein soll –, hinzugefügt hat.

Lassen Sie mich nun nur noch sagen, dass ich Ihnen Freude mit diesem Buch wünsche. Es ist gewissermaßen die Biographie einer Familie. Einer ungewöhnlichen Familie. Gehen Sie ein Stück mit uns, ganz gleich wie weit. Der erste Schritt ist schon getan, wenn Sie dieses

Buch in den Händen halten. Machen Sie einen weiteren und folgen Sie uns in die Gewölbe des Vogtshofes!

Ihre Jona Bote

Ein kühler Empfang

Das linke Bein nachziehend, stieg sie aus dem Zug und betrat nach einer Fahrt von etwa zwanzig Kilometern Görlitzer Boden. Ein kalter Wind zog durch den Bahnhof und ließ sie erschaudern. Normalerweise litt sie nur selten unter der Kälte. Sie achtete darauf, sich stets warme Unterwäsche anzuziehen. Als sie an diesem Morgen in Seidenberg in den Zug gestiegen war, war sie jedoch der irrigen Annahme gewesen, in dem ratternden Waggon wäre es warm. Stattdessen war es noch kälter gewesen, als die Außentemperatur erahnen ließ, und mit der Zeit waren ihre Füße eisig und klamm geworden. Sie hätte sich eben doch ihr zweites Paar Socken in die Tasche und nicht in den Koffer packen sollen, der so groß war, dass er ihr weit über die Hüfte reichte.

Es war ein altmodisches Ding, das seine besten Tage vor Jahrzehnten gesehen hatte. Das Leder war an vielen Stellen gerissen und spröde. Drei breite Riemen verschlossen das antike Stück, das schon ihrer Urgroßmutter gehört hatte. In Seidenberg hatte es jahrelang im Keller ihrer Wohnung gelegen. Der Keller war nichts weiter als ein Verschlag, in den nicht nur Regenwasser, sondern auch Ratten ohne Mühe eindringen konnten. Als sie den Koffer vor drei Tagen aus dem Loch geholt hatte, war er feucht gewesen und hatte modrig gerochen. Noch dazu war ihr eine wütende Rattenmutter entgegengesprungen, die eben dabei gewesen war, ein gemütliches Nest für ihre verfressene Brut zu schaffen. Da sie jedes noch so kleine Lebewesen schätzte, hatte sie darauf verzichtet, die werdende Mutter mit einem Fußtritt an die gemauerte Wand zu befördern. Das hieß aber noch lange nicht, dass sie ihren Koffer zur Aufzucht ihrer Jungen bereitstellte.

Jetzt lagerten in diesem Stück ihre einzigen Besitztümer. Mehrere Paar warmer Socken, Unterwäsche aus kratziger Wolle, ein paar feinere Blusen, die noch aus dem Kleiderschrank ihrer Mutter stammten, einige Röcke und die Unterlagen, die sie für ihren Neubeginn in Görlitz benötigen würde. Sie war keine feine Dame, aber sie hatte alles, was sie wirklich brauchte.

„Na, was wird'n das, junge Frau? Wollen Se sich nich' mal 'nen Stück verrücken, damit der Rest auch noch aussteigen kann? Oder ham Se vor, Wurzeln auszuschlagen?"

Sie erkannte die Stimme hinter ihr. Der Herr war mit ihr in Seidenberg in den Zug gestiegen. Obwohl ihre Gemeinde kaum mehr als tausend Einwohner umfasste, war er ihr zuvor nie aufgefallen. Was ihr als Glücksfall erschien. Er war in eine zerrissene Jacke gekleidet und die Hose reichte bis zu den Knien, wo sie auf schmutzige Strümpfe stieß. Bei sich trug er nur ein Bündel. Der Mann war ein Vagabund und sie konnte sich vorstellen, woher das Geld stammte, mit dem er die Zugfahrt bezahlt hatte. Am Bahnsteig hatte er versucht, ein Gespräch mit ihr zu beginnen. Sie hatte es vermieden, sich auf eine Konversation einzulassen. Zwar konnte sie sonst die Klappe nicht halten und kam gerne in Kontakt mit anderen Menschen, aber schon ihre Großmutter hatte ihr geraten, um solche Streuner einen weiten Bogen zu machen. Besonders um die, die den Mund weit aufrissen und nur übel riechende Luft ausstießen.

„Das habe ich tatsächlich vor, der Herr. Sie werden es nicht glauben, ich dachte mir, just hier auf diesem Gleis, meine Äste in den Himmel zu strecken und ein paar Vögelchen anzulocken", gab sie ihm als Antwort und der Gesichtsausdruck des Mannes war so herrlich, dass er die Kälte aus ihren Gliedern vertrieb und sie dazu bewog, ein Stück zur Seite zu treten. Das Raunen des Mannes, das daraufhin folgte, ignorierte sie. Ihr Bein verhinderte, dass sie ihm folgen und ihm noch ein paar gut gemeinte Ratschläge mit auf den Weg geben konnte. Ein dummer Unfall mit einem überladenen Regal im Lager ihrer alten Wirtschaft hatte es zerschmettert. Es war allein ihrem damaligen Arzt zu verdanken, dass sie es ihr nicht einfach abgenommen hatten. Trotzdem würde es nie mehr werden. Doch an den andauernden Schmerz hatte sie sich längst gewöhnt. Das einzige Problem war, dass sie nach einer längeren Sitzpause ein paar Minuten brauchte, bis es ihrem Willen gehorchte.

So blieb ihr Zeit, sich den Bahnhof ihrer neuen Heimat zu betrachten. Es war kaum ein Jahrzehnt her, dass er umgebaut worden war, um der stetig steigenden Nutzung der Gleise und der Gebäude Rechnung zu tragen. Über die meisten Gleise waren Wellblechdächer gebaut, um die Wartenden vor Regen und Schneefall zu schützen. Auch jetzt erfüllten sie ihre Aufgabe hervorragend. Allein auf ihren Kopf, der sich unter einem Schild mit der Aufschrift Gleis 3 befand, fielen Tropfen. Sie vermochten es jedoch nicht, ihre dicke und feste Winterjacke zu durchdringen. Die Strecken nach Seidenberg und nach Zittau waren erst im vergangenen Jahr eingerichtet worden. Vielleicht würden auch sie im Sommer eine Haube erhalten.

Sie trat mit dem linken Fuß auf und stellte zu ihrer Freude fest, dass ihr Bein gehorsam war. Langsam, den Koffer hinter sich her schleifend, ging sie das Gleis entlang. Sie betrachtete den gewaltigen Gebäudekomplex, der in den letzten Jahren entstanden war. Allein die beiden achteckigen Türme waren beeindruckend. Noch vor einigen Jahren hatte der Haupteingang zwischen ihren Füßen gelegen. Mittlerweile war er verschlossen und an die Nordseite des Bahnhofs verlegt worden. Das änderte aber nichts am imposanten Äußeren der Türme. Sie erinnerte sich an die Vorempfangshalle an der Südseite, durch die sie das letzte Mal den Bahnhof verlassen hatte. Das war gute drei Monate her, aber sie sah die zahlreichen Wappen, die die Wände schmückten, noch vor sich. Allerdings musste sie zugeben, dass die vielen Treppen im Bahnhof für ihr steifes Bein kein wirkliches Vergnügen waren. Sie führten in den Personentunnel, der die Süd- und Nordseite miteinander verband.

Dieses Mal würde sie den Bahnhof jedoch nicht allein verlassen. Sie hatte sich mit ihrer Begleitung in der Empfangshalle am Haupteingang verabredet. In ihr schlummerte die kleine Hoffnung, dass sich die Möglichkeit ergeben würde, das Bahnhofsrestaurant aufzusuchen. Sie hatte eine Leidenschaft für die hervorragende Rinderroulade entwickelt. Es gab sie nur an Freitagen. Einem glücklichen Umstand war es zu verdanken, dass ihre Ankunft auf eben einen solchen gefallen war. Noch verführerischer war lediglich die Aussicht auf den Nachtisch. Sie hatte noch nie so delikate Mohnklöße gegessen. Dafür wäre sie sogar bereit gewesen, all ihre Socken herzugeben. Was ein geringes Opfer war. Sie war eine ganz ausgezeichnete Strickerin und hatte neben den wenigen Habseligkeiten in ihrem Koffer mehrere Knäuel Wolle verstaut. Die Socken wären also leicht zu ersetzen gewesen.

Doch zunächst musste sie ihre Begleitung finden. Der Personentunnel war überfüllt und eine ältere, hinkende Dame war den meisten Menschen nur im Weg. Sie war noch dazu recht klein und kompakt geraten. Aber wer meinte, sie einfach anrempeln zu können, wurde schnell eines Besseren belehrt. Eine Maren Schultz rannte niemand einfach über den Haufen. Sie war so standfest wie eine leicht schwankende deutsche Eiche im Sturm. Dennoch ärgerte sie sich oft darüber, dass sie bisher auf jegliche Gehhilfe in Form eines wehrhaften Stockes verzichtet hatte. Es wäre ihr von Vorteil gewesen. So aber kam sie eben nur langsam voran und hatte dafür Zeit, die Städter zu beobachten.

Sie war auf dem Dorf groß geworden und Seidenberg war ihr wie eine Großstadt erschienen, als sie zwanzig Jahre zuvor dorthin gezogen war. Görlitz mit seinen knapp fünfzigtausend Einwohnern hätte sie erschlagen, wenn sie ein sensiblerer Charakter gewesen wäre. Zum Glück hatte der liebe Gott sie mit einer kräftigen Portion Selbstbewusstsein und Elan ausgestattet. In ihren Augen beides wichtige Eigenschaften, um sich durchsetzen zu können. Diesen Charakterzügen war es zu verdanken, dass sie diesen irrwitzigen Plan gefasst hatte. In Görlitz auf ihre alten Tage noch ein neues Geschäft aufbauen! Wer hätte das schon gewagt? Ihre alte Wirtschaft in Seidenberg war bis zuletzt gut gelaufen, aber am Ende hatte sie der ewige Tratsch genervt. Er lief notwendigerweise seine Runden, wenn es sonst nichts zu erleben gab. Noch dazu hatte sie bemerkt, dass sie in den vergangenen beiden Jahren auf mehr Beerdigungen gewesen war als auf Geburtstagen. Eine ernüchternde und zugleich beängstigende Erkenntnis. Sie stand immerhin selbst kurz vor der Fünfzig. Allerdings fühlte sie sich keineswegs so, als läge die Hälfte von ihr schon drei Meter tief unter der Grasnarbe.

Doch als sie nun durch die Menge ging, kamen ihr doch leise – und durchaus leicht zu überhörende – Zweifel. War ihr Vorhaben wirklich so klug gewesen? Wie weit konnte es eine einfache Frau wie sie in einer florierenden Stadt bringen? Es reichte, einen Blick auf die gut gekleideten Herrschaften zu werfen, um zu wissen, dass sie nicht zu ihnen gehörte. Die Männer trugen gerade geschnittene Hosen in verschiedenen Streifenmustern und darüber elegante Gehpelze. Bei den

Damen waren trotz der dicken Wintermäntel die durch Korsetts in Form gebrachten Dekolletés zu erkennen. Auf den Köpfen ruhten Kapotthüte. Sie waren zum Teil jedoch so fest unter dem Kinn geschnürt, dass Maren den Eindruck gewann, die Hüte dienten nicht nur als Schmuck. Es sah eher aus, als sollten sie diverse Schönheitsfehler retuschieren, die durch übermäßiges Essen herbeigeführt worden waren. Aber zwischen die offensichtlich wohlhabenden Städter mischten sich auch Männer und Frauen, die einfach gekleidet waren wie sie. Ihre Jacken, Hosen und Schuhe sahen abgetragen aus. Sie schlenderten nicht betont langsam, um Aufmerksamkeit zu erhaschen. Das waren ihre zukünftigen Kunden.

Als sie die Empfangshalle erreichte, waren nicht nur alle Zweifel weggeblasen, sondern ihr wehte auch der Duft einer vorzüglichen Rinderroulade entgegen. Obwohl ihre Nase sie gerne sofort zur Quelle dieser Labsal geführt hätte, blieb sie mitten im Weg stehen. Sie ignorierte die aufgebrachten Worte zweier hübscher Damen und reckte den Hals, um nach ihrer Begleitung Ausschau zu halten. Es war ein wahres Ärgernis, dass sie so klein geraten war und durch ihr kaputtes Bein zudem noch ein wenig gekrümmter erschien. Zusehends gewann sie den Eindruck, sie habe das gewisse Alter überschritten, ab dem man begann, zu schrumpfen. Zum Glück waren ihre Augen so hervorragend, dass sie die geringe Größe wettzumachen vermochten. An einem Blumenstand entdeckte sie diejenige, nach der sie Ausschau gehalten hatte.

Sie war ein hübsches Ding, kaum über die Dreißig, dunkles, langes Haar, helle Haut. Es war unverständlich, wieso ihr Mann sie mit dem gemeinsamen Sohn allein gelassen hatte. Die meisten Frauen, ganz gleich ob im Korsett oder in einfacher Bekleidung, waren weit entfernt von der natürlichen Schönheit, die ihre junge Begleiterin ausstrahlte. An ihrer Hand hing der Sohn, von dem sie ihr drei Monate zuvor berichtet hatte. Er hatte das gute Aussehen der Mutter geerbt. Die Augen lagen tief und blickten traurig in die Welt. Auf den ersten Blick ließ sich keine Behinderung an ihm ausmachen, doch war sie wohl der Grund dafür, dass sich der Vater davon gemacht hatte. Maren beobachtete sie eine Weile, doch die Zwei standen nur da, redeten nicht miteinander und wirkten in all dem Getümmel und Leben der

Empfangshalle wie starre Puppen in einem Modegeschäft. Sie hatte die junge Frau zum Glück schon ganz anders erlebt. Anderenfalls hätte sie ihr nicht die gesamte Organisation und den Aufbau der neuen Wirtschaft überlassen. Aber hier zeigte sich einmal mehr, dass Oberflächlichkeiten doch keinerlei Bewandtnis hatten.

„Einen wunderschönen guten Tag, Helene!", begrüßte Maren sie in voller Lautstärke und schlang ihren Arm um den Hals der jungen Frau, die nur wenige Zentimeter größer war als sie. Dann packte sie den Jungen bei den Schultern und drückte auch ihn fest an sich. Sein Kopf versank in ihrem weichen Bauch und anders als andere Kinder wehrte er sich nicht gegen die heftige Umarmung. Als sie ihn wieder los ließ, zeigte sich gar ein schüchternes Lächeln in seinem Gesicht. Seine Mutter jedoch war kurz erschrocken und lief rot an, bevor sie sich fasste.

„Das wünsche ich Ihnen auch, Frau Schultz." Ihre Stimme war sanft, aber Maren glaubte, dass die leisen Töne durchaus Schärfe und Durchsetzungsvermögen mit sich tragen konnten, wenn Helene nur wollte. Es wäre ihr sonst wohl kaum möglich gewesen, ein Geschäft zu erwerben und auszustatten. Und das innerhalb von drei Monaten!

„Maren, meine Liebe. Das hatte ich doch schon in meinem letzten Brief geschrieben. Wir sind doch gewissermaßen Geschäftspartnerinnen, da braucht es keine Höflichkeit. Wir werden ohnehin oft genug aneinander geraten und es streitet und verträgt sich einfacher mit einem Du."

„Wie du möchtest", sagte Helene und das zarte, angedeutete Lächeln, das sich zeigte, war wohl auch an den Sohn vererbt. „Hattest du eine angenehme Zugfahrt?"

„Ich will mich nicht beklagen. Die Sitzbank war hart, das Abteil war kalt und die Mitreisenden rochen übel, aber ich bin angekommen und solange ich mein Ziel erreicht habe, gibt es keinen Grund zur Beschwerde. Doch ich muss ehrlich zugeben, dass ich dies alles nur ertragen habe, weil mich die Aussicht auf die Rinderroulade im Bahnhofsrestaurant gelockt hat. Ich kann nur hoffen, dass ihr noch nicht gegessen habt."

Es war nicht ihre Art, abzuwarten, ob jemand ihr Angebot annahm. Darum marschierte sie hinkend auf den Eingang zu, vor dem eine an der Wand angebrachte Tafel die Rinderroulade und die Mohnklöße verkündete. Sie erkämpfte drei Plätze im Bereich der Theke und scheuchte Helenes Jungen auf den Stuhl zwischen sie beide. Dort war er vor den herumlaufenden Kellnern und stolzierenden Herren mit ihren brennenden Zigaretten sicher. Sie bestellte drei Rinderrouladen, drei Portionen Mohnklöße und reichlich Limonade, bevor sie die Hände auf dem Bauch faltete und zur Ruhe kam.

„Ich muss sagen, es geht hier doch ein wenig hektischer zu als in Seidenberg, aber ich fühle mich so wohl, als hätte ich schon mein ganzes Leben hier verbracht", sagte sie schließlich und meinte es so. Nach der anfänglichen Unsicherheit zwischen den städtischen Herrschaften breitete sich in ihr ein Bild ihrer nahen Zukunft aus und das flotte Treiben der Stadt nahm sie mit sich. Sicher würde es auch hier Tratsch geben und die Beerdigungen würden nicht weniger werden, doch es stand nicht zu befürchten, dass Langeweile aufkommen würde.

„Dabei ist es zur Zeit durch die anhaltende Kälte noch recht ruhig auf den Straßen. Warte nur den Sommer ab. Ich habe schon darüber nachgedacht, ob wir in den warmen Monaten einen Straßenstand eröffnen. Der Laden wird schnell zu klein sein, um sowohl die Görlitzer als auch Besucher der Stadt zu versorgen."

„Du gehst demnach davon aus, dass unser Geschäft florieren und wachsen wird?"

„Wenn ich nicht davon ausginge, Maren, hätte ich dir nicht geholfen, die Räumlichkeiten zu suchen und die Einrichtung zu übernehmen. Du weißt, dass auch für mich vieles vom Gelingen deines Unternehmens abhängt."

„Unseres Unternehmens. Und ich schätze deine Einstellung sehr. Hast du in Erfahrung bringen können, ob es möglich wäre, die oberen Räumlichkeiten zu erwerben, um dort Wohnungen oder Zimmer für Übernachtungsgäste einzurichten?"

„Der Besitzer zögert noch, aber ich denke, wenn wir ihm ein attraktives Angebot machen, hätte er nichts dagegen einzuwenden. Zumal es sich bei den Mietern um zwei arme, familienlose Männer handelt, deren Zahlungen oft unsicher sind."

„Ach, das ist doch ganz hervorragend! Sie können ruhig wohnen bleiben. Glaub mir, meine Liebe, hast du einmal einen Gast im Haus, folgen schnell die anderen. Und solange die Herrschaften sauber und anständig sind, spricht nichts dagegen, wenn wir ihnen ihre Wohnungen lassen."

Helene deutete ein Nicken an und Maren durchschaute die Absicht, die sich hinter ihren Worten verborgen gehalten hatte. Für eine Frau, die zwei schwer arbeitende, aber dennoch arme Männer einfach vor die Tür setzte, um ihren Profit zu machen, hätte sie wohl kaum gearbeitet. Sie war eben ein ganz und gar anständiges Mädchen, das nur einen Fehler hatte – sie war zu misstrauisch.

„Ich hätte auch nichts dagegen, wenn du mit deinem Sohn eine der Wohnungen kostenfrei nutzen würdest. Alleinstehende Männer im Haus könnten Aufsehen erregen, aber wenn da ein Kind herumläuft, glauben alle, das Haus sei familienfreundlich und vernünftig." In Wirklichkeit ging es ihr nicht um den Ruf ihrer Wirtschaft oder der Wohnungen, die sie zu erstehen gedachte. Sie wusste, dass Helene die Monate nur mühselig überstand und ihren mageren Sohn gerade so am Leben erhalten konnte. Seit der Vater die Familie verlassen hatte und Helene wegen der Behinderung ihres Sohnes nicht arbeiten gehen konnte, stand es schlecht um sie.

„Es wäre eine Erleichterung", antwortete Helene leise, denn es fiel ihr schwer, Gefälligkeiten anzunehmen. Sie schämte sich für ihre unverschuldete Situation, war sie doch recht gebildet und hatte noch vor der Geburt ihres Kindes als Sekretärin und Krankenschwester gearbeitet. „Wir mussten heute Vormittag wieder vor unserem Vermieter flüchten."

„Ach Gott, mein Kind, wieso schreibst du mir nicht? Ich hätte dir die Miete bezahlt. Du hast soviel in den letzten drei Monaten getan und organisiert. Ich bin dir dankbar und dir zugleich etwas schuldig. Wir kriegen den Besitzer des Hauses schon rum, lass das nur meine Sorge sein, und dann zieht ihr beide über der Wirtschaft ein. Das kann auch für mich nur Vorteile mit sich bringen, so bist du stets erreichbar." Sie versuchte, ihren Gewinn aus der Sache zu betonen, um es nicht als mitleidigen Akt wirken zu lassen. „Und gleichzeitig kannst du auf deinen Sohnemann Acht geben. Was hat denn der kleine Kerl eigentlich? Sagtest du mir nicht, dass er behindert sei? Er macht auf mich einen recht wachen, wenn auch etwas schmächtigen Eindruck."

Just, da sie seine zarten Ärmchen erwähnte, kam der Kellner mit drei dampfenden Tellern Rinderroulade an. Maren konnte ihr Glück schon kaum fassen, aber dem Jungen gingen bei soviel Fleisch die Augen über. Dennoch griff er nicht eilig nach seinem Besteck, sondern sah erst seine Mutter an, die ihm liebevoll zunickte. Geschickt zerlegte er daraufhin das Essen und vertilgte die Roulade schneller, als Maren ihm dabei zusehen konnte.

„Er ist nicht dumm, aber leider versteht er nicht ein Wort von dem, was ich zu ihm sage. Der Arzt sagt, sein Gehörgang ist verwachsen. Das hat er schon seit seiner Geburt. Es ist schwer, ihm Dinge verständlich zu machen. Außerdem kann er nicht sprechen, nicht sagen, wenn ihm etwas fehlt. Am Anfang, als er kleiner war, ist das nicht besonders aufgefallen, aber dieses Jahr hätte er in die Schule gehen müssen. Nur würde er ohnehin nicht begreifen, was an der Tafel vor sich geht. Darum wurde er von der Schulpflicht ausgenommen, aber ich versuche, ihn zuhause zu unterrichten und ihm das Lesen und Rechnen beizubringen. Zahlen mag er gern, aber das Schreiben gelingt ihm nicht."

„So so, darum kannst du auch nicht arbeiten gehen", sagte Maren, nachdem sie einen letzten Bissen Roulade hinuntergeschluckt hatte. „Aber der Junge gefällt mir. Eine Leidenschaft für Zahlen und schweigsam. Bring ihn unbedingt mit in den Laden. Ich denke, er kann uns da gut zur Hand gehen und dabei alles Wichtige lernen."

Als die Mohnklöße serviert wurden, waren sie längst in ihre Gespräche über das Geschäft verwickelt. Sie bemerkten den Mann mit dem Bündel nicht, der am Restaurant vorbeilief und die Empfangshalle des Bahnhofs verließ. Der aufwendig gestaltete Bahnhofsvorplatz kümmerte ihn nicht. Er wich behände einer vorbeifahrenden Kutsche aus und folgte dem Schienenlauf der Eisenbahn in Richtung Kohlfurt bis zum Neißeviadukt. Er war mit keinem bestimmten Ziel nach Görlitz gekommen. Er hatte nur versucht der Polizeigewalt Seidenbergs zu entkommen, die nach ihm suchte, weil er zwei Nächte zuvor die alte Schachtel Jackisch ausgeraubt hatte. Unglücklicherweise war sie zu früh nach Hause gekommen und hatte ihn überrascht. Obwohl der Schlag mit dem Totschläger einem Ochsen den Schädel gebrochen hätte, hatte die Alte überlebt. Sie musste den Bullen gesagt haben, wer sie ausgeraubt hatte.

Jetzt stand er hier in der Kälte des Januars und überlegte, wie es für ihn weitergehen sollte. Da wurde er auf die Mühle aufmerksam, die trotz des leicht gefrorenen Wassers arbeitete. Gebrüder Schreiber prangte als Aufschrift am Haupttrakt des stattlichen Gebäudes. Er zögerte nicht lange. Besser für kurze Zeit einer anstrengenden und ehrlichen Arbeit nachgehen, als jämmerlich zu erfrieren. Doch als er eben den Entschluss gefasst hatte, wurde er einer älteren Dame gewahr, die auf einem Krückstock den Uferweg entlangschlich. Bei sich hatte sie ein Stofftäschchen, in dem es verdächtig klimperte.

Er strich sich mit dem Finger unter der Nase entlang, wie er es immer tat, wenn sein Gewissen mit seinem verkommenen Wesen kämpfte. Dann beschloss er, dass harte Arbeit nichts für ihn war, zog den Totschläger aus seiner Hosentasche und wollte sich daran machen, der alten Frau zu folgen. Doch ein Schlag streckte ihn nieder. Er schlug mit dem Gesicht auf den Boden und war einen Moment lang nur erfüllt von Schmerz. Er hatte das Gefühl, sein Rückgrat sei gebrochen. Jemand schob einen Fuß unter seinen Bauch und rollte ihn auf den Rücken. Über ihm hob sich ein Schatten vom grauer und dunkler werdenden Himmel ab. Alles, was er danach noch vernahm, war das keckernde Lachen einer Frau.

David

Der Prediger verschwand nach ein paar Tagen, die sie gemeinsam in der kleinen, dunklen Zelle verbrachten. Er wurde geholt und mit ihm der Kerzenstummel, der ihnen für kurze Zeit am Tag Licht spendete. Danach herrschte Finsternis. Er hörte keine Schreie, er vernahm keine Stimmen, er sah keinen Schimmer, der durch den Türschlitz drang. Er glaubte, sie hätten ihn vergessen, aber er konnte sich gut an die Drohung erinnern, die sein alter Lehrer ausgesprochen hatte. Er würde diesen Ort nicht lebend verlassen. Wenn er nicht durch Folter starb, so starb er an dem Irrsinn, der sich in seinen Verstand schlich, je länger die Stunden in seinem Verlies wurden.

Er versuchte die Tage zu zählen, die er in der Zelle verbrachte, doch ihm fehlten die Sonnenaufgänge, die Glockenschläge der Peters- und der Dreifaltigkeitskirche oder das Klappern und Rattern der Kutschen am Morgen vor seinem Fenster, um sich zu orientieren. Er schlief, wenn die Dunkelheit zu übermächtig wurde, und wachte auf, ohne zu wissen, wie viele Stunden vergangen waren. Nur allmählich ging ihm auf, dass auch dies eine Form von Folter war. Er ließ ihn in der Nacht zurück und enthielt ihm die Wohltat des Tages. Er glaubte, er werde den Verstand verlieren. Würde nur noch wie der Prediger wirres Zeug von sich geben, Zitate aus der Bibel, dem Werk Gottes, an das David nicht glauben konnte.

Als er begriff, dass dies die Strafe für seine Untaten war, akzeptierte er sein Schicksal. Er nahm die Vorstellung an, dass er sterben würde und dass Gott ihn zuvor für seine Sünden büßen ließ. So hatte es doch der Prediger gesagt, dass es nicht in seinen Händen lag, Rache zu üben, sondern dass die Bestrafung allein dem Herrn vorbehalten war. Er aber hatte sich aufgeschwungen, seine Brüder zu erwecken, und das Unrecht, das ihnen widerfahren war, durch den Tod ihres Peinigers auszugleichen. Doch in der Einsamkeit begriff er, dass Nathanael Wassers Tod keinen Unterschied machte. Er wog den Verlust nicht auf, den er als Kind erfahren hatte. Er wog all die schmerzhaften Stunden nicht auf, in denen er seine Brüder zu Grabe getragen hatte. Zu jenem Grabe, das er ihnen oft selbst schaufeln musste.

Zu seiner Überraschung stellte er nach einer Weile jedoch fest, dass es eben diese Erinnerungen waren, die bald anfingen, sein Gemüt aufzuheitern. Die Toten wurden lebendig und mit ihnen all die wundervollen Stunden, die er mit ihnen verbracht hatte. Er konnte das lebhafte und seltene Lachen des Dunklen hören, wenn sie des Tages gedachten, an dem sie die älteren Jungen gemeinsam vertrieben hatten. Er spürte Augusts Arme um seinen Körper, die ihn in den ersten Monaten hielten, nachdem er seine Familie und seine Heimat verloren hatte. Er gedachte Fedors weichem Blick, der noch immer alle verbliebene Freude in ihm zum Schwingen brachte.

Schließlich, als er eben von Kasimirs erstem großen Fischfang an der Neiße geträumt hatte, wachte er auf und legte jenen Augenblick als Anfang seiner Zeitrechnung fest. Er stand auf und tastete sich an den Wänden seiner Zelle entlang. Er wusste, dass der Ort, an dem er gesessen hatte, der Tür genau gegenüberlag. Daran konnte er sich orientieren. Er streifte einmal jede Ecke seines Gefängnisses und als er an seinem Ausgangspunkt angelangt war, sprach er in die Dunkelheit: „Eins."

Seine eigene Stimme zu hören, trieb ihm die Tränen in die Augen. Es war, als spräche ein Fremder mit ihm. Sie klang rau und heiser, als habe er den Tag zuvor den kräftigen Schnäpsen, die im Klosterstübl ausgeteilt wurden, zu entschieden zugesprochen. Doch gleichzeitig erfreuten sich seine Ohren an dem Ton. Er war nicht mehr von nichts umgeben. Dort, wo er war, gab es Wände, die er fühlen, und Töne, die er wahrnehmen konnte. Selbst seine Lippen spürte er zum ersten Mal seit – er stutzte. Seine Lippen waren spröde geworden, aber er verspürte keinen Durst. Auch sein Magen schmerzte nicht, wie es nach Tagen ohne Essen der Fall gewesen wäre. Wie lange war er wirklich schon in dieser Zelle gefangen? Trog ihn seine Wahrnehmung so sehr, dass er ein paar Stunden oder einen Tag mit Wochen verwechselte? Aber das war unmöglich. Der Prediger, die Stunden voller Schlaf, waren das nur Minuten gewesen?

Er ließ sich an der Wand hinabgleiten, an der er eben noch hoffnungsvoll seine eigene Stimme gehört hatte, und begann an seinem Verstand zu zweifeln. Die zuvor verspürte Freude wich purer Angst, schon nach so kurzer Zeit, dem Wunsch seines Lehrers nachzukommen und an der Dunkelheit zu zerbrechen. War das alles noch real? War er vorhanden? Gab es ihn noch oder war dies die Hölle, die Gott für ihn bereithielt? War er blind gewesen und hatte die Bedürfnisse anderer hinter die seinen gestellt, sich aufgeschwungen zu einem Racheengel? Wurde er darum mit Finsternis und Einsamkeit gepeinigt? War sein Lehrer nur das Abbild des Teufels?

Oder fehlten ihm gar Erinnerungen? Löschten die unregelmäßigen Schlafphasen sein Gedächtnis, so dass er vergessen hatte, wann man ihm Wasser und Nahrung gebracht hatte? Wurde er versorgt, ohne es zu wissen?

„Er hat dich da, wo er dich haben will. Und ich muss sagen, dass es nicht sehr lange gedauert hat. Du bist so eine Lusche! Aber das warst du schon immer. Das wusste ich vom ersten Tag an, als du zu uns gekommen bist."

„Anton?" Hatte er sich die Stimme seines Bruders nur eingebildet? War der Rothaarige gar nicht wirklich da? Er war doch gestorben. Oder etwa nicht? Doch, er konnte sich noch sehr deutlich daran erinnern, wie sie alle seinen Kopf in das fließende Wasser der Neiße gesteckt hatten, um seine roten Haare rein zu waschen. Er wusste noch, wie sie alle zu Mördern geworden waren. Das würde er nicht vergessen und es würde nie nur eine Halluzination sein, ganz gleich wie lange die Dunkelheit noch anhielt. Das war seine Realität.

„Du hast mich noch nicht vergessen. Ich darf mich wohl geehrt fühlen."

„Anton, wo bist du?"

Eine Hand berührte seinen Arm. Die Finger waren zu kurz, um zu einem Erwachsenen zu gehören. Anton war wirklich bei ihm. Das Kind mit den roten Haaren, der Knabe, der als Erstes die Gerechtigkeit des Direktors erfahren hatte, war bei ihm. Er legte seine Hand auf die knöchernen Überreste seines Bruders. Sie waren nie Freunde geworden, doch wenngleich Anton ein schlechtes Wesen in sich trug und sie alle hatte verraten wollen, so war und blieb er doch sein Bruder. Einer der Menschen, die ihn nach dem Tod seiner Familie begleiteten, ihm einen Halt gaben.

„Du weißt, was er mit dir vorhat, habe ich Recht?"

„Ja, er will, dass ich verrückt werde, bevor er anfängt, mich zu foltern. Er will, dass ich schreie, dass ich flehe, wie er es sich früher schon gewünscht hat."

„Und dabei hat er es immer so ausgelegt, als wäre er ein guter Mensch, ein Wissenschaftler, der den Schmerz nur zu ärztlichen Zwecken erforsche. Aber das sagen diese Heuchler alle. Du darfst ihm nur nicht den Gefallen tun."

„Aber was soll ich machen? Ich werde verrückt."

Anton strich ihm über die Wange. Es fühlte sich kühl an und er schloss die Augen. Er war müde, obwohl er kurz zuvor doch erst geschlafen und von Kasimir geträumt hatte. Oder war auch das nur ein Traum gewesen? Hatte er in Wirklichkeit nicht geschlafen? Oder war es schon wieder Stunden her? Nein, er verspürte immer noch keinen Hunger. Aber was war, wenn sein Magen und seine Kehle ihn ebenso betrogen?

„Er wird dich nicht ewig hier lassen, glaub mir. Er wird kommen, weil er nach dir sehen muss. Er wird dich nicht sterben lassen. Er wird dir Wasser und Nahrung bringen und daran musst du dich orientieren. Vielleicht macht er es nicht regelmäßig, um dich zu irritieren, aber er wird kommen. Und wenn er begreift, dass du dich nicht von der Dunkelheit schrecken lässt, wird er es beenden. Du musst nur durchhalten."

„Bleibst du solange bei mir?"

„Ich sag doch, dass du eine Lusche bist! Was denkst du denn, warum ich gekommen bin? Um dir ein paar schlaue Worte zu sagen und dann einfach wieder zu verschwinden? Wie stellst du dir das überhaupt vor? Wie soll ich denn aus der Zelle raus kommen?"

Sie lachten gemeinsam und seine Kehle freute sich über die Bewegung und die Erleichterung von dem angesammelten Schleim, den er wie am Morgen abhustete.

„Erzähl mir, was nach meinem Tod passiert ist. Das hält dich wach und du kommst nicht durcheinander."

Er fand es befremdlich, dass Anton von seinem Tod sprach, aber er begann zu erzählen und es half ihm, nicht andauernd einzuschlafen und die Orientierung zu verlieren. Manchmal forderte ihn Anton auf, eine Runde durch seine Zelle zu laufen, um die Bewegung seiner Beine und seiner Arme zu spüren. Es tat ihm gut und linderte die Müdigkeit.

Als die Schritte auf dem Gang vor seiner Zellentür zu hören waren und Licht durch den Türschlitz drang, war er hellwach und klar bei Verstand. Die knöchernen Kinderfinger lagen nicht mehr in seiner Hand, doch dass Anton bei ihm war, dessen war er sich so sicher wie seiner eigenen Existenz.

Herbstgefühle
Sonntagmorgen, 19. März 1876

Vi rieb sich die Augen. Ein Schleier lag über ihren Pupillen und erschwerte ihr das Sehen. Ausnahmsweise lag dies nicht an ihrem fortgeschrittenen Alter, sondern an der langen Nacht, die hinter ihr lag. Vor einigen Tagen war sie im Fundus eines alten Professors auf ein durch Feuer stark beschädigtes Buch gestoßen, das sich vorwiegend mit der Entwicklung des Tuchmachergewerbes in Görlitz beschäftigte. Es war eine interessante Abhandlung mit eigenen neuen Aspekten, die Vi noch nicht geläufig waren. Es hätte ihr bei bestimmten Abnehmern gutes Geld bringen können. Doch der Einband und die Titelei waren durch die Flammen weitestgehend zerstört worden. Abgesehen von einer inneren Ecke des Frontispizes, einem Kupferstich, konnte sie nichts mehr erkennen geschweige denn lesen. Weder Titel noch Autor waren zu erforschen. Auch die Handschrift, der Stil, des Autors war ihr fremd. Darum hatte sie am gestrigen Abend sämtliche Chroniken, Abhandlungen und Aufzeichnungen über Görlitz durchforstet, die sie in ihren Regalen lagerte und die möglicherweise Hinweise auf jenen Titel beinhalten konnten. Doch über diese beschwerliche und mühselige Arbeit war sie eingeschlafen und mit Druckerschwärze im Gesicht und rötlichen Falten auf den Wangen aufgewacht.

In jenen Fällen half für gewöhnlich nur ein guter Kaffee. Keine Woche zuvor war Adelias und Pirmins Tochter auf die Welt gekommen. Vi wollte an jenem Tag nur Schrauben bei Kolonialwarenhändler Wercher am Obermarkt besorgen, doch stattdessen hatte er ihr zur Feier des Tages auch noch ein Päckchen mit frisch gemahlenem Kaffee in die Hand gedrückt. Alles ohne Bezahlung. Allein der Duft hatte sie um den Verstand gebracht. Doch anscheinend nicht nur sie. Als sie an diesem Morgen ihren Schrank geöffnet hatte, war ihr ein kleines Tier entgegengeflogen. Was sie zunächst für eine Fruchtfliege hielt, entpuppte sich schnell als Angehöriger einer schwer zu beseitigenden Familie von Mitessern – Lebensmittelmotten. Als sie das aufgeregte Wuseln im Kaffee bemerkte, wurde ihr klar, dass sie die Nüsse vom alten Professor nicht hätte mitnehmen sollen. So hatte sie sich das Ungeziefer eingeschleppt und nicht nur ihren Kaffee ruiniert. Sie musste alle ihre Vorräte entsorgen und den Küchenschrank schrubben, bevor sie einkaufen ging.

Aber als hätte das einfach nicht gereicht, um ihr den Sonntagmorgen zu vergällen, war auch noch ein Stück Wand im Treppenhaus herausgebrochen und krachend auf der Treppe gelandet. Sie war so erschrocken, dass sie den Kaffee hatte fallen lassen, so dass sich auf ihrem Küchenboden jetzt gemahlene Kaffeebohnenüberreste und krabbelnde Mottenbrut tummelten. Schuld an dem wahrscheinlich nicht letzten Desaster des Tages waren Ievas und Ewas Einfälle. Das Treppenhaus sah aus, als hätte jemand mit Kanonenkugeln die Wände beschossen. Zwischen größeren Einschlaglöchern verliefen schmale Kanäle. Ieva stand auf dem letzten Absatz vor Vis Wohnung und schüttelte den Kopf, um die Überreste des Putzes aus ihren Haaren zu entfernen.

„Kannst du mir verraten, was ihr hier vorhabt?", fragte Vi ungläubig und strich mit der Hand über den noch intakten Bereich der Wand, den sie bereits zerstört vor sich sah. Natürlich wusste sie, was Ieva und Ewa planten. Es ging um den Einbau elektrischer Leitungen, um das gesamte Haus mit Strom zu versorgen. Als sie es ihnen vor ein paar Wochen gestattet hatte, war sie wohl betrunken oder kreislaufschwach gewesen. Anders konnte sie sich nicht erklären, warum sie diese Katastrophe nicht vorausgeahnt hatte.

„Wir verlegen die Leitungen. Tut mir leid. Ist ganz schön viel Dreck, aber wir räumen das nachher auf. Ver-sprochen. Wir verputzen auch die Wände, selbst wenn ich sagen muss, dass sie nicht viel taugen. Ständig brechen uns ganze Bereiche raus."

Das war Vi auch schon aufgefallen, aber sie bezweifelte, dass die Wände daran Schuld waren. Mit zunehmend hämmernden Kopfschmerzen ging sie weiter nach oben, um dem Lärm zu entgehen, den Ieva und Ewa mit ihren Spitzhacken anrichteten. Sie klopfte an die Tür des Dachbodens und öffnete, ohne auf eine Antwort zu warten. Jona würde wohl kaum in einer intimen Situation anzutreffen sein. Das war sie auch tatsächlich nicht. Sie war überhaupt nicht anzutreffen.

„Ach, stimmt ja", nuschelte Vi und betrachtete den über und über mit Ruß versehenen Dachboden. Vor gut zwei Monaten hatte Ieva Jona einen kleinen Ofen gebaut, damit sie den kalten Winter überstehen konnte. Der Ofen war beweglich und leicht auf den Dachboden zu transportieren gewesen. Das alleine hätte Vi schon zu denken geben müssen, aber anscheinend ließ ihr Urteilsvermögen stetig nach. Etwa acht Nächte lang funktionierte der Ofen beinahe einwandfrei. Es gab nur einen Haken an der Sache, den sich Ieva nicht überlegt hatte. Der Ofen war nicht mit dem Schornstein verbunden, anderenfalls wäre er auch nicht beweglich gewesen. Dadurch drang der Rauch in den Raum und Jona musste danach die Dachbodenluken aufreissen, um nicht zu ersticken, was die Wärmewirkung des Ofens natürlich nichtig werden ließ. Nur hatte sich das dumme Kind nicht getraut, Ieva zu sagen, dass ihre Erfindung sozusagen ein Schuss in den Ofen war. In der neunten Nacht gab es eine solche Explosion, dass Vi glaubte, sie werde nur noch Fetzen von Jona vorfinden, als sie die Treppen zum Dachboden hinaufstürmte. Aber der Ofen schien nicht explodiert, sondern implodiert zu sein. Überall lagen Trümmerstücke und an den Wänden, dem Fußboden und an Jona klebten die Innereien – Unmengen von Ruß. Seitdem schlief Jona bei Oda und versuchte mühselig, ihren Dachboden wieder bewohnbar zu machen. Als Vi nun ihren Blick so schweifen ließ, dachte sie bei sich, dass Jona nach zwei Monaten recht wenig geschafft hatte. Ihr kamen Zweifel, ob ihre ewigen Seufzer, die sie wegen des Dachbodens von sich gab, ernst gemeint waren. Oder ob sie es nicht viel mehr genoss, in Odas warmer Küche zu schlafen und sich von ihr bewirten und verhätscheln zu lassen.

Sie trabte hinunter zu Odas Wohnung und öffnete die Tür, dieses Mal ohne anzuklopfen. Auch Oda würde sie wohl kaum in einer prekären Situation antreffen. In diesem Hause gab es nur zwei Frauen, die ihr Leben mit einem Mann teilten. Ieva aber stand im Treppenhaus und war zu beschäftigt, um über intime Szenen mit Erich nachzudenken, und Sabin war mit ihrem Max vor drei Tagen nach Ostritz aufgebrochen, um dort im Kloster Nachforschungen anzustellen. Sie würde erst am Abend zurückkehren. Oda traf sich wohl regelmäßig mit dem Sohn dieses Verlegers, der im letzten Jahr verstorben war, aber den hielt sie weitestgehend von ihnen fern.

Als sie in die Wohnung trat, hörte sie schon das vertraute, laute Lachen aus der Küche. Obwohl der Morgen sehr bescheiden begonnen hatte, fiel es ihr schwer, nicht zu lächeln. Während Pauls Verschwinden war dieses Haus ein trauriger Ort geworden, doch nun, beinahe drei Monate nach seiner Rückkehr, hatte sich Oda gefangen und war wieder der herzliche und warme Mensch, den sie im letzten Jahr besser kennengelernt hatte.

Ein Jahr. Sie konnte gar nicht glauben, dass es schon wieder solange her war, seit sie Jona im Hof des Rathauses begegnet war, seit sie die Sagenmorde aufgeklärt hatten und seit sie zusammengezogen waren. Die Erinnerungen standen ihr noch so lebhaft vor Augen, dass sie des Nachts manchmal aufschreckte und glaubte, sie befände sich immer noch im brennenden Keller des Krankenhauses. Auch Jonas Narben im Gesicht gemahnten sie noch des Tages, an dem sie so leichtsinnig gewesen waren, ohne Polizei einem Mörder zu folgen.

An diesem Morgen leuchteten sie rot und verunzierten das überraschend jugendliche Gesicht. Aber das hielt Jona nicht davon ab, sich einen Löffel Haferbrei nach dem anderen in den Mund zu schieben. Die sorgfältig geschälte Orangenhälfte, die Oda ihr reichte, gleich hinterher. Trotz all der Katastrophen an diesem Morgen fühlte sich Vi mit einem Schlag wohl, wenigstens für ein paar Sekunden. Denn nichts und niemand konnte Ieva und Ewa von dem Einbau der Stromleitungen abhalten, kein Unheil konnte Jonas Appetit stillen und es gab nur wenige Dinge auf der Welt, die Odas Lachen zum Verstummen brachten. Solange das so blieb, würde sie stets trotz Kaffeemotten und Kopfschmerzen, in der Lage sein, sich Augenaufschläge lang zu freuen.

„Jona, Abmarsch!", rief sie, drehte sich um und verschwand aus Odas Wohnung. Glück war ja ganz schön, aber man musste es auch nicht übertreiben. Sie brauchte jetzt erst einmal frische Luft und vor allem brauchte sie Geld, um sich etwas beim Bäcker zu essen zu kaufen. Als sie an der Haustür ankam, krachte etwas gegen ihren Rücken und murmelte mit vollem Mund: „Schuldigung!"

Und nun stand sie hier, auf dem Obermarkt, und kämpfte mit der verschleierten Sicht und den Auswirkungen der Nacht und des Morgens. Sie wartete darauf, dass Jona das Geld finden würde, das sie brauchte, um sich beim Bäcker zwei Brötchen zu kaufen. Während sie zwinkerte, betrachtete sie die umliegenden Häuser, insofern sie zu sehen waren, denn der Platz war mit Hütten und Buden zugebaut. Vor zwei Tagen waren die ersten Händler zum Frühlingsfest, dem sogenannten Fastenfest, gekommen. Oda war fassungslos über soviel Frevel, angesichts der Fastenzeit ein solches Volksfest zu feiern, bei dem nicht nur Obst, Fleisch und Gebrauchswaren unter die Menschen gebracht wurden, sondern vor allem Alkohol und Süßigkeiten. Vi, die ihren Glauben eher im Stillen mit sich trug und von alten Gebräuchen nicht viel hielt, freute sich auf den Beginn des einwöchigen Festes. Er war auf den heutigen Nachmittag gelegt worden. Zudem kamen viele Händler in die Stadt, die sonst nur in Dresden oder in Breslau zu finden waren. Das war auch ein Grund, warum sie das Buch über die Tuchmacher schnellstmöglich verkaufen wollte.

Die umliegenden Häuser strahlten den Reichtum aus, den die Hütten an Waren versprachen. Sie entdeckte das Haus der Werchers, dessen Dachbodenluken wie einäugige Zyklopen auf den Platz starrten. Dort, wo noch vor zwanzig Jahren das Salzhaus gestanden hatte, war eine Art Bühne aufgebaut worden. Für Unterhaltung wurde also auch gesorgt. Dahinter erkannte sie das weiße Gebäude des Bestatters am Platze. Kaum zu glauben, dass nur ein paar Häuser entfernt ein Hotel untergebracht war. Und zwischen den beiden lag versteckt jener Ort, unter dem man vor einem Jahr die Leiche des Ratsarchivarus gefunden hatte.

Zwischen den Buden huschte Jona hin und her und suchte den Boden ab. Ihre Augen waren besser als Vis und sie war näher an der Erde gebaut. Dennoch machte sich Vi nicht allzu viel Hoffnung. Da das Fest noch nicht begonnen hatte, waren noch nicht genug Betrunkene unterwegs, die ihr Geld verlieren konnten. Es war auch nicht so, dass sie keines mehr gehabt hätte, aber sie wollte ihre Reserven nicht für ein paar Brötchen hergeben. Jona war im Geldauffinden sehr geschickt. Ein paar Pfennige würde sie schon auftreiben.

„Guten Morgen, Frau Sperber!"

Vi fuhr zusammen, als eine dunkle Stimme sie grüßte. Ihr war eben eingefallen, wie sie herausfinden konnte, von wem das Buch über die Tuchmacher stammte. Doch als sie ihren Namen hörte, vergaß sie es wieder. Ihre Freude darüber Herrn Traub zu sehen, hielt sich darum in Grenzen, obwohl sie ihn in den letzten Monaten der gemeinsamen Nachbarschaft gern gewonnen hatte.

„Herr Traub, erschrecken Sie mich nicht so! Es ist früh am Morgen, nehmen Sie Rücksicht!"

Traub lachte und entschuldigte sich mit einer angedeuteten Verbeugung. Während der Zeit von Pauls Verschwinden war er sehr besorgt um sie und Oda gewesen. Als ausgebildeter Arzt hatte er mit Vi gar darüber gesprochen, Oda für eine Weile in die Nervenheilanstalt zu bringen, was ihre Sympathien für ihn jedoch hatte erkalten lassen. Trotzdem rechnete sie ihm hoch an, dass er sich als Fremder, vor allem als fremder Mann, um alleinstehende Frauen sorgte und dabei augenscheinlich keine Hintergedanken verfolgte.

„Es war nicht meine Absicht, Sie zu erschrecken. Ich habe mich nur gefragt, was Sie an einem Sonntagmorgen allein hier treiben. Das Fest hat noch nicht begonnen und –"

Da wurde er Jonas gewahr und er konnte leicht erraten, was sie dort, mit der Nase auf dem Pflaster, trieb. Sein Blick wurde besorgt und mitleidig, aber Vi winkte sofort ab, um nicht zu riskieren, dass er ihr sogleich ein paar Münzen zustecken würde. Den Versuch hatte er schon öfter unternommen und auch das hatte ihm keine Punkte eingebracht.

„Es ist mir ein wenig peinlich, Herr Traub, aber ich bin gestern im Dunkeln über den Platz gelaufen, bin gestolpert und habe dabei meine Brille verloren. Jona ist zum Glück so klein, dass ihre Nase direkt über den Pflastersteinen schwebt. Es dürfte ihr unmöglich sein, die Brille nicht zu finden."

„Sie tragen eine Brille?"

„Zum Lesen, ja. Ich halte mich zwar für gut in Schuss, aber meine Augen zeigen mir doch deutlich, dass das Alter auch vor so gesunden Frauen wie mir keinen Halt macht."

Sie war sich nicht sicher, ob er ihr glaubte, aber seinen Geldbeutel holte er nicht hervor. Gemeinsam standen sie eine Weile schweigend da und beobachteten Jona, die systematisch Reihe für Reihe ablief, immer wieder zwischen den Buden auftauchte und hinter der nächsten Hütte verschwand.

„Wie geht es Ihnen?", fragte Herr Traub schließlich und Vi, so gern sie seine Gesellschaft auch mochte, hätte sich gewünscht, er wäre einfach gegangen. Wenn Jona nun eine Mark oder ein paar Pfennige fand und damit zu ihr kam, würde das sehr peinlich werden.

„Recht gut, vielen Dank. Wie steht es im Zuchthaus?"

„Betrüblich. Die grauen Wintertage sorgen stets für Auseinandersetzungen. Einige unserer Insassen werden gemütsschwer oder, was sehr viel schlimmer ist, aggressiv. Ich kann nur hoffen, dass die Sonne und die Wärme sich bald durchsetzen."

Vi kannte diese beschwerenden Gefühle nur zu gut. Sie waren stärker geworden im letzten Jahr, seit sie auch an Hitzewallungen litt. Sie kamen immer in Situationen, in denen sie sie am wenigsten gebrauchen konnte. Auch ihre Stimmung litt darunter, denn sie hüpfte auf und nieder und eine Erklärung dafür konnte sie nicht finden. Anfänglich hatte sie angenommen, es läge daran, dass sie mit Herrn Traub zum ersten Mal wieder einen Mann kennengelernt hatte, dessen Gesellschaft sie genoss. Aber Oda beschrieb den unangenehmen Umstand auf ihre sehr liebevolle Art. Sie sagte, es läge wohl weniger an Frühlingsgefühlen, als vielmehr daran, dass Vi sich inzwischen im Herbst ihres Lebens befand.

„Wir sehen uns zum Gottesdienst?", fragte da Herr Traub und entriss Vi die trübseligen Gedanken. Eigentlich hatte sie nicht vorgehabt, die Kirche aufzusuchen, aber sie nickte und verabschiedete sich von dem Arzt. Würde sie sich eben Oda anschließen und den Gottesdienst besuchen. Schaden konnte es wohl nicht.

In dem Moment krachte es hinter einer der Hütten und sie hörte einen so lauten und unflätigen Fluch, dass sie regelrecht stolz wurde. Sie hatte Jona gut erzogen. Dann aber brach Gejammer aus und sie eilte zu dem Ort des Lärms, an dem Jona auf dem Boden saß und sich die Hände vors Gesicht hielt. Weinte sie etwa? Vi hockte sich neben sie und nahm ihre Arme weg. Das ganze Gesicht war aufgeschürft.

„Ach herrje, was hast du gemacht?"

„Ich bin über was stolpern tun", flennte sie und wenn sie so in ihre Gossengrammatik verfiel, wusste Vi, dass es ordentlich wehtat und Jona ganz dringend Odas Mütterlichkeit benötigte. Dafür war sie so gar nicht geschaffen. Stattdessen warf sie einen Blick auf das Objekt, das Jona zu Fall gebracht hatte. Es ragte unter einer Plane hervor.

„Scheint, als gäbe es doch schon ein paar Betrunkene", sagte sie und warf die Plane beiseite, um den Trunkenen unsanft zu wecken. Doch was sich ihnen offenbarte, war ein nackter Mann mit aufgerissenen Augen, in denen jedes Leben erloschen war.

„Der ist wohl ziemlich tot", murmelte Vi und hockte sich neben den steifen Körper.

„Ich weiß echt nicht, was Fräulein Hauptmann an so schrumpligen Nüsschen findet."

Vi verfolgte Jonas Blick und hielt ihr dann die Augen zu, bis sie etwas über den Leib des Mannes gedeckt hatte.

„Jona, ehrlich, der Mann ist tot und du sorgst dich nur um Fräulein Hauptmanns Vorlieben!"

„Ja, um den Toten muss ich mich ja nicht mehr sorgen, oder? Ich kann nur echt nicht begreifen, was sie daran findet und warum sie mein hübsches Gesicht verschmäht."

„Ich muss sagen, gerade ist dein Gesicht auch kein hübscherer Anblick als die Lendenregion dieses Mannes!"

„Meinst du, sie mag mich deshalb nicht?"

Jona hockte da, starrte auf den abgedeckten Bereich des toten Mannes und sah mit all den Verletzungen im Gesicht ziemlich kläglich aus. In Vi wurden all die nie richtig erfüllten Muttergefühle wach. Sie konnten nur durch die Kaltblütigkeit, die Jona angesichts des Todes zeigte, zurückgehalten werden.

„Ich glaube, dafür gibt es genügend andere Gründe", erwiderte Vi und als Jona sie schockiert ansah, wusste sie, dass sie sich wieder einmal falsch ausgedrückt hatte. Aber jetzt war auch keine Zeit, um über Frühlingsgefühle zu diskutieren. „Bevor du los flennst, lauf lieber zur Wache und hol die Polizei! Ich glaube kaum, dass der Mann sich freiwillig nackt ausgezogen hat und erfroren ist. Falls er überhaupt an der Kälte gestorben ist."

„Also bei so was würde ich mich auch nicht freiwillig nackt ausziehen!", sagte Jona und deutete auf die abgedeckte Stelle am Körper des Mannes.

„Jona!"

Bevor Vi noch lauter werden konnte, rannte die junge Frau los, um auf die Polizeiwache zu eilen. Vi blieb neben der Leiche hocken. Der Mann sah ungepflegt aus, seine Haare waren lang und struppig und der Bart stand wild vom Gesicht ab. Schmutz klebte an seiner Haut, der älter war als ein paar Stunden. Unter seinen langen Fingernägeln klebte eine schwarze Schicht. Aber sie konnte ihn noch so gründlich untersuchen, eine Verletzung, die seinen Tod herbeigeführt hatte, ließ sich nicht entdecken. Es gab ein paar kleinere Schürfwunden, aber die mochten ohne Bedeutung seien und konnten ihn nicht umgebracht haben. Über den Augäpfeln lag eine spaltförmige, bräunliche Verfärbung, die Vi nicht zuordnen konnte, aber auch sie schien nicht ursächlich für seinen Tod.

Sie musste an die Obdachlosen denken, die im letzten Jahr gestorben waren. Einer von ihnen war brutal zusammengeschlagen worden, aber alle anderen waren in Situationen aufgefunden worden, die einen gewaltsamen Tod nicht notwendigerweise voraussetzten. Ob dieser Mann, der dort vor ihr lag, sich in diese Reihe einfügte? Wegen des Auftauchens der Skelette und Pauls Verschwinden hatten sie sich nicht weiter um die Obdachlosen gekümmert und nach Wassers Tod war Ruhe eingekehrt. Walter hatte sie nie wieder auf die anderen Leichen angesprochen. Aber jetzt kamen ihr das blutige Wasser des Brunnens in der Nähe des Zuchthauses wieder in den Sinn und die Wasserleiche, die sich Gremlich vorgenommen hatte.

Waren das alles nur Unfälle gewesen oder wartete eine neue Aufgabe auf sie?

Pilzbefall
Sonntagvormittag, 19. März 1876

Sie saß auf einem großen, grob behauenen Pflasterstein, der dazu diente, eine der Buden zu stabilisieren. Vor ihr stand Fräulein Hauptmann und fuhr mit einem Wattebausch über ihre aufgerissenen Wangen. Der Bausch war mit einer bräunlichen Flüssigkeit getränkt, die besonders heftig brannte, wenn sie eine der Brandnarben berührte. Odas intensives Salben jeden Abend war schon schmerzhaft genug, jetzt wurde sie auch noch von Fräulein Hauptmann gequält. Ausgerechnet von ihr! Jona versuchte, sie nicht anzusehen, und stattdessen Vi dabei zu beobachten, wie sie um die nackte Leiche herumschlich. Sie konnte spüren, wie sehr es sie danach verlangte, den Körper eingehender zu untersuchen, doch Fräulein Hauptmanns Befehle waren streng und unmissverständlich gewesen. Bis Gremlich auftauchte, blieb die Leiche unberührt.

„Ich bitte Sie, Fräulein Hauptmann, Sie könnten das auch erledigen. Besser noch als Gremlich!", flehte Vi. Wie immer ging es ihr nicht schnell genug. Zwar war einer der Polizisten, die Jona geholt hatte, sofort zu dem Mediziner gelaufen, doch Gremlich saß im Gottesdienst. Er hatte ausrichten lassen, dass eine Leiche ihn nicht in seinem Gebet stören würde. So warteten sie nun schon eine geschlagene halbe Stunde auf ihn und Fräulein Hauptmann weigerte sich, Vis Flehen nachzugeben.

„Darüber gibt es unterschiedliche Ansichten, Frau Sperber. Was aber feststeht, ist, dass Lebende vorgehen. Ich werde zuerst Fräulein Botes Wunden behandeln, bevor ich mir die Leiche ansehe."

„Ach Herrgott, die paar Kratzer!" Vi warf die Arme in die Luft. Ein warmes Lachen drang zu ihnen. In Begleitung eines jüngeren Polizisten beugte sich Walter unter dem Seil hindurch, dass die Absperrung des Fundortes markieren sollte. Jona freute sich, ihn zu sehen. Seit dem vergangenen Herbst betrachtete sie ihn als einen Freund. An diesem Morgen wirkte er trotz des Leichenfundes gelassen, nicht mehr so angespannt wie noch vor einigen Monaten.

„Du kannst es nicht lassen, Vi. Die meisten vernünftigen Menschen sitzen am Sonntagmorgen im Gottesdienst, aber du stolperst über eine Leiche", waren seine Worte, bevor er Vi umarmte. Jona dachte an die Zeit, als sie versteckt in einer Gasse oder hinter einer Mauer so umarmt worden war. Mochte ja sein, dass die beiden versuchten, Freunde zu sein, aber für jeden Außenstehenden war zu erkennen, was sie einander bedeuteten.

„Es tut mir leid, dich enttäuschen zu müssen, Walter, aber Jona ist über die Füße des Mannes gestolpert."

„Das lässt sich unschwer erkennen", antwortete Walter und trat zu ihr, um ihr eine Hand auf die Schulter zu legen. „Das sieht übel aus. Du hast Glück, dass eine fähige Ärztin gleich zur Stelle war."

Jona lächelte und spürte, wie ihr Gesicht zu glühen begann. Zum Glück fiel die Aufregung wegen der Brandnarben nicht auf. Dafür kam Jona eine Frage in den Sinn. Warum war Fräulein Hauptmann eigentlich zum Sonntag nicht in der Kirche? Der Polizist, der ihnen Gremlichs Nachricht überbracht hatte, hatte sie im Krankenhaus vorgefunden. Sie war es auch gewesen, die ihm gesagt hatte, wo er den Arzt finden konnte.

„Das war wirklich Glück. Ich war heute Morgen nur kurz in der Kapelle des Krankenhauses, um zu beten. Eigentlich muss ich bis zum Mittag arbeiten."

„Arbeiten! Meine Sammlung von Exponaten zu sortieren, ist keine Arbeit, sondern ein Privileg!", ertönte da Gremlichs höchst selbstgefällige Stimme, während sich der Mann zwischen zwei eng stehenden Buden hervorquetschte. Er war in einen Übergangsmantel mit Bügelfalten gekleidet und schlecht rasiert. Es war ihm anzusehen, dass er inzwischen ohne Frau lebte. Verblüffend war nur, dass er in die Kirche ging. Hatte er nicht noch vor Wochen hitzige Diskussionen mit Fräulein Hauptmann geführt, in denen er ihren Glauben verspottet hatte? An diesem Morgen aber schien die ganze Welt verdreht.

„Um die Zusammenarbeit mit Ihnen als Privileg zu schätzen, muss man schon tot sein", gab Vi zurück und die nächste Runde ihrer Auseinandersetzungen war eröffnet.

„Oh, Frau Sperber, Sie auch hier! Aber was wundere ich mich? Wenn hier jemand über eine Leiche stolpert, sind es ja meistens Sie." Gremlich zog seinen Mantel aus und reichte ihn dem jüngeren Polizisten, der ihn mit einem irritierten Gesichtsausdruck entgegennahm.

Jona rückte sich auf ihrem Stein zurecht. Sie mochte Gremlichs eigentümliche Art. Er konnte sie zwar nicht ausstehen, weil sie ihm im vergangenen Herbst das Waschbecken ruiniert hatte, aber das störte sie nicht weiter. Sie freute sich jedes Mal auf die verbale Schlacht zwischen ihm und Vi.

„Ich muss Sie enttäuschen, dieses Mal war ich es nicht. Jona hatte das Glück, über die Füße des Mannes zu fallen. Ich stand lediglich daneben."

„Jona? Wer ist denn Jona?"

Vi deutete zu ihr hinüber, aber der Arzt legte nur den Kopf auf die Seite, runzelte die Stirn und machte damit klar, dass ihm das narbenverunzierte und zerkratzte Gesicht nicht bekannt vorkam. Sollte sie sich darüber freuen, weil sie trotz der Narben anscheinend ein Allerweltsgesicht hatte? Oder sollte sie sich gekränkt fühlen, weil sich der Arzt nicht an sie erinnerte, obwohl sie ihm im vergangenen Herbst das Waschbecken ruiniert hatte? Hatte er auch sämtliche Erinnerungen an den brennenden Keller gestrichen?

„Wie dem auch sei. Was haben wir denn hier?"

„Männliche Leiche, etwa fünfunddreißig bis fünfundvierzig Jahre alt. Zwischen einem Meter siebzig und einem Meter achtzig groß. Wurde unter dieser Plane dort aufgefunden. Totenstarre vollständig eingetreten und nicht mehr zu brechen. Vertrocknungen an den Augen, an den Lippen und am Hodensack bestätigen die Vermutung, dass er vor zwölf bis vierzehn Stunden gestorben ist. Geschätzter Todeszeitpunkt zwischen acht und neun Uhr gestern Abend."

Jona blieb nichts anderes übrig als Fräulein Hauptmann ebenso anzustarren wie Gremlich und Vi. Wie war es möglich, dass sie das ohne eine genaue Untersuchung feststellen konnte? Sie selbst hatte doch darauf gedrungen, den Mann nicht anzufassen.

„Fräulein Hauptmann, wie kommen Sie zu diesen Feststellungen?", fragte Walter, der als Einziger anständig war und sie mit einem freundlichen Blick bedachte.

„Die Vertrocknungen beispielsweise an den Augen sind auch von hier aus zu erkennen und während ich Fräulein Bote behandelte, stieß ich mit dem Fuß gegen den Fuß des Toten. Auch deutlicher

Nachdruck vermochte seine Gelenke nicht zu verschieben. Der Rest ist reine Schätzung."

„Dann bin ich ja hier wohl überflüssig", erklärte Gremlich gekränkt und griff schon nach seinem Mantel, aber da wedelte Fräulein Hauptmann aufgeregt mit den Wattebauschen in der Luft herum.

„Aber nein, Herr Doktor! Ich habe doch nur – Es war nur Zufall. Ich –"

„Zufall", murrte der Arzt und hockte sich neben die Leiche. „Zufällig habe ich versucht, die Totenstarre zu brechen, und dabei fiel mir auf, dass sie vollständig eingetreten ist. Diese Jugend! Will uns Alten immer was vormachen. Natürlich nur zufällig!"

Fräulein Hauptmann atmete erleichtert auf und wollte mit der Desinfektion von Jonas Wunden weitermachen, als Gremlich ihren Namen schnauzte und sie auf seine unwiderstehliche Art bat, ihm zur Hand zu gehen. Walter ließ sich neben Jona auf dem Stein nieder und gemeinsam beobachteten sie die Untersuchung der Leiche. Vi lief deutlich erregt neben den beiden Ärzten auf und ab und wartete auf weitere Ergebnisse.

„Das war grad ziemlich eigenartig."

„Du meinst, weil sie auf gar keinen Fall Gremlichs Integrität angreifen wollte?"

„Ich weiß nicht, was Integrität heißt, aber ich schätze, ja."

„Bedenk doch mal. Wenn sie Gremlich immerzu vor den Kopf stößt und ihm in den Rücken fällt und seine Kompetenz in Frage stellt, meinst du, er wird sie dann weiterhin in seiner Nähe dulden?"

„Wahrscheinlich nicht."

„Richtig. Darum versucht sie zwar ihre eigenen Forschungen anzustellen, lässt sich dabei aber nie anmerken, dass sie mehr weiß als Gremlich."

„Aber das war letztes Jahr noch nicht so!"

„Wir alle lernen dazu, Jona. Wir entwickeln Überlebensstrategien. Das dürfte dir sehr bekannt vorkommen."

Jona sah Walter an, der unverwandt die Untersuchung beobachtete. Damals, vor vielen Jahren, als es unter anderem ihm zu verdanken gewesen war, dass sie ins Zuchthaus musste, hatte sie ihn gehasst.

Aber jetzt, da sie ihn kannte, wusste, was für ein intuitiver und warmherziger Mensch er war, empfand sie Zuneigung.

„Wie habt ihr die Leiche überhaupt gefunden?"

„Wie Vi gesagt hat. Ich bin über seine Füße gestolpert. Er lag da neben dem Stapel mit Holzplatten unter einer Plane versteckt. Nur die Füße haben raus geguckt. Und ich hatte meine Augen grad an einer anderen Stelle, bin gestolpert und mit dem Gesicht voll aufs Pflaster geknallt."

Sie seufzte. Es war klar, dass ihr das passieren musste. Die Brandnarben im Gesicht, die Narben von den Schlägen der Marek auf dem Rücken und jetzt auch noch die hässlichen Abschürfungen auf Nase, Wangen und Stirn. Es war wirklich nicht verwunderlich, dass sich Fräulein Hauptmann eher für vertrocknete Hodensäcke interessierte als für sie.

„Und warum wart ihr auf dem Festplatz? Die Eröffnung ist doch erst heute Nachmittag."

„Das darf ich dir nicht sagen, sonst tötet mich Vi, bevor mir Oda eine Zuckerwatte kaufen konnte. Wobei sie das wahrscheinlich eh nicht macht, weil sie das Fastenfest für puren Hohn hält. Falls du heute Abend also eine Meldung über einen gemeinen Dieb hörst, der gebrannte Mandeln, Zuckerwatte oder sonstige Köstlichkeiten auf dem Festplatz gestohlen hat, könntest du mich dann aus der Zelle holen?"

„Ach Jona." Walter legte ihr einen Arm um die Schulter. „Wie wäre es, wenn ich dir stattdessen die Zuckerwatte kaufe?"

„Echt jetzt?" Jonas Augen füllten sich mit Tränen der Freude. Sie hatte in ihrem ganzen Leben noch keine Zuckerwatte gegessen. Sie wusste noch nicht einmal, wie sie schmeckte, ob sie überhaupt schmeckte. Aber das war egal! Immer wenn sie die Kinder mit den bunten Kugeln am Stab über die Feste ziehen sah, wollte sie unbedingt auch probieren.

„Zuckerwatte ist sehr schlecht für die Zähne, Fräulein Bote", sagte da jemand zu ihren Knien. „Essen Sie lieber weiter Haferschleimsuppe, aber ohne viel Zucker."

Woher wusste Fräulein Hauptmann denn von der Haferschleimsuppe und warum hockte sie da vor ihr?

„Und wie sieht es aus?", rief Gremlich vom Kopfende der Leiche.

„Dieselben Stellen, dieselbe Beschaffenheit", rief Fräulein Hauptmann von den Füßen zurück.

„Woher weiß sie, dass ich Haferschleimsuppe gegessen habe?", fragte sich Jona leise.

„Weil dir Reste davon noch an der linken Wange kleben", beantwortete Walter ihre Frage ebenso leise.

„Was?" Jona rieb sich sofort heftig über die Wange, bis Walter zustimmend nickte. „Jetzt verstehe ich, was Vi meinte, als sie gesagt hat, es gibt noch mehr Gründe."

„Gründe wofür?", fragte Walter, aber da erhob sich Gremlich und streckte ächzend seinen zuvor gebeugten Rücken. Er sah müde und noch schlechter gelaunt aus als sonst.

„So, nach eingehender und professioneller Untersuchung –", dabei sah er Fräulein Hauptmann streng an. „Komme ich zu dem Entschluss, dass die bisherigen Schätzungen richtig sind. Totenstarre, Leichenflecken und Vertrocknungen weisen eindeutig darauf hin. Aber er ist nicht hier gestorben. Jemand hat ihn hier abgelegt. Wir haben es also nicht mit einem nackten Irren zu tun, der erfroren ist."

„Woran sehen Sie das?", wollte Vi wissen und trat näher an die Leiche heran, bis Gremlich den Arm ausstreckte, um sie daran zu hindern.

„Es kam zu einer teilweisen Verlagerung der Totenflecken. Sehen Sie? Zuerst hat sich das Blut auf seiner rechten Körperhälfte gestaut. Ich vermute daher, dass er auf der Seite liegend gestorben ist. Aber dann muss ihn jemand verlagert haben, denn nun zeigen sich die Flecken sehr deutlich im Bereich der Lendenregion und des Rückens, abgesehen von den Auflageflächen an der Schulter. Die Verfärbung an der rechten Körperseite ist aber noch deutlich erkennbar. Daher vermute ich, dass der Mann hier nicht länger liegt als ein paar Stunden."

„Sie meinen, er ist erst in den frühen Morgenstunden hierher gebracht worden?"

„Ja, ich vermute vor vier bis fünf Stunden", beantwortete Gremlich Walters Nachfrage, der einen Block aus seiner Manteltasche holte und sich Notizen machte.

„Auffällig ist an den Flecken ausserdem, dass sie nicht diese typische violette Farbe haben", sagte Fräulein Hauptmann und deutete auf die geschwollen aussehenden Bereiche am Rücken. „Sie sind hellrot. Das spricht dafür, dass der Mann lange Zeit in einer kalten Umgebung gelegen haben muss. Und zwar nicht nur hier draußen, sondern auch schon während des Eintritts seines Todes."

„Könnte er also doch erfroren sein?", fragte Vi.

„Im Moment lässt sich zur Todesursache noch nichts sagen", mischte sich Gremlich ein und trat zwischen die beiden Frauen, die er augenscheinlich nicht sonderlich schätzte. Jona sah, wie sich Fräulein Hauptmanns Gesicht in Wut verzerrte. Mochte sein, dass Walter Recht hatte, dass sie versuchte, nicht zu kompetent zu wirken. Aber es fiel ihr schwer, die Integrität des Arztes zu schätzen. Falls Integrität wirklich das war, was Jona vermutete.

„Mich würde nur interessieren, ob durch Eigen- oder durch Fremdeinwirkung."

„Herr Polizeirat. Ich habe Ihnen eben mitgeteilt, dass die Leiche verlagert wurde. Was würden Sie sagen, wofür das spricht?"

„Nun, Herr Doktor Gremlich, ich habe schon Fälle erlebt, in denen die Angehörigen die Leiche verlagerten, um zu vermeiden, dass man erfuhr, dass die Leiche in ihrem Wohnzimmer gestorben ist. Ich habe sogar einmal einen Mann in einem Weizenfeld vor der Stadt aufgefunden, der nur darum dahin gebracht wurde, weil seine Frau die Befürchtung hatte, man könne annehmen, sie habe ihn getötet. Dabei hatte er nur einen ganz schlichten Herzinfarkt."

Darauf wusste Gremlich nichts zu erwidern. Stattdessen raunzte er den jüngeren Polizisten an, er solle ein Transportmittel holen, um die Leiche ins Krankenhaus und auf den Untersuchungstisch zu bringen, wo sich Gremlich dann ausführlich der Erforschung der Todesursache widmen konnte. Damit der geschätzte Herr Polizeirat dann auch alsbald eine Antwort auf seine Frage erhalte.

„Was ist mit den kleinen Verletzungen da? Könnten die einen Aufschluss über die Todesursache geben?", fragte Vi und sah dabei Fräulein Hauptmann an, die sich nicht entschließen konnte, was sie sagen sollte.

„Das sind keine Verletzungen, Frau Sperber. Das ist ein ganz hervorragender Befall mit Tinea Corporis."

„Hautpilz", warf Fräulein Hauptmann halblaut hinterher, bevor Vi zu einer Frage ansetzen konnte.

„Hautpilz? Demnach war der Mann nicht sonderlich an Wasser kontakt interessiert?"

„Frau Sperber, nicht alle menschlichen Abscheulichkeiten sind auf mangelnde Hygiene zurückzuführen. Es reicht bei dieser Art Pilz, wenn Sie nur in die Nähe eines Infizierten kommen und Körperkontakt haben. Für gewöhnlich ist unser Körper in der Lage, die Auslöser für die Krankheit erfolgreich abzuwehren, aber ich vermute, der Mann hier war dazu in den letzten Wochen seines Lebens nicht mehr in der Lage. Er sieht abgemagert aus und aussergewöhnlich blass."

„Könnte uns der Hautpilz sagen, wo der Mann sich in der letzten Zeit aufgehalten hat?"

„Ganz gewiss sogar, Herr Polizeirat. Ich werde nachher mit ihm reden und falls er nicht spricht, bringe ich ihn zu Ihnen. Dann können Sie ihn verhören."

Gremlichs Grundeinstellung schwankte zwischen arrogant bis hochnäsig, aber trotzdem grinste Jona in sich hinein. Einerseits verstand sie, dass Gremlich und Vi sich nicht mochten, aber andererseits war ihr düsterer Sarkasmus sich sehr ähnlich. Wenn die beiden sich zusammengetan hätten – nicht auszudenken.

„Das bedeutet wohl, nein."

„Vollkommen richtig. Sie ziehen wie immer die richtigen Schlüsse, Herr Polizeirat. Der Mann kann sich das Zeug überall aufgelesen haben. Der Befall ist allerdings sehr stark. Bei einem Arzt war er wohl nicht."

„Und Lavendelöl hatte er auch nicht", sagte Jona und duckte sich, als ihr bewusst wurde, dass sie das eben laut ausgesprochen hatte. Gremlich fixierte sie und verschränkte die Arme vor der Brust.

„Also beim besten Willen, mir fällt einfach nicht ein, woher ich dich kenne. Aber du hast Recht. Lavendelöl ist ein sehr gebräuchliches Hausmittel zur Behandlung von Hautpilz. Woher weißt du das?"

„Ein halbes Jahr Zuchthaus und Brandnarben." Jona deutete in ihr Gesicht. „Oda hat den Pilz auf mir entdeckt, nachdem ich letztes Jahr im Krankenhaus gelandet bin. Und weil Lavendelöl auch hilft, damit die Narben nicht schlimmer werden, bin ich eine Zeitlang von oben bis unten damit eingerieben worden."

Gremlich kam auf sie zu, legte eine Hand auf ihre Stirn und kippte ihren Kopf nach hinten.

„Ja, Lavendelöl ist schön und gut, aber was du brauchst, ist Salbe."

„Macht Oda schon", sagte Jona und schluckte hart, weil ihr Speichel in dieser Position in die falsche Richtung lief. Gremlichs Gesicht kam näher.

„Wahrscheinlich eine dieser fetthaltigen Dinger, was?"

„Sind ziemlich schmierig, ja."

„Du brauchst aber besser etwas mit mehr Wassergehalt. Fett allein reicht bei dir nicht. Wenn du mit deiner Vorgesetzten demnächst bei mir im Krankenhaus aufschlägst – und ich wette, dass ihr das tun werdet –, erinnere mich daran, dir etwas anderes zu geben. Eine spezielle Mischung."

Er ließ sie los und Jona rieb sich den Nacken. Soviel Hilfsbereitschaft war sie von Gremlich gar nicht gewöhnt. Doch da drehte er sich um, hob den Zeigefinger und deutete auf sie.

„Vergiss, was ich gesagt habe. Jetzt ist es mir eingefallen! Du bist dieses dumme Kind, das mir letztes Jahr das Waschbecken vollgeplärrt hat!"

Jona machte große Augen und schüttelte heftig den Kopf, wie Paul es tat, wenn er nicht zugeben wollte, dass ihm eine Tasse oder ein Teller runtergefallen waren.

„Sie müssen mich verwechseln!"

„Ich bin vielleicht alt, aber noch nicht senil. Halt dich ja von meinem Arbeitszimmer fern!"

„Wieso sollte sie? Züchten Sie schon wieder neue Pilze?", fragte Vi, um Gremlich von Jona abzulenken. Fräulein Hauptmann trat zu ihr und beugte sich hinunter, bis ihre Haare Jonas Narben streiften.

„Keine Angst, ich kann dir auch etwas anrühren. Ich habe ein gutes Rezept entwickelt, das dir helfen sollte."

Jona starrte nach vorne, um nur nicht in Fräulein Hauptmanns dunkle Augen zu sehen.

„Diese Pilze waren zu reinen Forschungszwecken, Frau Sperber."

„Um welche Art Forschung ging es denn da, Herr Doktor?", zischte Vi zurück.

„Schmerztherapie", sagte Gremlich, nachdem er ein paar Sekunden gezögert hatte. Dann rief er nach seiner Assistentin, denn der Polizist kam mit Verstärkung und einer Karre, um die Leiche ins Krankenhaus zu bringen. Jona atmete aus und spürte, wie ihr Herz einen kurzen Moment brauchte, um wieder mit dem Schlagen zu beginnen.

„Jona, deine Narben sind ganz rot geworden. Du solltest lieber zu Oda, sie soll sich noch mal deine Abschürfungen ansehen", meinte Walter besorgt und zog sie am Arm nach oben. Schwankend ging Jona vor Vi und Walter her und traute sich nicht, auch nur noch einen Blick zu den beiden Ärzten zu werfen. Gremlich schnauzte gerade einen der Polizisten an, vorsichtig zu sein, aber auch das konnte sie nicht bewegen, hinzusehen. Sie war froh, als sie die Hütten und Buden hinter sich ließen und in die Apothekergasse einbogen.

„Smut!"

Der fleckige Kater kugelte sich direkt vor der Ladentür im Schmutz der Gasse und sprang auf, als Jona auf ihn zu rannte. Mit unerbittlicher Liebe prahlte sein Schädel gegen Jonas Beine, während er sich an ihr rieb. Sie hockte sich neben ihn und streichelte ihm über den Kopf.

„Na prima, da wirst du wohl bald wieder Lavendelöl brauchen, was?", sagte Vi und blieb neben Jona stehen.

„Ach Quatsch! Smut hat keinen Hautpilz, höchstens Flöhe!"

„Ich weiß nicht, ob Oda Flöhe so gerne in ihrer Küche haben möchte."

„Sind jedenfalls besser zu bekämpfen als Lebensmittelmotten!" Jona streckte ihr die Zunge raus und bevor sich Vi aufregen konnte, verschwand sie im Hausflur, um Smut frische Haferschleimsuppe zu holen. Sie rannte die ersten Stufen nach oben, bis die Haustür beinahe ins Schloss fiel, drehte um und schaffte es noch eben so, die Finger zwischen Rahmen und Tür zu stecken. So blieb ein Spalt, durch den sie in die Gasse sehen konnte, wo Vi und Walter sich gegenüberstanden, während sich Smut zu ihren Füßen genüsslich den Bauch leckte und dabei die Hinterbeine nach oben streckte.

„Meinst du, Ewa könnte sich ein wenig umhören? Diese Obdachlosen, die wir gefunden haben, sind alle mehrere Wochen vor ihrem

Tod verschwunden. Wir haben bisher jedoch keine Spur, wo sie sich zwischen dem Zeitpunkt ihres Verschwindens und ihrem Tod aufgehalten haben. Und du weißt, wie diese Männer und Frauen sind. Die reden nicht gern mit der Polizei."

„Ich kann sie darum bitten, ja. Offiziell werden wir wohl nicht mit dem Fall betraut, was?"

„Tut mir leid, Vi, dieses Mal nicht. Ich habe schon im Herbst Ärger bekommen, aber da konnte ich die zusätzlichen Ausgaben für euch noch damit begründen, dass ich kaum Männer zur Verfügung hatte. Im Moment aber ist es ruhig und wenn ich keine klare Aussage von Gremlich bekomme, ob der Mann eines natürlichen Todes gestorben ist oder ermordet wurde, werden auch keine Mordermittlungen eingeleitet."

„Aber es ist doch auffällig, wenn so viele plötzlich sterben."

„Du findest es auffällig, wenn Menschen, die kein Heim und oft Probleme mit Alkohol haben, sterben?"

„Im Klartext, wegen so einem Gesocks geht kein Polizist auf die Straße."

„Doch, schon, aber nur wenn dieses Gesocks ohne jeden Zweifel ermordet wurde."

„Na schön. Ich kümmere mich darum. Du siehst übrigens gut aus."

„Vielen Dank, besser jedenfalls als Gremlich."

„Oh ja! Ich glaube, ich besorge ihm eine neue Rasierklinge, für den Fall, dass seine alte stumpf geworden ist."

„Sorg erstmal für dich und sag mir Bescheid, wenn ihr etwas Zuschuss braucht."

Jona sah, wie Vi sich abwandte. Wann immer es eine Ermittlung erlaubte, zog sie Walter gerne jede Münze einzeln aus der Tasche, aber Almosen nahm sie keine an.

„Und Vi? Du könntest ruhig öfter eine Leiche entdecken, dann würden wir uns häufiger sehen."

Er beugte sich vor und Jona hielt sich sofort die Hand vor die Augen. Es gab Dinge, die sah sie sich nicht freiwillig an. Die standen etwa auf derselben Stufe wie vertrocknete Hodensäcke. Allerdings fiel die Tür ein wenig zu laut ins Schloss und als sie ihren Namen überdeutlich hörte, flitzte sie die Treppe nach oben, stürmte in Odas Küche und rief in heller Begeisterung:

„Wir haben eine Leiche gefunden!"

„Ich fürchte, ich auch", sagte Oda und streckte ihr eine tote Lebensmittelmotte entgegen.

Archivfunde
Donnerstagmittag, 23. März 1876

Sie blieb auf der vorletzten Stufe der Rathaustreppe stehen und legte den Kopf in den Nacken. Sie konnte sich nicht erklären, warum sie jedes Mal zu schaudern begann, wenn sie das Wappen von Matthias Corvinus betrachtete. Was scherte sie ein ungarischer Herrscher, der vor vier Jahrhunderten einmal Landesherr von Görlitz gewesen war? Woran störte sie sich? Das Wappen hatte nichts Beunruhigendes an sich. Es wurde von zwei Menschen, einer Frau und einem Mann, gehalten. Über ihnen schwebten zwei Engel, die eine Krone über das Wappen hielten. Sie sahen so stumpf und ausdruckslos aus wie viele Plastiken, die in jenen Jahren geschaffen worden waren. Ohne jedes Lächeln. Immer weit entrückt in geistlicher Umnachtung. Oder in geistiger, was für sie häufig dasselbe war. Vielleicht lag es an diesem schmalen, abgemagert aussehenden Tier, auf dessen Rücken das Wappen ruhte. Die lockige Mähne an der Seite verriet es als Löwen, auch wenn das Gesicht zu schmal war. Die Pfoten glichen eher denen eines Raubvogels. Und der Blick des Tieres war direkt auf den Besucher des Rathauses gerichtet. Es war jener Blick, der ihr Unbehagen bereitete. Auch wenn er nur von toten, steinernen Augen kam, die nach der langen Zeit zudem unter dem Wetter gelitten hatten.

Das reichte. Jemand ging an ihr vorüber und sie erwachte aus ihrer Betrachtung des Wappens. Eilig wandte sie sich ab. Vom Obermarkt erklang eine Glocke. Ihre Pause war vorüber. Sie stieg die letzte Stufe hinauf und verschwand in dem Gebäude, in dem sie die maßgeblichen letzten Jahre ihres Lebens verbracht hatte. Seither wurde beständig am Rathaus gearbeitet. Es erfuhr unentwegt Veränderungen. Von dem ursprünglichen Wohnhaus, das es einmal gewesen war, war nichts mehr zu erkennen. Seit ein paar Tagen nahm man auch ihr Bureau in Beschlag, um die Fenster zu erneuern und ihnen dabei das gewünschte Äußere zu geben. Sie wurden nun, wie es wohl in der Renaissance üblich war, mit einem vorstehenden Ornament bekrönt. Selbstverständlich galt es, dem Rathaus ein repräsentatives Aussehen zu verpassen, aber Cilia fand das alles übertrieben und unnötig. Wobei sie zugeben musste, dass ihr die inzwischen recht einheitliche Fassade besser gefiel als noch vor Jahren. Wahrscheinlich brauchte sie einfach länger, um sich an Dinge, Menschen und Umstände zu gewöhnen.

Es gab aber auch Menschen, deren Anblick sie stets aufs Neue seufzen ließ. Obwohl sie seit Jahren unter Kolmbach arbeitete, konnte sie dem dicklichen Herren in seinem korrekt sitzenden Anzug nichts abgewinnen außer Abscheu. Es mochte an seiner Art liegen, sich zu präsentieren, oder an seinem selbstherrlichen Charakter. Was es auch war, sie wäre ihm lieber aus dem Weg gegangen. Das ließ sich jedoch nicht bewerkstelligen, wenn man seine persönliche Assistentin und Sekretärin war. Trotzdem bewog sie etwas an jenem Mittag im Gang stehenzubleiben, in den sie eben eingebogen war, und sich ihrem Vorgesetzten nicht zu nähern. Dieser führte mit einem anderen Stadtratsmitglied ein leises und scheinbar wichtiges Gespräch.

„Dann ist der Fall Wasser abgeschlossen?"

„Leider nicht, Herr Kießler. Heute wurden durch einen unglücklichen Zufall neue Unterlagen gefunden."

„Unglücklich, Herr Kolmbach? Was soll daran unglücklich sein? Wir müssen diesen Fall unter allen Umständen restlos aufklären. Wissen Sie eigentlich, was für Briefe ich erhalten habe, nachdem bekannt wurde, wer Nathanael Wasser war? Diese Kinder, die in der Erziehungsanstalt groß wurden, sind heute junge Männer und sie leiden noch immer unter ihren Erfahrungen, die sie gemacht haben."

„Ich verstehe, Herr Kießler", stammelte Kolmbach, der geglaubt hatte, dass es den anderen Stadtrat ebenso wenig kümmern würde wie ihn, was damals in der Schule geschehen war. Aber Gustav Kießler war ein anderes Format als ihr Vorgesetzter. Er war um die Stadt, besonders aber um ihre Einwohner bemüht. Er lebte trotz seiner Bekanntheit und seiner Erfolge, die sich im Bau des Neißeviaduktes und des Theaters widerspiegelten, bescheiden. Cilia mochte den Mann, der gut zwanzig Jahre älter war als Kolmbach und trotzdem mehr Engagement an den Tag legte als der Jüngere.

„Ich will, dass Sie allen Hinweisen nachgehen, haben Sie mich verstanden? Wenn ich erfahre, dass ein Blatt Papier, eine Liste oder ein anderes Beweisstück verschwindet, nur damit Sie keine Arbeit haben, werde ich mich an Oberbürgermeister Gobbin wenden."

Kolmbach zuckte zusammen, als dieser Name fiel. Er hatte keinen Respekt vor Gobbin, er verachtete ihn. So wie er wohl jeden verachtete, nur auf eine wütendere Art. Der Mann hatte jenen Posten inne, den sich Kolmbach wünschte, aber den er nie erreichen würde. Herr Kießler ließ ihn allein und grüßte höflich, als er an Cilia vorbeikam. Sie brachte kein Wort heraus, sondern nickte nur. Einerseits war sie begeistert von der Art, mit der Kolmbach in seine Schranken verwiesen worden war. Andererseits wusste sie, dass ihr Vorgesetzter den Rest des Tages schlechter Stimmung sein würde.

„Ich wünsche Ihnen einen gesegneten Mittag, Frau Rieber!", erklang da die Stimme des Mannes, der sie neben Kolmbach außer Atem geraten ließ. „Ist sie nicht herrlich, diese Märzsonne?" Er gab ein leises Lachen über seinen Scherz von sich, den sie nicht verstand. Sie mochte die Sonne, aber was war an der März –

„Oh, ich verstehe", murmelte sie, weil ihr aufgegangen war, dass er eine Anspielung auf sich gemacht hatte. „Ja, die Sonne ist wirklich schön." Mehr fiel ihr nicht ein. Erst die Auseinandersetzung zwischen Kolmbach und Kießler und nun stand dieser Mann neben ihr. Dieser Mann mit dem leichten Buckel und den oft etwas trüben Augen, in denen heute aber nur der Glanz zu sehen war, der sie für ihn eingenommen hatte.

„Sie scheinen mir ein wenig sprachlos. Ich bin es zwar gewohnt, dass Sie der Worte keine überflüssigen machen, aber ich gerate doch in Sorge, ob es Ihnen gut geht."

„Es – es geht mir gut", stammelte sie, aber ihre Beine schienen schlecht durchblutet zu werden, denn sie begannen ein wenig zu zittern. Sie musste weg. Weg von Kolmbach, der eben auf sie zusteuerte, und weg von März, auf den sie sich lieber vorbereitete, weil sie sonst oft ihre Sprache verlor.

„Frau Rieber, können Sie mir sagen, was Sie hier machen? Warum sind Sie nicht in Ihrem Bureau?", herrschte Kolmbach sie an, bevor er sie auch nur begrüßt hatte. Sie waren sich an diesem Tag noch nicht über den Weg gelaufen, weil er zu einer Sitzung und einem wichtigen Termin gerufen worden war.

„Weil das zurzeit das Bureau von drei Fensterbauern ist?", sagte Cilia und wollte sich auf die Zunge beißen. Wenn Kolmbach schlecht gelaunt war, vertrug er keine patzigen Antworten. „Ich meine, ich hatte Mittagspause."

„Die dürfte ja wohl jetzt vorbei sein. Wir haben einiges zu besprechen! März, Sie können gleich mitkommen!" Kolmbach schritt voran und ließ seinen beiden Verfolgern kaum Zeit, ihn einzuholen. Erst als er in sein Bureau trat, das nur zwei Türen von Cilias entfernt war, konnten sie wieder mehr von ihm sehen als seinen Rücken. Hinter Cilias Bureautür waren laute Männerstimmen zu hören. Die Arbeiter hatten wohl noch Pause. Wenn das so weiter ging, würde sie ihren Arbeitsplatz erst im Sommer wieder betreten können.

„März, die Unterlagen!", herrschte Kolmbach und schien es nicht als notwendig anzusehen, den Architekten zu begrüßen. Der aber störte sich nicht daran, sondern stellte seine Tasche aus Leder auf einen Stuhl und holte eine mit Schnüren zusammengehaltene Akte hervor.

„Ist das die Liste, die Sie heute morgen erwähnt haben?" Kolmbach nahm die Akte, befreite sie jedoch nicht von den Schnüren. Stattdessen starrte er sie erbost an, als könne sie sich allein durch seinen Blick in Nichts auflösen und verschwinden, um ihm das Leben leichter zu machen. Cilia verstand in diesem Moment, dass ihr Vorgesetzter zum ersten Mal nicht unhöflich gewesen war. Er hatte März nicht begrüßt, weil dieser der wichtige Termin von heute Morgen gewesen war.

„Das ist richtig, Herr Kolmbach. Ich habe sie zwischen einigen Aufzeichnungen zur Umgestaltung des Rathauses gefunden. Sie stammt aus dem betreffenden Jahr, in dem gegen die Lehrer der Erziehungsanstalt um Nathanael Wasser ermittelt wurde. Es scheint mir eine Auflistung jener Lehrer zu sein, die damals dort unterrichteten, einschließlich weiteren Personals."

„Verdammt!", sagte Kolmbach. Es klang jedoch mehr resigniert als wütend. Er legte die Akte auf den Tisch. Warum war diese Liste so wichtig? Nathanael Wasser war tot. Sie wussten, dass der siebte Knabe ihn der Gewalt der Bürgerschaft ausgeliefert hatte und danach verschwunden war. Die anderen Lehrer hatten bisher keine weitreichende Rolle gespielt.

„Mir scheint, Sie freuen sich nicht gerade über das Auftauchen dieser Liste, Herr Kolmbach. Doch ist es nicht von Vorteil, wenn Sie die

Namen derjenigen haben, die damals an der Schule unterrichteten und an den Morden der Knaben beteiligt gewesen sein könnten?", fragte März.

„Morde! Das ist doch nie bewiesen worden, März! Herrgott, da ist letztes Jahr so ein Irrer durch die Stadt spaziert und hat überall Skelette verteilt, was heißt das schon? Wir können diesen Männern gar nichts nachweisen und falls es Sie interessiert, die waren schon vor zehn Jahren, als die Schule geschlossen wurde, steinalt. Manche von denen leben jetzt gar nicht mehr oder sind ein bisschen wirr im Kopf. Was bringt es, sie anzuklagen? Was bringt es, sie damit zu belästigen?"

Cilia war gewiss kein Mensch, den man leicht beeindrucken oder entsetzen konnte. Die Vehemenz jedoch, mit der Kolmbach die Morde an den Kindern leugnete und ihre Peiniger schützte, ließen jeden Muskel in ihr verkrampfen. Was Simon und die sechs Knaben durchlitten hatten, ließ sich nicht einfach beiseite schieben. Sie waren von diesen Männern gequält worden und schließlich gestorben. Nur einer von ihnen hatte dafür seine gerechte Strafe erhalten, der Rest lief frei herum und musste sich keinerlei Verantwortung stellen.

„Zu belästigen?", sagte Cilia und trat einen Schritt auf den Schreibtisch zu. Sie nahm die Akte in die Hand, zog die Schnüre ab und nahm die Liste hervor. Sie war nicht sehr lang, aber alle diese Namen, jeder für sich genommen, brannten ihr in den Augen. „Diese Männer haben sechs Kinder getötet und weitere Kinder schikaniert und misshandelt. Natürlich bin auch ich der Ansicht, dass es ohne eine gewisse Strenge und Härte nicht geht, Kinder großzuziehen –" Obwohl sie daran zweifelte, dass sie ihren eigenen Kindern gegenüber ebenso gehandelt hätte. „Aber das hat mit Zucht und Ordnung nichts mehr zu tun. Diese Männer haben nur für ihr eigenes Vergnügen gequält. Mögen sie wirr im Kopf sein, aber sie sind immer noch Mörder."

„Frau Rieber", sagte März leise hinter ihr.

„Oberbürgermeister Gobbin will, dass diese Umstände restlos aufgeklärt werden. Ich gebe die Liste Polizeirat Seebitz. Aber keiner dieser Namen wird an die Öffentlichkeit dringen, haben wir uns verstanden?" Kolmbach sah erst März, dann Cilia sehr eindringlich an.

Als sie kurze Zeit später das Bureau verließen, hatte es Cilia recht eilig. März musste ihr rennend folgen. Sie bog in ein Zimmer ein, in dem keine Bauarbeiter zu finden waren, schnappte sich dort ein Stück Papier und einen Stift und fing an zu schreiben.

„Ich kann verstehen, dass Sie aufgebracht sind, Frau Rieber, aber ein Beschwerdebrief an den Oberbürgermeister wird kaum von Nöten sein. Ich denke, er weiß, wen er sich da mit Kolmbach ins Boot geholt hat", scherzte März, bis er sah, was Cilia dort auf das Papier schrieb. „Die Liste."

„Ja. Seebitz wird sich an die Anweisungen Kolmbachs halten und sie Vi niemals zeigen. Aber ich glaube, dass sie wichtig ist. Dass wir sie brauchen."

„Für Ihre eigenen Ermittlungen, Frau Rieber?"

Cilia sah auf, aber in Märzens Augen lag keinerlei Spott. Selbstverständlich hatte er in den Zeitungen von der Mithilfe der Frauen aus der Apothekergasse gelesen. Er wusste, dass dies nicht ihr erster Fall gewesen war, in den sie durch Vi und ihre Verbindungen gezogen worden waren. Doch weder schien er sie dafür zu belächeln, noch machte er sich große Sorgen. War da nicht eher Neugier in seinem Blick zu erkennen?

„Herr März, um es mit den Worten meines Vorgesetzten zu sagen, nichts davon darf an die Öffentlichkeit dringen, haben wir uns verstanden?"

Augenblicklich zog März die Hand an die Stirn und schlug die Hacken zusammen.

„Jawohl, Herr Kommandant!" Er nahm die Hand runter und legte sie behutsam auf ihren Arm. „Bevor Sie jedoch mit diesem Stück Papier an Ihren Arbeitsplatz zurückkehren, wäre es mir eine Freude, wir könnten uns bei einem Kaffee ein wenig unterhalten. Über das, was in den letzten Wochen geschehen ist. Durch meine Arbeit haben wir uns leider lange nicht gesehen."

„Meine Pause –", murmelte Cilia.

„Da bist du ja!", rief da eine jugendliche Stimme. „Oh, guten Tag, Herr März, eine Freude, Sie zu sehen!"

In der Tür stand Jona mit einem ganzen Stapel Briefe und Unterlagen. Sie grinste breit und Cilia wusste, was gerade in ihrem äußerst kleinen Kopf vor sich ging.

„Ich hab hier ganz viele Briefe für dich!", sagte Jona und streckte ihr den Stapel entgegen. Cilia zögerte kurz, entspannte sich, hakte sich bei März ein und zog ihn sanft aus dem Zimmer, wobei sie die Liste sorgfältig zusammenfaltete und in einer Tasche ihrer Jacke verschwinden ließ.

„Sehr gerne, Herr März. Ich glaube, es gibt auf dem Obermarkt ein kleines Café, das sehr gut sein soll."

Sie sah sich nicht um. Allein die Vorstellung von Jonas verdutztem Gesichtsausdruck reichte, um ihr den gesamten Tag zu versüßen und den betrüblichen Anfang zu vergessen.

Abfall
Donnerstagnachmittag, 23. März 1876

Das Haus an der Promenade war völlig verwuchert. Von der Straße aus war es nur schwerlich zu erkennen. Sie blieb stehen und spürte eine Unruhe in sich, die sie seit Tagen nicht losließ. Seit sie Vis Wunsch nachging und sich mit den Bekannten und Freunden der verschwundenen Obdachlosen unterhielt. Ihr war von Anfang an nicht wohl dabei gewesen. Sie verachtete diese Menschen keineswegs, aber viele von ihnen ergaben sich ihrem Schicksal, ergaben sich dem Alkohol und neigten zu plötzlich ausbrechender Gewalttätigkeit. Sie wusste, dass eine harmlose Unterhaltung rasch umschlagen konnte, wenn sie nicht aufpasste. Bisher hatte sie Glück gehabt, aber auch ihr Kontingent würde irgendwann aufgebraucht sein.

Sie sah auf die handgeschriebene Liste, die ihnen Walter gebracht hatte. Thomas Seidau war der letzte Name. Er galt als der vielversprechendste Zeuge, wenn sie Walter recht verstanden hatte. Angeblich war er in unmittelbarer Nähe seines Freundes gewesen, als dieser verschwand. Ewa setzte ihre Hoffnungen in ihn, denn bisher hatten die Befragungen nichts erbracht. Alle Männer und Frauen waren gesprächig gewesen, die wenigsten ihr gegenüber verschlossen. Man kannte sie. Man wusste, dass sie diesem Judenbengel geholfen hatte, dass sie gerne an Obdachlose verteilte, was sie selbst zum Leben nicht brauchte. Sie war gern gesehen und das war ihr Vorteil. Doch es gab Menschen, die ihr ihre Großzügigkeit übel nahmen. Die nicht mehr an das Gute im Menschen glaubten. Die überhaupt von jedem Glauben abgefallen waren. Wenn sie auch selten Furcht empfand, so nahm sich Ewa vor jenen doch in Acht.

Nach Walters Aussagen war Thomas Seidau einer jener Männer, die ihr elendes Dasein gerne durch den Genuss alkoholischer Getränke vergaßen. Er war während der Befragung durch die Polizei äußerst schweigsam gewesen, hatte nur angegeben, wo er zur Zeit des Verschwindens seines Freundes gewesen war. Danach hatte er geschwiegen und man hatte ihn schließlich gehen lassen. Er galt nicht als verdächtig, obwohl er bereits mehrfach Gefängnisstrafen abgesessen hatte. Allesamt wegen kleinerer Vergehen wie Diebstahl oder Einbruch.

Sie suchte nach dem Eingang des ehemaligen herrschaftlichen Gebäudes. Der Vorgarten war so verwildert, dass sie sich durch dornige Sträucher und kniehohes Gras kämpfen musste, bis sie eine verfallene Holztür fand. Sie lag im Gras und war umfangen von Moos und hartnäckigem Efeu. Dort, wo einst die Tür in ihren Angeln gehangen hatte, klaffte ein großes, schwarzes Loch. Sollte hier ein Mensch hausen? Ohne Schutz vor Kälte und Dieben? Nicht einmal das alte Haus an der Langenstraße, in dem Josua gelebt hatte, hatte sie so beunruhigt. Aber von diesem Ort ging nicht nur Trostlosigkeit, sondern auch Kälte aus. Langsam trat sie durch die Türöffnung ins Innere. Überall lagen Reste der Einrichtung herum. Holzspäne, die einmal den Sitz eines Stuhles gebildet hatten. Bruchstücke von Kassettentüren, die die einzelnen Räume voneinander getrennt hatten. Sogar das Treppengeländer war eingefallen. Die Streben des Geländers lagen über den Boden verteilt und versperrten den Weg in den hinteren Bereich des Hauses.

Ewa sah die Treppe hinauf, aber die Stufen waren nicht vertrauenserweckend. Wenn es nicht notwendig war, würde sie dort nicht hinaufsteigen. Sie wandte sich nach rechts und ging durch eine klaffende Türöffnung, in der die Angeln verrosteten, in einen Raum, der einmal die gute Stube gewesen sein musste. Sie war ausgeräumt oder geplündert, das war schwer zu sagen. Auf dem Boden lagen jedoch Decken und an der Fensterseite stand ein Klavier. Sie schüttelte ungläubig den Kopf. Ein Klavier. Alles war aus dem Haus gebracht worden, doch das Klavier hatten sie vergessen. Nachdem sie sich vergewissert hatte, dass niemand im Raum war, ging sie zwischen den Decken hindurch zu dem großen Musikinstrument. Anders als der Rest des Zimmers war es sauber. Nicht verstaubt, nicht kaputt, nicht beschmutzt. In Gedanken ging sie Seidaus Akte durch. Er war ein Hilfsarbeiter in einer Fabrik gewesen, kein Musiker. Warum kümmerte er sich um dieses Klavier?

Hinter ihr vernahm sie ein keckerndes Lachen. Sie fuhr herum und lehnte sich so auf die Tasten, dass sie einen lauten Missklang von sich gaben. Sofort zog sie erschrocken die Hand weg. Als sie wieder dorthin sah, woher das Lachen gekommen war, war niemand mehr zu sehen. Aber sie war sicher, dass ein Schatten an der Türöffnung vorbeigehuscht war. Sie ärgerte sich, dass sie Sabins Angebot abgelehnt hatte, sie zu begleiten. Sie hatte geglaubt, sie werde schon alleine mit Seidau fertig und es sei besser, wenn nur sie mit ihm sprach. Jetzt wurde ihre Furcht schlimmer. Sie begann zu schwitzen. Aber sie durfte jetzt nicht die Fassung verlieren. Sie ging den Weg zurück zum Eingangsbereich und trat durch die gegenüberliegende Tür, die sich in ihren Angeln verhakt hatte. Kurz kam ihr der Gedanke, dass eine Flucht dadurch erschwert werden würde, aber das keckernde Lachen war in diese Richtung entschwunden. Sie zerrte an der Tür, bis sie soweit geöffnet war, dass sie hindurch schlüpfen konnte. Dahinter lag ein weiträumiges Zimmer, von dem Ewa annahm, dass es einmal als eine Art Empfang gedient haben musste. Die Fenster waren verhangen, auch hier war der Boden mit Decken versehen, die einen Flickenteppich bildeten. Mitten im Raum stand ein altes Sofa, dessen Bezug an den Sitzkanten aufgeplatzt war. Hinter dem Sofa sah sie einen wirren Haarschopf und zwei schwarze Augen hervorschauen. Sie wich einen Schritt zurück, als das keckernde Lachen wieder zu hören war. Aber das konnte nicht Thomas Seidau sein. Es klang nach einer Frau.

„Wer sind Sie?", rief Ewa mit brüchiger Stimme. Sie räusperte sich leise. Sie durfte sich keine Schwäche anmerken lassen, solange sie nicht wusste, mit wem sie es hier zu tun hatte. Die Frau kam hinter dem Sofa hervor. Sie ging gebeugt und trug nur ein altes Nachthemd am Leib. Ewa stutzte. Nein, das war kein Nachthemd. Es sah aus wie –

„Es hat keinen Sinn mit ihr zu reden. Sie ist nicht ganz bei sich. Ein bisschen verrückt." Aus einer Ecke trat ein Mann, der Ewa zuvor nicht aufgefallen war. Auf ihn passte die Beschreibung aus dem Polizeibericht. Das musste Thomas Seidau sein. Sein Gesicht war eingefallen, die letzten Haare klebten am Schädel. Als er lächelte, entblößte er schwarze Zahnstumpen. Er war ausgemergelt, seine Haut pergamentartig. Der Alkohol musste vor Jahren schon begonnen haben, ihn aufzufressen. Allein sein Bauch war gebläht und stand deutlich hervor.

„Sind Sie Thomas Seidau?"

„Das bin ich wohl", antwortete der Mann und ließ sich auf das Sofa fallen. Die Frau, die zehn oder fünfzehn Jahre älter sein mochte als er, plumpste neben ihm wie ein Sack auf das Möbelstück. Sie grinste breit, aber zu Ewas Überraschung sahen ihre Zähne für ihr Alter recht gepflegt aus.

„Und wer ist sie?"

„Keine Ahnung. Ist vor ein paar Tagen hierhergekommen. Hab sie Barbara genannt. Stimmt's, Barbara?"

Die alte Frau keckerte wieder. Ewa war unschlüssig, was sie von dem seltsamen Paar halten sollte. Aber sie war nicht hierhergekommen, um die Beziehung Seidaus zu ergründen, sondern um zu erfahren, was an dem Abend geschehen war, als sein Freund entführt wurde.

„Herr Seidau, ich komme wegen des Mordes an Ihrem Freund Bernhard Klages."

„Ah, Bernie. Der gute, alte Bernie. Ein Prachtstück von einem saufenden Dreckskerl", lachte Seidau und legte seine Arme über die Lehne des Sofas. Barbara zog die Beine an und wiegte sich hin und her. Im Nebenraum knackte ein Stück Holz. War noch jemand da oder ließ sich Ewa von ihrer Furcht täuschen? Seidau und Barbara reagierten nicht.

„Können Sie mir sagen, was an diesem Abend passiert ist?"

„Habe ich alles schon der Polente erzählt", sagte Seidau und gab einen Ton von sich, der auf eine zweifelhafte Verdauung schließen ließ. Es fiel Ewa schwer, ihren Ekel zu verbergen, aber Barbara grinste nur wieder breit.

„Ich weiß, dass Sie mit der Polizei gesprochen haben, aber ich glaube, Sie haben ihnen nicht alles gesagt."

„Und warum sollte ich dir was erzählen, Püppchen?"

Püppchen. Ewa atmete tief ein. Ihre Furcht wich ansteigendem Ärger. Doch etwas in ihr warnte sie davor, sich dieser Wut hinzugeben. Seidau machte auf den ersten Blick keinen gefährlichen Eindruck, aber sie konnte das Glänzen seiner Augen sehen. Er war unberechenbar.

„Ich bin nicht von der Polizei. Ich will nur herausfinden, warum immer mehr Obdachlose verschwinden und in einem recht desolaten und vor allem toten Zustand wieder auftauchen."

Sie konnte förmlich sehen, wie Seidau darüber nachdachte, was wohl desolat bedeuten sollte. Der Mann war nicht sonderlich gebildet und seine Hände und Finger zu klobig, um Klavier zu spielen. Aber wer benutzte das Instrument denn dann? Warum hatte er es nicht zu Brennholz verarbeitet wie den Rest der noch vorhandenen Inneneinrichtung?

„Wieso interessiert dich das?"

„Ich kannte ein paar dieser Männer." Zumindest war sie ihnen schon ein oder zwei Mal flüchtig begegnet. „Ich will wissen, wer ihnen das angetan hat."

„Ach, hieß es nicht, es seien Unfälle gewesen?"

„Ziemlich viele Unfälle für meinen Geschmack, aber ja, die Polizei sieht das immer noch so." Was nach Vis Leichenfund auf dem Obermarkt so nicht mehr zu halten war, aber das musste sie Seidau nicht auf die Nase binden. Es war besser, er ging davon aus, dass die Polizei nicht ermittelte.

„Du aber nicht, was? Schlaues Püppchen. Das waren nämlich keine Unfälle."

Barbara schaukelte heftiger neben ihm hin und her. Ewa hatte den Eindruck, dass das, was jetzt folgen würde, sie sehr beunruhigte. Innerlich spannte sie sich an.

„Ich saß mit Bernie so gemütlich beisammen und hab mir mit ihm eine Flasche geteilt. Weißt schon, eine richtig gute Flasche. Wir haben so geredet und geredet und getrunken und dann –" Seidaus Blick wich ab in eine Vergangenheit, an die er normalerweise lieber nicht dachte. „Und dann kam da so ein Kerl."

„Was für ein Kerl? Davon haben Sie der Polizei nichts erzählt."

„Nein, warum auch? Die hätten mir doch eh nicht geglaubt. War doch eh viel zu besoffen. Aber da war ein Kerl. So ein großer. Der hat alte Klamotten angehabt wie wir. Dachte ich jedenfalls erst. Aber die alten Klamotten waren ziemlich gut gepflegt und gestunken hat er auch nur nach Alkohol. Aber wenn du da draußen bist und kein Zuhause hast, dann stinkst du nicht nur nach Alkohol. Verstehste?"

„Sie meinen, er hat versucht zu wirken, als sei er obdachlos?"

„Ja, ja. Der hat so getan, aber ich hab den durchschaut. Der hat auch versucht zu reden wie wir, aber das kannste vergessen. Der hat so Sachen gesagt, so wie du. So Fremdwörter. Desalat und so was", sagte Seidau und Ewa unterstand sich, ihn zu korrigieren. Aber was Seidau da von sich gab, war ihr neu. Von einem Mann, der versuchte etwas vorzugeben, was er nicht sei, hatte noch nie einer gesprochen. Sie erinnerte sich an das Gespräch mit dem Zeugen aus dem Ölberggarten. Er hatte einen jugendlichen und kräftigen Angreifer beschrieben. Gut gekleidet.

„Wie alt war der Mann?"

„Keine Ahnung. Schwer zu sagen. Hatte sich einen Bart stehenlassen, so Stoppeln. Vermute mal, der war so um die Vierzig, kann auch älter gewesen sein. War auch schwer zu erkennen, war immerhin dunkel."

Das klang nicht nach dem Mann aus dem Ölberggarten, der den Obdachlosen zusammengeschlagen hatte. Aber das ergab doch keinen Sinn. Es sei denn, der Ölberggarten hing nicht mit den restlichen Morden zusammen oder es gab zwei Mörder. Bisher hatten die anderen Zeugen ihr immer nur seltsame Märchen erzählt von Geräuschen, die sie gehört hatten, und von Hexen oder Nixen, die aus dem Wasser kamen. Alles wirres Zeug von wirren Menschen, deren Gehirn vom Alkohol aufgebläht und durchwässert war.

„War da auch eine Frau?", fragte Ewa, ohne ernsthaft daran zu glauben.

„Na ja, da bin ich mir nicht so sicher. Weißte, ich musste mal pissen und da bin ich paar Meter weiter gegangen. Ich hab nämlich einen kräftigen Strahl und wollte nicht, dass der Bernie getroffen wird." Seidau zeigte seine Zahnstümpfe. „Und da hör ich so ein Geräusch. So ein komisches Kichern. Dachte erst, der Bernie sei jetzt total übergeschnappt. Aber als ich zurückgekommen bin, da war der nicht mehr da. Und der andere auch nicht. Könnte schon sein, dass er auch von der Wasserhexe geholt wurde, wie man so behauptet."

Wasserhexe. Da war sie wieder. Wasserhexe.

„Alle sind –", begann sie, doch sie kam nicht weit, denn neben ihr, nur drei Schritte hinter der verhakten Tür, war wieder ein Knacken zu hören. Dieses Mal war sie sicher, dass sich noch jemand im Haus befinden musste.

„Keine Angst, Püppchen, das sind nur meine Jungs. Aber dank Barbara sind sie ziemlich satt."

„Was?" Ewa starrte zur Tür, hinter der das Knacken lauter wurde. Was meinte er mit seinen Jungs? Laut dem Bericht hatte er keine Kinder. Und was bedeutete satt?

„Aber ich muss zugeben, dass du sicher hübscher bist als die alte Irre. Könnte sein, dass ihnen das neuen Appetit macht", lachte Seidau und erhob sich von seinem Sofa. Barbara wiegte sich immer heftiger hin und her.

Die Tür wurde nach außen gezogen. Ewa konnte grobe Männerfinger mit schwarzrandigen Nägeln sehen. Ihr begann zu dämmern, was Seidau andeuten wollte. Sie sah sich nach einer Fluchtmöglichkeit um, aber es gab nur noch eine Tür hinter dem Sofa. Um diese zu erreichen, musste sie an Seidau vorbei, der die Arme wie zur Begrüßung geöffnet hielt.

„Keine Sorge, Püppchen. Wenn du dich nicht wehrst, tut's auch nicht weh."

Als die Tür weit genug geöffnet war, quetschten sich drei Männer von Bärengröße in den Raum. Sie waren mehrere Köpfe größer als Seidau und Jungs waren sie schon lange nicht mehr. Es blieb ihr nur die eine Möglichkeit. Sie rannte zum Sofa, was wegen der Decken schwieriger war, als sie gedacht hatte. Immer wieder rutschten sie unter ihren Schuhen fort. Seidau bewegte sich trotz einer deutlich wahrnehmbaren Alkoholfahne sicherer über den schlüpfrigen Untergrund. Er packte sie, als sie vorbeirennen wollte. Seine dünnen Armen schlangen sich um ihren Körper und pressten ihre Schultern an ihren Rumpf. Sie trat mit den Beinen, aber er hob sie hoch und warf sie zu Boden. Sie prallte mit dem Kopf gegen das Sofa und war einen Moment zu lang benommen.

Einer der großen Kerle setzte sich auf ihren Bauch. Ihr blieb die Luft weg. Ein anderer packte ihre Beine. Sie schrie und schlug mit den Fäusten nach demjenigen, der auf ihr saß, aber er rammte ihr seinen Ellenbogen ins Gesicht. Die Welt begann sich zu drehen, Wellen von Schmerz brandeten auf und wieder ab. Sie sah Seidau über sich, wie er mit seinen Zahnstümpfen lachte, bis etwas seinen Schädel in die Luft sprengte. Er zerplatzte wie eine Apfelsine, die gegen die Wand geworfen wurde. Ihre Beine fielen zurück auf den Boden. Schreie wurden laut, die sie wie ein Flüstern hörte. Ihr Oberkörper war frei. Sie drehte sich auf die Seite, hoffte, der Schmerz werde so besser. Dann zerrissen Geräusche die Luft um sie herum. Hände legten sich auf ihren Arm. Sie trat um sich, schlug, wurde festgehalten.

„Ewa! Ewa, ich bin's, Johannes!"

Sie erkannte das Gesicht des Kommissars. Es war ganz rot gefärbt, als hätte er Blut im Gesicht. Doch dann begriff sie, dass etwas mit ihren Augen nicht stimmte. Sie war völlig kraftlos. Johannes hob sie hoch und brachte sie vors Haus, legte sie ins Gras und wischte ihr mit einem Tuch übers Gesicht. Es roch angenehm nach Seife.

„Ewa, kannst du mich hören?"

Sie versuchte zu nicken, aber ihr Nacken fühlte sich an, als sei er nur ein Strang aus Schmerz.

„Ich bringe dich jetzt ins Krankenhaus, verstehst du mich? Meinst du, du kannst laufen?"

Sie wollte ein Nein keuchen, aber sie verstand, dass Johannes sie nicht den weiten Weg bis zum Krankenhaus tragen konnte. Sie packte seine Hand und zog sich an ihm hinauf. Als sie stand, wurde ihr schlecht und sie musste sich übergeben. Wieder einmal war sie froh, dass sie es vermied, ihre Haare offen zu tragen, obwohl ihr Dutt derzeit vermutlich recht – desolat aussah.

Während er sie stützend ins Krankenhaus begleitete, redete Johannes ruhig auf sie ein. Der Schmerz war überwältigend. Selbst die Geburt ihres Sohnes war nicht annähernd so grauenhaft gewesen wie das reißende Gefühl in ihrem Gesicht. Sie versuchte zu schielen, um zu erkennen, ob ihre Nase überhaupt noch da war. Aber über ihren Augen hing noch dieser rötliche Schleier.

„Ist er tot?", fragte sie knapp, als sie den Wilhelmsplatz hinter sich ließen. Die Menschen, die ihnen begegneten, wichen ihnen erschrocken aus. Nur die Schüler der ansässigen Gewerbeschule, die vor dem Schulgebäude standen und Pause hielten, blickten ihnen neugierig hinterher.

„Falls du Seidau meinst, ja. Der ist tot. Die Alte hat ihm dermaßen den Schädel eingeschlagen, dass es mich wundern würde, würde er auch nur noch ein Röcheln von sich geben."

„Barbara, was ist mit ihr?"

„Heißt die Alte so? Nachdem sie Seidau den Schädel eingeschlagen hat und ich ins Zimmer gekommen bin, ist sie geflüchtet. Einer der Kerle ist auf mich los. Ich musste ihn und die anderen beiden erschießen. Ich glaube, die haben irgendetwas genommen. Etwas anderes als Alkohol."

Ewa spürte noch das Gewicht des Mannes auf sich, konnte die Finger fühlen, die ihre Fußknöchel umschlungen hielten. Wenn Johannes nicht gekommen wäre –

„Wieso warst du dort?", fragte sie ihn und stützte sich an der Mauer des Krankenhauses ab, das sie endlich erreicht hatten. Johannes ließ ihren Arm los und trat vor sie.

„Ich habe dich beobachtet. Als ich von Walter erfahren habe, welche Aufgabe er dir zugedacht hat, habe ich ihn gebeten, dir folgen zu dürfen. Ewa, ich weiß, dass du mit diesen Menschen gut zurechtkommst, dass du ihnen zu helfen versuchst, aber ich weiß auch, dass die meisten Menschen nicht dankbar sind."

Sie ließ sich an der Mauer hinabgleiten und versuchte, zu lächeln, obwohl es den Schmerz erneut hervorbrachte. Sie sah zu ihm auf. Sie hätte sagen können, dass sie auf sich allein aufpassen konnte. Dass sie nicht schwach war, nur weil sie eine Frau war. Aber sie dachte an jenen Tag, als sie das Skelett des Kindes am Theater gesehen, als Johannes sie getröstet hatte.

„Ich bin dankbar", sagte sie leise, als Johannes sich umdrehte, um ins Krankenhaus zu laufen und einen Arzt zu holen. „Ich bin dankbar."

Arbeitsbesprechung
Donnerstagabend, 23. März 1876

Unter Vis Füßen splitterte eine Geländerstrebe. Sie zog den Fuß zurück und die Stirn kraus. Wie konnte man in einem solchen Haus leben? Hier gab es nichts als Schmutz und Abfall. Die Tür zu ihrer Linken war aus den Angeln gehoben, weil sie sonst nicht weit genug hätte geöffnet werden können, um die vier Leichen herauszubringen. Vi ging hindurch und sah sich in dem verwilderten Zimmer um. Die Decken auf dem Boden dienten wohl dazu, die Kälte fernzuhalten. Durch die Vorhänge war der Raum inzwischen so dunkel, dass sie Laternen brauchten, die überall am Boden standen und Licht spendeten. Das Sofa, auf dem Seidau gesessen haben musste, war mit seinem Blut und den Überresten seines Hirns bespritzt.

„Das ist gruselig", hauchte Jona hinter ihr. „Als ob ein Irrer den Boden abgedeckt hätte, damit das Blut seines Opfers das wertvolle Parkett nicht verunreinigt."

Vi schob mit dem Fuß eine Decke weg. Darunter kam ein Steinboden zum Vorschein. Marmor war es nicht, aber es sah dennoch edel aus.

„Du hast zuviel Phantasie, Kind. Was liest du denn derzeit, dass du auf solche Gedanken kommst?"

„Carmilla. Eine Geschichte über einen weiblichen Vampir."

„Das erklärt einiges." Vi trat näher an das Sofa. Die Leiche von Thomas Seidau war abgedeckt, aber noch nicht aus dem Zimmer geschafft worden. Gremlich hockte neben dem Körper und dem aufgeplatzten Schädel und stocherte mit einem Stift in den Überresten herum.

„Haben Sie Hunger und suchen nach dem besten Stück?", fragte sie.

„Frau Sperber, oh, welch unbeschreibliche Freude und vor allem Überraschung, Sie zu sehen! Hat Sie der Blutgeruch also doch angelockt, wie? Wissen Sie, ich habe neulich eine interessante Abhandlung über Haie gelesen. Dürfte ich mir hernach wohl einmal Ihre Zähne genauer ansehen?"

„Wie bitte?"

„Worauf Doktor Gremlich hinaus will, ist, dass Haie über eine große Entfernung Blut im Wasser riechen können. Zudem haben sie mehrere Zahnreihen. Sobald einer ihrer Zähne abbricht, schiebt sich ein neuer hinterher", erläuterte Fräulein Hauptmann, während sie hinter dem Sofa hervorkam. „Ich habe Haare gefunden, Doktor Gremlich. Vielleicht stammen sie von besagter Frau."

„Was nützen uns denn die Haare, Fräulein Hauptmann, solange wir die Frau nicht haben, um sie zu vergleichen? Aber na gut, dort ist Papier. Wickeln Sie es darin ein. Also, Frau Sperber, was wollen Sie hier?"

„Ich bin hier, weil eine meiner Mitarbeiterinnen die Letzte war, mit der Seidau gesprochen hat."

„Warum wundert mich das jetzt nicht? Sie hat ihm aber nicht den Schädel eingeschlagen, oder?"

„Nein, das war wohl eine ältere Frau, die hier mit den vier Männern gelebt haben muss."

„Ja, ja, davon berichtete der Kommissar bereits. Aber das kommt mir doch seltsam vor. Sehen Sie mal, das dort ist die Tatwaffe. Wir haben Blut und Hirnreste daran gefunden."

Er deutete auf ein Holzstück, das eine Elle lang und so dünn war wie Jonas Unterarm. Eine dunkle Masse klebte daran und kündete davon, wozu es missbraucht worden war.

„Sie können schon Schaden damit anrichten, aber eine alte Frau, die einem erwachsenen und trotz verwahrlosten Zustandes doch recht kräftigen Mann damit den Schädel einschlägt. Ich weiß nicht."

„Wollen Sie mir sagen, dass meine Mitarbeiterin lügt?"

„Ich will damit sagen, dass Ihre Mitarbeiterin eben einen Ellenbogen ins Gesicht bekommen hat, der ihr beinahe die Nase zerschmetterte und ihr die Sicht nahm, soweit ich gehört habe."

„Ewa weiß, was sie gesehen hat", mischte sich Jona ein und trat sofort wieder drei Schritte zurück, als sie Thomas Seidaus Leiche sah. „Sie hat gesagt, die Frau hat auf sie einen verwirrten Eindruck gemacht."

„Umso weniger mag ich glauben, dass sie dazu in der Lage war. Eine junge Frau wie Fräulein Hauptmann mag die Kraft dazu aufbringen, aber eine alte, verwirrte und abgemagerte?"

„Sie würden nicht glauben, wozu diese Verwirrten, wie Sie sie nennen, in der Lage sind."

„Ach nein, der Herr Doktor auch noch hier", spöttelte Gremlich und stocherte wieder in Seidaus Kopf herum. „Das ist ja eine ganz nette Versammlung."

„Herr Traub, was machen Sie denn hier?", fragte Vi, auch wenn sie sich freute, ihn zu sehen. Seit dem vergangenen Sonntag waren sie sich nicht mehr begegnet und sie hatte keine Zeit gehabt, mit ihm über die Begebenheiten auf dem Obermarkt zu sprechen. Im letzten Jahr war der Austausch mit ihm sehr anregend gewesen.

„Polizeirat Seebitz hat mich gebeten zu kommen, da er der Meinung ist, es könnte eine meiner Insassinnen gewesen sein, die hier mit diesem Mann gelebt hat."

„Ist Ihnen denn eine abhandengekommen?", fragte Gremlich und lächelte dabei süffisant.

„Leider passiert das ab und an. Normalerweise können wir sie noch auf dem Gelände des Zuchthauses einfangen, aber manchmal schaffen sie es raus und tauchen für eine Weile unter."

„Wenn Ewa sich nicht täuscht, war sie der Ansicht, die Frau trug eine Art Nachthemd, wie es in der Irrenanstalt üblich ist", sagte Vi, bevor Gremlich weiter spotten konnte.

„Im Zuchthaus trägt man so was nicht", flüsterte Jona hinter ihr, die gebührenden Abstand von Herrn Traub hielt. Aus einem dummen Aberglauben heraus fürchtete sie, er könne riechen, dass sie schon einmal im Gewahrsam des Zuchthauses gewesen war und würde sie wieder dorthin bringen.

„Auch in der Irrenanstalt laufen nicht alle im Nachthemd herum und bei uns tragen sie selbstverständlich Nachtwäsche, wenn sie schlafen gehen. Vor ein paar Jahren mag das noch nicht üblich gewesen sein, aber ich betrachte unsere Insassen als Menschen und ein normaler Tagesablauf trägt sehr zu der Gesundung dieser Personen bei und hilft ihnen, sich gesellschaftlich zu integrieren."

„Für mich klingt das, als ob Sie Ihren Beruf verfehlt hätten, Herr Traub. Meiner Ansicht nach sind Sie doch eher ein Gefängniswärter, oder nicht? Seit wann versucht denn ein solcher seine Insassen zu therapieren?"

„Seit ein ausgebildeter Arzt die Anstalt übernommen hat, Herr Doktor Gremlich." Herr Traub betonte das Doktor, um klar zu machen, dass er dem Mediziner in nichts nachstand. „Viele der Insassen sind Wiederholungstäter, bei denen sich eindeutige Anzeichen von krankhaften Veränderungen der Seele und des Hirns zeigen. Es sind Menschen, die eigentlich in eine Irrenanstalt gehören, um dort therapiert zu werden, aber leider reichen dafür oft die Kapazitäten nicht und wir können nicht die harmlosen Irren mit solchen oft gewalttätigen Personen zusammensperren."

„Aber da sind auch Kinder, Waisen und alleinstehende Frauen", flüsterte Jona hinter Vis Rücken.

„Irgendjemand muss sich auch um diese kümmern und die alleinstehenden Frauen sind oft Gefallene, die in unserem Hause einer geordneten und wertvollen Arbeit nachgehen, junge Dame. Wir versuchen sie von jenen zu trennen, die durch Straftaten aufgefallen sind. Auch von Sodomisten oder anderen Perversen."

Vi packte Jonas Schulter und schob sie an ihre andere Seite, als sie Herrn Traubs Blick ausmachte. Er wusste wohl schon längst von Jonas Vergangenheit. Wie hätte er auch all die Zeitungsartikel im letzten Jahr ignorieren können? Er brauchte es gar nicht zu riechen, es war ihm damals förmlich unter die Nase gehalten worden. Sie konnte sich vorstellen, welche Meinung er in Bezug auf Jona vertrat.

„Ich glaube, es dürfte eher strittig sein, ob viele Ihrer Insassen behandlungsbedürftig oder überhaupt straffällig geworden sind", sagte da Fräulein Hauptmann und steckte die Tatwaffe in eine Papiertüte.

„Und ich glaube, ich bin nicht hier, um mich zu rechtfertigen", erwiderte Herr Traub und sah Fräulein Hauptmann gar nicht an. „Im letzten Monat sind zwei Insassinnen verschwunden. Eine von ihnen konnte zwei Tage später eingefangen werden, aber eine ältere ist untergetaucht und hat sich durch ihr Verhalten noch nicht zu erkennen gegeben. Die Beschreibung, die ich vom Herrn Polizeirat erhalten habe, könnte auf sie zutreffen."

„Haben Sie ein Haar von ihr?", fragte Gremlich und sah von Seidaus Schädel auf.

„Ja, ich denke, es wird sich eines auf ihrem Kopfkissen finden lassen."

„Bringen Sie es uns. Wir haben hier ein Haar gesichert, dann können wir es vergleichen und herausfinden, ob es sich um ihre Zuchthäuslerin handelt oder nicht."

Traub drehte sich um und ging, ohne sich zu verabschieden aus dem Raum. Vi verstand seinen Ärger darüber, nicht ernst genommen zu werden. Es war ihr selbst oft genug so ergangen. Daher folgte sie ihm vor die Tür, wo zwei Polizisten standen, um den Tatort und die Verbringung der Leichen zu überwachen.

„Sie sollten sich von Gremlich nicht ärgern lassen. Er lässt seinen Respekt immer am Schlüsselhaken hängen, wenn er aus der Tür seiner sicher sehr kleinen und sehr kalten Wohnung geht."

„Entschuldigen Sie, Frau Sperber, es tut mir leid. Ich hätte nicht so schroff sein dürfen, auch nicht gegen Fräulein Bote. Ich verstehe ja ihre Abneigung gegen das Zuchthaus durchaus, aber ich hatte gehofft, sie hätte mehr gelernt, als es zu verabscheuen."

„Jeder hat wohl seine Ansichten über bestimmte Institutionen unseres Staates, Herr Traub", sagte Vi und versuchte damit einem Disput aus dem Weg zu gehen, der unweigerlich entbrennen musste.

„Das ist richtig", antwortete dieser und lächelte schwach. „Aber bitte, wenn denn alle Welt meinen Doktortitel vergessen muss, so nennen Sie mich doch einfach Richard."

„Oh, entschuldigen Sie, ich wollte Sie keineswegs beleidigen. Wissen Sie, bei mir heißt Herr Doktor Gremlich auch immer nur Gremlich. Wenn ich es so bedenke, kenne ich noch nicht einmal seinen Vornamen. Aber natürlich dürfen Sie mich dann gerne Vi nennen." Sie wurde immer schneller, ohne zu wissen, wieso sie plötzlich eine solche Nervosität in Richards Anwesenheit befiel. Schweiß brach ihr aus. Hatte Oda Recht? War das der Herbst des Lebens, in dem man zum letzten Mal ins Schwitzen geriet und langsam verwirrt wurde?

„Hören Sie, Vi, diese Frau bei Seidau. Sie ist unter ärmlichen Verhältnissen aufgewachsen und ihr Leben lang gedemütigt worden. Vor einigen Jahren hat sie ihren Mann ermordet. Aufgrund ihrer Umstände wurde sie nicht mit Tod und Gefängnis bestraft, sondern zu uns gebracht. Seither ist ihre Entwicklung sehr rückständig und sie verfällt immer wieder in Gewalttätigkeiten. Leider sieht niemand die Notwendigkeit ihrer Unterbringung in der Irrenanstalt. Außer mir.

Falls es sich wirklich um meine Patientin handelt, wäre ich Ihnen sehr verbunden, wenn Sie sie finden und wohlbehalten zurückbringen."

„Natürlich, Richard. Wir werden es versuchen."

„Vielen Dank. Wenn Sie mich jetzt entschuldigen würden."

Vi sah ihm eine Weile hinterher, wie er die Promenade entlangging und dann in Richtung der Neiße abbog. Mochte ja sein, dass er ab und an zu fürsorglich war und dass ihre Meinung nicht in allen Fällen übereinstimmte, aber sie mochte ihn dennoch.

„Vi, Fräulein Hauptmann will dich sehen", sagte Jona und zupfte sie am Ärmel ihrer Jacke. „Sie sagt, sie will dir etwas zeigen. Ich frage mich zwar, warum sie es mir nicht zeigen will, aber na ja."

„Das ist doch ganz klar, Jona, sie ist zu nervös in deiner Gegenwart."

„Wieso denn nervös?", fragte Jona, während sie gemeinsam ins Haus zurückgingen.

„Ja, warum denn wohl, hm?"

„Du meinst – Aber du hast gesagt – Denkst du wirklich – Du veralberst mich doch!"

„Selbstverständlich tue ich das." Vi legte ihren Arm um Jonas Schultern und zog sie zu sich. „Aber dass sie mit dir redet, ist doch ein gutes Zeichen, oder nicht?"

Jona murrte und blieb an der Tür stehen, die rechts vom Eingang wegführte. Im Laternenschein war dort ein Klavier zu erkennen. Fräulein Hauptmann saß auf dem Schemel, der davor stand, und fuhr mit den Fingern über die Tasten.

„Sie wollten mir etwas zeigen, Fräulein Hauptmann?"

„Ja, allerdings. Wissen Sie, ich spiele sehr gerne Klavier, wenn auch nicht in Perfektion, aber dieses Exemplar hier ist wirklich sehr schön. Ich wollte es mir nur ansehen und dabei ist mir aufgefallen, wie sauber es im Gegensatz zu den anderen verbliebenen Gegenständen ist. Außerdem habe ich zwischen den Tasten wieder ein Haar gefunden. Ohne es besser untersucht zu haben, kann ich natürlich nicht mit aller Sicherheit sagen, dass es zu dem vom Sofa passt, aber –" Sie hielt es in die Luft. „Grob geschätzt würde ich davon ausgehen."

„Sie meinen, diese Frau hat das Klavier sauber gehalten und gespielt?"

„Ja, ich glaube, davon ist auszugehen. Seidaus Finger sind jedenfalls viel zu klobig und zu ungelenk gewesen. Die Finger der anderen Männer konnte ich mir noch nicht ansehen, aber da wir hier nicht nur von Alkoholmissbrauch ausgehen, sondern auch von anderen Drogen – Sie verstehen, was ich meine?"

„Durchaus. Dann ist unsere Irre also eine Klavierspielerin. Aber Doktor Traub sagte, sie sei unter ärmlichen Verhältnissen aufgewachsen, woher konnte sie dann Klavier spielen?"

„Vielleicht täuscht sich der Doktor und sie ist nicht die Gesuchte."

„Hm, möglich", sagte Vi. „Wenn Sie Näheres zu den Haaren sagen können, melden Sie sich bitte umgehend bei mir."

Während sie die Blumenstraße entlanggingen, um auf den Wilhelmsplatz zu gelangen, dachte Vi über die bisherigen Ergebnisse ihrer Nachforschungen nach. Laut Ewas Aussage waren viele der Befragten der Meinung, eine Wasserhexe oder eine Nixe hätte die Obdachlosen geholt. Ihr war aufgefallen, dass alle Toten, abgesehen von jenem aus dem Ölberggarten, in der Nähe der Neiße verschwunden waren. War eine Frau an den Morden beteiligt? Aber wie sollte eine Frau allein so viele Männer entführen, über einen gewissen Zeitraum gefangen halten und dann umbringen, um sie irgendwo in der Stadt, vorzugsweise in der Nähe der Neiße wieder abzuladen? Und was war mit dem jugendlichen Angreifer im Ölberggarten und dem älteren Mann, der mit Bernhard Klages und Thomas Seidau getrunken hatte? Sollten es drei Täter sein oder hatte das eine mit dem anderen rein gar nichts zu tun? Der Angriff im Ölberggarten fiel ohnehin aus dem Muster, abgesehen davon, dass es sich bei dem Opfer um einen Obdachlosen gehandelt hatte.

„Vi, wir sind da", rief Jona sie aus ihren Gedanken zurück. Sie war schon beinahe auf dem Obermarkt, als Jona sie am Ärmel festhielt. „Wir wollten uns doch mit den anderen im Klosterstübl treffen."

„Ah, ja, habe ich ganz vergessen."

Sie traten in die kleine Gaststube, die wie an jedem Abend gut gefüllt war. In einer Ecke saßen um einen Tisch verteilt ihre Freundinnen in Gesellschaft von Polizeirat Seebitz und Kommissar Winckelmann. Vi nickte ihm zu, als sie sich setzte, um ihm für Ewas Rettung zu danken. Es war leichtsinnig gewesen, sie alleine gehen zu lassen. Denselben Fehler würde sie kein zweites Mal machen.

„Guten Abend, die Herren", sagte sie und lächelte Walter zu, bevor sich Jona an seine Seite quetschte.

„Wir haben grad Seidau angeguckt. Sein Schädel ist ungefähr in zehn verschiedene Knochenstücke zersplittert", erzählte Jona begeistert dem Polizeirat, der das Unheil selbst gesehen hatte, aber trotzdem anerkennend nickte, während Sabin ihr eben in den Mund gestecktes Stück Kartoffel ausspucken wollte.

„Jona, nicht bei Tisch!", ermahnte Oda sie.

„Ganz richtig, Fräulein Bote. Abgesehen davon hast du dich doch ohnehin nicht nah genug herangetraut, um etwas von Seidaus Überresten sehen zu können. Dir ist gleich wieder schlecht geworden", frotzelte Vi.

„Gar nicht wahr. Ich wollte nur Doktor Gremlich nicht stören."

„Guten Abend, Vi, Jona. Wollt ihr etwas essen?" Ieva trat an ihren Tisch. Da sie Dienst hatte, war beschlossen worden, die Arbeitsbesprechung ins Klosterstübl zu verlegen. Vi bestellte ein Glas Wein und das Tagesgericht, während Jona in den Taschen ihrer Hose kramte und betrübt meinte: „Brot. Brot klingt gut, Ieva."

„Hat Gremlich noch etwas herausfinden können?", fragte Walter und reichte Vi eine Zigarette. Ein Blick auf Oda genügte jedoch, um sie ablehnen zu lassen.

„Gremlich wohl nicht, aber seine Assistentin. Sie hat zwei Haare gefunden, die von der Frau stammen könnten, die Ewa beschrieben hat. Wir brauchen aber erst die Frau, um sichergehen zu können."

„Tja, das wird wohl schwieriger als gedacht", meinte Kommissar Winckelmann. „Wir haben das ganze Gebiet nach ihr absuchen lassen, aber ohne jeglichen Erfolg. Die Frau ist vom Erdboden verschluckt."

„Das ist doch alles recht merkwürdig, finde ich. Ewa befragt einen Zeugen und wird von ihm und seinen Kumpanen angegriffen. Die Frau, die bei diesen Männern lebt, schlägt ihm schließlich den Schädel ein, um Ewa zu helfen. Das ergibt keinen Sinn", sagte Oda und stellte Jonas Jackenkragen richtig auf.

„Doktor Traub, der Leiter des Zuchthauses, meint, dass sie eine seiner Patientinnen sein könnte", erklärte Vi. „Aber sicher kann er natürlich erst sein, wenn wir sie haben. Nur würde das möglicherweise ihr irrationales Verhalten erklären. Wenn sie wirr im Kopf ist, ergeben ihre Handlungen keinen Sinn."

„Auf mich hat sie eher einen verängstigten Eindruck gemacht", murmelte Ewa. Ihr Gesicht sah schlimmer aus als Jonas. Der Bereich um ihre Nase und ihre Augen war stark angeschwollen. Sie war kaum wiederzuerkennen.

„Wäre es möglich, dass Seidau sie gefangen hielt? Frau Bornzahrod, Sie sagten doch, Seidau hätte behauptet, seine Jungs seien satt, seit diese Frau da ist. Meinen Sie, sie war ihnen gefügig?"

„Ja, aber sie war nicht –" Ewa zog zischend Luft ein, als sie Walter den Kopf zuwandte. „Nicht gefangen."

„Andererseits ist es einfach, eine verwirrte Frau ohne Gewaltanwendung oder Zwang zu abscheulichen Dingen zu bewegen, nehme ich an", sagte Kommissar Winckelmann. Ob es wirklich so einfach war?

„Doktor Traub hat mir erzählt, dass die Patientin, die entflohen ist, jahrelang misshandelt wurde und aus einfachen Verhältnissen kam. Vielleicht hat sie das zu einem einfachen Opfer gemacht, aber als sie gesehen hat, was man Ewa antun wollte, hat sie sich gewehrt. Sie hat wohl schon ihren Mann umgebracht."

„Was ist, wenn sie die Mörderin unserer Obdachlosen ist? Frau Bornzahrod, die Zeugen erzählten Ihnen doch von einer Wasserhexe, die ihre Freunde geholt hat."

„Das glaube ich nicht, Walter. Sie hat Seidau den Schädel mit einem Holzstück eingeschlagen, das kaum größer ist als Jonas Unterarm. Gremlich war erstaunt, dass eine alte Frau zu so etwas überhaupt in der Lage ist. Wie soll eine geistig verwirrte Alte denn über Monate hinweg mehrere Männer entführen, gefangen halten und umbringen? Noch dazu wissen wir gar nicht recht, wie die Männer gestorben sind. Jedenfalls nicht unter heftiger Gewalteinwirkung. Außerdem ist sie erst letzten Monat ausgebrochen."

„Aber auch, wenn sie nichts mit dem Verschwinden der Obdachlosen zu tun hat, müssen wir sie finden, Frau Sperber. Sie ist eine Zeugin und auch wenn sie Ewa geholfen hat, hat sie dennoch einen Menschen zu Tode gebracht und so gewalttätig, dass wir von weiteren Taten ausgehen müssen."

„Sie zu finden, wird aber nicht einfach, Herr Winckelmann", meinte Sabin und legte ihr Besteck sorgfältig auf den leeren Teller. „Wissen Sie, wie viele leerstehende Gebäude es in diesem Gebiet gibt? Wie viele Keller, in denen niemand nach dem Rechten sieht? Wie viele weitere Versteckmöglichkeiten es gibt?"

„Bisher nicht, aber ich danke Ihnen für den Mut, den Sie mir zusprechen, Frau Stewicz."

„Sehr gern, aber zusätzlich dazu hätte ich vielleicht auch noch eine Karte der Stadt für Sie, die Ihre Suche erleichtern könnte. Im Zuge der Forschungen meines Verlobten habe ich mir erlaubt, einen ganz besonderen Stadtplan anzulegen, den ich Ihnen gerne zur Verfügung stelle. Er zeigt die Stadt gewissermaßen von unten."

„Sie meinen den Görlitzer Untergrund?", fragte Kommissar Winckelmann beeindruckt.

„Ganz genau das meine ich. Auch wenn wir modernen Menschen das oft kaum glauben können im Hinblick auf die Finsternis des Mittelalters und all den Aberglauben und den Unsinn, der damals verbreitet wurde, so waren unsere Vorfahren gewiss nicht untätig. Und sehen Sie sich die derzeitigen Bauarbeiten beispielsweise auf der Ponte-Straße an. Sie können sich nicht vorstellen, wie unterhöhlt die Stadt ist. Im Übrigen nehmen wir uns da ein gutes Beispiel an so bedeutenden Städten wie Paris oder Wien, die den Ausbau ihrer Kanalisation derzeit enorm vorantreiben."

„Wollen Sie uns damit sagen, die Frau könnte sich in der Kanalisation verbergen?"

„Die Gänge sind zum Teil groß genug, Herr Seebitz. Es ist mit Sicherheit kein Vergnügen, dort unten zu hausen, in Anbetracht des Gestanks und gewisser Nagetiere, aber möglich wäre es."

„Redet bitte nicht von Nagetieren, während ihr bei uns esst", sagte Ieva und stellte Vi den bestellten Wein und einen Teller mit Kartoffeln und Gulasch vor die Nase. Vi sah, wie Jona schluckte, als der Duft des Essens in ihre Nase drang. Als sie eben Ieva auffordern wollte, Jona auf ihre Kosten etwas zu bringen, stellte diese schon einen

Teller Gulasch und eine Schale Vanillepudding mit Schokoladensoße vor der jungen Frau ab, dazu ein großes Glas Limonade.

„Gertrud ist der Meinung, dass du mehr essen solltest als Brot", lächelte Ieva und deutete zur Theke. Vi drehte sich um, während Jona heftig winkte und Gertrud nur ein Nicken von sich gab. Da wollte sie einmal beweisen, dass sie sich auch um ihre Mitarbeiterinnen sorgte und schon kam ihr jemand zuvor. Sie zuckte mit den Schultern. Der liebe Herrgott wollte wohl nicht, dass sie nett war.

„Lass es dir schmecken, Jona", sagte Walter und strich ihr über den Kopf. Innerhalb von Minuten war der Teller leer gegessen und Jona jauchzte bei jedem Löffel Vanillepudding, der in ihrem Mund verschwand.

„Johannes, bitte übernehmen Sie die Angelegenheit. Lassen Sie einige der Polizisten die Gänge durchsuchen. Selbst wenn die Frau nicht mehr dort unten ist, finden Sie vielleicht Hinweise, ob sie sich in der Kanalisation aufgehalten haben könnte. Ich muss mich leider noch um etwas anderes kümmern", sagte Walter und auf seinem Gesicht zeichneten sich besorgte Falten ab. Indessen wischte sich Cilia den Mund mit einer Serviette ab und legte einen Zettel in die Mitte des Tisches, als hätte sie nur auf jenen Augenblick gewartet. Für eine sonst sehr rationale Frau hatte sie einen Hang zum Theatralischen.

„Um das hier, Herr Polizeirat?", fragte sie und Walter, der nur einen flüchtigen Blick auf den Zettel werfen musste, um zu verstehen, blieb der Mund offen stehen.

„Was ist das, Cilia?", fragte Vi und griff nach dem Zettel. Darauf standen zwölf Namen.

„Diese Liste hat Herr März gefunden, als er nach anderen Unterlagen gesucht hat. Es ist eine Liste mit den Namen der Lehrer und des Personals aus der Erziehungsheilanstalt von Nathanael Wasser."

„Wie sind Sie an diese Liste gekommen? Stadtrat Kolmbach hat gesagt, wir sollen dies vertraulich behandeln und es war ihm sehr ernst damit."

„Mag sein, Herr Polizeirat, aber mein Vorgesetzter hat nicht die Absicht, die Sache weiter zu verfolgen und bevor das alles in Vergessenheit gerät, dachte ich, es sei besser, eine Abschrift der Liste zu machen."

„Sehr vorsorglich, Cilia, aber ich denke, der Herr Polizeirat hätte uns die Liste auch so gezeigt, oder?", fragte Vi und zog lächelnd eine Augenbraue nach oben, während Walter auf den Tisch sah und seine Kiefer zuckten.

„Vi, das ist streng vertraulich. Diese Männer haben alle einen Namen in der Stadt erworben. Sie sind nicht irgendwer. Wir können nicht einfach so zu ihnen und sie des Mordes an sechs Jungen anklagen. Sie wurden damals schon verdächtigt, aber man konnte ihnen nichts nachweisen. Nach all den Jahren ist das nicht einfacher geworden."

„Ich verstehe dich schon, Walter. Umso sinnvoller wäre es gewesen, zu uns zu kommen und uns die Liste zu geben. Wie du weißt, haben wir andere Verbindungen und als Frauen wirken wir doch wesentlich harmloser als eine ganze Truppe Polizisten, nicht wahr?"

„Sagen wir es so, ich war mir deiner Diskretion nicht sicher. Und ich würde dich keineswegs als harmlos beschreiben." Kommissar Winckelmann nickte zu den Worten seines Vorgesetzten. „Außerdem habt ihr mit den Untersuchungen im Fall der Obdachlosen genug zu tun und wir haben gesehen, wohin das führt. Vi, wenn du hier mit dem Falschen auf eine falsche Art redest, wirst du nicht mit einem Ellenbogenschlag ins Gesicht davon kommen."

„In dem Falle werden wir uns zurücknehmen", lächelte Vi und aß weiter ihr Gulasch. Am Tisch wurde es ruhig, nur Jona schaufelte weiter den Vanillepudding in sich hinein und seufzte, als er aufgegessen war. Kurze Zeit darauf waren sie auf dem Heimweg. Walter lief an Vis Seite und war unschlüssig, was er sagen sollte.

„Mach dir keine Gedanken. Ich verstehe, dass du mir nicht alles sagen kannst und willst."

„Es geht mir nicht ums Wollen. Ich möchte nur nicht, dass ihr in Gefahr geratet. Ihr habt genug Ärger mit der Buchhandlung und immerhin kann ich euch für eure Ermittlungen im Fall der Obdachlosen noch nicht einmal etwas zahlen. Bitte, halt dich in diesem Fall raus. Ich weiß, du willst wissen, was damals wirklich geschehen ist, aber ich bitte dich, halt dich zurück!"

Er packte sie an den Schultern und sah sie an. Aus dem Augenwinkel konnte Vi erkennen, wie sich Jona die Augen zuhielt, während

Oda diesen verzückten Gesichtsausdruck bekam. Als sie merkte, wie ernst es Walter war, nickte sie. Sie fühlte sich an jene Jahre erinnert, in denen er sie immer wieder um ihre Mithilfe gebeten hatte. Er wusste, welcher Gefahr er sie auslieferte. Vielleicht war es eben das gewesen, was ihn letztlich zermürbt hatte. Nicht die Affäre mit ihr, die seine Ehe belastete. Nicht die Arbeit als Polizeirat, die nicht mehr viel mit der als Kommissar zu tun hatte. Es war seine Sorge um sie, die ihre Beziehung belastet und am Ende zerstört hatte. Jetzt fragte sie sich, wieso. Warum war sie damals so stur gewesen und hatte diese Sorge als Schwäche abgetan? Weil sie jung und übermütig gewesen war? Ließ der Herbst ihres Lebens sie milder werden?

„In Ordnung", sagte sie schließlich leise und er ließ sie los. An der Ecke zwischen Brüderstraße und Apothekergasse angekommen, verabschiedeten sich die Herren von ihnen, wobei Kommissar Winckelmann anzumerken war, dass er sich nicht minder um Ewa sorgte, deren verschwollenes Gesicht ihn nicht abschrecken konnte. Jona umarmte Walter, als sei er ein alter Freund, und entfernte sich dann mit den Frauen, während Vi noch kurz bei Walter stehenblieb.

„Weißt du noch, als ich gesagt habe, du wärest ein verweichlichter, alter Schwabbelsack geworden?"

„Ja, daran kann ich mich noch zu gut erinnern."

„Ich glaube, ich komme langsam in ein Alter, in dem mir Schwabbelsäcke gefallen."

Als Vi sich auf die Zehenspitzen stellte, erklang aus der Gasse ein angewidertes Würgen, bevor Oda Jona schimpfte und ins Haus zog. Als Vi kurze Zeit später ebenfalls eintrat, standen dort alle Frauen in Reihe aufgestellt und sahen sie erwartungsvoll an.

„Ja, ich weiß, was ihr sagen wollt. Wir haben gesagt, wir sind Freunde und mehr nicht, aber –"

„Darum geht es nicht, Vi. Willst du dich wirklich aus dem Fall heraushalten?", fragte Cilia energisch.

„Soweit ich mich erinnern kann, sagte ich, wir halten uns zurück. Nicht, wir halten uns raus."

David

Seine Arme und Beine waren an seinen Körper gepresst. Der Deckel der Kiste berührte seine Nasenspitze. Es war dunkel und still. Kein Geräusch drang zu ihm vor. Er erinnerte sich an das Licht unter dem Türschlitz. Er erinnerte sich an den Schein der Lampe, die direkt vor sein Gesicht gehalten wurde. Er erinnerte sich an den Schlag und daran, wie er in der Kiste aufgewacht war. Wie lange war das inzwischen her? Wo befand er sich? War er noch in dem Verlies, in das er gekommen war? Wo war Anton?

Er versuchte die Füße zu bewegen, aber sie waren kalt und steif und es war kein Platz, um nur mit den Zehen zu wackeln. War er festgebunden? Er konnte den Kopf nicht heben, um zu sehen, ob man ihn zusätzlich fixiert hatte. Was hatte er jetzt mit ihm vor? Was wollte er von ihm? Wieso tötete er ihn nicht einfach? Tränen rannen an seinen Schläfen hinab, aber er versuchte, gleichmäßig zu atmen. Durch die Kiste spürte er keinen Luftzug und er hatte Angst, ersticken zu müssen, wenn er zuviel Sauerstoff verbrauchte. Er beruhigte sich, dachte an Anton und seine Worte, dachte an die Finger, die ihn berührt hatten. War es nur Einbildung gewesen? Und wenn schon! Es hatte ihm Kraft gegeben, die Dunkelheit zu ertragen. Er würde auch jetzt nicht einfach aufgeben.

Da begann sich die Kiste zu bewegen. Immer noch drang kein Laut zu ihm durch. Die Kiste ruckte hin und her, aber weil er darin verkeilt war, musste er nicht befürchten, sich zu verletzen. Er hielt nur still und die Luft an. Nach einer Weile wurde die Kiste wieder auf den Boden gestellt. Seine Augen ruckten in der Finsternis hin und her, um irgendwo einen Lichtspalt zu entdecken. Er atmete tief, um ein Geräusch zu hören. Aber da war nichts. Dann begann sich die Kiste erneut zu bewegen, aber nicht zu den Seiten. Glitt sie nicht nach unten? Schnell und immer schneller? Sie versenkten die Kiste im Boden.

„Nein!", schrie er, aber was als Schrei gedacht war, war nur ein zitterndes Flüstern, das niemand hörte. „Nein, bitte nicht", flehte er weiter. Er wollte nicht lebendig begraben werden. Er hatte zu viele Gräber geschaufelt, hatte zu viele Menschen hineingelegt. Er wollte nicht selbst so enden. Die Kiste wurde aufgesetzt. Zeit verging, von der er nicht sagen konnte, ob sie Minuten oder Stunden maß. Nichts geschah. Aber wenn er doch nichts hörte, woher wollte er dann wissen, dass die Kiste nicht längst mit zwei Meter Erde bedeckt war?

„Ich liege in meinem Grab", flüsterte er und begann zu lachen. „Ich liege in meinem Grab. Jetzt bin ich wirklich bei euch." Er lachte weiter, während er weinte, bis etwas gegen die Kiste klopfte. Er konnte es ganz deutlich hören. Es war ein Klopfen. Das Klopfen von Handknöcheln.

„Simon, kannst du mich hören?"

Das war seine Stimme, Tammos Stimme. Er sprach nicht so gebrochen, wie es seine Art war, sondern flüssig, als sei er unter ihnen aufgewachsen, aber es war Tammo.

„Ja, ja, ich kann dich hören", flüsterte er und schloss die Augen, um sich das Bild des Dunklen vor Augen zu rufen. Die milden Augen, das sanfte Lächeln. Wie sie dort in dem Keller gesessen und der Männer geharrt hatten, die gekommen waren, um ihnen wehzutun. Er dachte an die Prügelei mit den älteren Jungen und wie stark Tammo gewesen war. Er dachte an jene Nacht, als er ihn begraben musste. Wie seine weißen Augen alles gewesen waren, was noch unter der Erde hervorgeschaut hatte, bevor er die letzte Schaufel Boden über ihn geworfen hatte.

„Du liegst nicht in deinem Grab. Er will nur, dass du das glaubst. Weißt du noch, was Anton dir gesagt hat, als er dich in dem Verlies besucht hat?"

„Er sagte, er will mich nur quälen. Er will mich nur brechen."

„Richtig, aber das wird ihm nicht gelingen. Er wird dich nicht einfach töten. Das ist nicht seine Art. Du weißt, er will dich erforschen, weil du immer der warst, der sich ihm widersetzt hat. Du hast überlebt. Du bist vor ihnen geflohen. Du bist ihm entkommen. Er kann dir auch jetzt nichts antun."

„Aber woher soll ich wissen, dass ich nicht wie du unter der Erde bin?"

„Weil ich es dir sage, Simon. Ich bin da."

„Du bist nur eine Einbildung. Du bist tot, seit über zehn Jahren. Ich habe dich begraben."

Eine Weile war es still und er schalt sich einen Narren, dass er seine eigene Einbildung, die ihm doch half, vertrieben hatte. Er stellte sich Tammos Gesicht erneut vor, aber es war so dunkel und selbst seine leuchtend weißen Augen konnte er sich nicht mehr in Erinnerung rufen.

„Ich bin tot, ja. Aber du nicht. Du bist noch nicht tot. Simon, es gibt Menschen, die dich vermissen. Sie werden dich suchen und sie werden dich finden, du musst nur durchhalten."

„Es gibt keinen Menschen, der mich vermisst, Tammo. Ihr wart meine Familie."

„Es gibt einen Menschen. Einen Menschen, der dir in den letzten Monaten sehr viel bedeutet hat. Erinnere dich an ihr Lachen und ihre Hilfe. Erinnere dich daran, wie sie am Bett des alten Mannes saß."

„Oda."

„Ja, Oda. Simon, du bist ihnen entkommen und dafür gibt es einen Grund. Es gibt einen Grund, warum Gott dich hat überleben lassen. Du solltest Paul retten."

„Aber ich wollte ihn töten. Ich wollte ihn umbringen, damit alle verstehen, was Wasser getan hat. Damit sie verstehen, was er euch angetan hat."

„Doch du hast ihn nicht umgebracht. Du hast ihn und die Jungen vor Wasser gerettet und du bist deiner eigenen Rettung begegnet. Oda, Ewa, diesen Frauen. Du solltest ihnen begegnen, um sie zu retten und von ihnen gerettet zu werden."

Er hatte nie an Gott geglaubt. Gott hatte ihm seine Familie genommen, seinen über alles geliebten Großvater, die nervigen Schwestern. Gott hatte es zugelassen, dass ihnen Schändliches widerfahren war, dass seine Brüder gestorben waren, dass er sie begraben musste.

„Ich weiß, dass es dir schwer fällt, dir das vorzustellen. Dass es einen Grund für deine Existenz gibt, einen Grund für all das, was geschehen ist. Aber es ist die Wahrheit, Simon. Unser Leben fügt sich, wie es sich fügen soll. Vielleicht verstehen wir das oft nicht, aber es ist so. So und nicht anders."

„Tammo?"

„Ich bin da."

„Was ist, wenn Oda mich nicht finden kann?"

„Sie wird dich finden, Simon. Kannst du dich an die Zeilen erinnern, die du ihr geschrieben hast? Du brauchst noch eine Antwort auf deine Fragen. Bis du diese Antworten nicht kennst, wirst du nicht sterben."

Er schloss die Augen und atmete ruhig. Tammo saß neben seinem Sarg, der irgendwo abgestellt worden war, um ihm weiszumachen, dass er begraben wurde. Er dachte an Oda und er dachte an den kleinen Paul. Die Liebe, die er seiner Großmutter entgegenbrachte, hatte ihn davor bewahrt, selbst zum Mörder zu werden. Sie hatte das Mitgefühl in ihm wachgerufen, die Zuneigung, die er einst für Fedor empfunden hatte. Er hatte Paul verschont und zu seiner Großmutter gebracht. Er würde nicht sterben, bevor er nicht wusste, ob sie ihm verzeihen konnte. Denn ihre Vergebung war ihm wichtiger als die Gottes.

Lehrmethoden
Montagnachmittag, 27. März 1876

„Woran denkst du?"

Oda blieb neben dem Westportal der Frauenkirche stehen und brauchte ein paar Sekunden, um Vis Gesicht zu erkennen und sich daran zu erinnern, wo sie war. Ihre Gedanken hatten sie ganz für sich eingenommen. Darüber hatte sie sogar vergessen, dass sie auf dem Weg zu einem der letzten überlebenden Lehrer waren, der vor über zehn Jahren in Nathanael Wassers Erziehungsheilanstalt tätig gewesen war. Eigentlich hatte sie sich innerlich darauf einstellen wollen, auf das Gespräch mit einem solchen Mann. Cilia hatte Vi bisher zu jedem Lehrer begleitet, aber wegen einer Stadtratssitzung konnte sie am heutigen Tage nicht. Doch anstatt sich vor dem zu wappnen, was sie hören würde, waren ihre Gedanken abgeschweift.

„Ich musste an David denken."

„An den jungen Pfleger im Krankenhaus? Ist er immer noch verschwunden?"

„Ja. Er hat sich nicht abgemeldet. Keiner weiß, wohin er gegangen ist. Sie haben angenommen, er sei mit einer Schwester durchgebrannt, aber keine hatte näheren Kontakt zu ihm. Er war so umgänglich und freundlich mit allen, aber geredet hat er mit ihnen nur selten über Privates. Heute war sein Vermieter im Krankenhaus. Er wollte wissen, ob wir über Davids Verbleib Bescheid wüssten, weil dieser seit drei Monaten seine Miete nicht gezahlt hätte. Selbst dieser Mann war besorgt, denn er hatte David als einen anständigen Jungen kennengelernt, der jeden Monat pünktlich gezahlt hat."

„Und du meinst nicht, er könnte einfach keine Lust mehr gehabt und sich aus dem Staub gemacht haben?"

„Nicht David. Jedem anderen jungen Menschen würde ich das zutrauen, aber ihm nicht. Du hast nie gesehen, wie er mit den Patienten umgegangen ist. Er hat sich um sie gekümmert. Er weiß, was Verantwortungsgefühl ist. Außerdem waren wir irgendwie Freunde. Er hätte mir doch etwas gesagt."

„Hast du Angst, dass ihm etwas zugestoßen sein könnte?"

„Zumindest habe ich ein schlechtes Gefühl."

Sie gingen weiter in Richtung Krankenhaus und erreichten den Post-Platz, der im letzten halben Jahr eine erstaunliche Wandlung durchgemacht hatte. Rund um den Platz waren Häuser entstanden und jene Gebäude, die noch im Herbst im Bau befindlich gewesen waren, zeigten inzwischen Fenster mit Gardinen und Blumen.

„Der letzte Name auf der Liste. Rudolph Groß. Er wurde von einem Jungen später der Gewaltausschweifung bezichtigt. Angeblich soll er Kinder an den Füßen an der Decke aufgehängt haben."

„An den Füßen?"

„Hat einer der Jungen jedenfalls berichtet. Keiner der anderen Lehrer hat sich bisher zu diesen Vorwürfen geäußert. Niemand will die sechs Jungen gekannt haben, die in der Erziehungsheilanstalt getötet wurden. Vier von der Liste sind tot, der Rest ist sehr verwirrt, wie Kolmbach Cilia gesagt hat. Zwei der Männer von der Liste waren zu dem Zeitpunkt noch nicht einmal Lehrer an der Schule. Einer war Koch, der andere Gärtner. Keiner will etwas gesehen haben. Ich verstehe Simon. Wenn er die Skelette nicht ausgegraben hätte –"

„Wäre der Fall nie mehr aufgerollt worden, hätten sich keine Zeugen gemeldet und alles wäre in Vergessenheit geraten. Das stimmt. Aber er wollte Paul töten, das kann ich nicht einfach abtun."

Oda dachte an den handgeschriebenen Brief des siebten Jungen, der ihren Paul umgebracht hätte, hätte dieser sein Herz nicht erweicht. Lange hatte dieser Brief sie in ihren Träumen verfolgt und bis heute hatte sie für sich keine Antworten auf die Fragen gefunden, die ihr gestellt worden waren.

Wenn ich sage, dass ich nie der Mensch sein wollte, der ich geworden bin, glaubst du mir? Wenn ich dich bitte, für mich zu beten und gelegentlich meiner zu gedenken, wirst du es tun? Wenn ich mir wünsche, dass du mich liebst, kannst du es?

„Bist du bereit? Willst du mich wirklich zu ihm begleiten?"

„Ich will einen dieser Männer sehen. Ich will wissen, ob sie wirklich so normal scheinen, wie du gesagt hast."

Vi öffnete die Eingangstür zu einem der neuen Gebäude, deren äußerliche Fassade so beeindruckend war wie das Innere. An der Decke zeigten sich zahlreiche Ornamente und die Wände waren mit Verzierungen in unterschiedlichen Farbtönen geschmückt. Die Treppen waren aus Stein, der eine glänzende Trittfläche zeigte.

„Wäre es nicht schön, wenn wir uns so etwas auch leisten könnten?"

„Ich weiß nicht, Vi, ich mag unsere Holztreppe, auch wenn sie knarrt."

„Du hast Recht. Außerdem höre ich dann, wenn ihr Besuch bekommt. Wie steht es eigentlich mit dir und diesem Verlegersohn? Bring ihn doch mal mit zu einem unserer Sonntagsessen!"

„Sein Name ist André Setz und danke der Nachfrage, wir treffen uns häufig und mögen einander. Zu mehr werde ich mich nicht äußern und ich werde ihn auch nicht eurer Begutachtung aussetzen. Es reicht ja wohl, wenn der arme Erich immer zwischen uns sitzen muss. Außerdem wäre es ganz und gar unmöglich, ihn mitzubringen, da Jona in meiner Küche schläft."

„Ach, du hast Angst, sie könnte etwas mitbekommen? Na, darüber musst du dir wirklich keine Sorgen machen. Für eine Nacht nehme ich sie auch mal bei mir auf, wenn du dich vergn –"

„Vi!" Oda blieb abrupt stehen. „Ich glaube, es ist nicht der richtige Ort und schon gar nicht die richtige Zeit, um über solche Angelegenheiten zu sprechen. Noch dazu bin ich doch zu alt für so etwas."

„Ich bitte dich, Oda. Für so etwas ist man nie zu alt. Schämst du dich etwa? Oder machst du dir Gedanken wegen Paul? Er ist schon viele Jahre tot und ich glaube, dass er nichts dagegen hätte, wenn du dich auf einen anderen Mann einlassen würdest. Oda, wir alle brauchen Zärtlichkeiten und einen Menschen an unserer Seite."

Sie stiegen gemeinsam die Treppen hinauf bis in den vierten Stock. Keuchend kamen sie beide an der Wohnungstür von Rudolph Groß an und brauchten ein paar Atemzüge, um ihre Lungen zu beruhigen. Neben der Wohnungstür hing ein eigentümlicher Mechanismus, den Vi genauer inspizierte.

„Ich glaube, ich kann das gar nicht mehr", sagte Oda leise.

„Wie meinst du das? Hier steht drauf, man muss einfach nur daran drehen. Das ist wohl eine dieser neumodischen Korridorklingeln. Dabei täte es ein einfacher Türklopfer doch auch."

„Nein, das meine ich nicht. Vi, ich weiß nicht mehr, wie das geht. Paul ist schon so lange tot und seither habe ich keinen Mann mehr kennengelernt. Ich weiß doch gar nicht, was ich sagen oder tun soll. Wenn ich noch so alt wäre wie Jona, aber ich bin fast fünfzig."

„Ach, Oda, das verlernt man nicht. Tu einfach, was du möchtest, und sieh, was passiert. Und denk bloß nicht, dass jüngere Menschen da anders handeln. Sieh dir doch Jona an. Sie hat keine Ahnung von diesem Thema."

„Na ja", seufzte Oda. „Vielleicht hast du Recht."

„Außerdem hat der Herbst des Lebens in gewisser Hinsicht da auch seine Vorteile, nicht wahr?"

Vi zwinkerte und Oda schoss das Blut in die Wangen. Darüber hatte sie noch gar nicht nachgedacht und sie fand auch keine Gelegenheit dazu, denn Vi drehte an der mechanischen Klingel. Von innen war ein Läuten zu hören, das an eine Schulglocke erinnerte. Schritte näherten sich der verglasten Tür. Hinter dem Buntglas, das in das Holz eingelassen war, war ein rundlicher Schatten zu erkennen. Er entpuppte sich als Frau.

„Guten Tag." Die Frau war nur wenige Zentimeter größer als Jona und ebenso breit geraten. Ihre Haare waren zu einer Art lockigem Helm geformt, der unter ihren Bewegungen wankte. Ihr Gesicht zeigte die Strenge einer Erzieherin oder einer verbitterten Hausfrau. Unweigerlich musste sich Oda fragen, wann diese Frau das letzte Mal in ihrem Leben gelacht hatte.

„Guten Tag. Frau Groß?"

„Das bin ich wohl, ja. Und wer sind Sie?", herrschte die Frau Vi an.

„Mein Name ist Vi Sperber und das ist meine Mitarbeiterin Oda Minzer. Wir sind hier, weil wir uns gerne mit Ihrem Mann unterhalten würden."

„Mein Mann ist tot", kam die prompte Antwort und die Frau wollte die Tür schon schließen, als Vi ihre Hand in den Türspalt hielt, was Oda als äußerst gefährlich ansah.

„Ihr Mann ist tot? Aber laut unseren Informationen lebt hier ein gewisser Rudolph Groß."

„Rudolph Groß ist mein Vater", echauffierte sich die Frau. Vi warf Oda einen verwirrten Gesichtsausdruck zu, denn laut den Akten war

Rudolph Groß bereits über siebzig Jahre alt. Die Frau, die da vor ihnen stand, schien nur unwesentlich jünger zu sein. Es mochte wohl an dem verbissenen Gesichtsausdruck gelegen haben oder an der Tatsache, dass sie noch ihren Mädchennamen trug, dass sie ihr Alter falsch geschätzt hatten.

„Entschuldigen Sie vielmals. Ich dachte nur wegen Ihres Namens", versuchte sich Vi zu erklären.

„Mein Mann hieß auch Groß. So was soll vorkommen. Was wollen Sie von meinem Vater?"

„Wir sind im Auftrag der Polizei hier", begann Vi und Oda kämpfte dagegen an, den Kopf zu schütteln. Wie war sie nur immerzu in der Lage, so unverhohlen zu lügen? Walter hatte sie gebeten, sich aus der Sache herauszuhalten. „Wir würden gerne mit ihm über Nathanael Wasser sprechen."

Die Augen der Frau verengten sich und ließen sie weitere zehn Jahre altern. Was wohl eine Tochter verspüren musste, wenn ihr Vater wegen Misshandlung seiner Schutzbefohlenen angeklagt wurde? War sie auch von ihm geschlagen worden? Was hatte sie gedacht, als sie erfuhr, dass ihr Vater sich auch an den Jungen vergangen hatte?

„Die Polizei war doch schon vor drei Tagen hier und hat mit meinem Vater gesprochen", sagte sie und klang dabei, als würde sie Vis Worten keinerlei Glauben schenken.

„Es gibt noch ein paar Ungereimtheiten, die wir gerne aufklären würden. Ihr Vater könnte uns sehr behilflich dabei sein. Wir werden auch nicht lange stören. Er ist sicher sehr müde, nicht wahr?", mischte sich Oda in das Gespräch ein. Ein über siebzigjähriger Mann, der mit seiner ewig biestigen Tochter zusammenlebte, war sicher dauerhaft einer gewissen Ermüdung ausgesetzt.

„Das ist er. Der Schlaganfall hat ihn mitgenommen", sagte Frau Groß und sah Oda dabei durchdringend an.

„Welcher Schlaganfall?", fragte sie, denn sie konnte sich nicht daran erinnern, davon etwas gehört zu haben. Vis Augen wurden größer und größer, denn wenn sie für die Polizei arbeiteten, würden sie das doch auf jeden Fall wissen, aber da wurden die Züge der Frau milder.

„Ich wollte nur sehen, ob Sie wirklich von der Polizei sind. Man kann ja nie wissen, was sich für Gesindel hier herumtreibt, und ich

lasse doch nicht jeden zu meinem Vater. Denn er ist wirklich oft müde. Er hat wohl eine Herzschwäche, wenn ich diesem Quacksalber
von Arzt glauben soll. Wenn Sie mich fragen, leidet er nur an all den
ungerechtfertigten Anschuldigungen, die seit Jahren auf ihn nieder-
prasseln. Und jetzt wird das alles wieder aufgerollt, nur weil dieser
Wasser so ein Perverser war. Mein Vater mag ja für ihn gearbeitet haben, aber er ist gewiss nicht so gewesen. Er hatte immerhin Frau und
Kinder!", echauffierte sich die Frau, während sie durch den Flur der
geräumigen Wohnung ging. Vi atmete erleichtert auf, bevor sie ihr
folgte. Oda schloss die Tür hinter sich und vermied es, die persönliche Umgebung des Mannes allzu genau zu studieren. Aber ihr fielen
die Gemälde an den Wänden auf und sie musste an Wasser denken
und die Bilder von seinem Haus, die in seiner Wohnung gehangen
hatten.

„Sie bekommen zehn Minuten. Das letzte Mal hat er sich so sehr
aufgeregt, dass er die ganze Nacht nicht schlafen konnte. Ich schwöre
Ihnen, ich werde mich beschweren, wenn das wieder passiert."

„Wir werden uns beeilen und es so schonend wie möglich machen",
sagte Vi, aber Oda wusste, dass sie nicht vorhatte, Groß so einfach
davon kommen zu lassen. Seine Tochter nickte und öffnete eine
schmale, weiß gestrichene Holztür zu einem Arbeitszimmer. Vi und
Oda traten hindurch, die Tür wurde geschlossen und eine beklem-
mende Enge umfing sie.

Das Zimmer war mit schweren, braunen Bücherregalen tapeziert,
in denen Unmengen von ledergebundenen Werken standen. Oda
konnte sehen, dass Vi sich nur zu gerne die eine oder andere Ausgabe
angesehen hätte. Ein Schreibtisch aus dunklem Holz nahm einen
Großteil des Raumes ein und machte es, gemeinsam mit drei hohen
Ohrensesseln unmöglich, sich frei zu bewegen. Der alte Groß saß in
einem der Sessel und schien zu schlafen, doch als sie sich näherten,
schlug er die Augen auf.

„Wer sind Sie?", hauchte er. Seine Stimme klang schwach und Oda
konnte sich des Mitleides nicht erwehren, das sie bei seinem Anblick
empfand. Das Gesicht war gutmütig, keine Strenge oder Verbitterung
lag darin. Wie konnte es möglich sein, dass ein solcher Mann Kindern
etwas Derartiges antat?

„Mein Name ist Vi Sperber und das ist meine Mitarbeiterin Frau Minzer", wiederholte Vi noch einmal. „Wir kommen von der Polizei. Wir wollten kurz mit Ihnen sprechen."

„Polizei? Geht es wieder um die Erziehungsanstalt?"

„Ganz richtig, Herr Groß. Dürften wir uns wohl setzen?"

„Nein, das dürfen Sie nicht." Der alte Mann setzte sich in dem Sessel auf und sein Gesicht zeigte zornige Falten, aber da war noch etwas in seinen Augen, das Oda nicht zuordnen konnte. Angst?

„Wie Sie wollen. Ich würde Ihnen gerne ein paar Fragen stellen", ließ Vi sich nicht aus dem Konzept bringen.

„Ich werde Ihnen aber keine Antworten geben. Es reicht jetzt. Es ist eine Frechheit, dass nach so vielen Jahren wieder Polizisten bei mir auftauchen und jetzt auch noch – Frauen? Seit wann arbeiten Frauen für die Poli – Moment. Ich habe in der Zeitung Ihren Namen gelesen. Als Wasser umgebracht worden war."

„Ja, wir haben im Fall der Skelette ein paar Nachforschungen angestellt und waren der Polizei behilflich."

„Nachforschungen? Sie! Sie haben ihn umgebracht!"

Oda zuckte zurück, als der Mann zu schreien anfing und von dem gutmütigen Gesichtsausdruck nichts mehr übrig blieb als eine verzogene Fratze voller Wut und Hass. Hatte er so vor den Kindern gestanden, während er sie malträtiert hatte? Gott, wie mussten sich diese armen Seelen gefürchtet haben!

„Herr Groß, wir haben ihn nicht umgebracht. Er wurde von einer aufgebrachten Menge hingerichtet, nachdem offenbar wurde, dass er fünf kleine Jungen entführt hat."

„So ein Unsinn! Das wollte ihm nur jemand unterschieben. Dieser kleine Drecksack war das!"

„Von wem sprechen Sie?"

Oda hielt sich an dem Schreibtisch fest und beobachtete den Mann, der erschöpft in den Sessel zurückfiel.

„Simon", hauchte er gequält und griff zu einer Pfeife, die auf einem kleinen Tisch vor ihm lag. Er zog daran. Weißer Rauch strömte in die Luft. Oda kannte den Geruch, der sich auszubreiten begann.

„Sie sollten kein Opium rauchen, wenn Sie an einer Herzschwäche leiden", erklärte sie. „Es lähmt den Atem und hat eine leicht narkotisierende Wirkung. Das wird Ihrem Herz nicht gut bekommen."

„Wer hat Ihnen denn erzählt, dass ich an einer Herzschwäche leide?"

„Ihre Tochter", meinte Vi, die die Opiumpfeife interessiert musterte.

„Meine Tochter. Die Gute. Hat ihr wohl mein Arzt erzählt."

„Was haben Sie dann?", wollte Oda wissen und trat einen Schritt näher, bis Groß seinen Kopf zu ihr drehte.

„Meine Liebe, ich glaube kaum, dass Sie schon von dieser Krankheit gehört haben. Dazu sind Sie zu anständig, nicht wahr?" Die Stimme des Mannes nahm eine bedrohliche Färbung an, während er sie musterte.

„Ich verstehe. Sie waren nicht gerade anständig, als Sie jünger waren, was?", fragte Vi. „Haben sich vergnügt, während Frau und Kinder zuhause gewartet haben, haben kleine Jungen gequält und sich an ihnen vergangen."

„Das habe ich nicht!", hob Groß erneut die Stimme, ließ sich jedoch sofort wieder in seinen Sessel gleiten. „Unsere Anstalt hat der Erziehung der Jungen gedient und genau das haben wir auch getan."

„Ich kann mir das lebhaft vorstellen. Vor allem nach all den Erzählungen der inzwischen jungen Männer, die Sie erzogen haben. Lassen Sie mich nachdenken. Da war von brutalen Schlägen auf das Hinterteil die Rede. Von Stöcken, mit denen auf Handteller und Handrücken eingedroschen wurde, bis die Haut aufplatzte. Die meisten Lehrer würden sagen, dies sei ganz normal. Aber es ging noch weiter. Nicht wahr?"

„Ich habe so etwas nie mitbekommen und nie angewandt." Groß griff erneut zu seiner Pfeife, aber Vi war schneller und nahm sie an sich.

„Sehr seltsam. Einer der Jungen sagte ausdrücklich Ihren Namen. Angeblich bevorzugten Sie es, die Jungen zu fesseln und dann zu bestrafen."

„Ich habe sie nicht gefesselt. Aber um Ihnen Disziplin beizubringen, habe ich sie längere Zeit absolut still in einer Ecke stehen oder auf einem Stuhl sitzen lassen. Wollen Sie mir jetzt sagen, das sei auch grausam?"

„Manche Menschen würden das so sehen, Herr Groß", sagte Oda, die von keinerlei Methoden der Züchtigung etwas hielt. „Kinder haben einen ganz natürlichen Bewegungsdrang, den man nicht unterdrücken sollte."

„Sind Sie Lehrerin?", fragte der Mann und starrte sie aus geweiteten Pupillen an.

„Nein, ich bin Krankenschwester. Ich weiß, wie schrecklich es für Kinder ist, wenn sie mit einem gebrochenen Bein oder aus anderen Gründen im Bett ruhig liegen müssen. Kinder müssen sich bewegen. Sie müssen es schon deshalb, um zu lernen, ihre Bewegungen zu koordinieren und um Energie abzubauen, die ansonsten ins Üble umschlagen kann. Deshalb ist auch Sport so ausserordentlich wichtig."

„Ins Üble schlägt nur eine mangelnde Beherrschung des Körpers um, Frau Minzer. Und Sport ist eine reine Freizeitaktivität. Sie mag dazu dienen, junge Männer von Unsinn abzuhalten, aber sie ist einem geordneten Leben gewiss nicht förderlich."

„Sie wollen sagen, dass Sport nicht –"

„Oda, ich denke, wir schweifen ein wenig zu weit ab. Herr Groß, Sie sprachen von Simon. Es überrascht mich, dass Sie diesen Namen kennen. Bisher haben alle anderen Lehrer, die zu jener Zeit, als Sie in der Erziehungsheilanstalt unterrichteten, tätig waren, bestritten, einen Simon zu kennen. Der eigentliche Hohn ist, dass es zu dieser Zeit immerhin sechs Simons an der Schule gab. Welchen meinen Sie?"

Groß schwieg eine Weile. Seine Lippen bewegten sich malmend, als wäre es ihm ein dringendes Bedürfnis, an seiner Pfeife zu ziehen. Wie lange konsumierte er das Gift schon? Jahre? Wollte er damit vergessen?

„Einen Jungen. Er war sehr anstrengend, sehr widerwillig. Er wurde von Nathanael von der Schule geworfen."

„Sie meinen, er floh vor Nathanael Wasser und vor Ihnen?"

„Nein. Ich sagte doch, er wurde rausgeworfen, weil er sich nicht benehmen konnte."

„Was hat er denn gemacht, Herr Groß? Andere Kinder drangsaliert oder bedroht? Hat er nicht still gehalten, wenn Sie es ihm befohlen haben? Hat er den Unterricht gestört?"

„Ja. Ja, das hat er", wurde Groß unruhig. „Geben Sie mir meine Pfeife."

„Wissen Sie, ich glaube, es war anders. Ich schätze, Simon ist geflohen. Er wollte die Folter und die Demütigung, denen er und die anderen Jungen ausgeliefert waren, nicht länger ertragen. Insbesondere diese sechs Jungen, über die es leider keine Informationen gibt und die letztes Jahr aus ihren Gräbern auferstanden sind. Und dann, zehn Jahre später, taucht er wieder auf. Kurz bevor Wasser zum Direktor einer neuen Schule gewählt werden soll. Wie ging es Ihnen eigentlich dabei? Haben Sie sich für ihn gefreut? Hatten Sie überhaupt noch Kontakt?"

„Flüchtig."

„Flüchtig. Seltsam. Diese Bilder, die da in Ihrem Flur hängen, die kommen mir irgendwie bekannt vor. Ich denke eher, Sie hatten noch recht regen Kontakt zu Ihrem Vorgesetzten. Hat er Ihnen neue Jungen versprochen? Hat er Ihnen angeboten, Sie Ihnen sogar zu liefern? Wie viel haben Sie ihm gezahlt?"

„Ich habe nichts getan", beharrte Groß und starrte auf seine Pfeife, die in Vis Händen ruhte.

„Nein, wahrscheinlich weil Sie zu schwach sind und die Syphilis Ihnen allenfalls noch das Zusehen ermöglicht hätte, habe ich Recht?"

„Woher –"

„Letztes Jahr im Frühjahr, als der Ratsarchivar starb, habe ich mich intensiv mit der Krankheit befasst. Ihre Hand, sie zeigt ein ziemlich gemein aussehendes Geschwür. Sie haben auch am Hals ein solches Gewächs. Außerdem können Sie offensichtlich nur unter Schmerzen sitzen, was auf eine Infektion im Intimbereich hinweist. Ich nehme an, dass auch Ihre Organe schon befallen sind, daher die schwere Atmung. Zudem haben Sie eine Glatze. Bei Männern in Ihrem Alter nicht unbedingt verwunderlich, aber es passt zum Krankheitsbild. Vermutlich ist Ihr Haar schon vor sechs oder sieben Jahren plötzlich ausgefallen. Und Sie haben Schmerzen. Darum das Opium. Es wundert mich, dass dieses Zeug in Verbindung mit der Krankheit Ihr

Hirn noch nicht dermaßen aufgeweicht hat wie das Ihrer ehemaligen Kollegen. Es kam mir seltsam vor, dass so viele von ihnen an Senilität erkrankt sind, abgesehen vom Gärtner und vom Koch. Ich habe mich auch mit den Todesursachen jener beschäftigt, die nicht mehr unter uns weilen. Sie hatten alle Ihre Symptome. Und ich bin sicher, dass wenn sich die jungen Männer, die sich bei der Polizei gemeldet haben, untersuchen lassen, es sich herausstellen wird, dass sie am selben Krankheitsbild leiden."

„Wohl kaum, mit ihnen haben wir nicht –" Groß unterbrach sich.

„Sprechen Sie nur weiter, Herr Groß. Was haben Sie mit ihnen nicht? Mit ihnen haben Sie nicht verkehrt, meinen Sie das? Sie haben sich nicht an ihnen vergangen. Schläge und körperliche Züchtigung gingen noch in Ordnung. Das wäre etwas, was die Eltern in einem bestimmten Maß sicher noch akzeptieren würden. Aber Intimitäten mit den Jungen, nein, das würden sie nie erlauben. Wenn das herausgekommen wäre."

Groß schwieg und fixierte weiterhin seine Pfeife, die Vi in der Hand hielt. Er war so abhängig davon, dass sein Geist sich nur darauf konzentrieren konnte, obwohl er gerade mit einer schweren Anschuldigung konfrontiert wurde. War das von Anfang an Vis Absicht gewesen, als sie ihm die Pfeife weggenommen hatte? Ihn auf diese Weise zu verwirren, damit er sich offenbarte?

„Aber diese sieben Knaben, die Wasser von einem der Gerber gekauft hatte. Die hatten keine Eltern. Niemand würde sich Gedanken um sie machen oder sich um sie scheren. Mit ihnen konnten Sie tun, was Sie wollten. Sagen Sie mir, was hat Ihnen mehr Spaß gemacht? Ihnen Schmerz zuzufügen oder sie zu –"

„Hören Sie auf!", sagte der Mann und seine Stimme klang dunkel und fest. „Ich bin jetzt zweiundsiebzig Jahre alt. Ich war über vierzig Jahre Lehrer. Ich habe viele Jungen zu richtigen Männern gemacht und ihnen auf einen guten Weg geholfen. Aber es gab auch Kinder, bei denen mir das nicht gelungen ist. Sie konnten nur durch harte Strafen gezüchtigt werden."

„Was haben denn die sieben Jungen falsch gemacht? Was haben sie getan?"

„Die waren doch nichts weiter als Müll! Aus denen wäre doch ohnehin nichts geworden!", schrie Groß und Oda fürchtete, seine Tochter werde sogleich hereingestürzt kommen. „Wenn Nathanael sie nicht geholt hätte, wären sie doch verhungert. Aber anstatt dankbar zu sein und zu tun, was man von ihnen verlangte, wurden sie aufsässig. Vor allem dieser Simon."

„Dankbar?", fragte Oda. „Wofür sollten sie dankbar sein? Dafür, dass Sie sie gequält haben?"

„Wissen Sie eigentlich, wie es ist, über vierzig Jahre von diesen Bälgern umgeben zu sein, die sich über Sie lustig machen und Sie verspotten? Die haben keinerlei Respekt! Aber wir haben es ihnen gezeigt."

„Oh, Herr Groß, Sie können so stolz auf sich sein. Sie haben bewiesen, wie viel Macht Sie über wehrlose Kreaturen haben. Was für ein Gefühl war es, als Sie sie an den Füßen aufgehängt haben?"

„Es war nur zu Ihrem Besten. Mein Vater hat auch von dieser Methode Gebrauch gemacht. Sie ist sehr effektiv, das können Sie mir glauben."

„Effektiv? Wissen Sie eigentlich, was dabei passieren kann?" Oda trat einen Schritt näher an den Mann, den sie immer weniger verstehen konnte und wollte. Cilia hatte nicht untertrieben. „Die Organe drücken auf die Lunge, so dass das Atmen immer schwerer fällt. Das Herz wird zusätzlich stark belastet. Blut staut sich im Gehirn und kann zu schlimmsten Ausfällen führen."

„Und jetzt stellen Sie sich vor, dass Ihnen jemand mit der bloßen Faust ins Gesicht schlägt. Was denken Sie, was dann mit Ihrer Nase und Ihren Augen passiert?", fragte Groß sehr ruhig und sah Oda dabei in die Augen. „Ich bin sicher, man kann das Blut im Keller heute noch sehen, das mein Vater vergossen hat."

„Wieso – wieso haben Sie das dann diesen Kindern angetan? Wie konnten Sie das nur tun?"

„Ich schätze, da ist wohl was bei mir kaputt gegangen. Dort unten", lächelte Groß und in seinen Pupillen spiegelte sich nichts als purer Wahnsinn. Oda wandte sich ab und ging zur Tür. Sie wollte sich nicht länger anhören, was dieser Mann zu sagen hatte.

„Was machen Sie jetzt, Frau Sperber? Gehen Sie zur Polizei? Erzählen Sie denen, was ich erzählt habe?"

„Ja, das werde ich. Und ich hoffe, dass sie Sie verhaften und dass Sie die restlichen Tage Ihrer Existenz in einem dunklen Keller verbringen. Allein, ausgeliefert Ihren eigenen Erinnerungen und der Krankheit, die in Ihnen schwelt."

Oda war froh, dem Zimmer und dem Mann den Rücken zuwenden zu können, doch als sie auf den Flur trat, stand die Tochter des alten Lehrers vor ihr. Ihre Hand war vorgestreckt, um die Tür zu öffnen, doch etwas musste sie daran gehindert haben. Ob sie durch die Tür die wütenden Schreie ihres Vater gehört hatte? Sie ließ langsam die Hand sinken und senkte auch den Blick, als Oda und Vi an ihr vorübergingen. Was sie von dem mitbekommen hatte, was ihr Vater gestand, würde ihre Meinung über ihn ändern.

Als sie im Hausflur standen, stützte Oda ihre Hände auf die Knie. Ihr war schlecht und sie musste mehrfach tief durchatmen, bis die schlimmste Übelkeit nachließ. Vi stand neben ihr und spielte mit einer Pfeife.

„Vi, was hast du gemacht?", fragte sie entsetzt.

„Es ist nur zu seinem Besten. Du hast gesagt, Opium sei nicht gut für sein Herz." Damit ging sie leise pfeifend die Treppe hinunter. Wie war es möglich, dass sie nach allem, was in diesem Zimmer geschehen und gesagt worden war, noch so fröhlich erschien? Oda drehte sich der Magen um und Vi schien bester Laune zu sein.

„Wirst du Walter wirklich erzählen, was uns Herr Groß eben gestanden hat?" Sie standen auf dem Post-Platz. Eine Kutsche zog an ihnen vorüber und sie mussten kurz warten, bevor sie ihren Weg fortsetzen konnten.

„Ich würde es nur allzu gern, das kannst du mir glauben, aber ich fürchte, ich würde Walters Zorn erregen, wenn ich ihm erzähle, dass wir bei Groß waren. Daher erscheint es mir angemessen, dies vorerst für mich zu behalten."

„Das heißt aber auch, dass dieser Mann seiner gerechten Strafe entkommt, nicht wahr?"

„Oda, du bist Krankenschwester. Du weißt, was die Syphilis aus einem Menschen und seinem Gehirn macht. Der Aufenthalt in einer

Gefängniszelle wäre eine geringere Strafe als diese Krankheit. Ich weiß, du würdest gerne mehr tun, aber wir werden durch unsere Ermittlungen die Kinder nicht wieder lebendig machen. Alles, was wir tun können, ist, diese ganze Sauerei aufzuklären. Und vergiss nicht, dass wir noch eine andere Aufgabe haben. Wir haben jetzt das Geständnis dieses Mannes, den Rest wird die Krankheit erledigen oder das Opium."

Fotographien
Sonntagmittag, 2. April 1876

Vor zwei Tagen war Rudolph Groß in dem Sessel seines Arbeitszimmers an einem Herzinfarkt gestorben. So titelten die Zeitungen auf der vorletzten Seite bei den Kleinanzeigen. Eine Seele mehr für den Teufel.

Vi zerknüllte die Zeitung und warf sie in das Päckchen, um es auszustopfen. In dem Päckchen lag der Band über die Tuchmacher, dessen Herkunft sie endlich entschlüsselt hatte. Ein befreundeter Archivar aus der Umgebung hatte ihn ihr abgekauft und sie für ein weiteres Vierteljahr davor bewahrt, ihre Schätze unter Wert verhökern zu müssen. Sie verschloss das Päckchen sorgfältig mit einer Schnur und schob es ein Stück zur Seite, bevor sie sich eine Zigarette anzündete. Neben den Zündhölzern lag noch die Opiumpfeife des Lehrers.

„Wenigstens muss ich mich dann nicht mit Walter anlegen, wenn ich ihm erzähle, dass wir den Mann entgegen seiner Anweisungen verhört haben", sprach sie zu sich und blies Rauch in die Luft, als es heftig an der Haustür klopfte.

Als ihr Name, zart vorgetragen von einer vertrauten Männerstimme, an ihr Ohr drang, drückte sie die halbe Zigarette im Aschenbecher aus und erhob sich schwerfällig. Wie hatte sie nur annehmen können, der Allmächtige sei ihr einmal gnädig? Noch bevor sie aus ihrer Tür treten konnte, hämmerte Walter schon dagegen. Sie straffte die Schulter und öffnete, so dass sie beinahe seine Handknöchel ins Gesicht bekam.

„Frau Sperber! Hatten wir uns nicht geeinigt?", raunte er bedrohlich und sie wusste, dass er wirklich wütend auf sie war. So wie damals, als er sie für die fast geglückte Aufklärung der Sagenmorde doch tatsächlich ins Gefängnis gesperrt hatte.

„Ich sagte, wir halten uns zurück und das haben wir auch getan!"

„Und ich sagte, ihr haltet euch raus und das habt ihr nicht getan! Und von Zurückhaltung kann wohl auch kaum die Rede sein! Groß ist an einem Herzinfarkt gestorben, kaum eine Woche nachdem ihr bei ihm wart!"

„Eine Woche! Herr Seebitz, Sie wollen mir doch nicht wirklich erzählen, dass eine solche Zeitspanne uns mit dem Tod des Mannes in Verbindung bringt?"

„Laut seiner Tochter war Herr Groß in der letzten Woche so aufgebracht und unruhig, dass er kaum mehr schlafen konnte. Zudem wurde ihm seine Opiumpfeife gestohlen, die er zu medizinischen Zwecken erhalten hatte. Weißt du zufällig, woher diese Unruhe kommen und wer seine Pfeife an sich genommen haben könnte?"

„Tut mir leid, aber –"

„Es hat eine Weile gedauert, weil sie dachte, ihr kämt auch von der Polizei. Aber gestern war seine Tochter noch mal bei uns und hat uns von zwei Frauen erzählt. Eine Rothaarige war dabei, die den alten Lehrer wohl ziemlich in Aufregung versetzt haben soll. Hast du eine Ahnung, wer das gewesen sein könnte?"

„Also ich –"

„Ja, du! Du warst es und eine deiner Mitarbeiterinnen. Es ist mir völlig gleich, welche es war. Es reicht mir, Vi. Du hast es mir versprochen. Du hast mir versprochen, dich herauszuhalten. Es tut mir aufrichtig leid, aber ich muss dich wegen des Verdachts auf Missbrauch einer Amtsbezeichnung, wegen Missachtung eines polizeilichen Befehls, wegen Diebstahls und wegen Hochstapelei festnehmen."

Damit drehte er ihr die Arme auf den Rücken und legte ihr Handschellen an.

„Was machen Sie denn da?", rief Oda, die die Treppe hinaufgerannt kam.

„Er nimmt mich fest", verkündete Vi, selbst noch ungläubig.

„Und wenn Sie mir nicht aus dem Weg gehen, Frau Minzer, werde ich selbiges auch mit Ihnen tun. Die Tochter des verstorbenen Lehrers sprach von einer blonden Begleiterin."

„Dann nehmen Sie mich fest! Bitte schön! Wenigstens machen wir mehr als die Polizei! Wenn Sie wüssten, was dieser Mann uns erzählt hat. Wie er mit den Kindern umgegangen ist. Was er den sieben Jungen angetan hat. Aber das interessiert ja keinen mehr nach so langer Zeit, habe ich Recht? Es geht nur darum, den Schein zu wahren und diese braven Männer, die soviel für die Stadt getan haben, zu schützen!"

„Hier wird niemand geschützt, Frau Minzer", sagte Walter milder und Vis Arme konnten sich ein wenig von der Umklammerung erholen. „Aber wir können uns nicht über das Gesetz erheben. Wir sind den vorhandenen Spuren nachgegangen und haben mit allen Männern gesprochen, die damals in der Schule tätig waren. Die meisten von ihnen sind gar nicht mehr ansprechbar. Und der Einzige, der es noch halbwegs war, ist jetzt tot, bevor er ein offizielles Geständnis ablegen konnte, und das ist zu einem Teil auch Ihrer Mitschuld zu verdanken. Wie ist jetzt dem Abschluss des Falls oder den Kindern gedient?"

„Aber –" Odas Mund formte stumme Worte, wusste jedoch keine Antwort.

„Wir werden den Fall jetzt zu den Akten legen. Die Kinderskelette wurden aufgefunden und ordentlich begraben. Der Hauptschuldige ist tot, die restlichen Beteiligten ebenfalls oder zumindest in einem ähnlichen Zustand. Auch die Spur von diesem Simon ist längst kalt. Abgesehen davon lässt sich ihm kein Vorwurf machen außer einer eigenartigen Form von Entführung. Er hat keine Leichen geschändet, er hat niemanden umgebracht. Der Fall ist erledigt."

„Möglicherweise nicht ganz." Auf der Treppe erschienen in Begleitung von Cilia der Architekt Lothar März und der Ratsarchivar Simon Surek. Was wollten die denn jetzt hier? März war bei den Ermittlungen durch das Auffinden der Liste ja recht brauchbar gewesen, aber mit Surek hatte sie nicht mehr gesprochen, seit er zu Beginn des Jahres eines ihrer Angebote auf seine gewohnt charmante Art abgelehnt hatte.

„Und warum nicht, Herr Surek?"

Obwohl sein Griff lockerer geworden war, hielt Walter ihre Handgelenke immer noch fest. Ob er wohl endlich zu der Erkenntnis kam, dass er sie nicht festnehmen würde? Hätte er das wirklich gewollt, hätte er sich auf keine Diskussion mit Oda oder den beiden Herrschaften eingelassen.

„Weil Herr März und ich gerade eine sehr interessante Entdeckung gemacht haben, die wir Ihnen gerne zeigen würden."

„Mir? Und warum sind Sie dann im Hause von Frau Sperber?"

Surek warf März einen fragenden Blick zu und setzte dann sein Knabenlächeln auf, auf das ein bestimmter Typus Frauen mit Sicherheit hereinfiel, aber nicht der Polizeirat.

„Am besten wir klären das auf der Wache. Gehen wir, Frau Sperber!"

Sie konnte es nicht glauben! Er führte sie tatsächlich in Handschellen aus ihrem Haus und zur Wache! Glücklicherweise waren am Sonntagmittag nicht viele Menschen unterwegs, um dieses Schauspiel zu sehen. Insbesondere die Mareks waren nicht da, denen diese Festnahme mit Sicherheit gefallen hätte. Aber es war demütigend und das würde sie Walter nicht so schnell vergeben.

Als sie schließlich auf einen Stuhl in einem kleinen, quadratischen Raum gesetzt wurde, wo Walter die Handschellen löste, nur um sie kurz darauf mit dem Tischbein zu verbinden, wurde ihr klar, dass sie dieses Mal womöglich doch Ärger bekommen könnte. Er ließ sie eine Weile allein mit ihren Gedanken, doch konnte sie ein Raunen und schließlich lauter werdende Stimmen vor der Tür vernehmen.

„Unfassbar! Er hat mich festgenommen. Das ist schon das zweite Mal innerhalb eines Jahres! Wenn er sich das nicht abgewöhnt, könnte ich meine neu gewonnene positive Meinung über ihn schnell wieder ändern."

Als sich die Tür endlich öffnete, war Walters Gesicht von solch einem dunklen Rot überdeckt, dass Vi Angst bekam, er könnte Lehrer Groß sogleich folgen. Hinter ihm traten Surek und März ein, was ihr die Hoffnung gab, dass Walter endlich zur Vernunft gekommen war.

„So wie es aussieht, ist der Fall tatsächlich noch nicht abgeschlossen. Und da ich nicht davon ausgehe, dass die Herren ihre Münder halten werden, reden wir jetzt Klartext."

Damit knallte er ihr ein grobkörniges Foto auf den Tisch. Es war keine besonders gute Aufnahme, aber Vi konnte deutlich die ehemalige Erziehungsanstalt und einen Kreis aus Lehrern darauf ausmachen. Sie nahm das Foto in die Hand, die nicht an das Tischbein gekettet war, und hielt es dichter vor ihre Augen. Das Licht des kleinen Fensters, das den Raum dürftig erhellte, ermöglichte es ihr eben so, das Gesicht von Rudolph Groß zu erkennen. Die anderen Lehrer waren schwer zu erkennen, doch konnte sie einzelne Züge denjenigen zuordnen, die sie aufgesucht hatte. Schließlich fand sie sogar Nathanael Wasser in der ersten Reihe.

„Sieh dir mal die hintere Reihe genau an", sagte Walter und deutete auf einen Lehrer, der versteckt hinter den anderen stand. Sein Gesicht war in einzelne graue Punkte zerlegt, doch als sie das Foto weiter entfernt hielt, rutschte es ihr plötzlich aus der Hand.

„Nein."

„Ich fürchte doch, Frau Sperber", sagte Surek und nahm das Foto an sich. „Ich wollte es erst auch nicht glauben. Sie wissen, dass ich ein gutes Verhältnis zu ihm habe, aber ich bin absolut sicher, dass er es ist."

„Aber er ist doch kein Lehrer, er ist Arzt!"

„Warum sollte er nicht beides sein oder gewesen sein?", fragte März.

„Weil sich Richard an so etwas niemals beteiligen würde!"

Sie dachte an den gutmütigen Mann, der sich Sorgen um seine Patientin machte, der Oda hatte helfen wollen, als es ihr furchtbar ergangen war, dessen mitleidiger Blick allzu oft auf ihr geruht hatte, wenn es finanziell wieder einmal schlecht um sie und die Buchhandlung stand. Dieser Mann konnte nicht einer der Lehrer an Wassers Schule gewesen sein.

„Sein Name stand nicht auf der Liste!", wehrte sie ab.

„Und einige andere auch nicht", sagte März und deutete auf zwei verschwommene Gesichter neben den Herren der letzten Reihe. „Frauen wurden nie erwähnt, aber dennoch scheinen sie dort gearbeitet zu haben. Ich fürchte, die Liste war unvollständig."

„Aber die Jungen haben nie etwas von Frauen erzählt."

„Sie werden keine Lehrerinnen gewesen sein, möglicherweise nur Aushilfen", wandte Surek ein.

„Und was ist mit Richard? Auch über ihn gibt es keine Angaben der Männer, die sich im Hinblick auf die Gewalttaten in der Schule gemeldet haben."

„Sie haben auch von anderen Lehrern nur selten namentlich gesprochen. Vi, es mag ja sein, dass du diesen Mann magst, aber dass er auf dem Foto abgebildet ist und dass er nie ein Wort darüber verloren hat, in dieser Schule tätig gewesen zu sein, ist für mich Beweis genug, dass er ein Betrüger ist."

„Für mich noch lange nicht."

Walter ließ sich auf den Stuhl ihr gegenüber sinken und bedeutete Surek und März draußen zu warten. Die darauffolgende Stille berührte Vi auf eine unangenehme Weise. Sie hatte das Gefühl, dass sich zwischen ihr und Walter erneut ein Spalt auftat, den sie eben überwunden zu haben geglaubt hatte.

„Ich weiß, dass du ihn magst, und ich gebe zu, dass er sich um das Zuchthaus verdient gemacht hat. Er hat die Behandlung dort wesentlich verbessert und er bemüht sich um seine Häftlinge. Aber er hat verschwiegen, dass er Lehrer an der Schule war, in der sehr viele Jungen misshandelt und ein kleiner Kreis sogar missbraucht und getötet worden ist, wenn alles, was wir wissen, halbwegs der Wahrheit entspricht. Mag sein, dass er es aus Angst getan hat, aber ein aufrichtiger Mensch, der sich nichts vorzuwerfen hat, stellt sich."

„Und wenn er das auf dem Foto gar nicht ist? Das Foto muss vor über zehn Jahren aufgenommen worden sein. Vielleicht sieht dieser Mann ihm nur ähnlich."

„Dem werde ich natürlich nachgehen. Ich werde auch Traubs Lebenslauf prüfen. Aber sowohl Surek als auch März und ich sind überzeugt davon, dass er es ist. Und deine Reaktion vorhin zeigt mir, dass du ähnlich denkst. Und damit kommen wir zu dem entscheidenden Punkt."

An ihren Augen schwammen Erinnerungen vorüber. An diesen Mann, der so liebenswert erschienen war, der in ihr diese gewisse Nervosität hervorgerufen hatte, mit dem sie diese wertvollen Gespräche hatte führen können. Die wertvollen Gespräche, die sie nach der Trennung von Walter immer vermisst hatte. Sie sah den Polizeirat an, der ihr dieses Mal entschieden ins Gesicht blickte. War es das gewesen? Hatte sie in Richard nur einen Ersatz für ihn gesehen? Konnte sie darum jetzt nicht zugeben, dass der Mann auf dem Foto Richard verdammt ähnlich sah?

„Ich habe dich vorhin festgenommen und dabei bleibt es. Als Verwarnung verbringst du die nächsten drei Tage in einer Zelle. Das wird dich auch davon abhalten, dich sofort auf Traub zu stürzen und Ermittlungen zu gefährden, denen du nicht nachgehen solltest. Ich habe dich um etwas gebeten, Vi, aber du hast es wieder vorgezogen, dich über meine Wünsche hinwegzusetzen. Ich habe so oft nachgegeben. Vielleicht war das ein Fehler. Dieses Mal musst du deine Lektion lernen."

Als er den Raum verließ, sah Vi noch auf das Foto und auf die Reihen aus Lehrern und Angestellten. Sie hatte Oda stets vorgeworfen, zu naiv zu sein, in jedem Menschen nur das Beste zu sehen. Hatte sie denselben Fehler begangen? Und hatte Walter Recht? War es an der Zeit, dass sie lernte, diese eine Grenze zu respektieren? Diese Grenze, die ihre eigene war und deren Übertretung sie andauernd in Schwierigkeiten brachte. Diese Grenze, die sie manchmal nicht mehr zwischen Gut und Böse unterscheiden ließ und die sie möglicherweise auch dieses Mal getäuscht hatte.

Der Fotes Hof
Sonntagabend, 2. April 1876

Er lehnte an den Bögen des nördlichen Eingangsportals der Peterskirche und tat etwas, was er gewöhnlich zu vermeiden suchte. Er rauchte. Der Dunst, geschaffen aus seinem Atem und durchtränkt von schädlichen Substanzen, zog in die Luft und bildete dort eine Wolke, die sich in einem eiskalten Windhauch verflüchtigte. Er schauderte nicht. Ihm war warm. Sein Inneres war aufgeheizt durch das Wissen, dass Vi jetzt in der Zelle lag und ihn verdammte. Er wusste, dass es eine Herausforderung werden würde, ihre Wut zu besänftigen, aber er wusste ebenso gut, dass er richtig gehandelt hatte, dass es notwendig gewesen war. Er hatte ihr einen wichtigen Umstand verheimlicht. Die Anzeigen, die auch von den anderen Lehrern oder ihren Angehörigen bei ihm eingegangen waren. Er hatte sie gewarnt. Ihr gesagt, dass diese Männer keine Obdachlosen waren, sondern einstmals angesehene Personen in höheren Rängen. Sie und ihre Verwandten würden es sich nicht bieten lassen von einer dahergelaufenen Buchhändlerin ausgefragt zu werden, ohne dass dies für Besagte ohne Konsequenzen blieb. Er war dazu aufgefordert worden, sie sofort vor Gericht zu schleifen und sie danach in einem finsteren Kerker verrotten zu lassen, wie sich eine Ehefrau ausgedrückt hatte. Das hatte er nicht vorgehabt, aber wenn er gar nichts unternahm, würde das bald auch Folgen für ihn haben. Fest stand, Vi hatte vorgegeben, von der Polizei zu kommen. Sie hatte in Groß' Wohnung etwas gestohlen. Wenn er das unter den Tisch fallen ließ, würde das seinen Vorgesetzten mit Sicherheit zu Ohren kommen.

Aber es waren nicht seine Stellung oder sein Ruf, die ihm Sorgen bereiteten. Als Ewa zusammengeschlagen worden war, war ihm bewusst geworden, in welche Gefahr er sie brachte. Noch gravierender war nur die Gefahr, in die sie sich selbst oft genug manövrierte. Das musste er unterbinden. Er musste ihr klar machen, dass ihr zum Teil unverschämtes Verhalten eines Tages schlimm für sie ausgehen konnte. Ein paar Tage in der Zelle würden hoffentlich reichen, um sie zu züchtigen.

Sein Blick fiel auf das Gebäude, das sich vor ihm erstreckte. Über Jahrhunderte war es nach und nach gebaut worden und gewachsen und zwei Brände hatten gereicht, um es zu großen Teilen zu zerstören. Inzwischen wurde beinahe nur noch der südliche Flügel, der direkt vor ihm lag, genutzt, während der nördliche Flügel und jener, der an das verbliebene Zuchthaus anschloss, abgebrannt waren. Schlösschen wurde es genannt, aber er fand nicht, dass es mit einem der edlen Schlösser wie jenem in Rammenau oder mit dem Rittergut in Großharthau mithalten konnte. Es sah eher aus wie ein in Teilen zerstörtes Rondell aus Fenstern. Wenn er bedachte, dass Jona über ein halbes Jahr ihres Lebens darin verbracht hatte, reute es ihn sehr, dass er sie damals zu fassen bekommen hatte. Er wollte nicht, dass Vi eines Tages dort endete. Mochte sein, dass dieser Arzt oder Lehrer oder was immer er vorgab zu sein, die Zustände verbessert hatte, aber es schien, als läge die Dunkelheit ganz besonders hartnäckig über diesem Ort. Wie eine Decke, die unter den Körper des Kindes geschoben wird, um es warm zu halten. Nur dass die Dunkelheit keine Wärme brachte.

Er trug seine Uniform, als er zum Eingang des südlichen Flügels trat und dort dreimal entschieden gegen die Tür klopfte. Er wollte, dass man sofort erkannte, wer er war, denn ihn hatte ein eigenartiges Gefühl beschlichen. Er wusste, dass er nicht hätte allein hierherkommen sollen, sondern ganz offiziell. Er hatte immerhin ein Foto, auf dem Traub als Lehrer an der Erziehungsanstalt zu erkennen war. Aber um Vis Willen wollte er zuerst allein mit ihm sprechen. Während er auf die Schritte wartete, die sich langsam der Tür näherten, drehte er sich ein letztes Mal um und sein Blick fiel auf den Brunnen, in dem vor einem halben Jahr blutiges Wasser eine arme Frau zu Tode erschreckt hatte.

„Guten Abend", grüßte eine sanfte, junge Stimme ihn. Vor ihm hatte sich die Tür geöffnet und den Blick freigegeben auf eine hübsche Frau, die vielleicht etwas älter war als Jona. Das dunkle Haar war zusammengesteckt und die weiche Haut unter einem weißen Kittel verborgen. Sie erinnerte ihn eher an eine Krankenschwester als an eine Wärterin in einem Gefängnis.

„Guten Abend, Fräulein. Ich bin Polizeirat Walter Seebitz. Man sagte mir, Doktor Traub würde heute bis spät in der Nacht arbeiten. Ist es wohl möglich, ihn zu sprechen?" Er nahm seine Mütze ab und verbeugte sich halb. Er war überrascht, dass sie keine Miene verzog. Sie lächelte nicht, wirkte aber auch nicht ablehnend. Ihr Gesicht war so ausdruckslos, dass ihm der irrsinnige Gedanke kam, sie wäre gar keine Wärterin, sondern eine Gefangene, die sich als solche ausgab. Ihm kam Traubs verschwundene Patientin in den Sinn, doch hatte Ewa sie als alt beschrieben.

„Kommen Sie herein. Ich werde den Herrn Doktor informieren."

Sie öffnete die Tür für ihn und er trat in einen kleinen Vorraum, in dem er seine Jacke aufhängen und die Mütze ablegen konnte. Die Schwester ging vor. Sie nahmen eine Treppe in den ersten Stock. Kindergeschrei erklang und Walter zuckte zurück.

„Hier sind die Waisen untergebracht. Sie weinen nachts oft", erklärte die Wärterin kurz.

„Sind Sie noch in einem großen Schlafsaal zusammen?"

„Ja. Ein paar der leichteren Frauen, denen keine Gewalttätigkeiten zuzutrauen sind, passen auf sie auf. Doktor Traub sagt, dass dies für alle Beteiligten gut sei. Die Kinder lernen in der Gemeinschaft zu leben und die Frauen bekommen eine sinnvolle Aufgabe, die ihre Einstellung zu ihrem Leben und ihrem Körper ändert, damit sie sich nicht sofort wieder auf die Straße begeben."

„Aber viele Frauen haben eine gute Einstellung, nur keine andere Wahl."

„Herr Seebitz, ich bin hier Wärterin. Ich bin nicht dafür da, die Entscheidungen oder Ansichten des Herrn Doktor infrage zu stellen."

„Da haben Sie wohl Recht."

Die Kühle, die diese Frau ausstrahlte, behagte ihm nicht. Er beobachtete ihren geraden Rücken, als sie die nächste Treppe in den zweiten Stock nahm. Das Treppenhaus war eng und sein Herz schlug viel zu schnell, obwohl er in der letzten Zeit darauf geachtet hatte, ein wenig gesünder zu leben und körperlicher Ertüchtigung nachzugehen.

„Und hier? Im zweiten Stock?"

„Da sind die anderen Frauen in Vierer- bis Fünferzellen untergebracht. Wir haben dort auch Zellen, in denen sie sich austoben können. Doktor Traub hat sie einrichten lassen, nachdem die Kapazitäten
von Doktor Kahlbaum und seiner Anstalt ausgeschöpft waren und
wir keine weiteren Gefangenen zu ihm überweisen konnten. Außerdem hielt Doktor Traub es für besser, die zum Teil gewalttätigen
Damen nicht mit einfachen Irren zusammenzubringen."

„Passiert es oft, dass eine der Frauen in diese speziellen Zellen
muss?"

„Sie sind jede Nacht belegt."

Nur eine hölzerne Tür, in die ein halbhohes Gitter eingelassen war,
um in den Gang dahinter blicken zu können, trennte ihn von den
Frauen, die hier aus verschiedenen Gründen untergebracht waren.
Manche hatten sich nur bei der Unzucht erwischen lassen, andere
hatten ihre Männer umgebracht. Der Gang lag weitestgehend im
Dunklen, nur ein schwacher Schein, der unter einer der Türen her-
vorkroch, spendete ein wenig Licht. In diesem Licht nahm Walter
eine Gestalt war, die reglos am Ende des Ganges stand.

„Fräulein? Ich glaube, da ist eine aus ihrer Zelle gekommen", wandte er sich an die Wärterin, doch als er sich umdrehte und sie sich zu
ihm begab, war die Gestalt verschwunden.

„Die Schatten hier spielen einem manchmal üble Streiche, Herr
Seebitz. Aber selbst wenn es so wäre, sie käme doch nicht durch diese
Tür."

„Sind Sie sicher? Immerhin ist sie ja auch aus ihrer Zelle gekommen."

Sie sahen sich an und Walter spürte, dass die junge Frau überlegte,
was sie tun sollte. Dann schloss sie die Gittertür auf und trat in den
Gang, wobei sie nach rechts griff und eine Lampe erfasste, die dort
auf einem Brett stand. Sie entzündete sie und hielt sie weit von sich,
um den Gang zu beleuchten. Der lag leer und verloren da. Dennoch
begann sie, an den Türen zu rütteln und zu sehen, ob diese auch verschlossen waren. Am Ende des Ganges angekommen, schüttelte sie
den Kopf und ging wieder zurück.

„Was ist denn hier los?" Eine Tür öffnete sich und ein Wärter streckte den Kopf hervor. Von seinem Zimmer aus drang das Licht in den Gang.

„Nichts, Georg. Der Herr Polizeirat glaubte nur, eine Gestalt auf dem Gang gesehen zu haben. Ich habe nur die Türen überprüft."

„So, der Herr Polizeirat. Machen Sie eine Inspektion?"

„Nein, er möchte nur mit Doktor Traub sprechen."

„Verstehe."

Wie feindlich sie ihm gesinnt waren, ohne dass er hätte recht beschreiben können, wie er auf den Gedanken kam! Es war diese ruhige und starre Art, ihn anzusehen. Er musste mit Traub sprechen und dann verschwinden. Er wartete, bis die Wärterin die Gittertür wieder verschlossen hatte und folgte ihr die nächste Treppe hinauf. Er hatte das Gefühl, das Treppenhaus werde immer enger. Ihm brach der Schweiß aus. Jeglicher Gedanke an Vi verblasste. An seine Stelle rückte das unangenehme Gefühl, diesen Ort nie mehr zu verlassen.

„Und hier?"

„Hier? Hier sind die weniger gefährlichen Männer untergebracht. Meistens Diebe und Kleinkriminelle. Hier ist es immer ruhig. Die sind nicht lange hier und keiner von denen stellt eine Bedrohung dar. Wir müssen noch eine Treppe höher. Meinen Sie, Sie schaffen das?"

„Oh, ja. Es sind nur wirklich eine Menge Stufen."

„Der Doktor wollte einen Lastenaufzug einbauen lassen, aber nach dem Brand im nördlichen Flügel und wegen fehlender Gelder wurde der Plan schnell aufgegeben. Halten Sie durch!"

Ihre Worte sollten aufmunternd klingen, aber dazu waren sie zu monoton vorgetragen. Sie nahmen die letzte Treppe in den vierten Stock. Dort war es nicht auf friedliche Art ruhig, sondern auf eine bedrohliche, finstere. Als die Wärterin die Gittertür öffnete, wollte er am liebsten kehrtmachen. Wie konnte diese doch recht zierliche Frau sich nicht fürchten?

„Das ist doch nicht Ihr erster Besuch im Zuchthaus, oder?"

„Der Erste seit längerer Zeit und damals habe ich nicht alles gesehen."

„Sie brauchen keine Sorge zu haben. Die Zellentüren sind stabil und es gibt genügend Wärter, die im Notfall zur Stelle sind. Kommen Sie. Wir sind gleich da."

Sie schloss die Gittertür hinter ihnen ab und führte ihn nach rechts in einen breiten Flur, der weniger beengend war als die Gänge, die er bisher gesehen hatte. Durch die zahlreichen Fenster drang nur fades Licht herein, aber es half, ihn zu beruhigen. Er strich sich mit dem Arm über die Stirn und ordnete seine Gedanken. Wenn er sich nicht in den Griff bekam, würde die Unterhaltung mit Traub sicherlich in einer Katastrophe enden. Er hätte Johannes mitnehmen oder ihm wenigstens Bescheid geben sollen, wohin er gegangen war. Der junge Kommissar war ein hervorragender Polizist und sie waren einander auch persönlich zugetan. Aber manchmal beharrte der Mann noch zu sehr auf den Vorschriften.

„Das ist Doktor Traubs Bureau", sagte die Wärterin und blieb neben einer weiß gestrichenen Tür stehen. Sie klopfte an, doch es meldete sich niemand. „Ich vermute, er wurde zu einem Gefangenen gerufen. Kommen Sie, Sie können nebenan warten."

Sie führte ihn in einen schmalen Raum, der wohl als Besucherempfang diente, denn er war mit einem Sofa, einem kleinen Beistelltisch und sogar Gardinen ausgestattet. Obwohl es ihm widerstrebte, ließ die Wärterin ihn allein und er setzte sich auf das Sofa, um durchzuatmen. In Gedanken ging er durch, wie er Traub mit den Vorwürfen konfrontieren sollte. Es war nicht gut, ihn direkt anzusprechen. Er musste subtile Fragen stellen. Aber in seinem derzeitigen Zustand fürchtete er, würde er ihm nicht gewachsen sein.

Er stand vom Sofa auf und glättete seine Uniform, als er bemerkte, wie die Klinke der Tür sich langsam absenkte. Er hielt in seiner Bewegung inne, starrte nur auf das Metall der Klinke. Die Wärterin hatte ihm eine Lampe entzündet, aber das Licht schien mit jeder unendlich langen Sekunde dunkler zu werden. Er schüttelte den Kopf, als habe er eine Sinnestäuschung vor sich.

„Doktor Traub?"

Die Klinke war zur Hälfte hinuntergedrückt und verharrte. Er lauschte, aber da war keine Stimme zu vernehmen. Dann schnellte das Metall wieder nach oben und eilige Schritte entfernten sich. Walter stürmte zur Tür und riss sie auf. Vor ihm lag der Flur mit den weißen Türen, hinter denen augenscheinlich keine Gefangenen mehr untergebracht waren. Vermutlich war das der Verwaltungstrakt des Zuchthauses. Durch die Fenster drang das Licht von Laternen. Niemand war zu sehen.

Eine Weile blieb er noch stehen, dann ging er zurück in das Zimmer und wartete. Seine Uhr war stehengeblieben, so dass er nicht ermessen konnte, wie lange er nun schon auf den Doktor wartete. Sekunden und Minuten verstrichen. Immer wieder warf er einen nervösen Blick auf die Klinke, aber sie rührte sich nicht mehr. Schließlich hielt er es nicht länger aus. Er öffnete die Tür und ging den Flur entlang in die Richtung, aus der sie vorhin gekommen waren, als er hinter sich ein keckerndes Lachen vernahm. Er fuhr zusammen und drehte sich rasch um. Er spähte durch das Halbdunkel, aber da war niemand. Diese Gestalt im zweiten Stock. Die eigenartige Wärterin. Aber sie hatte doch mit dem anderen Wärter gesprochen. Wenn sie eine Verrückte war, dann – Und was, wenn sie alle verrückt waren? Er schüttelte den Kopf.

„Reiß dich mal am Riemen, was malst du dir hier für Sachen aus? Geh zurück nach unten. Irgendwo muss ja ein Wärter stecken." Er riss sich zusammen, soweit es ihm möglich war und machte sich auf den Weg zum Treppenhaus. Das ganze Gebäude schien auf einmal vollkommen still zu sein. Nicht einmal Kindergeschrei drang mehr an seine Ohren. Er wollte nach der Wärterin rufen, aber ihm fiel ihr Name nicht ein. Hatte sie ihm ihren Namen überhaupt genannt?

Er sah die Treppe hinab und fluchte. Er hätte die Lampe mitnehmen sollen. Er wollte sich umdrehen und sie holen, als jemand ihm eine flache Hand so kräftig vor den Kiefer schlug, dass er den Halt verlor.

In jenem Moment, als er die einzelnen Stufen abwechselnd an seinem Rücken, seinem Kopf und seinen Gliedmaßen fühlte, dachte Walter an all die „Hätte", die nie mehr in Erfüllung gehen würden. Hätte er nur viel früher seiner Frau von Vi erzählt. Hätte er sich nur rechtzeitig anders verhalten, so dass sie ein wenig mehr Zeit zusammen gehabt hätten. Hätte er nur jeden einzelnen Moment seines Lebens intensiv und voller Begeisterung genossen. Hätte er sie doch zum Abschied nicht in eine Zelle gesperrt, sondern sie noch ein letztes Mal in den Arm genommen.

Als sein Kopf irgendwann hart gegen eine Mauer schlug und das Fallen ein Ende hatte, war sein Bewusstsein weit entrückt. Er dachte an jene Nacht, als sie sich das erste Mal begegnet waren. Sie in Männerkleidung, verfolgt von einer wilden Bande, die bereit war, sie umzubringen. Wie überwältigt er von dieser Frau und ihrer Unerschrockenheit gewesen war!

Das Letzte, was seine Augen außerhalb der Erinnerung wahrnahmen, waren zwei Frauenfüße, deren Gelenke von einem weißen Kittel bedeckt wurden.

David

Als er aufwachte, vernahm er das leise Röcheln. Er spürte, dass er nicht mehr in seinem Grab war. Wie lange hatte er so getan, als sei er schon tot? Wie lange war er in dieser Kiste eingesperrt gewesen? Die Dunkelheit um ihn herum war undurchdringlich. Dabei hieß es doch, die Augen gewöhnten sich an die Finsternis und begannen, wenigstens Konturen wahrzunehmen. Seine nicht. Er war blind geworden. Er tastete vorsichtig mit seinen Händen zu seinen Augen, denn ihm kam ein schrecklicher Gedanke. Wenn er ihm, während er geschlafen hatte, die Augen entfernt hatte? Wenn er nie wieder sehen würde? Die Sonne, Pauls Kinderlachen, Odas milden Blick. Er strich an seinen Lidern entlang. Dahinter waren seine Augäpfel deutlich spürbar und er begann sich zu beruhigen.

Aber woher kam dieses Röcheln? Hatte er den Prediger zurückgebracht? Er hatte geglaubt, er sei längst tot. Zwar konnte er nicht sagen, wie lange er sich schon in seiner Gefangenschaft befand, aber er nahm an, dass es sich um mehrere Wochen handeln musste. War schon ein Monat vorbei? Wer würde seine Miete bezahlen?

„Deine Miete?"

Er horchte auf. Hatte er seinen Gedanken laut ausgesprochen? Hatte der Mann, von dem das Röcheln kam, ihm geantwortet? Er blieb still, dachte an nichts mehr, starrte nur in die Dunkelheit.

„Bolvan! Deine Miete ist dein kleinstes Problem!"

Er drehte den Kopf zur Seite und in all der Blindheit konnte er plötzlich Konturen wahrnehmen. Große Konturen. Freilich war der Große inzwischen längst nicht mehr größer als er, aber er war noch immer ein Riese für ein Kind. Seine grünen Augen blitzten in der Finsternis und er erkannte das braune, lang gewachsene Haar, das ihm nass an der Stirn geklebt hatte, als er vom Dach gesprungen war.

„Kasimir!"

„Da! Wer denn sonst?"

Sein Akzent war weniger stark als noch vor zehn Jahren, aber er erkannte ihn. Wie hatte er seine Stimme nur vergessen können? Er rutschte ein wenig zur Seite, bis er Kasimirs warmen Körper neben sich spüren konnte. Tief in ihm regte sich das Bewusstsein, dass dies alles nur eine Einbildung war. Aber seinem Bedürfnis nach menschlicher Nähe war dies gleich. Er wollte die Berührung. Er wollte die Wärme eines anderen Menschen spüren. Und er dachte daran, wie es gewesen war, als Kasimir ihn in seine Arme geschlossen hatte. Als der Vater ihn niedergeschlagen hatte. Als sie in Wassers Hände übergeben worden waren und alles ein Ende nahm.

„Njet, kein Ende. War ein guter Anfang. Für uns. Für dich."

„Wieso? Ihr seid alle gestorben und wer bin ich geworden?"

„Der Tod ist kein Ende. Als ich gesprungen bin, haben mich die Engel gefangen und ich habe das Licht gesehen und wurde selbst zum Licht. Und du, du bist stark geworden und ein bisschen größer."

Kasimir lachte, denn immerhin überragte David ihn nun um zwei Köpfe.

„Und du bist David geworden. Du bist nicht länger Simon. Du hast das hinter dir gelassen."

„Aber ich bin jetzt hier, Kasimir. Ich dachte auch, es sei alles Vergangenheit, aber jetzt hat mich die Vergangenheit wieder eingeholt."

„Njet, das stimmt nicht. Du bist David und David ist hier, nicht Simon. David ist stärker als Simon, der floh und sich rettete. David ist gewachsen. David ist kein kleiner Junge mehr."

„Doch ich habe immer noch Angst und wie damals weiß ich nicht, was ich tun soll."

„Am Leben bleiben. Das ist es, worauf es ankommt, weißt du noch? Am Leben bleiben und wenn du es schaffst, wirst du auf die andere Seite der Neiße gehen und du wirst eine wunderbare Frau kennenlernen und heiraten und Kinder haben."

„Das war immer dein Wunsch."

„Da, aber für mich kann er nicht mehr in Erfüllung gehen. Für dich schon."

„Ich glaube, dass ich das nicht mehr kann, Kasimir."

„Dann gibt es einen anderen Weg für dich, das ist egal. Hauptsache, du überlebst."

Sie schwiegen eine Weile und David hörte auf das Röcheln dicht vor ihm. Was das nur wieder ein Trick dieses Mannes, um ihn weiter zu schwächen, ihn zu zerstören? Was war, wenn er versuchte, sich dem Röcheln zu nähern? Würde er in eine Grube stürzen wie in dieser schrecklichen Geschichte von Edgar Allan Poe? Oder würde das Röcheln ihn packen und ihn überwältigen und ihn in einen viel schlimmeren Schlund ziehen?

„Wir sind gestorben, David, aber dank dir sind wir nicht vergessen worden. Du hast uns geholfen. Mach nicht den Fehler, allen Menschen zu misstrauen. Vielleicht ist es eine Falle, aber vielleicht ist es ein Mensch, dem du helfen musst."

„Woher soll ich das wissen? Woher soll ich wissen, wer gut und wer böse ist, Kasimir?"

„Du hast keine andere Wahl, als auf dein Gefühl zu vertrauen. Du kannst stundenlang darüber nachdenken, aber du wirst dich stets im Kreis drehen, wenn du versuchst, herauszufinden, ob jemand es gut oder schlecht mit dir meint. Manchmal wird dich dein Bauchgefühl täuschen und das wird wehtun. Doch das, was damals geschehen ist, hat dir nicht deine Fähigkeit genommen, zu entscheiden. Du musst nur auf dich hören."

„Was soll ich jetzt tun?"

„Das weißt du ganz genau."

David spürte die Kühle der Wand hinter ihm und Kasimirs schlanken Kinderarm an seiner Seite. Er sah dorthin, wo das Röcheln herkam, obwohl dort nur ein schwarzer Fleck zu erkennen war, der sich kaum vom Rest des Raumes abhob. Sein Verstand wehrte sich lange gegen sein Vorhaben, zu dem Fleck zu robben und ihn vorsichtig zu berühren, doch schließlich siegte sein Wunsch, diesem Geschöpf zu helfen.

Er ging auf alle Viere, versicherte sich kurz, dass Kasimir noch da war, dessen Augen er auf sich spürte, und krabbelte zu dem Fleck hinüber, der größer wurde, größer als er, aber zusammengekrümmt wie ein Kind im Mutterbauch. Er streckte langsam die Hand nach ihm aus und flüsterte:

„Prediger?"

Wieder war das Röcheln zu hören, als wäre eine klebrige Flüssigkeit in die Luftröhre des Mannes eingedrungen. Er war sicher, dass es sich um einen Mann handeln musste, aber vielleicht war es auch eine Frau, die den Zigaretten zu sehr zugesprochen hatte. Er zögerte ein letztes Mal, dann legten sich seine Fingerspitzen auf das, was er für die Wange des Mannes hielt. Etwas Feuchtes benetzte seine Haut, doch bevor er sich fragen konnte, ob es sich um Schweiß, Speichel oder Blut handelte, wurde sein Handgelenk fest gepackt und er begann zu schreien, bis der Boden unter ihm nass wurde.

Verluste
Samstagmorgen, 8. April 1876

Als Oda in ihrer gewohnt fröhlichen und schwingenden Art in die Küche kam, wehte ein kalter Wind über Jonas nackte Füße. Der Ofen, an dem sie lag, war schon vor Stunden erkaltet und obwohl der Frühling in Görlitz Einzug gehalten hatte, war es am frühen Morgen noch kalt. Jedenfalls für einen schmächtigen Menschen wie sie. Sie murrte und zog die Füße unter die Decke, bevor sie sich noch ein wenig mehr zusammenrollte, um nicht ein Fitzelchen Wärme zu verpassen, die der Stoff ihr bot.

„Guten Morgen, Jona!", rief Oda und begann mit Töpfen zu klappern und andere Geräusche zu machen, die Jonas verquollene Augen Stück für Stück öffneten. Schließlich lugte ein Haarschopf unter der Decke hervor und dann ein Augenpaar, das Odas Bewegungen missmutig beobachtete.

„Es ist noch dunkel draußen", murrte sie. „Du darfst noch nicht aufstehen."

„Meine Liebe, es ist wohl eher dunkel hier drin, weil die Gardine noch vor dem Fenster hängt. Wenn du wie ich schon den Blick aus den Scheiben gewagt hättest, hättest du gesehen, was für ein herrlicher Morgen es ist."

Odas Schlafzimmer lag zum Hof, so dass man bei einem Blick aus dem Fenster mehr sehen konnte als die gegenüberliegende Mauer des Rathauses. Jonas Augen bewegten sich weiterhin müde im Takt von Odas Schritten. Eventuell sollte sie doch daran arbeiten, ihren Dachboden wieder in Schuss zu bringen. Langsam wurde es wärmer und sie würde da oben nicht erfrieren. Außerdem hätte sie am Morgen ihre Ruhe.

„So, jetzt mach aber mal, dass du auf die Füße kommst! Ich will den Ofen heizen."

Jonas Kopf verschwand wieder vollständig unter der Decke, bis Odas Füße sich an ihr vorbeidrängten und sie den Vorhang des Fensters aufriss. Jona gab einen gequälten Ton von sich, denn die Decke war so dünn, dass sofort das Sonnenlicht hindurchdrang und ihre empfindlichen Augen benetzte.

„Du könntest mir helfen. Wir brauchen Wasser für den Haferbrei."
Jona rollte ihren Körper auf, warf Oda einen bemitleidenswerten
Blick zu und stand dann mit der Decke um die Schultern auf, um
ihrer Bitte nachzukommen. Sie wusste, dass sie es sich mit ihr nicht
verscherzen durfte, wenn sie weiter durchgefüttert werden wollte.
Aber jetzt, noch mit nackten Füßen, in den Hof gehen und Wasser
aus dem Brunnen holen?

Als sie kurze Zeit später mit einem halb gefüllten Eimer zurück-
kam, sah Oda sie skeptisch an.

„Das ging aber schnell, hm? Du hast doch nicht etwa das Wasser
aus meiner Waschschüssel genommen?"

Jonas Narben begannen feuerrot zu werden und zu jucken. Sie sah
in den Eimer und dann zu Oda.

„Du hast dich doch noch nicht gewaschen, oder?"

„Natürlich! Ach, Jona, es ist jeden Morgen dasselbe mit dir", meinte
Oda lächelnd und brachte das Wasser zurück ins Schlafzimmer, bevor
sie Jona den Eimer und ein paar warme Socken in die Hände drückte.
„Jetzt aber los, sonst gibt es kein Frühstück mehr, bevor du arbeiten
musst."

Auf dem Weg nach unten dachte Jona an die Arbeit, die sie erwarten würde. Vi hatte angeordnet, die Regale im Laden und im Lager zu
putzen. Seit einer guten Woche war sie aufgebracht und nervös und
ließ sich andauernd Unsinn einfallen, um alle, insbesondere sie, zu
terrorisieren. Aber ein wenig konnte sie ihre Aufregung verstehen.

Am Montag war Johannes zu ihr gekommen, um sie aus der Zelle
zu lassen. Er machte sich Sorgen, weil Walter noch nicht zur Arbeit
gekommen war. Gemeinsam hatten sie seine Wohnung aufgesucht
und einige Plätze, an denen er gerne war. Sie waren sogar zu seiner
geschiedenen Frau und den Kindern gegangen, wobei Johannes Vi
gebeten hatte, lieber im Hausflur zu warten. Doch von Walter war
keine Spur zu finden. Das hatte sich bis zu diesem Tage nicht geän-
dert. Unwillkürlich hatten sie an David denken müssen, von dem es
auch noch kein Lebenszeichen gab.

Während sie den Eimer unter den Austritt der angerosteten Kol-
benpumpe stellte und zum Schwengel ging, fragte sie sich, wie es sein
konnte, dass in einer Stadt wie Görlitz so viele Menschen einfach so

verschwanden. In Russland war das aufgrund der Weite des Landes gut vorstellbar, wie Sabin versichert hatte. Aber Görlitz war eine kleine, wenn auch im Wachstum befindliche Stadt und so zuverlässige Menschen wie David und Walter machten sich nicht einfach von heute auf morgen davon. Wasser flutete in den Eimer und es bedurfte nur weniger Schwünge, bis er voll war. Gedankenverloren nahm sie den schweren Eimer auf und wollte ihn schon die Treppe nach oben schleppen, als sie aus der Gasse vertraute Geräusche hörte.

„Smut", lächelte sie, stellte den Eimer ab und rannte nach draußen. Der gefleckte Kater saß direkt vor der Tür und miaute herzerweichend. Als sie hinaustrat, schmiegte er sich sofort an ihre Beine und ließ sich hinter den Ohren kraulen.

„Du hast sicher Hunger. Wenn Oda den Haferschleim fertig hat, bringe ich dir welchen. Aber eigentlich gibt es derzeit bestimmt wieder genug Mäuse, die –"

Jonas Pupillen weiteten sich beim Anblick dessen, was sie sah, als sie den Kopf hob. Sie fiel rücklings auf den Hosenboden und starrte zu diesem Gesicht hinüber, das kein Gesicht mehr war, weil alles daran fehlte. Da war nur noch der Haarschopf über einer blutigen Fläche mit schwarzen Höhlen. Doch war es nicht dieses Grauen, das Jona die Tränen in die Augen trieb, sondern die Uniform, die der Gesichtslose trug.

Obwohl Johannes sie gebeten hatte, sich zurückzuhalten, standen sie alle vor der Tür der Buchhandlung und sahen den Polizisten und Gremlich bei der Untersuchung des Leichnams zu. Man hatte den Mann aus der Bütte gehoben, die seit Jahren schon kein Wasser mehr förderte und nur noch daran erinnerte, wie es gewesen war, als es noch nicht in jedem Innenhof einen Brunnen gab. Die Uniform war im Schulterbereich von Blut benetzt. Auch der Rest der Kleidung war feucht, aber es war schwer zu sagen, ob von Blut oder einer anderen Flüssigkeit.

Sie legten den Leichnam auf eine eilig herbeigeschaffte Plane. Gremlich ging neben ihr in die Hocke und untersuchte erste Anzeichen für den Tod des Mannes, als Fräulein Hauptmann hinzutrat. Sie brachte ihm wortlos seine Tasche. Gremlich nickte ihr ernst zu und zum ersten Mal, seit sie einander kannten, war der Mann weder zum Scherzen noch zum Frotzeln aufgelegt. Mit allem gebotenen Anstand untersuchte er den toten Körper zunächst auf äußerliche Spuren.

„Sehen Sie das, Fräulein Hauptmann? Das sieht mir nach Pilzsporen aus."

„Ja, aber das können keine Hautpilze sein, oder? Sie müssten durch die Kleidung gedrungen sein."

„Nein, das sind auch keine Hautpilze. Trotzdem hege ich die Vermutung, dass der Mann hier ebenso wie der Obdachlose vom Obermarkt eine Zeit lang an einem feuchten Ort verbracht haben muss."

„Wie lange?", fragte Johannes, der mit seinem Notizbuch da stand.

„Pilze entwickeln sich rasend schnell, Herr Kommissar, wenn die Bedingungen stimmen. Ein paar Tage würden reichen, um eine solche Fläche zu ergeben." Dabei deutete er auf den Hüftbereich, wo sich auf der Jacke der Uniform kleine flechtenartige Flecke von Pilzen gebildet hatten. „Ich schätze, wenn wir den Mann entkleiden, werden wir weitere Arten von Pilzen finden."

„Ich weiß, Sie hatten noch keine Gelegenheit ihn weiter zu untersuchen, aber können Sie sagen, an was der Mann gestorben sein könnte?"

„Ich ging zunächst davon aus, dass es an dem Blutverlust gelegen haben muss oder dem Schock, als man begann, ihm die Haut vom Gesicht zu ziehen. Aber als Ihre Männer den Leichnam aus der Bütte hoben, habe ich am Hinterkopf eine massive Verletzung ausgemacht. Näheres kann ich Ihnen erst sagen, wenn ich ihn ausgezogen und gereinigt habe, aber ich gehe davon aus, dass der Mann an einem Schädelbruch starb."

„Noch eine Frage, Herr Doktor", setzte Johannes an. Jona sah zu Vi auf, deren Lippen fest aufeinander gepresst waren. Sie stand ein wenig weiter vorn als die anderen Frauen. Ein wenig näher an jenem toten Mann. „Wäre es möglich, dass jemand dem Mann die Uniform erst später angezogen hat?", formulierte es Johannes vorsichtig.

„Mit Bestimmtheit kann ich das jetzt noch nicht sagen, aber anhand der Blutspuren vermute ich, dass er die Uniform schon trug, als er starb. Um die eigentliche Frage zu beantworten, die Sie mir verständlicherweise gerade nicht stellen können, ich weiß es nicht.

Die Statur passt, die Haare sind den seinen sehr ähnlich, die Uniform ist seine. Machen Sie sich nicht zuviel Hoffnung, dass dies hier nicht der Polizeirat ist."

Damit gab er den Männern ein Zeichen, die Leiche in die Plane zu wickeln und sie zum Krankenhaus zu transportieren. Als sie den Leichnam anhoben, rutschte etwas aus dem Kragen der Uniform. Eine Hand krallte sich in Jonas Schulter, als Vi den Gegenstand erkannte. Johannes bückte sich, um die Kette vom Hals des Mannes zu nehmen und sie Vi zu zeigen.

„Du kennst sie?"

Der Schmerz in Jonas Schulter war kaum auszuhalten, aber viel weniger war zu ertragen, wie sich Vis Augen mit Tränen füllten, als sie die Kette und den kleinen Anhänger in Form eines Sterns an sich nahm. Sie nickte.

„Die hab ich ihm vor einigen Jahren geschenkt. Ich dachte, er hätte sie nicht mehr."

„Er hat sie immer getragen. Seit ich ihn kenne", sagte Johannes und ihm versagte beinahe die Stimme.

Oda war die Einzige, die die darauf eintretende Ohnmacht aller Umstehenden durchbrach und Vi in ihre Arme schloss, während die Männer den Leichnam fortbrachten. Gremlich blieb noch kurz stehen, wollte etwas sagen, aber stattdessen wandte er sich an Fräulein Hauptmann und Jona hörte, wie er ihr leise zuflüsterte, sie solle lieber bei den Frauen bleiben. Nur zu aller Vorsicht. Er reichte ihr eine kleinere, lederne Tasche. Fräulein Hauptmann kam seiner Bitte nach und folgte den Männern nicht.

Eine Weile noch blieben sie stehen, konnten sich nicht rühren. Obwohl Vis Hand schlaff nach unten gesunken war, fühlte Jona noch, wo sich die Fingerkuppen in ihr Fleisch gedrückt hatten. Als sie es endlich schafften, sich zu lösen, begleitete Fräulein Hauptmann Vi bis in ihre Wohnung, dicht gefolgt von Oda.

An jenem Tag blieb die Buchhandlung geschlossen. Sie versammelten sich im Laden und wussten doch nicht, was sie tun sollten. Allein Cilia begann, wie Vi es gewünscht hatte, die Regale auszuwischen. Sabin wollte sich empören, aber Jona schüttelte den Kopf. Es war nur ihre Art, ihrer Hilflosigkeit die Stirn zu bieten.

„Ich kann das einfach nicht glauben", murmelte Ieva schließlich und durchbrach die Stille. „Er kann nicht tot sein. Das geht einfach nicht."

Diese drei Sätze hatten alle von ihnen schon einmal in ihrem Leben gedacht. Aber jede für sich allein. Am heutigen Tag waren sie es alle gemeinsam, die trauerten, und diese Trauer ballte sich in dem kleinen Laden wie eine Regenwolke zusammen und begann sich zu verfestigen.

„Wir wissen doch noch gar nicht, ob er es wirklich ist", sagte Cilia und wischte so oft über einen Regalboden, dass Jona die absurde Befürchtung hatte, sie könnte die Farbe des Holzes lösen. „Lasst uns erst einmal Gremlichs Untersuchung abwarten."

„Cilia, du hast den Mann gesehen!", sagte Sabin und unterließ es anzufügen, dass es mit Sicherheit Walter gewesen war. „Ich frage mich, wer dazu in der Lage sein könnte."

„Wahrscheinlich derjenige, der auch die Obdachlosen getötet hat. Wenn auch auf Wal –" Ewa schluckte, bevor sie weiterredete. „Wenn auch auf dieser Leiche Pilze zu finden sind, dann muss der Mann sich am selben Ort aufgehalten haben wie der Obdachlose vom Obermarkt. Das hat Gremlich doch gesagt. Das heißt, die Morde stehen in Verbindung."

„Mit dem Unterschied, dass Walter kein Obdachloser war", sagte Johannes und starrte in sein Notizbuch.

„Nein, aber vielleicht ist er demjenigen, der die Obdachlosen getötet hat, zu nah gekommen", meinte Cilia. „Wäre doch möglich, dass er herausgefunden hat, wer er ist."

„Aber dann hätte er mir doch etwas gesagt!", begehrte Johannes auf.

„Was, wenn er nicht mehr dazu gekommen ist?", fragte Sabin.

Jona folgte dem Gespräch, so gut sie konnte, während ihr Erinnerungen an Walter durch den Kopf schossen wie Kanonenkugeln. Bei keiner konnte sie lange genug verweilen, um sein Gesicht scharf zu erkennen, sein Lächeln zu sehen, seine Stimme zu hören. Sie waren doch gerade erst Freunde geworden.

„Wir wissen zumindest, wann er von dem Mörder gefangen wurde", meinte Ieva. „Es muss an jenem Abend gewesen sein, als er Vi eingesperrt hat. Hat er dir irgendetwas gesagt, wo er hingehen wollte?"

„Nein. Ich nahm an, dass er nach Hause gegangen ist", antwortete Johannes. „Ich kann mir nicht vorstellen, wo er sonst hingegangen sein sollte."

Jona dachte an den Tag, als Walter Vi zur Polizeiwache gebracht und eingesperrt hatte. Es fiel ihr schwer, sich an jene Stunden zu erinnern. Dabei waren es die letzten gewesen, in denen sie mit Walter zu tun gehabt hatten. Wenn man es vorher wüsste, wenn man vorher wüsste, wann man einander nie mehr wiedersieht, dann hätte man die Gelegenheit, sich zu verabschieden. Nicht im Streit auseinander zu gehen. Sich ein letztes Mal zu betrachten, bevor das unweigerliche Vergessen alle Gesichtszüge, alle Stimmlagen und jedes liebe Wort auslöschte. Sie hielt sich den Arm vor die Augen und drückte ihn fest gegen das Gesicht, um die Tränen aufzuhalten, die nicht nur wegen Walter kamen.

„Ach, Jona", sagte Ewa leise und strich ihr über den Rücken.

„Meine Augen sind nur so trocken", nuschelte Jona und strich mehrere Male mit dem Arm übers Gesicht, bis die meiste Feuchtigkeit fort war. Im Laden wurde es still. Cilia stand auf ihrem Hocker, beide Hände auf einen Regalboden gelegt, starrte sie in eine Welt irgendwo hinter dem Regal. Johannes blickte weiterhin in sein Notizbuch, als könne es ihm auch nur einen einzigen Anhaltspunkt dafür liefern, was mit Walter geschehen war.

„Wie es sich wohl anfühlt", sagte Sabin schließlich und fuhr mit dem Finger über eine Unebenheit der Ladentheke. „Geht so etwas schnell? Tut es lange weh?"

„Nein, ich glaube nicht." Oda erschien mit Fräulein Hauptmann an der Tür, die zum Hausflur führte. Sie sahen beide aus, als wären in den letzten Minuten zwanzig Jahre vergangen. „Es geht schnell, denke ich."

„Ja, mit etwas Glück", fügte Fräulein Hauptmann hinzu. „Wird das Gehirn so massiv geschädigt, dass derjenige nichts mehr spürt und innerhalb von Sekunden in Ohnmacht fällt. Und nie mehr aufwacht."

„Was ist mit seinem Gesicht?", fragte Ewa.

„Ich glaube nicht, dass er noch gelebt hat, als das passiert ist", formulierte es Fräulein Hauptmann vorsichtig.

„Aber warum? Warum ihm die Gesichtshaut abziehen?" Ievas Gesicht trug noch die Züge des Ekels, als alle sich daran erinnerten, wie das hautlose Gesicht sie angestarrt hatte.

„Als Bestrafung. Dafür wurde das Häuten jedenfalls in vielen früheren Kulturen genutzt", antwortete Cilia.

„Aber was hat er getan?", rief Ieva aus. „Was?"

Es war Ievas laute Stimme, die Jona wieder ein klareres Bewusstsein verschaffte. Sie erinnerte sich an den Tag, als Walter Vi abgeholt und zur Polizeiwache gebracht hatte. Sie erinnerte sich daran, dass ihn März und Surek begleitet hatten, weil ihnen auf ein paar Fotografien ein Mann aufgefallen war. Und sie erinnerte sich auch daran, wer es gewesen war.

Und wenn diese Bestrafung nicht nur ihm galt?, dachte Jona. Wenn sie auch uns galt? Wenn derjenige, den Walter aufgespürt hat, auch uns klar machen wollte, in welcher Gefahr wir uns befinden, wenn wir der Sache mit den Obdachlosen weiter nachgehen? Deshalb hat er ihn direkt vor unserer Haustür abgelegt. Deshalb hat man ihm die Haut abgezogen, wie man es mit Verbrechern getan hat.

Hatte ihr Herz anfänglich noch wild gegen ihre Rippen gehämmert, wurde es jetzt ruhiger, je mehr ihr Entschluss reifte. Sie wusste, dass es nur eine Möglichkeit gab, ihre Vermutungen zu überprüfen, ohne die Aufmerksamkeit des Mörders zu erregen.

„Ich muss jetzt zur Wache und meinem Vorgesetzten Meldung geben. Aber um eines möchte ich euch noch bitten und ich will, dass ihr euch unter allen Umständen daran haltet", sagte Johannes und sie wusste, worum er sie bitten wollte. „Haltet euch jetzt aus allem heraus. Wer einen hochrangigen Polizisten ermordet, wird vor einer Buchhändlerin keine Angst haben."

Ewa schüttelte lächelnd den Kopf.

„Du weißt genauso gut wie wir, dass dies eine unmögliche Bitte ist. Vi wird sich niemals daran halten und wir schon gar nicht, Johannes. Wer das getan hat, hat uns persönlich angegriffen. Vielleicht sind wir in seinen Augen nur neugierige Weiber, die sich durch eine Leiche vor ihrer Haustür abschrecken lassen, aber da hat er sich getäuscht. Mag sein, dass wir keine Polizisten sind. Mag sein, dass es uns oft an der nötigen Organisation und den Mitteln mangelt, aber was er getan hat, wird er bereuen."

Jona zwinkerte, als Ewa so entschlossen Johannes' Bitte ablehnte und dem Mörder von Walter auf ihre Art Rache schwor. Keiner von ihnen war so ein Verhalten von ihr gewohnt. Aber vielleicht hatte auch Ewa nicht vergessen, was ihr in dem alten Haus geschehen war. Und den Anblick von Walters gehäutetem Gesicht würde sie niemals vergessen können.

Seltsamerweise schien der Kommissar erleichtert. Als habe Ewa ihm eine Last abgenommen. Als habe er sie in Wirklichkeit bitten wollen, ihm zu helfen, weil er sich gerade nicht in der Lage sah, etwas zu unternehmen. Hatte Ewa das gespürt und darum so pathetisch gesprochen?

Als Johannes ging, schloss sich ihm Fräulein Hauptmann an. Vi hatte sie, bevor sie ihr eine Spritze mit einem Beruhigungsmittel gegeben hatte, gebeten, Gremlich sehr genau über die Schulter zu sehen. Sie wollte der Untersuchung daher schnellstmöglich beiwohnen. Im Hausflur standen die beiden der geschlossenen Gemeinschaft der sechs Frauen gegenüber. Johannes' Augen bewegten sich unruhig, bis Ewa seine Hand ergriff und sie leicht drückte, um ihm den Mut zu machen, den sie gerade selbst nicht verspürte.

Jona stand neben Oda und beobachtete die Szene, ohne sie recht wahrzunehmen. Selbst Fräulein Hauptmann war ihr in diesem Moment völlig egal. Dieser eine Gedanke kreiste in ihrem Kopf umher. Sie wusste, was er zur Folge haben könnte. Sie wusste, dass sie ihn mit Sicherheit bereuen würde, doch als Johannes und Fräulein Hauptmann gingen, sagte sie den Frauen, sie brauche ein wenig frische Luft und mache einen Spaziergang. Oda bot an, sie zu begleiten, aber sie lehnte ab.

Sie trat aus der Tür, machte ein paar Schritte und rannte dann los, um am Ende der Apothekergasse den Kommissar und die junge Ärztin noch einzuholen. Noch während sie ihre Bitte äußerte, schüttelte Johannes energisch den Kopf und Fräulein Hauptmann zögerte, wie es sonst nicht ihre Art war. Aber Jona redete auf beide ein, bis ihr Gedanke auch sie infiziert hatte, bis er auch sie nicht mehr losließ, bis sie schließlich zustimmten, obwohl ihnen allen Dreien nicht wohl bei der Sache war. Jona atmete erleichtert auf, bis Fräulein Hauptmann ihr über die Wange strich, was dazu führte, dass Jonas Herz einige Sekunden lang vergaß, welcher Aufgabe es nachzugehen hatte.

Dann machte Jona einen sehr langen Spaziergang durch die Stadt. Ihre Augen nahmen zum ersten Mal ganz bewusst die umliegenden Häuser wahr, stellten fest, dass die Neubauten außerhalb des Stadtkerns wohl dazu führten, dass die Altstadt vereinsamte. Sie fühlte sich plötzlich selbst ganz verlassen. Aber jeder Ort, den sie betrat, war mit Erinnerungen verbunden. Gute Erinnerungen an all die Menschen, die sie im vergangenen Jahr kennengelernt hatte.

In den folgenden Tagen reinigte sie mit einer Energie den Dachboden, dass alle im Scherz – wenn sie denn einmal dazu aufgelegt waren – meinten, Oda müsse ihr schlimme Prügel angedroht haben. Aber in Wirklichkeit ging es Jona darum, keine Unordnung, nicht das völlige Chaos zu hinterlassen. Auch sie wollte eine gute Erinnerung sein, wenn es an der Zeit war.

Grabesstille
Samstagnachmittag, 15. April 1876

Die schmalen Fenster ließen an jenem Tag nur wenig Licht ins Innere der Kirche. Der Himmel hatte sich zum Karsamstag verdunkelt und wollte nicht recht aufklaren. Sie saß seit Stunden in der Kirche, betrachtete abwechselnd den barocken Altar mit seinen zwei, früher einmal weiß gewesenen Flügelfiguren und dem Bild Jesu in der Mitte und die Decke, die über ihr schwebte. Getragen nur von zwölf achteckigen, robusten Pfeilern. Die Decke war flach und aus Holz gebaut und sie fand, dass auch das Gemälde mit seinen unzähligen symbolhaften Darstellungen nicht dazu beitrug, sie weniger erdrückend zu gestalten.

Manchmal legte sie ihren Kopf so weit in den Nacken, das er von der Lehne der Holzbank abgestützt wurde, auf der sie saß. Alles in diesem kirchlichen Raum kam ihr hart und abweisend vor. Das war auch der Grund, warum sie blieb. Sie wollte nicht zurück in die Behaglichkeit ihrer Wohnung. Sie wollte nicht in ihr Bett, das sie bis zum Begräbnis gehütet hatte. Die warme Decke umfing sie und dämpfte den Schmerz. Aber das war nicht das, was sie empfinden wollte. Sie wollte fühlen. Denn das half ihr, sich zu erinnern, klar bei Verstand zu bleiben, sich keinen Träumereien hinzugeben.

Nachdem Gremlich und Fräulein Hauptmann anhand der Kleidung, der gefundenen Kette und der Statur des Mannes die Identität der Leiche als zweifelsfrei ermittelt hatten, legte man die Beerdigung der Überreste des Polizeirates auf den Mittwoch vor dem Osterwochenende. Vi erinnerte sich nicht daran, wie er, der aus verständlichen Gründen nicht mehr aufgebahrt wurde, in sein Grab herabgelassen wurde. Sie stand abseits, um seiner Frau und den Kindern nicht zu nahe zu treten, auch wenn sie nicht mehr seine Familie waren. Sie hatte seine Kinder lange angesehen und wenige Gemeinsamkeiten entdeckt. Sie gingen äußerlich eher nach der Mutter. Selbst der Junge hatte die weichen Züge der Frau, mit der Walter einen Großteil seines Lebens verbracht hatte.

Sie hatte ihn erst spät kennengelernt, als nicht mehr jungen Mann, als nicht mal mehr einen Mann in der Blüte seines Lebens. Hatte er als Kind so ausgesehen wie dieser fremde Junge? Welchen Eindruck hatte er auf diese Frau gemacht, die dort weinend an seinem Grab stand, als sie sich das erste Mal begegnet waren? Sie wusste so wenig über die Zeit, die vor ihr war. Über die Zeit, die sie nie interessiert hatte, bis zu dem Moment, in dem es längst zu spät war. Jetzt konnte sie ihn nicht mehr fragen und mit seiner geschiedenen Frau und den Kindern würde sie unter keinen Umständen in Kontakt treten.

Als seine Familie gegangen war, hatte die Frau Vi in der Menge der anderen Trauernden entdeckt. Sie hatte erwartet, dass sie sie verächtlich, wütend oder mit Abscheu ansehen würde. Aber stattdessen war es Mitleid, das sich in ihren Augen spiegelte, und eine seltsame Vertrautheit. Trauerten sie doch um denselben Mann. Hatten sie ihn doch beide geliebt. Gewiss war sie nicht erfreut, durch eine andere ersetzt worden zu sein, aber sie hegte keinen Groll. Vi begann zu verstehen, warum es Walter so schwer gefallen war, sich von ihr zu trennen. Selbst wenn es eine geschwisterliche Zuneigung geworden war, die sie füreinander empfanden, so war sie ihm doch treu und gut gewesen. Einen solchen Menschen stießen nur die Grausamsten vor den Kopf.

Vor den Kopf stoßen. Vi sah wieder zum Altar. Ihr Nacken schmerzte. Wie lange hatte sie in dieser Position ausgeharrt? Draußen war es noch ein wenig dunkler geworden. Die Figuren am Altar waren bloß noch Schemen und bald würde der Küster kommen und sie vertreiben. Morgen war Ostern. Wenn er doch nur wie dieser Heiland, dieser dunkle Fleck dort vorn am Altar, wieder auferstehen könnte. Aber sein Schädel war zerschmettert. Laut Gremlich – und Fräulein Hauptmann hatte nichts daran zu beanstanden – war Walter gestürzt und mit dem Hinterkopf hart aufgeprallt. Dass es sich um einen Sturz gehandelt haben musste, zeigte die Untersuchung des Gehirns, die zwei Blutungsherde aufwies. Im Stirnbereich als auch im Bereich des Schädelbruchs. Der Mann hatte überall am Körper zahlreiche Abschürfungen und Quetschwunden. Außerdem waren zwei Rippen gebrochen. Üblicherweise traten solcherlei Verletzungen nicht bei Gewalteinwirkung, sondern durch einen Sturz, wohl von einer Treppe, auf. Was war nur mit ihm passiert?

Hinter ihr öffnete sich die Tür der Kirche. Sie erwartete, dass der Küster kommen und sie auffordern würde, zu gehen, doch stattdessen trat ein hochgewachsener Mann zu ihr in die Bank und setzte sich neben sie. Surek sah selbst trauernd aus wie ein kleiner Junge, der zu schnell gewachsen war. Was machte er hier? Was wollte er? In der vergangenen Woche war er andauernd in die Buchhandlung gekommen, um sich nach ihr zu erkundigen. Er hatte mit Oda und Ieva geredet, war Cilia bei schwereren Kisten zur Hand gegangen, hatte sogar geholfen, die letzten Reste vom Ruß auf Jonas Dachboden zu entfernen. Noch verblüffender war, dass er Sabin Eintritt ins Archiv gewährt hatte.

„Was wollen Sie?", fragte sie gereizt. Sein ganzes Verhalten ließ darauf schließen, dass er Mitleid hatte. Und das hasste sie! Sie hatte es bei Richard gehasst und bei Walter und bei Surek hasste sie es noch viel mehr. Er war freundlich zu den Frauen gewesen, außer wenn sie ihm etwas verkaufen wollte. Er hatte sich bemüht, ihnen zu helfen. Das hatte sie akzeptieren und hinnehmen können. Aber sein jetziges Verhalten war ihr zu altruistisch.

„Nachsehen, wie es Ihnen geht", antwortete er und sah zum Altar, obwohl dieser in der zunehmenden Finsternis nur ein großer Schatten vor einer noch schwärzeren Wand war. Jesus war in der Dunkelheit versunken. „Ihre Freundinnen haben mir gesagt, dass Sie oft hier sind. Ich konnte mir das gar nicht vorstellen. Sie haben mir nie einen besonders religiösen Eindruck gemacht."

Sie konnte das Lächeln in seinem Gesicht nicht sehen, aber sehr wohl hören. Aber zu Scherzen war sie nun wirklich nicht aufgelegt. Sie wollte keinen Trost. Sie wollte nicht vergessen. Darum war sie hier. An diesem kalten und unwirtlichen Ort, der ihr keine Hoffnung spendete. Oda mochte das anders sehen, aber für sie war diese Kirche und jede andere Kirche der Stadt nur ein verlassener und einsamer Platz, bei dem sie rein gar nichts spürte außer der Befriedigung, sich ihrem Schmerz völlig hingeben zu können.

„Ich brauche keine Gesellschaft", erwiderte sie leise und hoffte, er werde einfach gehen. Aber inzwischen kannte sie Surek gut genug, um zu ahnen, dass er das nicht tun würde. Dieser Kerl war eine einzige Plage!

„Nein, das nun wirklich nicht. Sie mögen es lieber, hier zu sitzen, allein zu sein und sich Ihrer Trauer hinzugeben, habe ich Recht? Ist es nicht herrlich, wenn man sich diesem Gefühl so ganz und gar verschreiben kann? Es kriecht an dir herauf und nistet sich überall ein. Es flüstert dir, dass du allein bist, ein Opfer des Schicksals, verlassen von allen, aber in all dieser Einsamkeit heroisch."

„Wollen Sie mir irgendetwas sagen, Herr Surek? Dass ich kein Recht dazu habe, traurig zu sein? Dass ich weitermachen soll, als wäre nichts passiert? Dass ich einfach nur meinen Hintern wieder hochkriegen muss und dann wird alles wieder gut? Ja? Wollen Sie mir das sagen?" Ihre Stimme war so laut geworden, dass sie im Kirchenraum widerhallte. Ihre kalt gewordenen Glieder versteiften sich, nur ihr Gesicht brannte wie Feuer.

„Nein. Gewiss nicht. Aber ich weiß, wie leicht es fällt, sich dieser trügerischen Trauer hinzugeben, die einen auffrisst. Die einem weismacht, dass man ruhig leiden dürfe, dass man alles Recht dazu besitze. Zweifelsohne steht Ihnen Trauer zu, Frau Sperber. Es steht Ihnen zu, traurig und wütend und unglaublich einsam zu sein. Aber bedenken Sie, dass Sie nicht die heroische einsame Heldin sind, die völlig verlassen da steht. Es gibt noch andere Menschen, die trauern. Und sie verkriechen sich nicht in Kirchen. Sie stehen jetzt im Laden und schmieden Pläne, was zu tun ist, um den Mörder des Polizeirates zu finden. Sie kümmern sich um die Halbwaisen, die er zurückgelassen hat. Sie haben vorerst die Leitung der Polizei übernommen und müssen mit der Organisation fertig werden, obwohl ihnen auch danach ist, sich einfach hinzusetzen und das Gesicht in den Händen zu vergraben."

Wie er so ruhig sprach, den Blick gen Altar gewandt, kamen ihr die Tränen. Sie dachte an Walters Frau und die Kinder. Sie dachte an Johannes. Sie dachte an die Frauen, die jeden Tag versuchten, mit ihr zu reden, sie aufzuheitern, zu unterstützen. Aber das alles kostete so viel Kraft. Es bedeutete, das sichere Versteck ihres Schmerzes zu verlassen. Es bedeutete, nicht länger jeden Gedanken Walter zu geben. Sondern weiterzumachen und ihn zu verraten.

„Ich schaff das nicht", flüsterte sie tränenerstickt und er hob seinen Arm und zog sie zu sich. Irgendwo hinter ihnen öffnete sich eine Tür, aber als der Eintretende sich der Szene bewusst wurde, hielt er inne. Es dauerte eine Weile, bis das Auf und Ab ihrer Schultern verebbte. Bis sie sich lösen konnte. Bis er ihr ein Taschentuch gab, mit dem sie ihr Gesicht säuberte.

„Das denken wir alle, wenn der Tag kommt. Es gibt Menschen, die an ihrem gebrochenen Herzen sterben. Aber Sie gehören nicht dazu, Frau Sperber. Das Recht dazu haben Sie nicht. Wenn Sie Walter je geliebt haben, dann werden Sie jetzt gehen und alles dafür tun, den Menschen zu finden, der so vielen von Ihnen Trauer und Qual bereitet hat. Sie werden es tun, um ihm Ruhe zu schenken. Das gebietet Ihnen Ihre Liebe."

Sie drehte sich zum Altar, erahnte die Figuren, erahnte den Heiland. Nachdem die Trauer mit den Tränen in Sureks Jacke versickert war, trat ein neues Gefühl an ihre Stelle. Noch immer schnürte es ihr die Kehle zu, wenn sie daran dachte, was mit ihm geschehen war. Noch immer zerriss es ihr das Herz. Aber jetzt wühlte sich die Wut voran. Eine Wut, die noch keinen Ausdruck finden konnte und erst in andere Bahnen gelenkt werden musste.

„Simon?"

„Ja, Frau Sperber?"

„Wenn wir uns nicht in einer Kirche befände, an einem heiligen Ort, würde ich Ihnen unglaublich gern für Ihre völlig unsensible Art die Nase brechen. Einer trauernden Frau zu sagen, dass sie egoistisch sei und sich nur als Heldin aufspielen wolle, ist keine angemessene Art, Trost zu spenden."

„Und doch, hätten meine Worte nichts bewirkt, so würden Sie jetzt nicht so freundlich mit mir reden."

„Ohne Zweifel, da haben Sie Recht, aber bilden Sie sich nur nichts darauf ein! Mag sein, dass –" Es fiel ihr schwer, es auszusprechen. „Mag sein, dass Walter tot ist, aber darum lasse ich gewiss nicht sofort den nächsten Mann in mein Bett."

Sie stand auf und hörte, wie Surek einen erstaunten Ton von sich gab. Sie hatte ihn nur necken wollen, aber es schien ihr, als ob ihre Idee nicht gänzlich abwegig gewesen war. Als sie aus der Bankreihe trat, bemerkte sie denjenigen, der zuvor leise eingetreten war. Sie war erstaunt, ihn zu sehen. Gleichzeitig überflutete das neue Gefühl der Wut sie so sehr, dass sie kaum an sich halten konnte.

„Richard."

„Guten Abend, Vi." Er zögerte, bevor er weitersprach. Neben ihm brannten auf einem Leuchter ein paar Kerzen und sie konnte seine Gesichtszüge sehen, aber nicht recht einordnen. „Ich hatte noch keine Gelegenheit, dir zu sagen, wie leid es mir tut."

„Das kannst du dir für den Pfarrer aufheben!", spie sie ihm entgegen. Er blieb regungslos stehen und sah sie an. Für einen Moment spiegelte sich Verwirrung in seinen Augen, aber der Moment war schnell vorbei. „Ich weiß, wo Walter an jenem Abend hingehen wollte. Ich weiß, von welchem Ort er nicht zurückgekehrt ist."

„Ich glaube, dass ich dir nicht folgen kann."

„Nein? Wir haben ein sehr interessantes Foto gefunden, Richard. Ich bin sicher, dass Walter deshalb mit dir reden wollte und ein paar Tage später wird er tot aufgefunden. Findest du das nicht eigenartig?"

„Wenn du so überzeugt davon bist, dass er bei mir war, warum schickst du dann keinen Polizisten oder kommst selbst? Du wirst nichts finden. Weil es nichts zu finden gibt. Walter war in jener Nacht nicht bei mir."

Sein Gesicht war eine glatte Maske, die sie nicht deuten konnte. Sie hatte nicht vorgehabt, ihn so offen darauf anzusprechen, hatte sich die ganze Zeit zurückgehalten. Ihn jetzt damit zu konfrontieren, war möglicherweise dumm, aber es ließ sich nicht rückgängig machen. Ihre Wut forderte jetzt ein Opfer.

„Ich bitte dich. Blut wegzuwischen ist nun wirklich keine schwierige Aufgabe."

„Ich kann nicht glauben, dass du mir so etwas wirklich zutraust. Ich hatte den Eindruck, wir seien einander in den letzten Monaten nähergekommen. Ich habe mich bemüht, euch zu helfen, wo ich konnte. Ich –"

„Und du hast uns verschwiegen, dass du auch einer der Lehrer in der Erziehungsheilanstalt warst, in der Simon und seine Brüder gequält wurden!" Sie atmete schwer und ihre Hände waren zu Fäusten verkrampft.

„Das stimmt. Ich habe dort unterrichtet."

„Ach! Und als all die Skelette letztes Jahr aufgetaucht sind? Als die kleinen Jungen verschwanden und Wasser umgebracht wurde? Als wir begonnen haben, jeden verfluchten alten Sack dieser Stadt abzuklappern, um zu erfahren, was in dieser Anstalt passiert ist, kam dir nie die Idee, es uns zu sagen?"

„Und was dann, Vi? Hättest du mich vors Gericht geschleift? Mich angezeigt? Ich war an dieser Schule als Lehrkraft tätig, ja. Und mir hätte auffallen müssen, was dort geschehen ist. Leider ist es das nicht. Und wenn du die Jungen von damals befragst, so wird keiner sich meiner in schlechter Weise erinnern. Ich habe den Jungen nichts getan und von den Machenschaften Wassers nichts gewusst. Ich bin auch nicht angezeigt worden wie die anderen. Aber das hättest du mir nie geglaubt, weil du in deiner Besessenheit, irgendetwas zu finden, gar nicht bereit warst, sachlich zu bleiben."

„Besessenheit?", brüllte sie, als Simon ihr die Hand auf die Schulter legte.

„Ich glaube, dies ist nicht der richtige Ort, um sich zu streiten. Ich denke, es ist das Beste, wenn wir die Kirche verlassen und in aller Ruhe reden. Was haltet ihr davon?"

„Das würde ich gerne, Simon", sagte Richard und atmete durch. „Aber ich fürchte, dass dazu keine Zeit sein wird. Ich bin eigentlich nicht gekommen, um mein Beileid auszusprechen oder mich mit dir zu streiten, Vi. Ich bin gekommen, weil die Frauen mich gebeten haben, dich zu suchen."

„Was? Wieso?" Ihr wurde schlecht. Nicht noch eine Leiche. Nicht noch eine Leiche.

„Kommissar Winckelmann ist vor einer halben Stunde gekommen, um Jona abzuholen. Anscheinend ist sie rückfällig geworden und hat dieses Mal eine Frau in aller Öffentlichkeit belästigt."

Vi musste sich gegen Simons Hand lehnen. Jona und eine Frau in aller Öffentlichkeit belästigen? Das konnte nicht wahr sein. Es musste sich um eine Verwechslung oder noch schlimmer, um eine Lüge handeln!

„Er hat sie zur Wache gebracht. Die Frauen sind bei ihr geblieben und haben sich nicht abwimmeln lassen, obwohl Herr Winckelmann ihnen mit Polizeigewalt gedroht hat. Daher bin ich gekommen."

Richard setzte dazu an, weiterzureden, aber sie war schon an ihm vorbei, durch das Kirchentor. Sie ließ die Pforte des Nikolaifriedhofes hinter sich und stürmte zum Nikolaiturm. Dass der Anstieg hier etwas steiler war, kümmerte sie nicht. Sie musste zur Wache. Etwas in ihr rebellierte und wollte zurück in den Schutz der Kirche und des Schmerzes, aber ihre Wut trieb sie voran. Sie würde heute Nacht nicht noch jemanden verlieren.

Mutterinstinkt
Dienstagvormittag, 18. April 1876

Der Tag war verregnet und kalt. Sie waren früh in einer Art kleiner Prozession aufgebrochen und standen nun am Post-Platz vor dem preußischen Kreisgericht. Ewa hob den Kopf. Regentropfen fielen ihr auf die Stirn und die Lippen, als sie das streng in sich gegliederte Gebäude betrachtete, dessen Klinkerfassade noch verhältnismäßig neu war. Es war eines von zahlreichen Gerichtsgebäuden aus der Feder des Architekten Carl Ferdinand Busse gewesen, der sich als Mitarbeiter von Karl Friedrich Schinkel in Preußen einen Namen gemacht hatte. Hinter dem Kreisgericht befand sich das Gefängnis und irgendwo dort saß Jona und wartete auf ihre Verhandlung, die in einer halben Stunde beginnen sollte.

„Ich schwöre dir, Ewa, halt deinen Freund lieber von mir fern oder ich bringe ihn um", knirschte Vi mit den Zähnen. All ihre Bemühungen, in den letzten Tagen mit Jona sprechen zu können, waren vereitelt worden. Johannes hatte sie von ihr ferngehalten und Vi gebeten, sich zu beruhigen. Daher wussten sie auch noch nicht mehr als am Samstag, als Jona unverhofft festgenommen worden war. Angeblich hatte sie eine Frau in aller Öffentlichkeit belästigt, aber wer diese Frau war und wo und wann dieser Übergriff stattgefunden haben sollte, darüber hatte sich der Kommissar ausgeschwiegen.

„Vi, er muss seine Arbeit machen und wenn diese Frau Jona angezeigt hat, muss er dem nachgehen."

„Herrgott, Ewa, jetzt sei doch einmal nicht so verflucht vernünftig und überlegt!", sagte Vi mit deutlich erhobener Stimme. „Er hätte sie nicht gleich festnehmen müssen! Und was soll das, mich nicht zu ihr vorzulassen, damit ich mit ihr reden kann? Sie hat ein Recht darauf, von jemandem verteidigt zu werden!"

„Aber wohl nicht von dir, Vi, denn du bist kein Anwalt", sagte Cilia ruhig und verbarg ihre Hände tief in den Taschen ihres Frühlingsmantels, der ihr, vollgesogen mit Regenwasser, schwer auf den Schultern lag.

„Danke, dass du mir auch noch in den Rücken fällst!", zischte Vi an ihre andere Seite.

„Ich bin sicher, das klärt sich heute alles auf. Jona ist doch nicht dumm. Sie wird doch nicht auf offener Straße eine Frau belästigen. Das sieht ihr überhaupt nicht ähnlich. Wenn ich bedenke, wie Sie sich Fräulein Hauptmann gegenüber benimmt", wandte Sabin ein. Ewa hätte ihr gerne zugestimmt, aber Jona hatte sich bei ihrer Festnahme nicht geweigert, nicht versucht, sich zu erklären. Sie war stumm mit den Polizisten mitgegangen und Ewa hegte den Verdacht, dass nicht Johannes Vi davon abhielt, mit Jona zu sprechen. Sie glaubte eher, Jona wolle keinen Kontakt zu Vi. Aber warum? Hatte sie die Frau wirklich belästigt? Schämte sie sich dafür?

„Sie wollte nicht mehr ins Zuchthaus", sagte Ieva leise. „Ich hoffe nur, es klärt sich wirklich alles auf."

Oda hatte seit Jonas Verhaftung kaum mehr ein Wort gesprochen. Sie schien andauernd in ihre Gedanken vertieft und war in den letzten Tagen nur selten zuhause gewesen. Ewa beugte sich ein Stück zurück, um sie dort zwischen Sabin und Cilia stehen sehen zu können. Die dunkelblonden Haare waren durchnässt und die leichte Jacke längst vom Regen durchdrungen.

„Lasst uns reingehen. Sicher bringen sie Jona auch gleich zum Gerichtssaal."

Ewa stieg die wenigen flachen Treppenstufen hinauf und stemmte sich gegen die schwere Eingangstür. Im Inneren des weiträumigen Gebäudes war es kühl, aber trocken. Ein Mann in der typischen dunkelblauen Uniformjacke der preußischen Polizei trat ihnen entgegen. Er war von der Frauenmenge überrascht, die sich da vor ihm versammelt hatte. Ewa erklärte ihm den Grund ihres Besuches.

„Die Verhandlung findet im ersten Stock statt. Nur die Treppe hoch", teilte der Polizist ihnen mit und verfolgte sie mit kritischen Blicken. Selbst die Treppe war großzügig gestaltet worden, aber dennoch kam es Ewa vor, als würden sie zur Schlachtbank geführt. Als sie im ersten Stock ankamen, standen sie vor einer zweiflügligen, geschlossenen Tür. An den beiden Wänden, die sie umrahmten, standen hölzerne Bänke, aber keine von ihnen dachte daran, sich zu setzen. Ewa konnte die Anspannung ihrer Freundinnen deutlich spüren. Besonders bei Vi. Sie ging andauernd auf und ab und warf einen Blick in die Flure, die zur linken und rechten Seite abgingen. Dabei murmelte sie aufgebracht vor sich hin. Nachdem sie sich tagelang in der Kirche versteckt hatte, um ihre Trauer zu verarbeiten, war sie jetzt ein reines Nervenbündel, das jeden Moment explodieren konnte. Ewa musste sich daher fragen, ob es gut war, Vi hier zu haben. Im schlimmsten Fall machte sie Jonas Situation noch auswegloser.

„Wann geht denn das hier endlich los?", rief Vi laut und in dem hallenartigen Gebäude klang ihre Stimme umso dröhnender. Da erschien eine kleine, korpulentere Dame auf der Treppe und schleppte sich mühselig Stufe für Stufe nach oben. Sie zog ein Bein deutlich nach, machte aber nicht den Eindruck, als würde es sie stören. Als sie oben angekommen war, keuchte sie einmal, holte Luft und lächelte in die Runde. Ewa kannte die Dame nur flüchtig. Sie hatte vor kurzem ein Geschäft am Obermarkt eröffnet. Ewas Arbeitgeber aber hatten es vorgezogen, noch keine Geschäfte mit der Frau zu machen, solange sie sich nicht etabliert hatte. Wie war gleich ihr Name? Marie? Marta? Es ärgerte sie, dass sie sich nicht erinnern konnte, aber die letzten Wochen waren einfach zu aufregend und anstrengend gewesen, so dass sie keine Energie und Zeit gehabt hatte, das neu entstandene Geschäft und seine Besitzerin weiter mit Interesse zu bedenken.

„Einen wunderschönen, guten Tag!", sagte die Dame. Ewa warf einen nervösen Blick zu Vi, die jedoch nicht dazu ansetzte, der Frau gleich die Meinung zu geigen. „Schultz, mein Name", stellte sie sich vor und jetzt fiel es Ewa wieder ein. Maren Schultz.

„Guten Tag", antwortete Ewa und reichte ihr die Hand. Wenn die Frau schon so höflich war, sich vorzustellen, verdiente sie auch eine höfliche Antwort. Die Frau schlug ein. Sie hatte einen kräftigen Händedruck. Sie musterte Ewa lächelnd und machte auch sonst einen aufgeweckten und sehr energischen Eindruck.

„Ewa Bornzahrod. Sie haben das Geschäft am Obermarkt, habe ich Recht?"

„Haargenau, junge Frau! Und Sie gehören zum Handelshaus Stahl und Söhne, richtig?"

„Woher –"

„Ich habe so meine Kontakte und die muss ich wohl auch haben, sonst kommt noch einer und haut mich übers Ohr!", lachte die Frau laut und gut gelaunt. Ewa hatte das unwiderstehliche Verlangen, sich ihr anzuschließen, aber angesichts dessen, dass sich hinter ihnen die Tür öffnete und die Anhörung gegen Jona beginnen sollte, wagte sie nur ein Lächeln.

Vi war als Erstes im Gerichtssaal verschwunden. Ewa bildete mit Maren das Ende der Gruppe. Sie setzten sich in die vorderste der knapp fünf Stuhlreihen, die für die Besucher der öffentlichen Verhandlung bereitgestellt worden waren. Maren ließ sich auf den Stuhl neben Ewa fallen.

„Die Kleine gehört zu euch, oder?", fragte Maren leise, während noch ein paar weitere Besucher den Saal betraten, die Ewa aber nur aus dem Augenwinkel wahrnahm, weil sie ihren Blick auf Vi gerichtet hielt.

„Das – woher wissen Sie das denn nun schon wieder?"

„Ich habe doch gesagt, ich habe meine Kontakte. Außerdem lese ich die Zeitung. Soll sich der Unzucht strafbar gemacht haben, wie? Armes Ding. Das gibt Zuchthaus."

Sie schüttelte nachdenklich den Kopf. Ewa fand es beachtlich, dass sie keine abwertende Aussage zu Jonas vermeintlichem Verbrechen von sich gab, wie viele der Kunden es in den letzten Tagen getan hatten. Vi hatte jeden Einzelnen von ihnen hinausbefördert und auch noch den Rest derjenigen vertrieben, die überhaupt bei ihnen und nicht bei den Mareks kauften.

„Ich glaube, es handelt sich lediglich um einen bedauerlichen Irrtum und eine Verwechslung", sagte da Oda, die neben Ewa saß und das Gespräch verfolgt hatte. Dabei starrte sie geradeaus, wo der Richter hinter seinem Tisch Platz nahm. Es waren die ersten Worte an diesem trüben Vormittag, die Oda gesprochen hatte.

„Armes Ding", wiederholte Maren noch einmal und Ewa war sich nicht sicher, ob sie Jona oder Oda meinte. Nachdem der Richter Platz genommen hatte, wurde Jona hereingeführt. Ihr folgte ein älterer Mann mit ergrautem Backenbart, der wohl ihr Verteidiger war. Er musste vom Gericht bestellt worden sein, da sich Jona unmöglich einen Anwalt leisten konnte. Dem Verteidiger gegenüber nahm ein junger Mann in einem gepflegten Anzug Platz, über dem er seinen Talar trug. Der Staatsanwalt.

Während der Richter die Verhandlung eröffnete, wurde Ewa zum ersten Mal wirklich bewusst, was geschehen könnte. Nachdem Walter Vi festgenommen hatte, hatte sie gewusst, dass es zu keiner Verhandlung oder einer Verurteilung kommen würde. Doch jetzt saßen sie hier und warteten darauf, dass Jona ins Gefängnis oder ins Zuchthaus eingewiesen werden sollte.

„Keine Angst, Kind, das wird schon", flüsterte Maren neben ihr und tätschelte Ewas Hand. Obwohl sie sonst nicht die Art Mensch war, die Trost benötigte, war sie doch dankbar für diese Geste.

„Am Karfreitag suchte die Angeklagte das Städtische Krankenhaus auf", begann der Staatsanwalt die Anklage zu verlesen. Das Städtische Krankenhaus? Oda fuhr neben ihr zusammen. Ewa ergriff ihre Hand. „Sie begab sich zu den Räumlichkeiten des Arztes Gremlich, um dort seine Assistentin Fräulein Hauptmann aufzusuchen."

„Oh mein Gott", hauchte Ieva leise.

„Nicht sie", vervollständigte Sabin.

„Sie begegneten sich auf dem Flur vor dem Schwesternzimmer und gerieten alsbald in eine Diskussion. Einige der Schwestern belauschten das Gespräch. Anscheinend wollte die Angeklagte die junge Schwester zu einer Verabredung drängen."

„Als ob das Kind überhaupt mal die Klappe aufbekäme, wenn die Hübsche in der Nähe ist", murmelte Cilia.

„Im Folgenden versuchte Fräulein Hauptmann die Diskussion zu beenden, indem sie sich räumlich von der Angeklagten distanzierte, was diese jedoch dazu provozierte, ihr Handgelenk zu ergreifen. Als sich Fräulein Hauptmann lösen wollte, zog die Angeklagte sie zu sich und berührte sie unsittlich, bevor sie sie küsste."

„So ein Schwachsinn!", rief Vi dazwischen und der Richter sah ins Publikum. Glücklicherweise hatte er nicht mitbekommen, wer die Äußerung getätigt hatte, und ließ den Staatsanwalt weiter sprechen.

„Daraufhin griffen die Schwestern ein und Fräulein Bote floh aus dem Krankenhaus. Sie wird daher der widernatürlichen Unzucht sowie der leichten Körperverletzung angeklagt."

Vi wollte erneut dazwischen rufen, aber Sabin war so geistesgegenwärtig, sie zu packen. Am liebsten hätte sich Ewa zu ihr geschoben und ihr den Mund zugehalten, aber sie war zwischen Maren und Oda gefangen und wollte die Verhandlung nicht stören. Ihr wurde klar, dass es sich nicht nur um eine Verwechslung handeln konnte, wenn es Zeugen für die Tat gab. Außerdem sah sie nicht, welchen Grund Fräulein Hauptmann gehabt haben sollte, Jona dieser Tat ungerechtfertigt zu beschuldigen.

„Sie dürfen sich zu der Sache äußern, Fräulein Bote", sagte der Richter, aber Jona starrte auf den Tisch vor ihr und schwieg. Wie sie es die ganze Zeit getan hatte. Ihr Gesicht hatte sich rot gefärbt vor Scham. Wie schwer es ihr gefallen sein musste, Fräulein Hauptmann überhaupt anzusprechen. Wahrscheinlich war es einfach mit ihr durchgegangen nach den Jahren der Entbehrung. Ewa hätte sie am liebsten in den Arm genommen. Keine von ihnen konnte sich über mangelnde Kontakte beschweren. Alle hatten einen Partner oder doch zumindest jemanden, mit dem sie sich regelmäßig trafen.

„Meine Mandantin möchte keine Aussage machen", stellte der Verteidiger lapidar fest. Daraufhin ließ der Richter Fräulein Hauptmann eintreten. Sie trat ein, ohne nach links oder rechts zu schauen, sondern setzte sich nur auf den Stuhl, auf dem Jona kurz zuvor noch Platz genommen hatte, und beantwortete stur die Fragen des Richters. Wie sie Jona kennengelernt, was für einen Eindruck sie von ihr und ihren Vorlieben gewonnen hatte, was an jenem Tag im Krankenhaus passiert war. Ihre Antworten waren kurz gefasst, ohne jede emotionale Beteiligung. Entweder verachtete sie Jona sehr oder der Vorfall hatte sie stark mitgenommen. Als der Richter sie entließ – Jonas Verteidiger hatte keine Fragen –, konnte sie auf einer Bank vor der ersten Zuschauerreihe Platz neben. Erst wollte sie sich weit links hinsetzen, doch der Blick, den Vi ihr zuwarf, hielt sie davon ab. Stattdessen ließ sie sich vor Ieva nieder, die aber nicht minder bereit war, sie zu erwürgen, sollte der Richter Jona ins Zuchthaus bringen. Erstaunt war Ewa nur, als Fräulein Hauptmann kurz zu Oda sah und ihr voller Bedauern in die Augen blickte.

Hernach wurden die drei Schwestern aufgerufen, die den Vorfall beobachtet hatten. Ihre Aussagen waren übereinstimmend, zum Teil entsetzt, zum Teil sehr sachlich. Ihnen ließ sich kein Vorwurf machen. Schließlich war die Zeugenbefragung abgeschlossen und es gab nichts, was zu Jonas Verteidigung hervorgebracht werden konnte.

„Dann werde ich jetzt das Strafmaß festsetzen", sagte der Richter und überblickte noch einmal die Zettel, die vor ihm lagen, obwohl Ewa den Eindruck hatte, dass sie keine Relevanz mehr für ihn besaßen. In diesem Moment stand Oda auf und räusperte sich. Der Richter blickte auf.

„Herr Richter, wenn ich etwas sagen dürfte."

„Eigentlich nicht. Als Zuschauerin haben Sie nicht die Befugnis, hier zu sprechen."

„Dann will ich Zeugnis für die Angeklagte ablegen."

Anscheinend hatte der Mann schon öfter verzweifelte Anliegen von Verwandten gehört, denn er nickte und erteilte ihr das Wort.

„Euer Ehren, mein Name ist Oda Minzer. Ich lebe jetzt seit einem Jahr mit Jona im selben Haus. Wir arbeiten zusammen in der Buchhandlung Haselbach & Tochter und eine Zeitlang musste Jona aufgrund eines bedauerlichen Unfalls in ihrer Wohnung bei mir nächtigen. Jona hat sich in dieser Zeit, in all der Zeit, da ich sie kenne, niemals aufdringlich oder unanständig verhalten. Sie geht einer geordneten Arbeit nach und ist außerordentlich hilfsbereit."

„Frau Minzer, das tut doch hier nichts zur Sache", sagte der Staatsanwalt ungehalten.

„Lassen Sie sie reden", ging der Richter dazwischen. Odas Anblick musste ihn einfach erweichen.

„Sie hat sich in der ganzen Zeit keiner Straftat schuldig gemacht, sie hat sich nie unangemessen unseren weiblichen Kunden gegenüber benommen und sie war immer pünktlich zuhause."

Ein Schmunzeln ging durch die Reihen der Zuschauer, selbst der Richter haderte damit.

„Was ich damit sagen will, ist, dass sie sich nicht herumgetrieben hat, so dass ich Kontakte unzüchtiger Art ausschließe. Herr Richter, wenn sie das getan hat, was ihr vorgeworfen wird, so hat sie dies nicht aus Böswilligkeit, sondern auch Verzweiflung getan. Sie ist ein gutes Mädchen. Ich bitte Sie, das zu berücksichtigen."

Ewa konnte sehen, wie sich Jona den Arm vor das Gesicht hielt. Wieder diese trockenen Augen, dachte sie lächelnd bei sich. Sie sah zu Fräulein Hauptmann, die jetzt bekümmert den Blick gesenkt hielt.

„Eine schönere Ansprache hätte keine Mutter der Welt halten können", murmelte Maren neben ihr.

„Ich danke Ihnen, Frau Minzer. Aber wir dürfen nicht vergessen, was sie getan hat, und wir können von Glück reden, dass es Zeugen gab, denn ich weiß nicht, was die Angeklagte sonst noch aus Verzweiflung getan hätte. Ich bin an Gesetze gebunden, Frau Minzer, und die sehen für die widernatürliche Unzucht und die leichte Körperverletzung nun mal eine Strafe vor. Aber in Anbetracht dessen, dass sie aller Wahrscheinlichkeit nach gute Aussichten auf ein beständiges Leben hat, lege ich das Strafmaß nur auf ein Jahr Zuchthaus fest."

„Nur auf ein Jahr?", schrie Vi und sprang von ihrem Stuhl auf, noch bevor der Richter seinen Hammer fallen lassen konnte. „Wissen Sie eigentlich, was ein Jahr Zuchthaus für sie bedeuten kann?"

„Im besten Falle lernt sie aus ihren Fehlern, meine Dame, und ich möchte Sie bitten, sich zusammenzunehmen, sonst muss ich Sie entfernen lassen. Gerichtsdiener, bitte bringen Sie Fräulein Bote aus dem Saal."

„Auf gar keinen Fall! Sie geht mit uns nach Hause!", brüllte Vi weiter und Sabin konnte sie nur unter Aufbietung aller ihrer Kräfte davon abhalten, zu Jona zu stürmen und die junge Frau zu packen.

„Wer auch immer Sie sind, Sie sollten sich jetzt lieber zusammenreißen!", erwiderte der Richter in schärferem Ton. Ein uniformierter Gerichtsdiener kam, um Jona fortzuführen. Sie wehrte sich nicht dagegen, aber als sie an ihnen vorbei war, drehte sie den Kopf und lächelte plötzlich.

„Es tut mir leid, Ewa", sagte sie leise und war verschwunden.

Es vergingen Minuten, die Ewa wie Stunden erschienen. Wie sie den Saal verließen und der Streit zwischen Oda und Fräulein Hauptmann auf dem Flur vor dem Gerichtssaal begann, bekam sie nicht mit. Sie musste unwillkürlich an ihren Sohn denken, der ihr weggenommen worden war. Als er damals in den Armen seines Vaters aus dem Zimmer getragen wurde, hatte sie ihm zugeflüstert, es täte ihr leid. Aber er war noch viel zu klein gewesen, um es zu begreifen.

„Wie konnten Sie das tun? Wie? Haben wir Ihnen irgendeinen Anlass dazu gegeben? Wieso konnten Sie nicht zuerst zu uns kommen, mit uns reden? Wir hätten Jona die Leviten gelesen und das hätte doch gereicht oder etwa nicht?", redete Oda auf Fräulein Hauptmann ein, die sich von den Frauen im Halbkreis umringt sah.

„Und ich hab Sie auch noch unterstützt und Ihnen mit Gremlich geholfen", raunzte Vi sie an. Sie tat Ewa leid. Was hätte sie tun sollen? Vielleicht, wenn es keine Zeugen gegeben hätte, wäre sie nicht zur Polizei gegangen, aber so war ihr doch gar nichts anderes übrig geblieben, wenn sie nicht selbst in den Verdacht geraten wollte, widernatürliche Gefühle zu hegen.

„Ich denke, es ist jetzt genug. Lassen Sie das arme Mädchen in Ruhe. Ich glaube, sie hat schon genug durch. Gehen Sie, Mädchen, gehen Sie", mischte sich Maren ein und schob Fräulein Hauptmann in Richtung der Treppe. Sie sah sich nicht noch einmal um.

„Was soll das? Was haben Sie denn überhaupt mit uns zu tun?" Vis Wut steigerte sich und Ewa glaubte, sie wolle der kleinen, hinkenden Frau am liebsten die Kehle zudrücken.

„Mein Name ist Maren Schultz. Und ich verfolge Ihre Aktivitäten schon ein wenig länger. Sie ermitteln doch in dem Fall der getöteten Obdachlosen, habe ich Recht? Ehrlich gesagt, bin ich nur deshalb hier. Ich wollte gerne mit Ihnen darüber sprechen und –"

„Scheren Sie sich zum Teufel!" Vi stieß sie mit der Schulter zur Seite. Oda folgte ihr, mit hochrotem Gesicht. Ewa hätte sich gerne bei Maren entschuldigt, aber sie musste jetzt zu jenen halten, die auch immer für sie da gewesen waren. Maren würde das mit Sicherheit verstehen.

Als sie hinaus in den Regen traten und Vi mit dem Fuß gegen einen aufgestellten Mülleimer trat, dachte Ewa noch einmal an Jonas Worte und was jetzt mit ihr geschehen würde. Sie glaubte nicht, dass ihr Verteidiger dazu in der Lage war, das Urteil des Richters noch einmal zu revidieren, und er hatte auch nicht so ausgesehen, als habe er überhaupt die Absicht, sich sonderlich für sie einzusetzen.

Ein Jahr. Zwölf lange Monate an diesem Ort, von dem sie überzeugt waren, dass Walter dort sein Ende gefunden hatte. Ein abwegiger Gedanke beschlich sie. Jonas Worte. Es täte ihr leid. War das möglicherweise gar nicht auf ihre Tat bezogen, sondern darauf, dass sie ihnen

Ärger machte? Dass sie vielleicht ganz freiwillig diesen Weg antrat, um –

„Ach, Jona", sagte sie leise und Cilia klopfte ihr sacht auf die Schulter, um sie zu trösten.

Fließender Strom
Dienstagabend, 18. April 1876

An Tagen wie diesen war ihr Bein besonders aufmüpfig, ließ sich nur stockend bewegen und sandte unentwegt kleine schmerzende Stiche in Richtung ihrer Hüfte. Trotzdem machte sie wie jeden Abend ihren Spaziergang entlang der Neiße und kümmerte sich nicht um die Regentropfen, die in einem sanften Rauschen auf ihren Regenschirm trommelten. Den ganzen Tag über war der Himmel nicht aufgeklart. Sie ließ die letzten Häuser, die dicht an den Fluss gebaut waren, hinter sich und erreichte eine freie Stelle, die nur von Gras bedeckt war. Der Boden war aufgeweicht und sie hinkte vorsichtig weiter, um nicht in den Matsch zu fallen. Das hätte ihr heute noch gefehlt. Als sie an einem alten Grenzstein vorbeikam, hob sie den Kopf.

„Hier war das also", sagte sie leise und beobachtete den dunklen Strom, der sich seinen Weg in Richtung der Vier-Raden-Mühle erkämpfte. „Hier haben sie den ersten gefunden."

Als sie das erste Mal von diesen Buchhändlerinnen in der Zeitung gelesen hatte, hatte sie angefangen, die vergangenen Monate bis zum ersten Leichenfund im Fall des Sagenmörders nachzulesen. Daher wusste sie, dass an jener Stelle das junge Pärchen ein paar Monate zuvor das erste Skelett im Fluss entdeckt hatte.

„Armes Ding", murmelte sie und meinte damit nicht nur das Skelett Antons, sondern auch die Jüngste dieser Frauen, die heute zu einem Jahr Zuchthaus verurteilt worden war. Sie hatte über alle Erkundigungen eingeholt und dabei ein paar Ungereimtheiten im Lebenslauf von Fräulein Bote entdeckt. Aber das war nicht der Grund, warum sie zu der Verhandlung gegangen war. Sie wollte Kontakt zu diesen Frauen aufnehmen. Zum einen aus wirtschaftlichen Gründen, aber zum anderen weil es ihr wichtig war, Verbindungen zu anderen Frauen zu knüpfen, die eigenständig Geschäfte führten. Das schaffte Zusammenhalt und den brauchte sie, wenn sie sich in Görlitz behaupten wollte.

Während sie weiter über die weiche Erde stapfte, wobei sie feststellen musste, dass ihre Schuhe nicht dicht waren, wurde sie einer gekrümmten Gestalt gewahr, die unter der Reichenberger Brücke hockte. Das Wasser der Neiße war dort durch den Regenfall so weit angestiegen, dass nur wenige Meter die Gestalt von dem Nass trennten. Maren überlegte, ob sie umkehren sollte, denn nach den Ereignissen um die Obdachlosen und den bedauernswerten Polizeirat wollte sie keine Risiken eingehen. Aber die schmale Figur und die hängenden Schultern ließen sie voller Mitleid weitergehen.

„Ein bisschen zu kalt und zu nass, um unter freiem Himmel nächtigen zu wollen", rief sie, als sie noch ein paar Schritte entfernt war. Noch immer war die Gestalt nur ein Schatten in der grauen Abenddämmerung.

„Scheren Sie sich zum Teufel", erwiderte die Person, eine Frau, wie Maren zweifelsohne feststellen konnte. Auch erkannte sie ihre Stimme und setzte daher ihren Weg fort, bis sie neben ihr stand. Unter der Brücke war das Rauschen des Flusses laut und unangenehm.

„Einen schönen, guten Abend, Frau Sperber", grüßte Maren die Rothaarige, deren Haar sich vor Nässe kräuselte und ihr in die Stirn hing. „Mich friert allein bei Ihrem Anblick. Kommen Sie! Es gibt hier eine sehr hübsche, kleine Kneipe. Lassen Sie uns etwas trinken gehen!"

„Verschwinden Sie!", wurde Vi lauter und Maren überlegte, ob es nicht besser war, genau dies zu tun. Sie hatte keine Angst vor der Buchhändlerin, aber manchmal suchten Menschen die Einsamkeit, um heil zu werden. Nur glaubte sie nicht daran, dass Vi aus diesem Grund hier war.

„Nun, es tut mir aufrichtig leid, aber ich bin in der Kunst des Verschwindens, Auflösens und Verpuffens leider nicht geübt. Dagegen verstehe ich mich wahrhaft gut darauf, andere Menschen richtig abzufüllen. Interesse?", versuchte es Maren erneut. Sie kannte eigentlich gar keine Kneipe in der Nähe, aber in ihrem Laden standen – gut gehütet und verborgen – so einige Fläschchen herum, mit denen man eine Menge Kummer vergessen konnte. Wenigstens bis zum nächsten Tag.

„Lassen Sie mich zufrieden."

„Das würde ich, wenn Sie zufrieden wären. Aber Sie sitzen hier unter einer Brücke und sehen, mit Verlaub, ziemlich ramponiert aus. Ich denke, Ihre Freundinnen würden es mir nicht verzeihen, wenn ich

Sie einfach Ihrem feuchten Schicksal überließe. Also kommen Sie schon! Mein Schirm reicht für uns zwei."

Es mochte an ihren Worten liegen, dass Vi sich schließlich erhob, oder aber einfach daran, dass sie keine Kraft mehr hatte, mit Maren zu diskutieren. In jedem Fall hinkten sie gemeinsam unter der Brücke hervor. Vi war so langsam, dass selbst Maren mit ihrem Bein auf dem schlammigen Boden besser vorankam. Sie schwiegen und Maren hielt es für das Beste, Vi einfach nach Hause zu bringen, wo sie unter der Obhut der anderen Frauen sicher gut aufgehoben war. Trinkorgien halfen nicht jedem so wie ihr.

„Finden Sie das gerecht?", begann Vi leise zu sprechen. „Finden Sie das gerecht, dass die bestraft werden, die in ihrem Leben niemals etwas Böses getan haben? Dass jene, die sich bemühen, am Ende als Erste in der Gosse liegen und wie Dreck behandelt werden?"

„Wenn Sie nach Gerechtigkeit fragen, Frau Sperber, so werden Sie nur eine Antwort erhalten, die Sie nicht zufriedenstellen wird. Es gibt eine Gerechtigkeit. Jene, dass wir alle sterben müssen, ganz gleich wer wir waren oder wie viel Geld wir besaßen oder was wir Gutes oder Böses getan haben. Was uns unterwegs passiert, hat nichts mit Gerechtigkeit oder Schicksal zu tun. Meines Erachtens nach handelt es sich dabei nur um Zufall oder Glück. Alle Umstände vermengen sich und bringen uns entweder ins Gefängnis oder in ein herrschaftliches Haus mit jeder Menge Vergnügungen im Leben. Sie lassen uns am Leben, bis wir neunzig Jahre alt sind und völlig zerknautscht aussehen, oder sie bringen uns um, wenn wir gerade frisch verheiratet sind und uns auf unser erstes Kind freuen. Das alles aber ist keine Frage der Gerechtigkeit. Wenn Sie mich also fragen, ob der Tod des Polizeirates gerecht ist oder dass Ihre junge Freundin jetzt im Zuchthaus sitzt, so muss ich sagen, dass es nicht gerecht ist, aber auch nicht ungerecht. Es ist einfach so gekommen."

Vi lachte, doch Maren schloss sich ihr nicht an, denn sie spürte, dass es kein Ausdruck von Freude war, dass es nicht bedeutete, dass sich ihr Zustand besserte. Es war schlichtweg Verzweiflung über einen Umstand, der sich nicht ändern ließ.

„Das heißt, es ist egal, ob wir gut oder böse sind. Am Ende werden wir alle bestraft."

„Nein. Das ist keine Strafe. Der Tod ist eine natürliche Folge, wie alles, was uns im Leben geschieht. Wir haben darauf keinen Einfluss, aber deshalb schlecht zu sein, anderen Menschen Leid zuzufügen oder sein ganzes Leben wegzuwerfen, wäre die verkehrte Schlussfolgerung. Ich sage nicht, dass Sie ein wunderschönes Leben ohne jegliche Entbehrungen führen, wenn Sie gut sind, aber Sie werden glücklich dabei sein und Sie werden auf die eine oder andere Art Liebe erfahren. Der Polizeirat ist tot, aber er hatte eine liebende Frau und Kinder, die ihn als Vater sehr geschätzt haben. Und er hatte Sie. Und Jona verbringt vielleicht das nächste Jahr im Zuchthaus, aber danach werden Sie und Ihre Freundinnen wieder für sie da sein. Verstehen Sie? Die zwei waren gute Menschen und dadurch finden Sie nun Halt und Erinnerung in den Menschen, für die sie sich gemüht haben."

„Gott, Sie sollten ein längeres Gespräch mit Ewa führen! Die kommt mir auch immer mit solchen Abhandlungen. Für mich ist das allerdings alles nur großer Unsinn! Gute Menschen verrecken elendig und schlechte Menschen leben bis zu ihrem Tod im Wohlstand, aber für Sie zählt ja nur die Liebe!"

„Ich weiß, das klingt alles sehr pathetisch, aber Frau Sperber, seien wir ehrlich, was zählt denn sonst?"

Maren blieb stehen und betrachtete das verhärmte Gesicht der Buchhändlerin. Sie war wütend und trauerte. Es war allzu verständlich, dass sie sich ihren Worten nicht öffnen konnte. Sie nahm es ihr nicht krumm, wie sie selten jemandem etwas krumm nahm. Menschen waren, wie sie waren. Vi Sperber zählte zu der Sorte Frau, die einfach eine Menge erlebt hatten, die über das Elend der Welt nicht mehr hinwegsehen konnten und alles versuchten, um nicht selbst so zu werden. Nur um in ihrer Verzweiflung zu eben diesen Kreaturen zu erwachsen, vor denen sie sich fürchteten.

„Ich sollte nach Hause", sagte Vi leise.

„Ja, kommen Sie, ich begleite Sie."

Sie gingen schweigend durch die wolkenverhangene Nacht. Sie nahmen den Regen und den kalten Wind nicht mehr wahr. Maren unterließ es sogar, heimlich in Gedanken mit ihrem schmerzenden Bein zu schimpfen. Sie waren einfach nur da, ließen die Neiße hinter sich, tauchten zwischen die Häuser der Stadt. Als sie die Apothekergasse und die Buchhandlung erreichten, blieben sie noch eine Weile stehen. Vi hatte den Kopf tief gesenkt.

„Hören Sie, Frau Sperber, die Welt ist, wie sie ist. Sie wird sich weiterdrehen, sie wird sich verändern, noch schlimmer werden, ein wenig heilen und irgendwann werden wir alle uns in großen Schlachten gegenüberstehen, in denen es nur ums Überleben geht. Wir werden daran nicht viel ändern können, aber kleine, unbedeutend erscheinende Taten können Umstände ändern. Sie zu einem anderen Ergebnis führen. Manches lässt sich freilich nicht rückgängig machen, aber ewig gegen das große Böse zu kämpfen und sich zu verzehren, das bringt den Menschen nicht weiter."

Vi hob den Kopf und das Lächeln, das sich zeigte, konnte Maren erwidern. Sie war zu ihr durchgedrungen und das war ein gutes Zeichen. Sie erkannte die Frau, die sie durch zahlreiche Zeitungsausschnitte schon kennenlernen konnte.

„Ich gebe es ungern zu, aber Sie haben Recht. In den letzten Jahren – ich habe einfach immer versucht, alles richtig zu machen und immer wieder ist es gescheitert. Man verliert nicht nur den Glauben, sondern besonders den Glauben an sich selbst."

„Reden Sie nicht! Schauen Sie sich lieber an, was Sie geschaffen haben! Sie führen ein eigenes Geschäft, haben großen Rückhalt durch ein paar faszinierende Frauen und Sie haben nicht zuletzt großen Anteil an der Aufklärung schlimmster Verbrechen gehabt. Sagen Sie nicht, dass Sie gescheitert sind."

„Nun ja, vielleicht nicht ganz. Wobei ich die Buchhandlung wohl nicht mehr sehr lange werde halten können. Die Auftragslage ist schlecht und die Zeitungsartikel haben uns eher Ärger gebracht als –"

Hinter der Tür zur Buchhandlung erklang ein Aufschrei und ein dumpfer Schlag. Sofort stürzte Vi durch die Tür und Maren folgte ihr, so schnell es ihr Bein zuließ. Als sie hineinstürmten, sahen sie auf der Treppe Ieva sitzen, während Ewa in ihren Händen zwei Kabelenden hielt. Beide hatten zerzauste Haare. Jemand stürmte aus dem Keller hinauf und riss die Arme empor: „Es hat funktioniert! Zwar nur kurz, aber –"

Sabin sah Vi und Maren an, bevor diese in ein schallendes Gelächter ausbrachen. Maren brauchte eine geschlagene halbe Stunde, bis sie sich soweit im Griff hatte, dass sie nicht bei Ewas und Ievas Anblick erneut vom Lachen geschüttelt wurde. Tränen hingen ihr noch in den Augenwinkeln, als Vi eine Flasche Whisky auf den Tisch stellte und ihr ein Glas reichte. Für Whisky war es viel zu groß, aber was machte das schon?

Sie saßen im Keller des Hauses an einem langen Tisch, in dessen Mitte dicke Kerzenstümpfe brannten. Es war kalt und zugig, aber beim Allmächtigen, sie fühlte sich wohl, pudelwohl. Vi goss ihr einen Schluck Whisky ein und stieß mit ihr an, bevor sie beide das Zeug, das nach purem Alkohol schmeckte und auch so in der Kehle brannte, hinunterstürzten.

„Ach du lieber Gott, das brennt sich ja durch alle Eingeweide", fluchte Maren, als sie wieder reden konnte. „Wo habt ihr denn den Fusel aufgetrieben?"

„Selbstgebraut", sagte Oda und starrte auf ihre Hände. Sie war immer noch wütend und Maren hier zu sehen, die Fräulein Hauptmann verteidigt hatte, gefiel ihr anscheinend überhaupt nicht. Dennoch besaß sie soviel Anstand, sie bei dem Hundswetter nicht direkt vor die Tür zu setzen.

„Heiliges Kanonenrohr!", rief Maren aus. „Was macht ihr eigentlich noch so, wenn ihr nicht gerade Verbrecher jagt und Bücher sortiert, hm?"

„Wie Sie gesehen haben, haben wir versucht, Stromkabel zu verlegen und unser Haus mit elektrischem Strom zu versorgen. Leider ist es vorhin zu einem kleinen Unfall gekommen", erklärte Ewa in ihrer fröhlichen Art und strich sich wiederholt die Haare glatt. Maren unterdrückte ein herzhaftes Auflachen.

„Das habe ich gesehen, ja. Und ich habe auch diese Pflanzen dort gesehen. Ist es hier unten nicht viel zu dunkel für das Grünzeug?", fragte sie und deutete auf eine abgetrennte Ecke.

„Nicht für die. Ihnen reichen wenige Sonnenstunden und durch das Fenster dringt über den Tag genug Licht ein, um sie am Leben zu halten. Einige von ihnen sind hochgiftig. Ich teste gerade, welche sich besonders gut für diesen Standort eignen", sagte Oda, erneut ohne jedes Gefühl. Maren war begeistert.

„Das ist ja ganz und gar erstaunlich und wenn ich mir vorstelle, was die Möglichkeit des elektrischen Stromes bedeutet. Sie könnten zur Aufzucht der Pflanzen und verschiedener anderer Gewächse künstliches Licht nutzen", schlug Maren vor und Oda sah zum ersten Mal auf.

„Ich fürchte, das wird wohl noch länger ein Traum bleiben", sagte Ieva. „Bisher fehlt es leider an den Möglichkeiten. Im Krankenhaus werden ja bereits diese sogenannten Glühlampen eingesetzt, aber die sind teuer und haben eine kaum relevante Nutzungsdauer."

„Aber wozu dann der Versuch, elektrischen Strom zu nutzen?", fragte Maren.

„Elektrischer Strom ist für viele andere Dinge nützlich. Es gibt Gerätschaften, die bereits damit angetrieben werden können, und vielleicht gelingt es uns ja doch noch, eine brauchbare Glühlampe zu entwickeln", erklärte Ieva. „Wenn wir mehr Geld hätten, wären wir schon weiter, aber es hapert eben doch daran."

„Mehr Geld, ja?", murmelte Maren und sah sich um. In einer Ecke entdeckte sie ein altes Fahrrad. „Und was machen Sie damit?"

„Damit erzeugen wir den Strom. Es fungiert gewissermaßen als Generator. Aber wir haben noch keine Möglichkeit gefunden, die Energie auch dauerhaft zu speichern."

In den folgenden zwei Stunden erklärten die Frauen Maren alle im Keller befindlichen Erfindungen, Sammlungen und Projekte, an denen sie arbeiteten. Es wurde tiefste Nacht, sie mussten die Kerzen auf dem Tisch austauschen, um einander sehen zu können, aber keine von ihnen zeigte Anzeichen von Müdigkeit. Sogar Cilia beteiligte sich rege an dem Gespräch, insbesondere als Maren auf die beachtliche Karte Schlesiens zu sprechen kam, die Cilia gerade zeichnete. Auch Sabins Projekt, eine maßstabsgetreue Nachbildung von Görlitz zu bauen, wurde detailliert besprochen. Besonders fasziniert war Maren davon, dass sich das Modell drehen ließ, so dass die Stadt von unten sichtbar wurde.

„Es ist noch nicht ganz fertig, aber ein großer Teil wird bereits dargestellt."

Zu guter Letzt widmete sich Maren Odas Forschungen, die vor allem pflanzlicher Natur waren. Es ging nicht nur um die schattigen

Gewächse wie den giftigen Philodendron, auch um eine spezielle Mischung aus Pflanzenharz, die einen brauchbaren Klebstoff ergab, der jedoch nicht zu fest an der Haut haftete.

„Wir haben oft Schwierigkeiten, kleine Wunden ohne großen Aufwand zu verbinden. Ich dachte mir, dass diese Form von Kleber uns behilflich sein könnte, Stücke von Mull auf der Haut zu befestigen, ohne dass sich die Wunde entzündet oder der Mull nicht ohne Schmerzen entfernt werden kann", erklärte Oda. Ihre anfängliche Zurückhaltung gegenüber Maren hatte sie aufgegeben.

„Das wäre ja eine medizinische Revolution!", rief Maren aus.

„Nun ja, es wäre eine hilfreiche Neuerung. Außerdem gibt es bereits verschiedene Arten von haftenden Auflagen, aber sie alle haben eine bestimmte Wirkung. Einige lindern Schmerzen oder dienen als *Zugpflaster*, aber das ist nicht das, was ich damit bezwecke."

„Wissen Sie, meine Damen", sagte Maren und alle Gesichter richteten sich auf sie. Vi war ruhig gewesen in den letzten Stunden, doch ihr Lächeln war nicht geschwunden. „Mich kann man nicht allzu leicht beeindrucken. Wirklich nicht. Aber was ich an diesem Abend vernommen habe, das lässt mich sprachlos zurück. Was Sie hier geschaffen haben, ist – beachtlich. Einfach nur beachtlich."

Über die Flammen der Kerzenstummel hinweg betrachtete Maren jede einzelne von ihnen. Sie mochten zum größten Teil ihr Alter haben, waren demnach nicht mehr besonders jung. Allen standen die Zeit und ihre Erlebnisse ins Gesicht geschrieben. Ein paar von ihnen wirkten ausgezehrt und müde, andere enthusiastisch, aber dennoch zurückhaltend. Sie kannte Frauen wie sie. Und sie wusste, wie schwer sie es hatten. Sie wusste, dass es eine Frau in der heutigen Zeit nicht einfach hatte, sich durchzusetzen, für ihre Wünsche einzustehen. Frauen galten nur etwas in Verbindung mit einem Mann. Sie hatte allerlei Liebschaften gehabt, aber stets hatte sich herausgestellt, dass sie es auch alleine schaffen konnte, auch wenn der Weg beschwerlicher war. Diese Frauen vor ihr hatten sich zusammengetan und gemeinsam stritten sie um ihr Recht, allein und frei über sich bestimmen zu dürfen.

„Ich habe mich nicht in Ihnen getäuscht. Was Sie mir heute erzählt haben, hat mich in meiner Entscheidung bestärkt, die ich bereits vor einigen Wochen gefällt habe. Wenn Sie einwilligen, möchte ich Ihnen gerne finanziell und auf jede nur denkbare Weise helfen. Selbstverständlich zum gegenseitigen Nutzen."

Sie ahnte, dass die Frauen dieselbe Einstellung zu Mitleid und Hilfsbereitschaft zeigten wie ihre Angestellte und Geschäftspartnerin Helene. Darum war es von Vorteil zu betonen, dass ihr diese Zusammenarbeit ebenfalls helfen würde. Sie hatte auch schon konkrete Pläne, aber sie war noch unsicher, ob die Frauen zustimmen würden. Vor allem um Vi machte sie sich Sorgen. Sie schien die Gruppe zu vereinen und sie in gewisser Hinsicht zu führen, auch wenn jede von ihnen in der Lage war, sich durchzusetzen. Doch eben Vi war es, die sich erhob und Maren über die Kerzen hinweg die Hand reichte.

„Ich bin einverstanden", sagte sie nur. Maren drückte ihre Hand fest. Es bedurfte keines großen Trinkspruches oder vielerlei Beteuerungen. Vis Einverständnis und ein Händedruck reichten, um eine fruchtbare Zusammenarbeit zu besiegeln. Doch schon als Maren den kurzen Heimweg zum Obermarkt antrat, wurde ihr klar, dass diese Zusammenarbeit erst dann stattfinden konnte, wenn die Lage sich beruhigt hatte. Denn noch musste im Fall der Obdachlosen ermittelt und der Tod des Polizeirates aufgeklärt werden. Zudem bezweifelte Maren nicht, dass Vi, jetzt wo sie ihre Kraft ein wenig wiedergewonnen hatte, alles daran setzen würde, Jona aus dem Zuchthaus zu holen.

„Wäre es anders, hätte ich sie falsch eingeschätzt. Schauen wir mal, ob wir nicht eine Möglichkeit finden, um sie dabei zu unterstützen", sagte Maren zu sich selbst und schrieb noch in jener Nacht einen Brief, der unter Aufwendung kleinerer Gefälligkeiten am nächsten Morgen sein Ziel erreichte.

David

Langsam verstummte das keckernde Lachen, entfernte sich von der Zelle, in der er hockte. Sein Hals war rau vom Husten, seine Augen tränten schmerzhaft und der Raum zwischen Nase und Mund war wund gescheuert, als leide er an einer schweren Erkältung. Er konnte es einfach nicht mehr zurückhalten. Er weinte. Er weinte wie ein kleines Kind. Der Rotz lief ihm aus der Nase, sein Gesicht wurde rot, der Druck in seinem Kopf nahm zu. Er würde es nicht überleben. Niemals. Er würde hier nicht rauskommen. Er würde sterben. Nach all den Jahren, die er um sein Leben gekämpft hatte, würde er hier unten allein sterben.

Das Röcheln ließ ihn verstummen. Nicht ganz allein. Da war immer noch dieser andere Mensch mit ihm in der Zelle, aber er hielt sich von ihm fern. Er wagte sich nicht mehr näher an ihn heran, seit er sein Handgelenk gepackt hatte. Er wusste, dass dies alles nur ein Spiel war. Sie hatten diesen Mann zu ihm in die Zelle gebracht, um ihn zu ängstigen, um ihn zu foltern. Für sie war das alles nur eine Art medizinischer Studie und nicht zuletzt ein perfides Spiel, das sie regelrecht zu beglücken schien. Er konnte nicht sagen, was ihn an diesem Tag, in dieser Woche, wie viel Zeit auch vergangen sein mochte, am meisten getroffen hatte. Die Tatsache, dass dieser Mann, der ihn Jahre lang gequält hatte, nicht allein war, oder die neuen Methoden, mit denen er seinen Willen brechen wollte.

Sein Atem ging stockend, als er die Fesseln um seine Handgelenke fühlte. Sie hatte sie ihm nicht abgenommen, diese Frau mit dem keckernden Lachen. Sie würde es wieder tun. Ihn kopfüber auf einem Brett anschnallen. Ihn dort liegen lassen, bis das Blut in seinem Kopf sein Gehirn anschwellen ließ, bis rote Blitze vor seinen Augen zuckten und er drohte, ohnmächtig zu werden. Wenn es soweit war, würde sie ihn aus dieser Position befreien, ihm ein Tuch über das Gesicht legen.

„Nein", heulte er auf und verbarg sein Gesicht in seinen Armen. Das schaffte er kein zweites Mal. Er hatte geglaubt, er müsse sterben. Er hatte geglaubt, sie würde ihn ertränken oder ersticken oder beides gleichzeitig. Er hatte gehustet, das Wasser geschluckt, aber es war in seine Nase gelaufen, hatte seinen Mund gefüllt.

„Aber du weißt, dass es dich nicht umbringen kann", sagte eine Stimme und er blickte auf. Sie kam ihm vertraut vor. Doch in der Dunkelheit war nichts zu erkennen, nur der Umriss des Mannes. „Du bist Krankenpfleger geworden, Dummkopf, du weißt, dass dir in dieser Position rein gar nichts passieren kann. Mag sein, dass du das Gefühl hast, aber wenn das Wasser nicht nach unten in deine Luftröhre und deine Lunge gelangen kann, wie soll es dich töten?"

„Sebastian?", fragte er in die Dunkelheit und weit vor ihm meinte er eine Gestalt auszumachen, die nickte. Sie stand nur da, näherte sich ihm nicht. Wie war es möglich, dass er ihn überhaupt sehen konnte? Aber wie war es denn möglich gewesen, dass er seine anderen Brüder gesehen hatte? Das war alles nur Einbildung.

„Wie der Tod", sagte Sebastian, als habe er seine Gedanken gelesen. Als sei er seine Gedanken.

„Du bist tot, das ist keine Einbildung. Er hat dich aufgehängt, da im Schuppen."

„Und du warst der Meinung, ich hätte es verdient."

„Du hast dich mit ihnen eingelassen. Du hast dich ihnen zur Verfügung gestellt."

„Jeder versucht sein Leben auf seine Weise zu retten. Du hast den Helden gespielt, ich habe mich ergeben."

Er weinte. Seine Augen schmerzten noch von dem Blut, das sich in seinem Kopf gestaut hatte, und der Anstrengung, gegen das Ertrinken anzukämpfen.

„Zumindest habe ich das geglaubt." Jetzt hockte Sebastian vor ihm, so nah, dass er ihn beinahe berühren konnte. Er sah sein braunes Haar, das sich von der Finsternis abhob, aber mehr erkannte er nicht. Vielleicht, weil er nicht so viele Erinnerungen mit ihm verband wie mit Kasimir oder Anton. „Ich habe geglaubt, dass du den Helden nur gespielt hast. Aber vielleicht habe ich mich getäuscht. Ich hätte das alles hier nicht durchgehalten. Hätte freiwillig alles getan, damit es aufhört. Aber du nicht. Warum nicht? Wofür zum Teufel kämpfst du noch? Nathanael ist tot. Die Jungen hast du gerettet. Warum gibst du nicht auf?"

Warum tat er es nicht? Warum schloss er nicht einfach die Augen, lehnte sich zurück und ließ das Leben aus sich weichen? Er wusste, wenn er es getan hätte, es wäre einfach davongeflogen und nicht mehr zurückgekehrt. Aber aus irgendeinem Grund konnte er es nicht. Er fand die Ruhe nicht.

„Ich war auch nicht ruhig, als ich starb."

„Weil er dir dein Leben genommen hat. Aber ich müsste es geben."

„Du klammerst dich daran fest, obwohl es nichts mehr gibt, was es wertvoll für dich macht."

„Das stimmt nicht."

„Nein? Was hast du denn? Du hast nichts. Du hast rein gar nichts. Du hast in einer Bruchbude gelebt, du hast Menschen das Blut von allen möglichen Körperteilen gewischt, von anderen Flüssigkeiten ganz zu schweigen. Du warst allein. Du hattest ja noch nicht mal eine Freundin!", lachte Sebastian kalt.

„Ich hatte mein eigenes Zuhause, eine Arbeit, bei der ich anderen Menschen helfen konnte. Es gab Menschen, die mit mir geredet und sich für mich interessiert haben. Auch Frauen", verteidigte er sich. Ihm wurde bewusst, dass er dies alles jedoch erst jetzt zu schätzen wusste. In all den Jahren war es ihm nur um Rache gegangen. Sein ganzes Leben war darauf ausgelegt gewesen. Alles in ihm sann danach, Nathanael zur Strecke zu bringen. Dadurch hatte er nicht nur seinen anderen Peiniger vergessen, sondern auch zu tun, was Kasimir ihm aufgetragen hatte: zu leben.

„Red es dir ruhig ein, aber du hast nichts, was dich dort draußen erwartet. Lehn dich zurück, kleiner Simon, lass das Leben ziehen. Es ist einfacher, als du denkst."

„Als Nathanael dich geholt hat, um dich zu erhängen, hast du um dein Leben gekämpft, obwohl du auch nichts hattest außer diesem. Hast du gehofft, Sebastian? Hast du gehofft, all dem entfliehen zu können?"

„Vielleicht", sagte der hockende Junge vor ihm. Er streckte die Hand aus und berührte sein Kindergesicht. „Damals, als ich starb, da habe ich gehofft, dass es irgendwo einen Menschen gibt, der mich aufrichtig liebt. Ich habe gehofft, dass dieser Mensch kommt und mich mitnimmt. Aber als ich auf den Stuhl stieg und mir die Schlinge um den Hals gelegt habe, wusste ich, dass das nicht passieren würde."

Er hatte ihn dazu gezwungen. Er hatte ihn nicht selbst dorthin gehängt, er hatte ihn gezwungen.

„Aber du, du hast diese Hoffnung immer noch nicht aufgegeben. Du glaubst, dass dein Leben noch etwas wert sein könnte, wenn du hier raus kommst. Dass da jemand ist, der dich hält. Doch wenn es so ist, warum sitzt du dann hier und heulst? Sie kann dich nicht töten. Er kann dich nicht töten. Niemand kann das. Nur du allein kannst aufgeben und das Leben ziehen lassen."

„Sebastian."

„Und nicht nur dein Leben." Sebastians Kopf wand sich in seiner Hand. Er sah zu dem röchelnden Mann hinüber, der immer noch kein Wort gesprochen hatte. „Niemand kann es dir nehmen."

Als Sebastians Geist mit der Dunkelheit verschmolzen war, wischte er sich die letzten Tränen aus dem Gesicht und rutschte auf Knien zu dem röchelnden Mann hinüber. Er hielt neben ihm inne, biss die Zähne zusammen und streckte die Hand nach ihm aus. Er berührte sein Gesicht. Die Haarstoppeln, die seine Wangen bedeckten, waren hart. Sie waren ein wenig gewachsen, seit er sie das letzte Mal berührt hatte. Höchstens ein oder zwei Millimeter, aber ein oder zwei Millimeter waren entweder zwei Tage oder eine ganze Woche. Er wusste, dass Haare im Schnitt einen Zentimeter pro Monat wuchsen. Aber einen weiteren Monat wollte er hier nicht verbringen. Ihm musste etwas einfallen. Er musste sich und diesen Mann hier raus bringen und er musste ihn irgendwie versorgen. In der Dunkelheit ließ sich nur nicht ausmachen, was ihm fehlte.

„Abtasten", sagte er leise. Am Ende tat ein Arzt nichts anderes. Er war eben ein blinder Arzt. Ein blinder Arzt mit geschärften Sinnen. Er nahm den Kopf des Mannes zwischen seine Hände, fuhr über sein Gesicht, seine Augen, seine Nase, seine Lippen. Keine Verletzungen. Doch seine kleinen Finger spürten Feuchtigkeit und eine klaffende Wunde am Hinterkopf.

„Keine Kopfverletzung", fluchte er, denn Kopfverletzungen neigten dazu, viel zu bluten und schlecht zu heilen. Außerdem mochte die Schädeldecke in Mitleidenschaft gezogen sein, was das Gehirn beeinträchtigen konnte. Er atmete tief ein und fuhr mit dem Zeigefinger über die Wunde, bis die Fingerkuppe hineinglitt. Der Mann stöhnte, war aber regungslos. Der Finger stieß auf Widerstand. Die Schädeldecke. Kein Bruch, zumindest kein großer. Das war zwar erleichternd, aber kein Grund, sich zu freuen, denn Schläge auf den Hinterkopf vermochten das Denkvermögen nicht zu erhöhen, sondern lediglich Schwellungen im Hirn hervorzurufen. Doch wäre es eine große Schwellung gewesen, wäre der Mann längst gestorben.

„Gut", sagte er zu sich selbst und tastete weiter. Er trug keine Kleidung, aber dem Mann war sie nicht genommen worden. Er zerrte an dem Hemd, das er anhatte, und riss einen Ärmel ab, den er ihm um den Kopf schlang. Die Wunde war zu alt, um noch stark zu bluten. Um sich zu entzünden, hatte sie genug Zeit gehabt, aber dennoch kam es ihm richtig vor, es zu tun. Dann tastete er sich weiter. Im Rumpf des Mannes schien kein Knochen mehr an der richtigen Stelle zu sitzen, aber augenscheinlich hatte sich kein abgebrochenes Stück in seine Organe gebohrt. Trotzdem mussten ihm die Brüche große Schmerzen bereiten. Auch der rechte Arm würde nicht mehr zu Bewegung fähig sein. Nur der linke, der nach ihm gegriffen hatte.

„Hören Sie, Sie müssen durchhalten. Ich bringe uns hier raus. Irgendwie", flüsterte er dem Mann ins Ohr. Der stöhnte, als hätte er ihn verstanden. Als wolle er sich bei ihm bedanken. „Wir kommen hier raus. Wir kommen hier raus", wiederholte er, bis er es endlich auch selbst glauben konnte.

Wir weben dein Leichentuch
Mittwochvormittag, 26. April 1876

Das Schiffchen fliegt, der Webstuhl kracht.

Sie saß da und beobachtete, wie die Insassen eine Reihe nach der anderen webten und verarbeiteten. Sie war nur ein Jahr nach der Märzrevolution zur Welt gekommen. In einer noch unbeständigen Zeit, der unentwegt Kriege folgten. Sie hatte sich nie für Politik interessiert. Nach dem Tod ihrer Eltern war sie auf sich allein gestellt gewesen und der Hunger war in den Vordergrund getreten. Aber auch wenn sie von der politischen Lage Schlesiens nicht viel wusste, so erinnerte sie sich doch noch gut an das Gedicht, das ihr Vater selbst nach Ende der Revolution noch oft rezitiert hatte. *Heines Weber* lebten in ihr auf, als sie sah, wie all die Frauen an den großen Webstühlen saßen und arbeiteten. Sie hätte geglaubt, der Fortschritt der Industrie hätte diese Art von Handarbeit längst überflüssig gemacht. Bei ihrem letzten Aufenthalt im Zuchthaus hatte sie meist nur leichte Arbeit verrichten und sich um die Waisen kümmern müssen.

„Bewegst du dich jetzt oder muss ich dir Beine machen?", brüllte eine der Frauen sie von der Seite an.

„He, du da! Schau dir das hier mal an!", schrie eine andere.

Sie sitzen am Webstuhl und fletschen die Zähne.

Sie war dazu eingeteilt worden, den Frauen neues Garn zu bringen, Schützen zu reparieren oder auszutauschen, wenn sie zerstört waren, und die fertigen Webstoffe zu einem Lager zu bringen, wo sie von einem der Aufseher kontrolliert wurden. Es war ihr lieber, als selbst an einem der Stühle zu sitzen. Für Handarbeiten war sie nicht geschaffen. Sie rannte los, um neues Garn zu holen, und widmete sich dann einem kaputten Schützen. Man hatte ihr nur einmal gezeigt, wie sie auszutauschen waren. In dem Schützen war das Schussgarn befestigt, das dafür sorgte, dass am Ende alles zusammengehalten wurde. Für sie sahen die Dinger aus wie kleine Schiffchen und so schwierig waren sie auch zu reparieren oder auszutauschen. Während sie an einem der Webstühle zugange war, beobachtete sie, wie die Wärter durch die Reihen zogen und jeden ermahnten, der nicht schnell oder sauber genug arbeitete. Sie wusste, dass die Webstoffe für gutes Geld verkauft wurden. Die industrielle Fertigung wurde wegen der sauberen Arbeit und weil sie günstig war, zwar bevorzugt, aber von Hand gefertigte Produkte erhielten dadurch neuen Wert. Ob man den Käufern der Teppiche wohl erzählte, von wem die Stoffe stammten?

„Jetzt los, altes Weib!", brüllte einer der Wärter. Er war sehr jung und sah die Insassen als seine persönlichen Sklaven an. Sie war erst eine Woche im Zuchthaus, aber sie hatte schnell gelernt, wie mit welchem Wärter umzugehen war. Vorwiegend waren es Männer, aber es gab auch einige Frauen, die Aufsicht hatten. Eine von ihnen war noch jung, höchstens ein paar Jahre älter als sie. Sie sah hübsch und sanft aus, aber sie war die Strengste von allen. Doch anders als der junge Wärter wandte sie keine Schläge an.

„Sie hat kaum was zu essen bekommen", mischte sich Jona ein, denn das alte Weib, das der Wärter mit einem Schlagstock bedrohte, lag mit ihr in einem Schlafsaal. Es einen Saal zu nennen, war zuviel gesagt, aber der Raum hatte nichts von der Zelle, in der sie vor ein paar Jahren hatte schlafen müssen. Er war nicht groß, aber nicht so beengend wie damals. Sie hatten Betten, nicht nur Pritschen zum Schlafen, und wenn Licht in die Zelle schien, war es wunderbar hell.

„Na und?", schrie der Wärter und einzelne Speicheltropfen flogen ihr ins Gesicht. Er war ganze zwei Köpfe größer als sie. Ein hagerer, aber muskulöser Kerl. Die Kleidung, die er trug, war gepflegt, weshalb sie annahm, dass er noch bei seiner Mutter lebte. Wenn er nicht mit einer der Insassinnen sprach, wirkte er oft flapsig und gegenüber den Wärterinnen sehr unsicher. Er war noch ein Kind, das versuchte, sich Respekt zu verschaffen. Daher tat sie ihr Möglichstes, um ruhig zu bleiben.

„Edeltraut ist fast sechzig Jahre alt, sie ist erst seit ein paar Tagen hier und noch keine so harte, körperliche Arbeit gewohnt. Heute Morgen hat ihr ausserdem eine andere Insassin die Hälfte ihres Breis weggenommen. Sie braucht nur etwas zu essen, dann kann sie weiter arbeiten."

Edeltraut in ihrer tristen grauen Kleidung sah zu ihr hinüber. Sie lächelte dankbar. Sie war die Einzige, mit der Jona in der Woche wirklich gesprochen hatte. Sie wachten beide sehr früh auf und unterhielten sich, bis die Wärter kamen und sie holten. Edeltraut hatte mehrfach gestohlen, um nicht zu verhungern. Ihre Hände litten unter der Gicht und sie war seit Jahren nicht mehr imstande, sich ihren Lebensunterhalt zu verdienen. Ihr einziger Sohn hatte sich aus dem Staub gemacht, lebte irgendwo in Leipzig und kümmerte sich nicht um seine alte Mutter. Jona dachte daran, wie es ihr eines Tages ergehen würde. Ohne Kinder, die sich um sie sorgten, ohne einen Menschen, der für sie da war.

„Warum bist du hier?", fragte der Wärter sie. Sie blickte auf, auch wenn es sich als Fehler erweisen konnte, ihm direkt ins Gesicht zu sehen.

Im düstern Auge keine Träne.

„Weil ich verurteilt worden bin", antwortete sie, denn sie wollte nicht, dass alle erfuhren, weshalb man sie ins Zuchthaus gebracht hatte. Sie musste hier so unauffällig wie möglich bleiben. Um herauszufinden, was hier vor sich ging. Was mit Walter geschehen war. Und vor allem, um zu überleben.

„Richtig. Du bist hier, weil du niederes Gesindel bist. Weil du gestohlen oder dich fremden Männern zur Verfügung gestellt oder weil du jemandem die Zähne ausgeschlagen hast. Was immer es war, du bist hier. Du bist hier und sollst arbeiten und nicht die Klappe aufreißen und dich als Märtyrer aufspielen!"

„Du bist auch hier", antwortete sie und wusste, dass es besser gewesen wäre, einfach den Mund zu halten, denn als der Schlagstock auf sie zukam, war sie nicht schnell genug, um ihn mit dem Arm abzuwehren. Er landete in ihrem Gesicht, das sie gerade so abwenden konnte. Er traf dennoch ihr Jochbein und sie wusste, es würde anschwellen, bis sie auf dem linken Auge nichts mehr sehen konnte. Aber das würde vergehen. Wenn er Edeltraut so behandelte, würde keiner ihrer Knochen mehr richtig verheilen.

„Benjamin", sagte eine ruhige Stimme, als er den Schlagstock zum zweiten Mal erhob. Sein Gesicht war vor Röte geschwollen. Er war ein zorniges und brutales Kind. Nur langsam ließ er den Arm sinken. Die Frau, zu der die Stimme gehörte, war die junge Wärterin. Sie trug nicht die Kleidung einer Aufpasserin, sondern einen weißen Kittel. Einige in ihrer Zelle behaupteten, sie sei dafür da, um jenen, die nicht mehr arbeiten konnten, eine Spritze zu geben. Eine Spritze, die sie einschlafen ließ. Eine Spritze, die ihnen Qualen bereitete. Eine Spritze, die sie Blut spucken ließ. Es kursierten verschiedene Gerüchte, Jona glaubte keines davon. Hier wurde keine Arbeitskraft verschwendet. Jeder, ob er noch konnte oder nicht, musste ran. Erst wenn er bei der Arbeit tot umfiel, wurde er entlassen, es sei denn, er war ansteckend. So einfach war das. Da bedurfte es gar keiner Spritzen.

„Doktor Traub hat den Einsatz des Schlagstockes nur in Ausnahmefällen genehmigt", sagte die Frau und klang dabei so monoton, als hätte sie diesen Satz auswendig gelernt. Obwohl Jonas Auge zuschwoll, versuchte sie doch, die Frau zu beobachten, ihren Blick zu deuten. Aber es gelang ihr nicht. Da war nichts hinter diesen Augen, die in einem anderen Moment sicher in der Lage gewesen wären, Wärme auszustrahlen. Ob Walter ihr an jenem Abend hier begegnet war?

Ein Fluch dem Gotte, zu dem wir gebeten.

Mittlerweile war sie überzeugt, dass Walter hier sein grausames Ende gefunden hatte. Doktor Traub mochte das Zuchthaus äußerlich in einen anderen Zustand verbracht haben. Einen Zustand, der oberflächlich betrachtet, Verbesserungen gebracht hatte. Die Insassen waren vernünftig untergebracht, einige wurden ärztlich behandelt und es gab bessere Verpflegung. Aber die Atmosphäre, die hier herrschte, war eine andere. Zwar scherzten die Wärterinnen und Wärter oft miteinander und es gab weit weniger Gewalt unter den Insassen, als sie es gewohnt war, aber da war noch ein anderes Gefühl, kaum greifbar. Es schwang in jedem Lachen mit. Ein Stillschweigen, eine Vereinbarung, eine Art von Pakt. Sie war sich nicht sicher, ob alle von diesem Pakt wussten, aber sie wurden alle davon beeinflusst. Besonders bemerkte sie es, wenn Benjamin und Traub aufeinandertrafen. Sofort wurde aus dem zornigen Kind ein williger Schüler. Auch die Wärterin veränderte sich. Jona konnte nur nicht sagen, wie.

„Das ist ein Ausnahmefall", sagte Benjamin und deutete mit der Spitze seines Schlagstockes auf sie.

„Ausnahmefälle sind gegeben, wenn Insassen gewalttätig werden. Soweit ich das beurteilen kann, hat sie dich nicht angegriffen und auch keinen der anderen Insassen", erklärte die Frau ruhig.

„Willst du mir jetzt etwa in den Rücken fallen?", zischte der junge Wärter und es sah aus, als wolle er den Schlagstock gegen sie erheben. In einer anderen Situation, außerhalb dieser Mauern, weit entfernt von dieser Zeit hätte Jona sich darüber gefreut, von einer so schönen Frau verteidigt zu werden, aber hier schien es ihr, als ob es sich nicht um eine Verteidigung handelte, sondern lediglich um die Umsetzung von Anweisungen.

„Willst du Doktor Traub in den Rücken fallen? Meinst du, es nützt ihm, wenn die Bevölkerung erfährt, dass die Insassen des Zuchthauses zu Tode geprügelt werden? Mag sein, dass es sich nur um Verbrecher und leichte Frauen handelt, aber einige werden sich fragen, wozu es eine Rechtsprechung gibt, eine Verurteilung."

Sie war klug, das musste Jona ihr lassen. Aber wiederum klang es nicht so, als machte sie sich ernsthaft Sorgen um den Ruf des Zuchthauses oder um die Gesetzgebung. Ihre Worte waren flüssig vorgetragen, aber doch so eintönig und ohne jegliches Gefühl.

„Bitte, wie du meinst", gab der Wärter nach und steckte seinen Schlagstock wieder in die Lasche an seiner Hose. „Aber das Weib will nicht arbeiten." Er deutete zu Edeltraut hinüber.

„Sie will arbeiten, aber sie kann nicht", sagte Jona und sah zu der Wärterin. Ihre Augen richteten sich auf sie. Wie viel hätte sie darum gegeben, wenn Fräulein Hauptmann sie nur einmal so angesehen hätte? Intensiv, bis ins Mark gehend. Sie hielt dem Blick stand, auch wenn sie es kaum aushielt.

„Warum nicht?", fragte die Wärterin schlicht.

„Sie behauptet, jemand hätte ihr die Hälfte ihres Frühstücks gestohlen."

„Und du findest das so abwegig?"

Während sie sich mit Benjamin unterhielt, ruhte ihr Blick weiterhin auf Jona. Für Momente glaubte sie, die Wärterin wolle ihr irgendetwas sagen, ihr etwas suggerieren. Es fühlte sich bedrohlich an. Als wolle sie ihr deutlich machen, dass wenn sie nicht den Mund hielt, doch noch eine Spritze auf sie wartete.

Und uns wie Hunde erschießen lässt.

„Nein, aber –", haspelte Benjamin nun. Der Name passte nicht zu ihm. Es war, als würde man einen Elefanten so benennen. „Komm schon, sie kann doch trotzdem arbeiten oder nicht?"

„Anscheinend nicht. Gib ihr etwas zu essen", sagte die Wärterin. Benjamin zögerte. Jona hatte keine Rangordnung unter den Wärtern ausmachen können, aber ihre unterschiedliche Kleidung und ihr Gebaren ließen darauf schließen, dass diese Frau dem jungen Aufpasser überlegen war.

„Wie du meinst", raunte Benjamin und schritt mit erhobenem Kopf davon. Jona wusste, dass dies Folgen haben würde. Für sie und für Edeltraut. Er war vor ihnen gedemütigt und zurechtgewiesen worden. Das würde er nicht durchgehen lassen. Die Wärterin drehte sich zu ihr und berührte ihr geschundenes Jochbein. Die Haut ihrer Fingerkuppen war rau, als arbeite sie selbst an einem Webstuhl. Dennoch war die Berührung zart, beinahe zärtlich und Jona stockte für einen Moment der Atem.

„Ich sehe mir das heute Abend an", sagte sie, drehte sich um und ging. Jona atmete tief aus und sog soviel Luft in ihre Lunge, wie es ihr angesichts des Gestanks, der in dem Arbeitssaal herrschte, möglich war. Edeltraut kam zu ihr und nahm ihre Hände. Sie lächelte. In ihrem Mund gab es kaum mehr einen ordentlichen Zahn, deshalb wirkte es, als lache ein Kindergesicht ihr entgegen.

„Danke", flüsterte sie leise und drückte ihre Finger sacht. Jona erwiderte das Lächeln, obwohl ihr Jochbein fürchterlich schmerzte und ihr Auge sich anfühlte, als würde es jeden Moment aus ihrer Höhle gestoßen werden.

„Nichts zu danken. Bleib du hier, Edeltraut. Ich muss noch ein neues Schiffchen holen", sagte sie und mischte sich unter die Insassen und die Wärter. Sie hatte nicht vor, ihrer Arbeit nachzugehen. Sie wollte wissen, was es mit dieser Frau auf sich hatte. Sie war nicht wie die anderen Aufpasser. Sie war milder und beängstigender zugleich. Sie folgte dem braunen, hochgesteckten Haarzopf durch die Menge, bis er in einen Gang einbog, der verlassen war. Wenn es zum Arbeiten ging, hielten sich nur wenige Wärter oder Insassen in den Gängen oder Zellen auf. Hier konnte sich keiner dem Müßiggang hingeben. Jona blieb hinter einer Ecke stehen, bis die Frau die nächste erreicht hatte und abbog. Dann folgte sie ihr leise. Ihre Schuhe waren so abgetragen, dass die Sohlen kein Geräusch auf dem steinernen Boden machten.

„Wo will sie hin?", flüsterte Jona tonlos, denn sie hatte erwartet, die Wärterin würde einen Rundgang machen und die Waisenkinder aufsuchen oder jene, die so krank waren, dass man sie nicht mehr mit anderen in Kontakt bringen wollte. Stattdessen aber sah sich die Frau ständig nervös um und passierte dann den Verbindungsgang zwischen dem Haupttrakt und dem nördlichen abgebrannten Flügel. Was wollte sie dort? Soweit sie wusste, war der nördliche Flügel völlig zerstört. Nicht einmal das Mobiliar war zu retten gewesen. Man hatte wohl notdürftig einige Gänge gesichert, bevor alles zusammenbrach, aber ansonsten hielt man sich lieber von dort fern. Außerdem verhielt sich die Frau nicht mehr so souverän wie zuvor. Eher als habe sie Angst, man verfolge sie.

„He, was machst du da?"

Jona fuhr erschrocken herum. Sie hörte, dass auch die Frau sich umdrehte, als ein anderer Wärter Jona dabei erwischt hatte, wie sie in den Verbindungsgang treten wollte.

„Ich musste mal aufs Klo", log Jona sofort, aber dem Mann war anzusehen, dass er ihr nicht glaubte. Keiner ging einfach so außerhalb der erlaubten Pausen pinkeln. Selbst wenn es noch so eilig war. Da trat die Frau neben sie und winkte ab.

„Schon gut, Georg. Die junge Dame hier hat ein weibliches Problem. Ich wollte sie gerade hinbringen, hab aber was von da drüben gehört." Sie wies in den Verbindungsgang und Georg blickte hinein.

„Ach so, in Ordnung. Soll ich mal nachsehen?", sagte der Wärter. Auch ihm gegenüber schien die Wärterin eine höhere Stellung einzunehmen, denn er wirkte sofort milder. Es mochte auch an ihrer Ausstrahlung liegen.

„War sicher nur eine Ratte. Das Problem müssen wir mal in den Griff kriegen."

„Kann sein. Na dann." Er hob kurz die Hand und verschwand in einem der Flure. Jona atmete auf, bis jemand seine Finger schmerzhaft gegen ihr geschundenes Auge bohrte. Sie wollte schreien, aber eine Hand legte sich auf ihren Mund. Sie bekam kaum Luft, weil der Zeigefinger direkt unter ihrer Nasenöffnung lag.

„Du bist mir gefolgt." Obwohl ihre Bewegung schnell und brutal war und ihr ganzer Körper sich mit enormer Kraft gegen Jona drückte, um jeden Widerstand zu ersticken, war ihre Stimme weiterhin ruhig. Jona dachte unweigerlich an den Mann, mit dem Oda und Vi gesprochen hatten. Er war ihr nicht unähnlich gewesen.

„Mach das nie wieder. Du könntest dich in große Gefahr bringen", sagte sie und es klang nicht nach einer Warnung, sondern nach einer Drohung, die mit dem Aussprechen wahr wurde. Jona versuchte zu nicken. Der Körper der Frau stieß sich von ihr ab, der Schmerz aber ließ nicht nach. Sie glaubte, sie würde blind werden, als Funken in ihrem Blick aufsprangen.

„Komm", forderte die Wärterin sie auf und packte sie am Arm. Sie brachte sie zurück in den Saal mit den Webstühlen. Als Benjamin fragte, wo sie geblieben sei, tischte sie ihm dieselbe Lüge auf wie Georg. Benjamin verzog angeekelt das Gesicht. Weibliche Leiden schienen in ihm nur Verachtung auszulösen. Aber er hatte Edeltraut immerhin Brot und einen verhutzelten Apfel gebracht, den sie eilig verschlang.

Als die Wärterin ging, sah Jona ihr hinterher. Ihr jetzt zu folgen, wäre wahnwitzig gewesen. Sie glaubte auch nicht, dass die Frau den nördlichen Flügel bald wieder aufsuchen würde. Sie würde vorsichtiger sein. Der nördliche Flügel. Sie musste dorthin. Dass die Wärterin dort etwas gehört haben wollte, war mit Sicherheit ebenfalls gelogen gewesen. Irgendetwas war dort und Jona spürte deutlich, dass sie dort den Grund für Walters Tod finden würde.

Wo Fäulnis und Moder den Wurm erquickt.

Absichten
Mittwochnachmittag, 26. April 1876

Ihre Schicht war fast vorüber. Ihr Rücken schmerzte. Sie hatten in der Früh einen älteren Patienten bekommen, der nicht in der Lage war, sich zu bewegen. Doch alle halben Stunden schrie er unter großen Schmerzen und musste in eine andere Position verbracht werden. Der Arzt, der ihn untersuchte, vermutete, er leide an Wundstarrkrampf, aber seine Symptome waren atypisch. Lag er in einer anderen Position ging es ihm rasch besser, für eine Weile. Manchmal konnte sie das Leid ihrer Patienten kaum ertragen. Sie dachte unweigerlich an den verstorbenen Herrn Setz und wünschte sich, sie könnte seinen Sohn besuchen. Aber für den heutigen Abend hatten sie sich mit Maren verabredet, um zu besprechen, wie es mit der Buchhandlung weitergehen würde und zudem hatte Ieva ihnen mitgeteilt, dass sie eine entscheidende Entdeckung gemacht habe. Vi hatte gewitzelt, dass es sich dabei zweifelsohne um das Innere des Mauerwerkes handeln musste, in das Ieva und Ewa nach Tagen zerstörerischer Arbeit vorgedrungen waren.

„Oda?" Eine andere Schwester kam zu ihr. Sie war als Ersatz für David gedacht und Oda versuchte sie mit Freundlichkeit zu behandeln, auch wenn sie sich wünschte, dass ein Ersatz nicht notwendig gewesen wäre. Dass David einfach wieder aufgetaucht wäre. Doch wie es schien, war er verschwunden ohne Lebewohl zu sagen. Es sah ihm zwar nicht ähnlich, aber wie oft hatte sie sich inzwischen schon in Menschen getäuscht? „Es tut mir leid, aber der Patient von heute morgen –"

„Schreit er wieder?" Sie war so tief in ihre Gedanken versunken gewesen, dass sie ihn nicht gehört hatte.

„Nein. Als ich eben nach ihm gesehen habe, war er tot."

Für wenige Augenblicke verkrampfte sich ihr Körper, bevor die angewöhnte Gleichgültigkeit überwog. Anders als mit Herrn Setz hatte sie mit diesem Patienten nicht viel verbunden. Sie waren nicht ins Gespräch gekommen, sie kannte seine Geschichte nicht. Das war es, was es ihr nach kurzer Zeit ermöglichte, neutral zu bleiben. Die Schwester, die vor ihr stand, wirkte unsicher. Sie war etwa vierzig, verbraucht durch die sechs Kinder, die sie in die Welt gesetzt hatte. Sie hatte mehr als zehn Jahre nicht gearbeitet, musste es jetzt aber, weil ihr Mann krank geworden war. Sie brauchte ihre Unterstützung.

„Geht es dir gut?", fragte sie und die Frau zuckte zusammen. Das war nicht die Frage, die sie erwartet hatte. Nach ein paar Atemzügen nickte sie, aber ihre Hände waren geballt. „In Ordnung. Geh jetzt nach Hause, du hast doch Feierabend, nicht wahr? Ich kümmere mich um alles."

Dankbarkeit leuchtete in den Augen der Schwester auf. Sie ergriff kurz Odas Hand, drückte sie und ging fort. Auch für Oda wäre es Zeit gewesen zu gehen, aber stattdessen betrat sie das Zimmer, in dem der Tote lag. Drei weitere Männer, keiner bei Bewusstsein, teilten sich den winzigen Raum mit ihm. Sie betrachtete das verkrampfte Gesicht, als der behandelnde Arzt hereinkam. Als er den Toten sah, seufzte er.

„Wird er untersucht?", fragte Oda, als der Arzt neben sie trat. Er war beinahe sechzig Jahre alt, ein erfahrener Mann, der den Tod besser kannte, als ihm lieb war.

„Ja. Wundstarrkrampf ist mir zu unsicher. Lassen Sie Gremlich da mal drüber schauen", sagte er und klang dabei unbewegt, als ginge ihn das Schicksal des Toten nichts an. Aber sie wusste, dass kein Toter einen Arzt oder die Schwestern unberührt ließ. Immer blieb etwas zurück. Eine winzige Einstichwunde im Zwerchfell, ein Riss in der vernarbten Haut. Sie stimmte zu und ließ einen kräftigen Pfleger kommen, der ihr half, den Mann auf eine hölzerne Trage zu verbringen, die sie zu Gremlich hinunterfahren konnte. Der Pfleger fragte, ob er ihr helfen könne, aber sie lehnte ab. Sie schob die Bahre in gleichmäßigen Schritten vor sich her, bis sie die Treppe erreichte, die zu Gremlichs Territorium führte.

„Mist, das habe ich ganz vergessen", fluchte sie leise, als jemand neben sie trat.

„Ich helfe Ihnen, Frau Minzer", sagte die junge Frau. Sie griff so schnell nach dem anderen Ende der Bahre, dass Oda nichts übrig blieb, als ihr zu folgen, wenn sie nicht wollte, dass der Mann von seiner vorübergehenden Ruhestätte fiel. Sie passierten den langen Gang.

Die unbeständigen Glühlampen flackerten aufgeregt und Oda musste an Ievas mysteriöse Entdeckung denken.

„Doktor Gremlich ist nicht da, aber wir können den Mann in den Kühlraum bringen."

Sie ließen die Tür mit Gremlichs Namen hinter sich. Fräulein Hauptmann öffnete die Nebentür, die in einen von oben bis unten gefliesten Raum führte. Da sich der Raum einige Meter unter Straßenniveau befand und es keine Fenster gab, war es gute zehn oder fünfzehn Grad kälter als außerhalb des Krankenhauses. Sie schoben die Bahre in die dunkle Kühle.

„Wissen Sie, woran er gestorben ist?"

„Nein, das soll Doktor Gremlich herausfinden."

„Gab es auffällige Symptome?"

Oda sah in das Gesicht der jungen Ärztin. Es wurde nur durch das flackernde Licht der Glühlampen vom Flur beleuchtet. Sie erkannte darin keine Regung außer Neugierde. Es war nicht ihre Art, anderen Menschen etwas nachzutragen, aber dass Fräulein Hauptmann sich verhielt, als sei rein gar nichts geschehen, stieß Oda bitter auf. Als ob sie keinen Funken Mitleid mit Jona hätte. Nicht ein wenig Mitgefühl.

„Er konnte nie länger als eine halbe Stunde in einer bestimmten Position liegen. Doktor Thalheim vermutet, dass er an Wundstarrkrampf gelitten haben könnte, aber für mich sieht es nicht danach aus."

„Nicht länger als eine halbe Stunde? Kennen Sie die Erkrankung Dekubitus?"

„Nein, was soll das sein?"

„Es wird gerne der Begriff Wundliegen verwendet. Eventuell ist Ihnen das geläufiger."

„Ja, allerdings. Aber man erkennt es sehr deutlich an offenen Wunden am Körper oder Rötungen."

„Das ist richtig, aber beim Wundliegen kommt es zu Durchblutungsstörungen, die das Gewebe schließlich absterben lassen. Ich könnte mir vorstellen, dass der Mann nicht an einem Dekubitus litt, aber durchaus an Durchblutungsstörungen, die oft zu großen Schmerzen führen können. Die Arterien verschließen sich bei zuviel Belastung und Druck oder durch Ablagerungen."

„Aber am ganzen Körper?"

„Es gibt Krankheiten, die zu starken Störungen im Blutkreislauf führen. Doktor Gremlich wird sich den Mann ansehen, sobald er wieder da ist."

„Es handelt sich also nicht um etwas Ansteckendes? Eine Infektionskrankheit?"

„Nein, das glaube ich nicht. Aber behalten Sie die Patienten, die in seiner Nähe waren, im Auge."

Wie sie miteinander redeten. Dieses ruhige, fachliche Gespräch. Wie Fremde. Als ob sie einander nicht schon gut ein Jahr kannten. Es mochte sein, dass sie nur wenig Zeit zusammen verbracht hatten, aber sie waren einander doch nicht unbekannt.

„Wieso sind Sie nicht zu uns gekommen?", fragte Oda, weil sie nicht anders konnte. „Wieso nicht? Ich verstehe, dass Sie sich belästigt gefühlt haben. Wirklich. Jona hätte das niemals tun dürfen, aber wieso sind Sie nicht zuerst zu uns gekommen?"

Fräulein Hauptmann sah sie nicht an, sondern starrte auf den toten Körper und reagierte nicht.

„Warum?", erhob Oda ihre Stimme. „Warum haben Sie zugelassen, dass Jona ins Zuchthaus musste? Sagen Sie es mir! Wenn Sie sie nicht mögen, ist das eine Sache, aber sie an so einen Ort zu bringen!"

„Das hat sie sich selbst zuzuschreiben", antwortete die junge Ärztin schließlich. Es sollte kühl und distanziert klingen, aber Oda hörte das Schwanken in ihren Worten. Die Unsicherheit. „Sie hätte das nicht tun dürfen."

„Mein Gott, sie mag Sie."

„Sie hat mich voller Augen geküsst. Was sollte ich denn tun?"

„Ihr eine Ohrfeige geben, ihr in die Magengrube schlagen, sie zu Boden treten, was auch immer! Aber nicht sie anklagen, sie nicht ins Zuchthaus bringen!" Was tat sie hier eigentlich? Sie wusste, dass diese Frau, die hier vor ihr stand, sich an der Bahre festklammerte, das Richtige getan hatte. Sie wusste ja, dass Jonas Zuneigung fehl am Platz war, dass sie so nicht fühlen durfte. Aber sie tat es nun einmal und trotzdem betrachtete Oda sie als eines ihrer Kinder. Trotzdem konnte sie nicht zulassen, dass ihr etwas Schlimmes geschah.

„Das hätte ihr nicht gereicht", sagte Fräulein Hauptmann und lächelte dabei.

„Wie bitte? Meinen Sie, sie hätte Ihnen wirklich noch Schlimmeres angetan?"

„Nein, nein, bestimmt nicht. Aber es hätte ihr nicht gereicht, wenn ich ihr nur eine Ohrfeige gegeben hätte. Ich hätte auch nicht gedacht, dass sie das macht. Noch dazu vor allen anderen."

Oda spürte, wie ihre Finger kalt wurden und das Blut sich aus ihren Füßen zurückzog. Sie begriff nicht, wovon Fräulein Hauptmann sprach. Und warum lächelte sie? Was war so witzig daran? Am liebsten hätte sie ihr eine Ohrfeige verpasst, aber allein der Gedanke schmerzte in ihren erkalteten Fingern.

„Glauben Sie wirklich, ich hätte das freiwillig gemacht?"

„Was freiwillig gemacht?"

„Jona wollte es so. Sie hat mich darum gebeten."

„Sie hat Sie darum gebeten, sie anzuzeigen? Wollen Sie mich auf den Arm nehmen?"

„Nein. An dem Tag, als wir Herrn Seebitz fanden, als klar war, dass er es wirklich ist, bat Jona mich und Herrn Winckelmann darum, sie ins Zuchthaus zu bringen."

Oda lachte laut auf. Was dachte sich diese Person eigentlich? Dass sie ihr so eine unsinnige Geschichte abnehmen würde? Warum hätte Jona denn einen solchen Wunsch äußern sollen? Das war doch völlig absurd!

„Jona hat die Vermutung, dass Herr Seebitz im Zuchthaus zu Tode gekommen ist. Aber dort ohne jeden Beweis zu ermitteln, ist für den Herrn Kommissar nicht möglich. Es gibt ja gar keinen Hinweis darauf, dass Herr Seebitz überhaupt dort war. Für Jona schien es die einzige Möglichkeit, ins Zuchthaus zu gelangen, ohne Aufsehen zu erregen. Unser Plan war es eigentlich, dass ich einfach nur Anzeige erstatte. Ich habe nicht damit gerechnet, dass sie im Krankenhaus auftaucht und mich vor allen anderen küsst!"

Oda bemerkte, wie Fräulein Hauptmanns Gesicht eine andere Farbe annahm. Sie klang aufgebracht, nicht mehr so kühl wie zuvor. Da wurde ihr klar, dass sie nicht log. Dass Jona das alles tatsächlich geplant hatte. Aber wieso hatte sie ihnen nichts davon erzählt?

„Sie wollte Ihnen nichts sagen, weil sie wusste, dass Sie es nicht zulassen würden. Außerdem musste es doch echt aussehen. Damit keiner im Zuchthaus Verdacht schöpft. Vor allem nicht Doktor Traub."

„Und Sie machen bei so einem Unsinn mit?", fuhr Oda sie an und hob die Hände nach oben, um sie wie im Gebet zu falten. „Oh Herrgott!"

„Ich habe eine gewisse Ahnung, wie es im Zuchthaus zugeht, Frau Minzer. Darum habe ich ihr Anliegen auch zunächst abgelehnt, aber je mehr sie auf uns eingeredet hat, desto einleuchtender klang, was sie sagte. Zumal jederzeit die Möglichkeit besteht, das Ganze aufzudecken und sie rauszuholen."

„Glauben Sie das ernsthaft? Glauben Sie, ein Gericht lässt sich einfach so verkohlen? Glauben Sie, der Richter wird die Strafe einfach zurückziehen? Sie hat Sie vor Zeugen geküsst. Er wird dies, auch wenn die Absicht eine andere war, als Unzucht werten, und wenn Sie Pech haben, folgen Sie ihr gleich dorthin! Und den Herrn Kommissar knöpfe ich mir jetzt persönlich vor!"

Damit wandte sie sich um und rannte auf den Flur. Sie durfte gar nicht daran denken, was passieren würde, wenn sie Vi davon erzählte. Fräulein Hauptmann folgte ihr und hielt sie auf.

„Warten Sie, Frau Minzer! Ich verstehe Ihre Wut und vielleicht haben Sie Recht und das Gericht wird die Entscheidung nicht revidieren, aber wenn Sie jetzt etwas unternehmen und Jonas Absichten offenlegen, könnte das Folgen für sie haben."

„Wie meinen Sie das?"

„Sie wird nicht sofort aus dem Zuchthaus entlassen. Was passiert, wenn Doktor Traub wirklich der Mörder ist, für den Jona ihn hält, oder ein anderer aus dem Zuchthaus? Wenn derjenige davon erfährt. Was denken Sie, was dann mit Jona geschieht?"

Odas Wut verpuffte. Eiseskälte nahm sie völlig gefangen. Sie hatte sie belogen, ihnen etwas vorgespielt, aber jetzt hatte Fräulein Hauptmann Recht. Wenn jemand von Jonas waghalsiger Aktion erfuhr, würde sie in Gefahr geraten.

„Sie können mich verachten, wenn Sie wollen, aber verraten Sie Jona nicht!"

„Ich Jona verraten? Es gibt auf diesem Flur nur eine Verräterin!"

Oda trat an der jungen Ärztin vorbei und stürmte aus dem Krankenhaus. Die wärmende Aprilsonne schien selbst am späten Nachmittag noch und wollte sich ihrer Stimmung nicht recht anpassen. Aber sie linderte die Kälte, die sich in ihr ausgebreitet hatte, und je mehr Weg Oda zwischen sich und das Krankenhaus brachte, umso ruhiger wurde sie. Ihr war klar, dass Fräulein Hauptmann die Wahrheit sagte. Aber sie begriff einfach nicht, wie sie bei so einem dummen Spiel hatte mitmachen können. Wenn schon der Herr Kommissar und Jona so verrückt waren, warum beendete eine gebildete Frau wie sie diesen Irrsinn nicht?

Als sie am Geschäft der Mareks vorbeikam, trat eben die Frau des Buchhändlers heraus. Oda versuchte sie zu ignorieren, denn auch wenn ihre Wut sich ein wenig gelegt hatte, so kochte sie doch noch unterschwellig unter ihrer Haut und konnte jederzeit wieder hervorbrechen.

„Na, was macht denn unsere Zuchthäuslerin?", fragte die Marek und ihr scheinheiliges Lächeln ließ Oda explodieren. Sie trat so schnell zu der Buchhändlersfrau, dass diese kaum einen Schritt nach hinten machen konnte, bevor sie eine Faust in ihrem Gesicht spürte. Ein paar Passanten gingen dazwischen, als die Marek ihrerseits ausholen und an Odas Haaren reißen wollte. Starke, kräftige Hände packten sie und zerrten sie fort. Fort in die Apothekergasse, bis sie vor der Buchhandlung standen, deren Tür sich hektisch öffnete.

„Was ist denn hier los?", fragte Ewa, die den Tumult gehört hatte.

„Ich glaube, Frau Minzer hat sich gerade in Schwierigkeiten gebracht", sagte Maren, die Oda jedoch davor bewahrt hatte, der Marek Schlimmeres anzutun. Oda war fassungslos, wie die leicht gehbehinderte Frau es geschafft hatte, sie fortzuschleifen. Sie, die doch kurz davor war, jeglichen Anstand zu vergessen. Jegliches Mitleid. Jegliche Ehrfurcht vor dem Leben.

„Oda?", hörte sie Cilia zweifelnd fragen.

„Jetzt kommt erstmal rein", meinte Ewa und trat beiseite. In der Buchhandlung war es warm. Es roch nach altem Papier und obwohl der Geruch manchmal mit Moder vergleichbar war, fühlte sich Oda sofort ein wenig wohler, geborgener. Sie ließ sich auf einen Stuhl fallen, den Ewa ihr brachte.

„Ah, das sieht böse aus", sagte Cilia und kam mit einer Flasche voller brauner Flüssigkeit und einem Tuch zu ihr. Erst jetzt spürte Oda den Kratzer, den die Marek ihr verpasst hatte. Er zog sich von ihrem Auge bis zu ihrem Mundwinkel. Cilia reinigte die Wunde. Sie war nicht tief, aber oberflächliche Verletzungen heilten manchmal schlechter. Ob es wohl eine Narbe geben würde? Sie dachte an Jonas Brandnarben, an die zahlreichen Verletzungen, die sie im Laufe des Lebens davon getragen hatte, und dann kamen ihr einfach die Tränen.

„Oh Gott, Oda, was ist denn?", fragte Ewa und legte ihr schnell einen Arm um die Schultern. Da kamen Ieva und Sabin in den Laden und blieben schockiert stehen. Eine weinende Oda sah man selten. Es sei denn, es gab einen Grund sich zu freuen. Freudentränen huschten ihr schnell über die Wangen. Aber so sah die blonde Krankenschwester nicht aus.

„Was hat denn die Marek wieder? Die tobt wie eine Verrückte!", rief Vi aus, als sie mit einem Päckchen unter dem Arm in die Buchhandlung kam. „Ach du lieber Himmel! Habe ich was verpasst?"

Nachdem Maren ihnen erklärt hatte, was vorgefallen war, trat betretenes Schweigen ein. Cilia versorgte den Kratzer, bis kein Blut mehr in Odas Gesicht zu sehen war. Danach wusste sie nicht mehr, was sie tun sollte, und stand mit dem desinfizierenden Mittel hilflos neben der Ladentheke.

„Oda, das sieht dir ganz und gar nicht ähnlich", begann Vi. Oda wurde schlecht. Wie sollte sie es Vi nur erklären? Sie würde ausrasten, die Fassung verlieren, möglicherweise einen Kommissar niederschlagen. Oder war das nur ihr Ansinnen? Würde Vi ruhiger bleiben, die Situation überschauen? Seitdem Maren beschlossen hatte, sich ihrer kleinen Truppe anzuschließen, ging es Vi wesentlich besser. Sie hatte sich im Griff, ging ihrer Arbeit nach, kümmerte sich um alle Angelegenheiten der Buchhandlung und war die souveräne Frau, die sie kennengelernt hatte. Aber sie wusste auch, dass Vi nachts häufig lange wach blieb, darüber nachsann, wie sie Jona helfen konnte, an Walter dachte. „Was hat dich dazu veranlasst?"

„Das hat Maren doch gesagt. Die Marek hat einen blöden Spruch gemacht", antwortete Oda trotzig.

„Als ob du deshalb aus der Haut fahren würdest. Du hast doch sonst stets Mitleid mit den Menschen, die Gott nicht so mit Klugheit gesegnet hat wie uns." Vi grinste schelmisch. So hatte sie das gar nicht gesagt! Niemals würde sie sich erdreisten, einen Menschen als dumm zu bezeichnen, auch nicht mit den schönsten Worten. Aber sie musste zugeben, dass sie wohl angedeutet hatte, dass sie die Mareks für traurige Menschen hielt, denen Gott nur Reichtum und die Gabe der Missgunst geschenkt hatte.

„Bitte, wie du willst! Ich habe mit Fräulein Hauptmann geredet!"

„Hast du mit ihr geredet oder hast du sie verprügelt?", fragte Cilia und Oda blickte sie wütend an.

„Geredet, vielen Dank auch! Ich bin keine Schlägerin!"

„Du solltest es aber mal versuchen. Dein linker Haken würde jeden Boxer niederstrecken", scherzte Maren.

„Kaum zu glauben, was für Kraft in diesen dünnen Armen steckt", setzte Ieva hinzu.

„Wenn es mit der Buchhandlung nicht mehr gut läuft, schicken wir Oda in den Ring und verdienen unser Geld mit Boxwetten, was meint ihr?", schlug Sabin vor.

„Zuerst müssen wir aber in Erfahrung bringen, was unser sanftmütiges Lamm so in Rage versetzt hat", rief Vi die anderen zur Ruhe auf. „Du hast also mit Fräulein Hauptmann geredet und sie lebt noch. Habt ihr über Jona gesprochen?"

„Ja, das haben wir. Und über Durchblutungsstörungen."

„Ach, das habe ich auch manchmal. Nicht sehr angenehm", sagte Maren und klopfte auf ihr Bein.

„Aber ich nehme an, dass es nicht die Durchblutungsstörungen waren, die dich so aufgebracht haben?"

„Nein. Vi, sie hat – sie hat –" Wie sollte sie es sagen? Wie sollte sie ihnen allen beibringen, dass Jona sie belogen hatte, dass sie freiwillig ins Zuchthaus gegangen war, um alleine zu ermitteln? Sie war längst nicht mehr wütend auf Fräulein Hauptmann. Sie war wütend auf dieses Kind, das so dumm gewesen war, ihnen nicht die Wahrheit zu sagen, ihnen ihre Bedenken zu schildern.

„Was hat Fräulein Hauptmann getan, Oda?"

„Sie hat gesagt, dass Jona das alles arrangiert hat. Sie hat gemeint, dass sie ins Zuchthaus wollte, um dort wegen Walter zu ermitteln. Weil sie glaubt, dass er dort gestorben sein könnte. Weil sie denkt, dass Traub der Mörder ist."

Es dauerte unendliche Sekunden bis ein Sturm unter den Frauen losbrach. Ievas und Sabins Stimmen überschlugen sich, Cilia rief, sie sollten ruhig sein, Ewa murmelte, dass sie das befürchtet hätte, und Vi und Maren schwiegen. Als überraschte sie diese Aussage überhaupt nicht. Als wüssten sie es längst.

„Vi, sag etwas", bat Oda, als sie die Stille nicht länger aushielt.

„Ich glaube, ich verkneife mir jeden Kommentar, gehe ins Zuchthaus und erwürge Jona eigenhändig. Wie kann sie es wagen, uns so einen Ärger zu machen? Und ich mache mir Gedanken, wie ich sie da raus kriege! Soll sie da doch schmoren, bis die Hölle zufriert!", sagte Vi, aber ohne wirklichen Nachdruck.

„Sagst du das nur so?", fragte Oda nach.

„Ja, denn das ist es, was du gerne hören würdest, oder? Aber ich habe die letzten Tage darüber nachgedacht, wieso Jona so dumm war, Fräulein Hauptmann vor allen zu küssen. Wie sie auf einmal den Mut dazu aufbringen konnte. Und ich dachte mir, dass unser Küken nie und nimmer den Mumm in den Knochen gehabt hätte, so etwas zu tun, wenn es nicht um etwas anderes gegangen wäre. Aber ich muss zugeben, ich habe gebraucht, bis mir bewusst wurde, was sie dazu bewogen hat."

„Aber Vi, wir müssen sie da unbedingt raus holen!"

„Das können wir nicht. Das weißt du. Wir können nur abwarten, was Jona herausfindet."

„Und wie soll sie uns das deiner Meinung nach mitteilen?", fragte Ewa gereizt. Sie verstand ebenso wenig wie Oda, wie Vi so ruhig bleiben konnte. Als ob sie sich gar nicht um Jonas Schicksal kümmerte.

„Ich werde sie bald besuchen", gab Vi schlicht vor.

„Das ist eine Möglichkeit. Außerdem gibt es da noch eine zweite Möglichkeit", sagte Maren und lächelte. Irgendetwas musste Oda entgangen sein. Warum rastete Vi nicht aus? Und warum beunruhigte es Maren ganz und gar nicht, dass Jona im Zuchthaus Ermittlungen auf eigene Faust anstellte?

„Eine zweite Möglichkeit?", fragte Vi verblüfft.

„Ja. Ich hege schon seit längerem den Verdacht, dass im Zuchthaus etwas Eigentümliches vor sich geht und habe daher jemanden gebeten, ein Auge auf die Vorkommnisse dort zu haben."

„Willst du sagen, du hast einen Spion im Zuchthaus?"

„Ich würde es eher einen Kundschafter nennen. Spion klingt doch sehr übertrieben."

„Weiß Jona von ihm?" Vielleicht konnte dieser Kundschafter Jona helfen. Vielleicht konnten sie zusammenarbeiten. Zusammen herausfinden, was im Zuchthaus vor sich ging.

„Nein. Das denke ich nicht. Aber mein Kundschafter weiß von ihr. Das war es übrigens, worüber ich am Tag von Jonas Verurteilung mit euch sprechen wollte. Aber wir sind nicht recht dazu gekommen. Ich habe die Morde an den Obdachlosen verfolgt, seit ich in Görlitz bin. Doch erst nach dem Überfall auf Ewa kam mir der Verdacht mit dem Zuchthaus. Doktor Traub hat sich eigenartig verhalten. In den Zeitungen stand etwas davon, dass eine seiner Patientinnen möglicherweise an dem Vorfall beteiligt war und dass man sie sucht. Aber ich hatte nie den Eindruck, als sei er wirklich besorgt. Seitdem gab es keine Berichte darüber, ob die Frau gefasst wurde oder nicht. Und findet ihr es nicht eigenartig, dass eine seiner Patientinnen bei einem wichtigen Zeugen auftaucht, der denjenigen gesehen hat, der vermutlich seinen Freund ermordete?"

Es fiel Oda schwer, Marens Worten zu folgen. Der Kratzer pochte in ihrer Wange und ihre Arme fühlten sich schwach an. Sie musste sich gegen Ewa lehnen, die noch immer ihren Arm um sie gelegt hatte.

„Ich konnte meinen unbegründeten Verdacht natürlich nicht der Polizei melden. Ich bin neu hier, wer hätte mir geglaubt? Daher mein Kundschafter. Der mir im Übrigen auch berichtet hat, dass Herr Seebitz an jenem Abend im Zuchthaus war."

„Also doch!", sagte Vi. „Richard hat nichts davon gesagt!"

„Vielleicht wusste er es auch nicht. Laut meinem Kundschafter war Traub an jenem Abend wohl schon gegangen, obwohl er zunächst angekündigt hatte, lange zu arbeiten."

„Das stinkt doch zum Himmel!", rief Sabin aus. „Dieser Kerl war in der Erziehungsanstalt und hat uns nichts davon gesagt. Und selbst wenn er an jenem Abend nicht mehr im Zuchthaus war, muss man ihm doch mitgeteilt haben, dass Seebitz sich dort aufgehalten hat. Aber davon sagt er natürlich auch nichts!"

„Ja, für mich klingt das, als wolle er sich möglichst aus allem heraushalten und mit keinem Verbrechen in Verbindung gebracht werden. Entweder war er also daran beteiligt oder er ist ein verdammter Feigling", fügte Ieva hinzu. Oda pflichtete beiden nickend zu. Bisher hatte sie den Doktor als wohlwollenden und menschenfreundlichen Arzt kennengelernt, aber dass er leugnete, an den Vorfällen in der Schule beteiligt gewesen zu sein, dass er vorgab, nichts davon mitbekommen zu haben, hatte sie bereits an seiner Ehrlichkeit zweifeln lassen.

„Aber Jona hätte das nicht allein tun dürfen", sagte Cilia und klang besorgt. Normalerweise waren sie und Jona so unterschiedlich, dass sie sich öfter in den Haaren lagen oder sich nicht viel zu sagen hatten. Das änderte aber nichts daran, dass sie sich Sorgen um sie machte.

„Das stimmt. Und Kommissar Winckelmann und Fräulein Hauptmann hätten ihr nicht helfen dürfen."

„Johannes?" Ewas Griff um ihren Arm wurde stärker.

„Ja, er hat von allem gewusst", erklärte Oda. „Wahrscheinlich brauchte Jona einfach eine Rückversicherung in Form eines Polizisten, damit sie aus dem Zuchthaus wieder entlassen wird, wenn alles geklärt ist."

„Ewa, auch auf die Gefahr hin, dass ich mich wiederholen sollte, aber halt deinen Freund lieber von mir fern, sonst erwürge ich ihn, diese Ärztin und Jona, gleichzeitig, wenn es sein muss mit meinen blossen Händen!", sagte Vi und dieses Mal klang es ernst und wütend.

„Keine Angst, Vi, in diesem Fall würde ich dir assistieren. Wie kann er nur?"

„Wie wäre es, wenn ihr das Erwürgen und Zerfleischen auf den Zeitpunkt verschiebt, wenn wir geklärt haben, was in diesem Gebäude vor sich geht? Wenn wir das nämlich nicht tun, besteht die Gefahr, dass ihr keine Gelegenheit mehr erhaltet, Jona die Leviten zu lesen", gab Maren zu bedenken.

Allein der Gedanke ließ die Kälte in Odas Glieder zurückkehren. Am liebsten wäre sie ins Zuchthaus spaziert und hätte Jona an einem

Ohr hinaus geschleift und sie vor aller Augen übers Knie gelegt. Hatte sie darum ihren Dachboden gereinigt, damit es nicht an ihnen hängen blieb, falls sie nicht zurückkehrte? War sie deshalb so zuvorkommend gewesen, wenn jemand ihre Hilfe brauchte? War sie aus diesem Grund jeden Morgen zeitig aus ihrem Bett gesprungen und hatte freiwillig Werbung für die Buchhandlung gemacht? Um sich schon im Vorhinein zu entschuldigen?

Der Kratzer begann erneut zu pochen, als die salzigen Tränen aus Odas Augen ihn berührten.

David

Langsam schien es dem Mann ein wenig besser zu gehen. Wie er es von Anfang an vermutet hatte, ließ man ihn zwar hungern, aber nicht verhungern. Regelmäßig kam jemand und schob ihm Essen und fauliges Wasser durch eine Öffnung in der Tür. Am Anfang hatte er gezögert, es anzunehmen, aber es war besser als seine Kräfte zu verlieren und zu sterben. Er gab dem Mann etwas von seiner Nahrung, unterließ es aber, seine Wunden mit dem Wasser zu reinigen. Er wusste, dass Keime in das offene Fleisch dringen würden. Keime, die bei ihm nur Durchfall verursachten, aber den Mann das Leben kosten konnten.

Manchmal schreckte er des Nachts auf, wenn der Mann schrie. Dann zog er ihn näher zu sich und streichelte ihn. Er wusste, dass es ihm in einer anderen Situation unangenehm gewesen wäre, aber hier unten in dieser Zwangslage beruhigte es ihn, ließ ihn weiterschlafen und David war froh um die echte Berührung mit dem Fleisch eines echten Menschen. Ab und an sah er Schemen durch den Raum ziehen, die nicht wirklich sein konnten, denn die Dunkelheit war so allumfassend, dass er glaubte, er sei einfach blind geworden. Ganz abwegig war der Gedanke nicht. Seine Sehfähigkeit würde mit der Zeit nachlassen, je weniger sie gebraucht wurde. So war es doch auch mit verschiedenen Tieren, die ständig in der Dunkelheit lebten. Tiere, die nur deshalb erst spät entdeckt wurden, die man längst für ausgestorben hielt. Fische oder Molche, die gar keine Augen hatten, weil sie sie in ihrer natürlichen Umgebung nicht brauchten.

Der Gedanke, dass er den blauen Himmel, die farbenfrohen Frühjahrsblüher und die Gesichter der Menschen nie mehr sehen würde, machte ihm Angst. Sein Gehör und sein Tastsinn waren zwar geschärft, aber seit jeher war er ein Mensch des Sehens. In der Schule hatte er sich die Dinge nie einprägen können, wenn jemand ihm nur darüber erzählte. Er musste es geschrieben sehen. Dann speicherte er die Buchstaben in seinem Kopf und konnte sie sich später wieder vor Augen führen. Es fiel ihm schwer, den Unterton in der Stimme eines Menschen zu erraten, aber wenn er seinen Blick wahrnahm, das feine Zucken um seine Mundwinkel, das konnte er deuten.

Er wollte Licht sehen, er wollte, dass Sonnenstrahlen zu ihm durchdrangen, er wollte all das Grau der Stadt in seinen unterschiedlichen Schattierungen wahrnehmen.

Gott, bitte nimm mir nicht das Licht!

Er legte den Kopf in den Nacken. Er glaubte, er hätte geschlafen, aber er war wach. Es wurde immer schwieriger, die Zeit zu unterscheiden. Er stellte sich oft die Frage, wie lange er hier gefangen war und wie er es geschafft hatte, zu überleben. Warum tötete er ihn nicht? Er war doch längst gebrochen. Er bestand nur noch aus Angst. Angst zu sterben, Angst zu erblinden, Angst vor der Welt. Ja, er hatte sogar Angst vor der Welt. Angst davor, diese Zelle zu verlassen, sich von Freiheit umgeben zu sehen. Die letzten Wochen seines Lebens hatte er in diesem Käfig verbracht, kannte seine Grenzen, all die Ecken, die er besudelt hatte, all die geraden Kanten der Wände. Aber dort draußen, was erwartete ihn dort?

„Schönheit", sagte eine leise Stimme und er erinnerte sich an die wundervollsten Augen, die er je gesehen hatte. An diese grünen Augen. „Die Schönheit des Lebens erwartet dich."

„Welche Schönheit?", flüsterte er in die Stille. „Dort draußen sind nur Hass und Dreck und Kälte. All die Menschen in blinder Finsternis gefangen. Sie sehen nichts, sie fürchten nur."

„Warum bist du dann hier? Wenn da draußen nichts zu gewinnen war, wieso hast du uns geholfen? Wieso hast du diese blinden Menschen sehen lassen, wenn es doch nichts gibt?"

„Geh weg", flehte er und bedeckte seine Augen. Er konnte die feinen Gesichtszüge Heinrichs nicht ertragen, die Sanftheit seines Blickes. Zu schnell kehrten die Erinnerungen an seine letzten Atemzüge zurück, daran wie er ausgesehen hatte, daran was sie mit ihm getan hatten.

„Ich kann nicht fortgehen. Ich bin nur wegen dir hier. Ich weiß, was du siehst. Ich weiß, was du fürchtest. Doch wenn du glauben würdest, dass all die anderen es nicht erkennen können, hättest du uns nicht geweckt und uns geführt. Du hast doch daran geglaubt, dass etwas anders werden könnte. Deshalb bist du hier und nicht in der Sicherheit eines neuen Lebens, das dir zugestanden hätte. Du hättest das nicht tun müssen, dann wärest du ihm nicht in die Hände gefallen."

„Aber sie hätten einfach weitergemacht! Sie hätten sich neue Jungen geholt."

„Ja, das hätten sie, aber du hast es verhindert. Sage mir jetzt nicht, dass alle Menschen da draußen blind seien. Sag mir nicht, dass es keine Schönheit mehr gibt. Wenn du sie nicht sehen kannst, dann fühl in dich hinein."

Er stöhnte auf, presste seine Hände fester gegen seine Augen. All diese Worte. Er wusste nicht mehr, was er glauben sollte. Er wollte einfach nur liegen und sterben, aber es ging nicht. Seine Brüder kämpften in seinem Inneren um ihn. Ließen ihn nicht gehen. Und er wollte es doch auch nicht. Er wollte es nicht, aber er hatte keine Kraft mehr, sich zu erheben, Widerstand zu leisten.

„Ich weiß. Ich weiß, du bist müde. Niemand kann dir das verdenken. Aber das hier ist kein schöner Traum, den du bis zum Ende träumen solltest. Schlaf nicht ein, Simon. Damals hast du das auch nicht getan. Du hast dich um uns gekümmert. Schlaf nicht ein."

Er ruckte auf. War Heinrich nur ein Traum gewesen? Er konnte das schöne Gesicht des Jungen in der Dunkelheit nicht mehr ausmachen. Aber er konnte noch den Blick seiner grünen Augen auf sich spüren. Schlaf nicht ein. Er krümmte sich, fasste sich und begann auf allen Vieren durch den Raum zu kriechen. Er verließ sich auf seine Nase, um nicht die Ecken zu treffen, in denen er seine Notdurft verrichtete, wenn es ihm möglich war. Wenn das keckernde Weib ihn nicht an die Ketten legte.

Als er den Raum einmal durchquert hatte, stieß er auf den Mann, der ruhig schlief. Das Röcheln war noch leise zu hören, aber sein Körper begann zu heilen. Wenn es ihm nur gelingen könnte, hier herauszukommen. Er kroch weiter, bis er eine Wand erreichte. Die Wände hier waren glatt, aber nicht eben. Er spürte kein freiliegendes Mauerwerk, man hatte sie verputzt, aber nur sehr schlecht. Wenn er fester dagegen schlug, gelang es ihm vielleicht, den Putz zu zerbröseln. Er versuchte es mit der flachen Seite seiner Faust, aber der Putz gab nicht nach. Dann nahm er seinen Ellenbogen, doch der Schmerz war überwältigend. Als er sich gefasst hatte, kroch er zurück zu dem Mann, neben dem das Geschirr stand, auf dem ihm sein Essen gebracht wurde. Der Teller war aus sehr dünnem Metall, das nur verbiegen würde. Die stumpfe Gabel fühlte sich stabiler an. Er nahm sie und kratzte am Putz entlang, als er plötzlich etwas hörte. Erst nur leise, aber dann etwas lauter.

„Ich habe einen guten Kampf gekämpft, ich habe den Lauf vollendet, ich habe Glauben gehalten."

Der Prediger! Er konnte sein Glück kaum fassen. Der Prediger war hinter dieser Wand und er war noch am Leben. Er rammte die Gabel in den Putz, der daraufhin nachgab und auf den Boden bröselte. Immer wieder hörte er die Zitate aus der Bibel, die der Prediger auswendig gelernt zu haben schien.

„Gott rüstet mich mit Kraft und macht meine Wege ohne Tadel."

Er konnte nicht behaupten, dass seine Wege ohne Tadel gewesen waren. Er hätte damals den Mut aufbringen müssen, zur Polizei zu gehen, sich seinen Peinigern zu stellen. Damals, als es noch nicht zu spät war. Aber er war ein Kind gewesen, voller Angst und Furcht. Er war den falschen Weg gegangen mit dem richtigen Ziel. Doch das ließ sich noch ändern. Er konnte wieder der Mensch werden, der er gewesen war. Er konnte wieder die Schönheit sehen. Immer wieder rammte er die Gabel in den Putz, bis er das Mauerwerk spürte, bis das Loch so groß war, dass er mit der Faust gegen einen Mauerstein schlagen konnte. Er war nicht sehr fest, was ihn überraschte. So abgeschirmt wie er von jedem Geräusch war, hatte er gedacht, dass die Mauern dicker waren und stabiler.

„Prediger?", rief er. Einen Moment hörte er nichts mehr. Dann folgte: „Barmherzig und gnädig ist der Herr, geduldig und von großer Güte."

Er hatte ihn gehört. Es war ein Dank an seinen Gott. An ihren Gott. An ihren. Er lächelte und wischte sich das Gesicht, bevor er mit aller Macht den Putz soweit entfernte, dass er mehrere Mauersteine ertasten konnte. Sie waren nicht alle so locker wie der, gegen den er geschlagen hatte, aber mit der Gabel konnte er den Zement, der sie zusammenhielt, vielleicht zermürben. Er kratzte, bis sein Arm taub wurde. Er musste fort, bevor sie wiederkamen. Sie würden das Loch entdecken, sie würden –

Er kroch zurück zu dem Mann und schleifte ihn durch den Raum, bevor er ihn an die Wand lehnte, um so das Loch zu verdecken. Sie ließen den Mann in Ruhe, denn sie glaubten, er würde ohnehin sterben.

Er würde ein paar Minuten schlafen und dann weitermachen. Er würde weitermachen. Er würde nicht träumen. Er würde nur ausruhen. Als sein Kopf zur Seite fiel, flammten die grünen Augen Heinrichs vor ihm auf und er fühlte eine Schulter, gegen die er sich lehnen konnte. Er sah den Frühlingshimmel und die Krokusse und all die grünen Wiesen und er sah das Wasser der Neiße unter ihm gleißen und sah ein Lächeln, das ihm aus den Wellen entgegenblickte.

Baise m'encor, rebaise-moi et baise
Sonntagabend, 30. April 1876

Sie schlang das Essen hinunter, als sei sie eine Verhungernde. Dabei hatte sie keinen Hunger und keinen Appetit. Sie tat es nur, um nicht kraftlos zu werden. Sie war keine zwei Wochen hier, aber sie spürte die kriechende Schwäche, die in ihren Zehen zu kribbeln begann. Sie würde sich Woche für Woche ihr Recht erkämpfen, bis sie nicht mehr war als ein vor sich hin arbeitendes Stück Vieh. Sie kannte diesen Zustand nur zu gut und sie sah, dass sie nicht die Einzige war, die darunter litt. Bald würde die Lähmung sie daran hindern zu essen. Alles zu essen, was man ihr vorsetzte. Sie würde schwächer werden, bis nur noch eine Hülle blieb. Sie wollte das nicht zulassen. Sie schlang das Essen in sich hinein, bis ihr Magen schmerzte. Er war gewiss von den geringen Rationen nicht voll, aber wie sie war er zu einem Heißhungernden geworden, der unentwegt arbeitete.

Neben ihr saß Edeltraut und verzehrte mit quälender Langsamkeit ihr Abendbrot. Sie hatte ihr das zähe Brot klein gerupft, damit sie es mit ihren fehlenden Zähnen überhaupt essen konnte. Dazu gab es einen warmen Brei aus Essensresten, der nach altem Fett stank. Edeltraut zerdrückte ihn zwischen Gaumen und Zunge und schluckte hart jeden Bissen hinunter. Jona wandte den Blick ab, weil sie das Leid nicht länger ertragen konnte. Dabei ging es der alten Frau wesentlich besser, seit sie sich um sie kümmerte. Sie dankte ihr unentwegt dafür und Jona war froh, etwas tun zu können. Damals hatte sie sich um die Waisen bemüht, nun half sie der Greisin. Vi wäre bestimmt stolz gewesen, nachdem sie meistens doch eher darauf bedacht war, ihr eigenes Wohl im Auge zu behalten. Sie war bestimmt nicht egoistisch, aber sie neigte dazu, sich selbst am meisten zu bedauern. Es war eigenartig, dass sie gerade hier, in dieser Situation, die so bedrohlich für sie war, diesen Selbstnutz nicht noch verstärkte. Als sei dies trotz der Ahnung, dass Walter hier gestorben war, trotz des prügelnden Wärters ein sicherer Ort für sie, an dem sie sich auskannte.

So war es doch auch. Im Zuchthaus wusste sie, wie alles funktionierte. Sie schlug sich durch. Sie wusste, wem sie aus dem Weg gehen sollte. Sie hatte schon jeden in eine bestimmte Kategorie eingeteilt und sie wusste, wie sie mit jedem reden musste, um keinen Ärger zu bekommen. Aber außerhalb dieser Mauern war es anders. Da begegnete sie vielen Menschen nur kurz oder ganz unverhofft. Sie konnte leichter überwältigt werden, von anderen und von ihren eigenen Gefühlen. Es fiel schwerer, Menschen einzuschätzen. Nur bei den Frauen fühlte sie sich wohl und sicher. Sie konnte sagen, wie sie reagieren würden, hatte aber lange gebraucht, um sie zu durchschauen. Draußen war es viel schwerer. Schwerer auch den eigenen Tag zu strukturieren, durchzuhalten. Hier bekam sie zu essen, ging arbeiten, ging schlafen. Aber außerhalb gab es noch andere Möglichkeiten. Manchmal machte ihr all die Freiheit Angst.

„Mach mal hin!", schrie ihr der Wärter Benjamin ins Ohr und meinte nicht sie, sondern Edeltraut, die sich augenblicklich an dem Brot verschluckte. Jona musste ihr auf den Rücken klopfen, bis das Stück sich gelöst hatte. Tränen überströmten das Gesicht der Alten und sie wurde von solcher Wut erfasst, dass sie dem Wärter am liebsten den Schlagstock abgenommen und ihn zu Tode geprügelt hätte. Auch dies gehörte zum Zuchthaus. Die Wut. Vielleicht machte ihr all die Freiheit Angst, aber die Enge des Zuchthauses ließ Beklemmung in ihr aufsteigen. Der geregelte, aber monotone Tagesablauf führte dazu, dass sie zuviel Zeit hatte, nachzudenken. Immer häufiger kamen ihre Gedanken auf Marie und ihr letztes Treffen. Auf die Zeit davor. Auf diese warmen Hände, die sie berührt hatten. Die Trauer, die nach so langer Zeit hätte nachlassen müssen, überwältigte sie oft nachts. Dann musste sie sich in ihr Kissen krallen, um nicht zu schluchzen. Dann wurde das Heimweh so stark, dass sie am liebsten nach Vi und Oda geschrieen hätte. Und die Traurigkeit verwandelte sich am nächsten Morgen in Wut. Wut, die sich gegen alles und jeden richten konnte.

„Verdammtes Gesindel, an die Wand stellen und abschießen", sagte Benjamin und hob den Schlagstock gegen eine der Frauen, die gekichert hatte. „Verdammtes Gesindel!", schrie er weiter, während er durch die Reihen schritt. Doktor Traub ließ sich zu den Essenszeiten nie blicken und auch die Wärterin wohnte den Mahlzeiten gewöhnlich nicht bei. Daher konnten die anderen mit jeglicher Brutalität ihrer Aufgabe walten. Inzwischen war Jona klar, dass die Wärterin so etwas wie Traubs rechte Hand sein musste, denn keiner der anderen wagte es, ihr wirklich zu widersprechen.

„Ist alles in Ordnung, Edeltraut?", fragte Jona, als Benjamin außer Hörweite war.

„Ja-ja", stotterte die alte Frau und schob sich eilig einen weiteren Bissen in den Mund.

„Iss langsam. Wenn du nicht alles schaffst, nehme ich es dir mit in den Schlafsaal", flüsterte Jona und nahm ein paar Brotstücke, um sie in ihre Socken zu stecken. Sie waren zu groß für ihre Füße, daher fielen die Brotstücke in den Falten nicht auf. „Nimm noch ein bisschen Brei. Ich glaub, da ist noch Fleisch von gestern dabei."

Die Frau nickte und nahm einen Löffel vom Brei. Jona strich ihr über den Rücken. Sie roch übel, aber das tat hier jeder. Bei Oda hatte sie einmal in der Woche baden und sich regelmäßig waschen können, aber hier wurden sie nur gelegentlich abgespritzt, um Ungeziefer vorzubeugen, das sich dennoch ausbreitete. Jona musste an ihren kleinen Smut denken und hoffte, dass Oda ihre Abneigung vor dem Kater und seinen Flöhen überwand und ihn an ihrer Statt fütterte. Wenn sie hier lebend rauskam, würde Oda eine Menge Lavendelöl brauchen.

Ein Raunen ging durch die Frauen, die neben ihr saßen. Jona sah auf und entdeckte die Wärterin. Die Einzige, bei der es ihr noch immer nicht gelungen war, sie zu durchschauen. Leider hatte sie auch keine Gelegenheit mehr gehabt, sie zu verfolgen und herauszufinden, was sie im nördlichen Flügel zu suchen hatte. Benjamin schien ebenso überrascht sie zu sehen. Doch die Wärterin ließ ihn einfach stehen und kam zu Jona hinüber.

„Bitte geh vorbei, bitte geh vorbei", flüsterte Jona vor sich her, aber natürlich hielt sie direkt neben ihr.

„Zeig mir dein Auge", forderte die Wärterin sie auf und sah zu ihr hinunter. Stehend waren sie beide etwa gleich groß, aber auf ihrem Stuhl kam sich Jona noch kleiner vor als sonst. Sie blickte auf, eine Hand packte ihr Kinn und drehte ihren Kopf, um sich die schillernden Farben ihres Auges anzusehen. Das hatte sie die ganze Zeit nicht getan, warum jetzt und vor aller Augen?

„Nichts gebrochen, hm?"

Sie schüttelte den Kopf und hoffte, die Frau würde sie loslassen, doch stattdessen holte sie aus der Tasche ihres Kittels eine Salbe hervor, um sie auf Jonas schmerzendem Jochbein zu verteilen. Es war längst nicht mehr so schlimm wie vor ein paar Tagen, aber sie konnte nur schlecht sehen und Edeltraut hatte bestätigt, dass es aussah, als habe man sie in einen trübseligen Regenbogen getaucht.

Nachdem die Wärterin die Salbe verteilt hatte, steckte sie sie zurück in ihre Tasche und verließ den Speisesaal. Alle blickten ihr hinterher, bevor sie sich Jona zuwandten. Ihr wurde bewusst, dass das Absicht gewesen war. Dass diese Frau Aufsehen erregen wollte. Aufsehen, das Jona nur schaden konnte. Wer von den Wärtern besser behandelt wurde, galt schnell als Spitzel oder als Liebling und wurde dementsprechend behandelt. Dabei hatte sie sich doch darum bemüht, möglichst nicht aufzufallen.

Eine Frau neben ihr machte Kussgeräusche und eine andere rief leise: „Bald kriecht sie in dein Bett und reibt dich noch woanders ein!" Lachen erfüllte den Tisch, das nicht angenehm, sondern gehässig war. Jona biss sich auf die Lippen, um nichts zu erwidern, um ihnen keine Möglichkeit zu geben, sie anzugreifen.

Auf dem Weg aus dem Saal rieben die Brotkanten an ihren Beinen, aber sie war zu konzentriert darauf, sich aus dem Verhalten der Wärterin einen Reim zu machen. Warum tat sie das? Warum half sie ihr und sorgte gleichzeitig dafür, dass die Frauen früher oder später über sie herfallen würden? Und dann hatte sie für sie gelogen, gegenüber diesem Wärter Georg. Nur um sie gleich darauf zu bedrohen. Das passte alles nicht zusammen. Vielleicht war es mit den Menschen hier drinnen doch nicht so einfach. Vielleicht gab es auch hier nicht nur Schwarz und Weiß.

Sie merkte nicht, dass sich eine kleine Gruppe aus dem Verbund gelöst hatte, ohne dass es Benjamin bemerkte. Diese Gruppe lotste sie und Edeltraut in eine andere Richtung als üblich. Es fiel ihr erst auf, als Edeltraut sie am Ärmel packte und hektisch und furchtsam daran zog. Jona hob den Kopf und sah sich von fünf Frauen umringt, die sie schon gleich am ersten Tag in die schwarze Ecke gestellt hatte. Sie schienen unter den Gefangenen berüchtigt zu sein und die meisten machten einen Bogen um sie. Alle fünf schliefen in einem Schlafsaal zusammen. Sie duldeten niemand anderen dort.

„Na, wie geht es denn deinem Auge, Fräulein Bote?", sagte eine von ihnen. Ein hageres, hochgewachsenes Weib, das einmal zu oft von einem ihrer Freier ins Gesicht geschlagen worden war, um noch als hübsch durchzugehen. Die Nase war mehrfach gebrochen und ihre Wangenknochen standen zu weit heraus.

„Ganz gut", antwortete Jona, obwohl sie sich lieber abgewandt hätte. Doch den Blick zu senken, hätte nur Kapitulation und Aufgabe bedeutet. Es hätte bedeutet, gedemütigt zu werden. Das durfte sie hier nicht zulassen. Wer einmal vor den Augen anderer gepeinigt wurde, der hatte einen schweren Stand.

„Sag mal, wieso bist du eigentlich hier?", fragte die Frau und gab einer anderen mit einer Kopfbewegung ein Zeichen, woraufhin Edeltraut, die unentwegt an Jona gezerrt hatte, zur Seite gestoßen wurde. Jona sah schnell zu ihr, aber sie war ausgeschlossen worden. Sie waren nicht hinter ihr her. Das war gut. Und schlecht, denn so würden sich alle Fünf auf sie konzentrieren.

„Hab einem, der die Hände nich' bei sich behalten tun konnte, die Finger abgebissen", verfiel sie in ihre alte Gossensprache, die in Vi regelrechte Proteststürme ausgelöst hatte.

„Ich hab da anderes gehört", sagte eine pummelige Frau. Es war erstaunlich, wie man in einer Maloche wie dem Zuchthaus noch eine gewisse Fülle behalten konnte. Jona fragte sich, wer hier der Spitzel war und bevorzugt wurde. Ob sich die Wärter vor diesen fünf Frauen fürchteten oder ob sie sie ausnutzten?

„Hören tut man viel", erwiderte sie und die pummelige Frau grinste hässlich.

„Ja, uns ist zu Ohren gekommen, dass du gerne mal mit 'nem Mädchen rumknutschst", sagte eine andere, die hinter Jona stand. Sie wollte sich nicht umdrehen. Jede Bewegung musste überlegt sein.

„Mit'm Mädchen? Wer sagt'n so was Ekliges? Hat der sich wenigstens den Mund auswaschen tun?"

„Und 'nen paar behaupten, die hätten dich hier schon mal gesehen", sagte die Hagere. Das war gut möglich. Einige Frauen von damals waren zu viel längeren Strafen verurteilt worden. Zwar hatte sie sich seither verändert, aber es mochte welche geben, die sich ihr Gesicht gemerkt hatten.

„Hab schon mal jemandem den Finger abbeißen tun", gab Jona zurück. Sie versuchte, sich nicht anmerken zu lassen, wie gespannt ihr ganzer Körper war. Edeltraut wimmerte an der Seite. Sie war keine Hilfe. Andere wären losgelaufen, um einen Wärter zu holen, aber der hätte sie vermutlich noch verprügelt.

„Beißt aber viele Finger ab, hm?", sagte die Hagere und trat näher. In ihrem Blick lag nicht nur Bedrohung. Jona konnte deutlich spüren, dass sie sich dafür interessierte, warum sie wirklich hier war, dass sie sich nicht nur dafür interessierte, sondern eigene Erfahrungen machen wollte.

„Gibt viele, die ihre Hände nicht bei sich behalten tun", erwiderte sie und die Hagere stand still, trat wieder einen Schritt zurück. Jemand stieß sie von hinten gegen die Schulter, aber es war nur eine Ermahnung.

„Weißt du, ich glaube dir nicht. Und so was wie dich will ich hier nicht haben. Vor allem nicht, wenn du dich noch an diese Wärterin ran machst. Warst sehr nett zu ihr, was?"

Ein kräftigerer Stoß. Keine Ermahnung mehr. Jona wusste, was jetzt kommen würde. Der erste Schlag war noch einfach abzuwehren. Dem zweiten konnte sie ausweichen, aber beim Dritten hatte sie das Gefühl, ihr Auge würde platzen. Edeltraut wimmerte weiter, aber sie griff nicht ein. Auch nicht als der vierte und fünfte Schlag Jonas Gesicht trafen und sie zu Boden schickten. Ein Fuß traf sie gegen den Hinterkopf, so dass sie die Orientierung verlor.

Die nächsten Schläge und Tritte taten nicht mehr weh. Sie versuchte irgendwie ihren Kopf zu schützen, aber ihre Arme hielten nicht lange stand. Ihr Bauch und ihr Rücken verkrampften sich. Sie würde sterben. Sie würde sterben nach nicht einmal zwei Wochen. Sie würde ihren Dachboden nicht mehr wiedersehen. Smuts harter Kopf würde nie mehr gegen ihren prallen. Sie würde nie mehr am Morgen Haferbrei mit Oda essen und dazu eine Orangenhälfte. Als ein Schrei die wilden, grölenden, dampfenden Rufe der Frauen durchbrach, verließ ihr Bewusstsein sie.

Sie kam nur kurz zu sich, als sie mit voller Wucht gegen eine Wand prallte. Aber die Wand war nicht aus Stein. Sie fühlte sich beinahe weich an. Sie ließ sich daran herunterrutschen, hörte eine Stimme, die sie abfällig beschimpfte, und dankte Gott, dass sie nicht gestorben war. Jedenfalls noch nicht. Dann übermannte sie eine neue Ohnmacht, die sie weit von dem Ort fortführte, an dem sie sich befand. Sie träumte von den Spaziergängen mit Marie an der Neiße, sie träumte von ihren Händen, sie träumte von Fräulein Hauptmanns Augen, die vor ihr auftauchten, als sie es schaffte, kurz zu erwachen.

„Was haben die nur mit dir gemacht?", fragte die junge Ärztin und strich ihr die blutverklebten Haare aus dem Gesicht. „Es tut mir leid."

„Ist nicht deine Schuld", flüsterte Jona leise. „Ich wollte es so."

„Was redest du da?" Ihre dunklen Augen. Irgendetwas stimmte damit nicht. Aber es war nicht schlimm. Es war in Ordnung, dass sie nicht so dunkel waren wie sonst. Dass sie nicht so unergründlich waren, sondern voller Zuneigung.

„Mach dir keine Vorwürfe. Ich wollte es so. Es ist meine Schuld. Kannst du das Vi sagen und Oda und Ewa und Ieva und Sabin und Cilia, kannst du es Johannes sagen?"

„Du sagst es ihnen selbst, ja?" Ihre Stimme brach. Ein Kuss bedeckte ihr geschundenes Auge. Ein anderer ihre Wange, ein letzter ihren Mund. Sie dachte an das Gedicht, das Vi ihr einmal vorgelesen und das sie schrecklich kitschig gefunden hatte. Ein Gedicht von einer Französin, übersetzt von einem Mann, den sie nicht kannte. Aber im Original, das Vi nur halbwegs richtig rezitiert hatte, hatte es schön geklungen.

Baise m'encor, rebaise-moi et baise. Küss mich noch einmal, küss mich wieder, küsse mich ohne Ende.

Sie versuchte sich an den Kuss mit ihr zu erinnern. Im Krankenhaus. Aber er war so flüchtig gewesen, so schnell vorüber. Doch diesen Kuss jetzt würde sie nie mehr vergessen. Die Verkrampfungen in ihrem Rücken lösten sich. Sie konnte sich in eine weitere Ohnmacht gleiten lassen. Eine Ohnmacht, die ihr vorerst den Schmerz nahm. Die Hände, die sie gehalten hatten, ließen sie los. Warme Lippen streiften ein letztes Mal ihre Stirn.

Ich halt mich ja so mühsam in mir ein und lebe nur und komme nur zu Freude, wenn ich, aus mir ausbrechend, mich vergeude.

Schlachtplan
Montagabend, 1. Mai 1876

Zweifelsohne konnte sich Ieva angenehmere Abende vorstellen, als im Klosterstübl zu stehen und Bier auszuschenken. Aber Gertrud war ausnahmsweise für ein paar Tage verreist und jemand musste sich um das Lokal kümmern. Zu diesem Zweck hatte Gertrud eine Aushilfe eingestellt. Ein junges, hübsches Ding, das allen Männern den Kopf verdrehte, was Ieva nur zusätzliche Kraft kostete. Sie musste andauernd dazwischen gehen, wenn einer der Gäste zu aufdringlich wurde. Zum Glück war Sabin gekommen, um ihr beizustehen, auch wenn sie nur an der Theke saß und Aufzeichnungen überprüfte.

„Kannst du dir vorstellen, dass die Neiße vor knapp zweihundert Jahren einen solchen Höchststand hatte, dass sämtliches Vieh weggeschwemmt wurde?", fragte Sabin über den Lärm hinweg, während Ieva vier Bier hintereinander zapfte. An den Geruch hatte sie sich längst gewöhnt, aber sie war nie zu einer Trinkerin geworden. Ein gutes Glas Rot- oder Weißwein, das war in Ordnung. Aber einen Krug Bier bekam sie höchstens an sehr heißen Tagen hinunter.

„Heute würden wohl nur die Gerber weggeschwemmt werden", scherzte sie und stellte die Gläser auf ein Tablett, das sie ihrer Aushilfe überreichte, die erneut ihre Kleider sortieren musste. Es war ihr unerklärlich, warum Gertrud ausgerechnet ein so junges Ding hatte einstellen müssen. Andererseits arbeitete das Mädchen gut und beschwerte sich nicht, dass sie an diesem Tag bereits seit zehn Stunden von Tisch zu Tisch laufen musste.

„Gut möglich, aber ich halte es für sehr wahrscheinlich, dass uns bald eine neue *Flut* ereilen wird."

„Bloß keine Prophezeiungen und Wahrsagerei! Davon habe ich wirklich genug", sagte Ieva und machte sich daran, die schmutzigen Gläser zu waschen. Sie erinnerte sich noch zu gut an die Ebersbach, die jetzt bei Dr. Kahlbaum ein bedauerliches Ende gefunden hatte. Auf solchen Hokuspokus konnte sie verzichten.

„Das ist keine Wahrsagerei, sondern schlicht eine meteorologische Voraussage. Den Aufzeichnungen nach könnte es schon nächstes Jahr soweit sein. Besonders schwierig sind längere Regengüsse oder ein zu schnelles Auftauen nach einem eisigen Winter. Eben jener könnte uns bevorstehen."

„Sabin, ich bitte dich, wir haben eben erst den Frühling erreicht, müssen wir jetzt über Kälte und Eis sprechen? Zudem scheinen mir deine meteorologischen Voraussagen doch eher unsicher."

„Sie sind so sicher wie die Erfindung einer dauerhaft funktionierenden *Glühbirne*", antwortete Sabin und Ieva war unentschlossen, ob sie dies als Kompliment auffassen sollte. Vor kaum einer Woche war ihr und Ewa endlich ein Durchbruch gelungen. Sie hatten in einem luftleeren Glaskolben einen Kohlefaden für weit mehr als zwanzig Stunden zum Glimmen gebracht. Das war mehr als das Doppelte der durchschnittlichen Brennzeit jener Glühlampen, die im Krankenhaus Verwendung fanden.

„Es hat erst zwei Mal funktioniert. Ich glaube, es liegt am Material des Fadens. Kohle scheint nicht gleich Kohle zu sein. Mit Papier hat es gut geklappt, aber wir brauchen noch etwas Beständigeres."

„Hat Ewa nicht von Bambus gesprochen?"

„Ja, aber ich frage mich noch, wie wir an Bambus kommen sollen. Wie dem auch sei! Ich muss jetzt mal dringend um die Ecke. Meinst du, du kannst die wilden Tiere hier solange von meiner Bedienung fernhalten?"

An einem gut gefüllten Tisch mit acht oder neun Männern brach lautes Geschrei aus, als sich das Mädchen näherte, um neues Bier zu bringen. Sabin sah zweifelnd zu Ieva, aber diese warf ihre Schürze auf den Tresen und verschwand nach hinten in den Innenhof, wo sich noch ein Plumpsklo aus dem siebzehnten Jahrhundert befand. Sie benutzte es nicht sonderlich gern und beeilte sich daher, um es schnellstmöglich zu verlassen. Als sie jedoch im Innenhof stand, genoss sie die Ruhe. Der Lärm im Klosterstübl drang nur noch gedämpft bis zu ihr. Über ihr leuchteten die Sterne am Himmel. Auch ohne meteorologische Voraussagen wusste sie, dass es kälter werden würde. Für die Schafskälte war es zwar noch zu früh, aber der April mit seinem unbeständigen Wetter war eben erst abgelöst worden. Gut möglich, dass es Frost gab.

„Gutes Wetter, um zu sterben", sagte sie leise und dachte dabei an die vielen Obdachlosen, die im letzten Dreivierteljahr ums Leben gekommen waren. Mit Bestimmtheit nicht alle durch Fremdeinwirkung, aber doch ein überdurchschnittlich großer Anteil. Sie fragte sich, welches Motiv Traub haben könnte, diese Männer zu töten. Offensichtlich nicht immer so grausam wie den Polizeirat, aber doch auf eine perfide Weise. Was nützte es ihm? War er nur verrückt wie der alte Stellvertreter des Ratsarchivarus? Oder war er pervers veranlagt wie Nathanael Wasser und die Lehrer an dieser Anstalt? Hatte er von all dem gewusst? War er daran beteiligt?

Das Schlimmste war, dass sie an Traub nicht herankamen. Es gab keine Hinweise, die zu ihm führten, was die Obdachlosen betraf. Er war ein Lehrer an der Schule gewesen, aber eine Beteiligung an den schrecklichen Taten ließ sich ihm nicht nachweisen. Auch gab es laut Johannes keine Anzeichen, dass er in den letzten Jahren Kontakt zu seinen früheren Kollegen aufgenommen hatte. Kein Brief, keine Notizen, nichts. Hatte er das alles geplant oder war er tatsächlich so unschuldig, wie er sich gab? Es war immerhin möglich, dass er von den Vorgängen in der Schule nichts bemerkt hatte. Es war auch möglich, dass man ihm nichts von Walters Besuch im Zuchthaus erzählt hatte, so dass er wirklich nicht wusste, dass der Polizeirat dort gewesen war. Aber wie hoch waren diese möglichen Wahrscheinlichkeiten? Waren sie so sicher wie das Brennen ihrer Glühlampen oder so unbeständig wie die meteorologischen Voraussagen?

Als sie ins Lokal zurückkehrte, musste sie feststellen, dass weitere Gäste gekommen waren. Eine Gruppe aus drei Männern und zwei Frauen hatten vorn an der Tür Platz genommen. Für einen Montagabend war das Klosterstübl außergewöhnlich gut besucht. Hinzu kam ein junger Mann, der an der Theke saß, nur zwei Sitze von Sabin entfernt, die so in ihre Aufzeichnungen vertieft war, dass sie das Gebrüll an einem der Tische nicht mitbekam. Dort hatte ein älterer Mann kräftiger Statur sich das Mädchen geschnappt und auf seinen Schoß gezogen. Das arme Kind wehrte sich heftig, aber gegen die muskulösen Arme des Mannes konnte es nicht viel ausrichten. Ieva schob die Ärmel ihrer Bluse nach oben, dachte an Gertrud und ihr selbstbewusstes Auftreten und trat an den Tisch, woraufhin sie die Männer lachend ansahen, aber das Mädchen nicht losließen.

„Es gibt in diesem Lokal eine Regel, die euch allen vertraut sein dürfte", begann sie in ruhigem Tonfall, wie es auch Gertrud getan hätte. „Alle unsere Gäste haben sich zu benehmen, ansonsten dürfen sie sich das Klosterstübl von außen ansehen. Gibt es irgendeine Unklarheit bezüglich dieser Regel?"

Jetzt verstummten die Männer und im ganzen Lokal breitete sich eine bedrohliche Stille aus. Ievas Herz schlug so heftig, dass sie kaum Luft holen konnte. Endlich ließ der Mann das Mädchen von seinem Schoß rutschen. Sofort flüchtete es hinter die Theke. Ieva aber blieb stehen und wartete auf eine Antwort.

„Nein, keine Unklarheit. Wollten doch nur ein wenig Spaß haben", murmelte der Mann und fuhr sich mit einer schwieligen Hand über den kahlen Schädel. Sie wollte ihn nicht verurteilen. Frauen galten nun einmal nicht allzu viel und sie hatten viel getrunken. Außerhalb dieses Lokals war der Kerl vermutlich ein guter Arbeiter, der eine fünfköpfige Familie zu versorgen hatte.

„Den kannst du haben. Mit einer Runde Bier. Aber nicht mit meiner Bedienung. Ich bin sicher, dass deine Frau dir gerne zur Verfügung steht, wenn du einen Hintern tätscheln willst", erwiderte Ieva noch und drehte sich um, um mit wackligen Beine hinter die Theke zu gehen. Die Männer begannen wieder zu lachen, aber dieses Lachen galt dem Kahlköpfigen, den sie aufzogen. Ihren Äußerungen nach hatte der Mann tatsächlich eine Frau und die war wohl so üppig, dass er für andere Mädchen keine Hand mehr frei haben würde.

„Geht es dir gut?", fragte Ieva das Mädchen, das eilig nickte, aber müde und kraftlos wirkte.

„Ich denke, die letzte Stunde schaffe ich ohne dich. Geh jetzt heim. Du hast es nicht weit, oder?"

„Nein, wir wohnen am Fischmarkt."

Ieva ließ das Mädchen ziehen und spannte dafür Sabin zum Bier zapfen ein, was ihr überraschend gut gelang.

„Hab ich vor zwanzig Jahren in Belgien gelernt. In Leuven gibt es eine Menge Brauereien und ein Verehrer hat mich dorthin mitgenommen. Die Herren waren so begeistert von einer biertrinkenden Frau, dass sie mir auch gleich das Zapfen beigebracht haben", erklärte Sabin, während sie ein Glas nach dem anderen füllte und dabei erstaunlich genau einzuschätzen wusste, bei welcher Höhe eine besonders schöne Blume entstand.

„Was soll an biertrinkenden Frauen so aufregend sein?", erklang da die jugendliche Stimme des Mannes an der Theke. Ieva betrachtete ihn. Das Gesicht war noch das eines Kindes, ihre eigenen Söhne sahen ganz ähnlich aus. Aber seine Statur war kräftig und muskulös. Seine Hände jedoch waren bei weitem nicht so schwielig wie die des Kahlköpfigen. Er ging keiner körperlich harten Arbeit nach, bei der er sie gebrauchen musste.

„Ich glaube, Bier entwickelt sich eher zu einem Männergetränk, während Damen die feineren Weine vorziehen", erklärte sie ihm, während Sabin ein letztes Glas auf das Tablett stellte und offensichtlich den Kommentar des jungen Mannes zu ignorieren versuchte, um sich nicht aufregen zu müssen.

„Umso schlimmer, wenn eine Frau eher dem Gebräu zuspricht." Er deutete mit dem Kinn auf die Biergläser. Offensichtlich zählte er sich selbst eher zu den Weintrinkern. Ein Glas Weißwein stand so denn auch vor ihm.

„Ach, was bist'n du für'n Bubi?", brüllte der Kahlköpfige hinüber, der die Szene - oder vielmehr Ieva - neugierig beobachtet hatte. „Das hier ist kein Gebräu, das ist gute Görlitzer Wertarbeit."

„Wertarbeit? Das ist nichts weiter als ausgepresste Gerste", antwortete der junge Mann. Ieva fielen feine Striemen an seinem Hals auf, die rötlich zu glänzen begannen. Er war wohl als Kind nicht sehr sanftmütig behandelt worden. Rührte daher seine Lust zur Provokation?

„Ausgepresste Gerste?" Der Kahlköpfige erhob sich. Anscheinend war er Arbeiter in der Brauerei, die vor ein paar Jahren gegründet worden war. Selbstverständlich konnte er das Verunglimpfen seiner Arbeit so nicht hinnehmen, aber Ieva reichte es für diesen Abend.

„Wenn ausgepresste Gerste so schmeckt, dann schmeckt sie jedenfalls sehr gut. Sabin, schenk doch den Herren eine letzte Runde ein. Sie geht aufs Haus!" Ieva legte eine Hand auf die Schulter des Kahlköpfigen, der sich beruhigte und dem Zänker nur noch einen verärgerten Blick schenkte, bevor er sich zu seinen Freunden gesellte. Die Gemeinschaft wurde erst wieder laut und fröhlich, als Ieva ihnen die versprochene Runde ausgepressten Gerstensaft brachte. Die Herren begannen sich über die Unkenntnis des Kindes, wie sie den jungen Mann nannten, zu belustigen und als sie das Lokal schließlich verließen, grollte keiner von ihnen mehr. Der Kahlköpfige verabschiedete sich bei Ieva und entschuldigte sich für sein Verhalten gegenüber dem Mädchen.

Nach und nach leerte sich das Lokal, nur der Zänker blieb an der Theke sitzen und nahm quälend langsam Schluck für Schluck Wein aus seinem Glas. Sabin half Ieva, abzuwaschen und die Tische zu wischen, bis die Mitternacht sich näherte.

„Ich habe Sie hier noch nie gesehen. Sind Sie erst nach Görlitz gezogen?", fragte Ieva den Mann, als dieser keine Anstalten machen wollte, sein Glas endgültig zu leeren. Sie wischte über den Tresen, um ihm zu suggerieren, dass es Zeit war, aufzubrechen, aber er kümmerte sich nicht darum.

„Nein, bin schon eine Weile hier, aber ich ziehe andere Etablissements vor", erklärte er gewählt, sprach aber das fremdländische Wort so ungeschickt aus, dass es klang, als stolpere seine Zunge über seinen Gaumen. Er versuchte nicht nur, wie ein Mann zu wirken, sondern noch dazu wie einer aus einer höheren Schicht, der er jedoch nicht angehörte. Sie hatte Mitleid mit ihm. Sie wusste nur zu gut, wie sehr der Versuch scheitern und schmerzen konnte, ein anderer Mensch sein und werden zu wollen. Sie selbst war jahrelang auf der Suche nach einer anderen Bestimmung gewesen, nach dem gewissen Etwas in ihrem Leben. Nachdem sie Vi und die anderen Frauen kennengelernt hatte, hatte sie den Versuch aufgegeben und das Etwas genau in jenem Moment gefunden. Sie musste keiner anderen Schicht angehören, sich gewählt ausdrücken, reich sein. Solange sie in ihrer Kellernische vor sich hin basteln konnte, war sie plötzlich zufrieden und erfüllt.

„So, so, andere Etablissements", wiederholte Sabin, sprach das Wort ohne jeglichen Fehler aus und lächelte dabei. Seit den Ereignissen im letzten Herbst hatte auch sie sich verändert. Sie widmete sich ganz ihren Berechnungen und der Erkundung der Stadt. Mit Max hatte sie sich weitestgehend versöhnt, aber über eine Hochzeit wurde zurzeit nicht mehr gesprochen. Auch Ieva hatte nicht vor, ihre Beziehung zu

Erich zu verändern, denn das hätte unter Umständen bedeutet, ihre kleine, glücklich machende Nische wieder verlassen zu müssen. Zum Glück war der schweigsame Mann aber von solcher Geduld und Liebe ihr gegenüber geprägt, dass er nie auch nur ansatzweise versucht hatte, sie zu ändern.

Ihre Brust wurde warm bei dem Gedanken an das gütige Lächeln ihres Geliebten, wenn sie wieder einmal eine Verabredung mit ihm verpasst hatte, weil sie mit Ewa noch ein letztes Detail an einem weiteren Experiment verändern musste. Daher verzieh sie dem zänkischen Kind an ihrer Theke auch, dass er das Klosterstübl offensichtlich als niederes Lokal ansah, in das ein gewählter Herr wie er gewöhnlich nicht einkehrte.

„Was hat Sie denn dann zu uns getrieben?", fragte sie und versuchte dabei weniger herablassend zu klingen, als es ihr auf der Zunge lag. „Zumal es heute sehr voll und laut war."

„Es war ein anstrengender Tag auf Arbeit und ich hatte keine Lust auf Konsation", sagte er und meinte Konversation. Sabin hielt sich im Hintergrund, griff sich an die Stirn und seufzte lautlos, während Ieva sehr mit einem Lächeln rang, das der junge Herr aber ohnehin nicht bemerkt hätte. Er war in sein Glas Wein vertieft und versuchte so abwesend auszusehen, wie es ihm möglich war. In ihm steckte wohl auch noch ein verkappter Denker.

„Stimmt, Konsation wird bei uns nicht getrieben", erwiderte Ieva und Sabin verschwand eilends in die Küche, um nicht lauthals loszulachen. Ieva allerdings fragte sich, was der junge Herr unter Konversation eigentlich verstand, denn angesichts des Lärms an diesem Abend wurde im Klosterstübl sehr eifrig Konversation betrieben.

„Wo arbeiten Sie denn?", fragte sie und hoffte, ihn mit Fragen dazu ermuntern zu können, seine denkerische Pose aufzugeben und nach Hause zu gehen.

„Im Zuchthaus", antwortete er und Ieva hielt im Wischen inne. Im Zuchthaus. Am liebsten hätte sie ihn gepackt, geschüttelt und gefragt, ob er Jona kenne und wie es ihr gehe. Aber sie konnte sich eben noch zurückhalten, ebenso wie Sabin, die aus der Küche geschossen kam.

„Im Zuchthaus?", fragte sie nach und rang mit dem Zittern in ihrer Stimme.

„Ja, ich bin dort als Wärter eingeteilt. Ist eine ziemlich harte Arbeit. Man muss bei all den Verbrechern und Verrückten ordentlich durchgreifen, sonst wird aus dem Zucht-, schnell ein Tollhaus." Jetzt hob er den Kopf, offensichtlich dazu angeregt, über sich zu reden. In seinen Augen glomm ein gewisser Stolz auf seine Arbeit.

„Und wie ist es dort so? Man hört ja die verrücktesten Geschichten", animierte Ieva ihn.

„Was auch immer Sie hören, es ist noch viel schlimmer. Wir haben da mit Leuten zu tun, die andere ermordet haben, aber für die das Gefängnis noch zu schade war. Und manchmal rasten die aus. Hat auch schon ein paar ziemlich blutige Schlägereien gegeben", erklärte er. Auf einmal war er ganz in seinem Element, ließ sich zu verschiedenen Erzählungen über die Gefahr hinreißen, der er sich jeden Tag aussetzte. Er beschrieb die einzelnen Gefangenen und dann sagte er: „Erst gestern hat's wieder eine üble Prügelei gegeben."

„Üble Prügelei?", fragte Sabin und spannte sich an.

„Ja. Ein paar Weiber sind über eine andere hergefallen. Haben sie so vermöbelt, dass die uns bestimmt verreckt." Auf einmal war nichts von seiner versucht gewählten Aussprache mehr übrig. Er war so begeistert von seinen Ausführungen, dass er ganz vergaß, wer er eigentlich sein wollte. Ieva musste zugeben, dass sie den denkerischen jungen Kindsmann lieber gemocht hatte, denn das Glimmen in seinen Augen weckte in ihr unangenehme Gefühle.

„Wird denn da nichts unternommen?", fragte Sabin an Ievas Stelle weiter, die nicht mehr wusste, was sie sagen sollte, weil sie Angst beschlich. Angst, dass es Jona war, die da möglicherweise verreckte.

„Wir haben die erstmal in eine Einzelzelle verfrachtet. Die anderen werden bestimmt vom Doktor bestraft, aber nicht sonderlich hart. Wenn die so aufeinanderhocken, dann passiert das schon mal."

Der junge Mann zuckte mit den Schultern, nahm einen Schluck aus seinem Glas und lächelte. Er freute sich über die Aufmerksamkeit der beiden deutlich älteren Frauen. Plötzlich kam Ieva eine Idee.

„Versuchen denn nicht manche da zu flüchten?"

„Flüchten? Klar, haben schon viele versucht. Aber die nehmen alle den falschen Weg. Nämlich über das Haupttor. Aber da kommen die nicht durch. Die meisten von denen sind auch ziemlich unterbesetzt", sagte er und schien minderbemittelt zu meinen. „Da oben", ergänzte er und deutete auf seinen Schädel.

„Und welcher wäre der richtige Weg?"

„Na, ganz klar über den nördlichen Flügel."

„Aber ist der nicht abgebrannt?", wollte Sabin wissen und schob eilends ihre Aufzeichnungen zur Seite.

„Ja, aber nicht komplett. Bisschen was ist erhalten. Unter dem nördlichen Flügel gibt's beispielsweise noch einen Keller. Der wurde vom Brand kaum berührt. Wenn man in den nördlichen Flügel kommt, kann man direkt in den alten Zwinger. Von dort ist der Weg in die Stadt nahezu frei."

„Aber es ist wahrscheinlich gefährlich, dort im nördlichen Flügel."

„Sicher. Ist alles ziemlich einsturzgefährdet. Aber wenn ich flüchten wollte, würde ich den Weg nehmen." Damit trank er den letzten Schluck aus seinem Glas und legte Ieva großzügig mehrere Münzen auf den Tresen. Er nickte den beiden Damen zu und verließ das Lokal. Ieva schloss eilends die Tür ab und sah Sabin an.

„So kommen wir rein", sagte sie schließlich und Sabin nickte.

„Schon möglich, aber was wollen wir dann tun? Jona raus holen, ist mir klar, aber was haben wir damit gewonnen?"

„Und was, wenn sie es ist, Sabin? Wenn sie da in einer Einzelzelle schmort und stirbt, ohne uns?"

„Du hast Recht. Aber erst müssen wir herausfinden, ob sie es wirklich ist. Dann entscheiden wir und ich sehe mir die Pläne noch einmal genau an. So einfach ist es nämlich nicht, vom Zwinger aus in den Vogtshof zu gelangen. Der liegt noch über dem Niveau des Mauerrings."

„Trotzdem ist es ein Weg."

„Das ist es", sagte Sabin und lächelte.

Sie verließen das Klosterstübl und machten sich auf den Heimweg, waren jedoch sehr überrascht, als sie bemerkten, dass hinter Vis Fenstern noch Licht brannte. Noch kein elektrisches Licht, sondern flackernde Kerzen. Sie stiegen hinauf und wurden von Oda empfangen. In Vis Küche hatten sich trotz der sehr späten Abendstunde alle Frauen, einschließlich Maren, versammelt.

„Jona ist verletzt worden", sagte Vi ohne Umschweife und Ievas Befürchtungen wurden wahr. „Marens Kundschafter hat ihr eine Nachricht zukommen lassen. Anscheinend wurde sie zusammengeschlagen. Wir müssen sie da raus holen, bevor ihr noch etwas Schlimmeres geschieht."

Etwas Schlimmeres? Ieva nickte und begann zu erzählen, was ihnen an diesem Abend widerfahren war, wen sie getroffen und was der junge Mann gesagt hatte.

„Über den Zwinger, ja? Ist der denn frei zugänglich?", fragte Maren und knabberte an einer sauren Gurke, die Vi auf den Tisch gestellt hatte. Ieva bewunderte sie dafür, dass sie so gelassen blieb, obwohl die Frauen sie aufgrund ihrer Art von Bündnis inzwischen doch etwas angingen.

„Es gibt ein Zugangstor am Nikolaiturm, aber ich weiß nicht, ob es verschlossen wird. Ansonsten könnten wir immer noch den Weg über den Karpfengrund nehmen", erklärte Sabin und ihr war anzusehen, dass sie unbedingt in ihre Wohnung wollte, um Kartenmaterial zu holen. Ieva dagegen ließ sich auf einen Stuhl sinken und hörte den Ausführungen der Frauen nur noch zu. Der lange Arbeitstag und die Aufregung forderten ihren Tribut. Sie wurde eben nicht jünger, aber während sie dem Schlachtplan Gehör schenkte, den die Frauen entwarfen, wurde ihr klar, dass ihr Körper schwächer wurde, aber ihr Geist soeben erst erwachte, als habe sie Jahre in der Unmündigkeit eines Kindes verbracht. Vielleicht war sie dem jungen Wärter aus dem Zuchthaus ähnlicher, als ihr lieb sein konnte. Äußerlich zwar eine gereifte Frau, aber innerlich gerade erst auf dem Weg zu einem selbstbestimmten Leben.

David

Der Sack war so fest an seinem Hals verschnürt, dass es ihm die Kehle zudrückte. Wenn er versuchte, zu schlucken, schaffte es sein Speichel nur unter Qualen seine Speiseröhre hinunter. Der Stoff des Sackes, der ihm über den Kopf gezogen worden war, drang bei jedem Atemzug in seinen Mund. Zwar waren die groben Leinen oder die Jute so offen verwoben, dass Luft durch den Stoff dringen konnte, doch die Angst, ersticken zu müssen, beherrschte ihn völlig. Zumal er fühlte, wie Panik in ihm aufstieg.

Sie waren zu zweit in die Zelle gestürzt. Er hatte sich nur kurz dem Schlaf hingegeben. Sie hatten solchen Lärm gemacht, dass er aufgeschreckt war. Seine Ohren schmerzten bei den Schreien und den anderen Geräuschen, die sie machten. Sie schlugen mit Stöcken auf den Boden und gegen die Wände. Er war eine solche Lautstärke nicht mehr gewöhnt. Nur das Röcheln des Mannes, sein eigenes Weinen und die ewigen Zitate des Predigers, die er leise und stetig wiederholte. Der Lärm überwältigte ihn. Er lag schreiend am Boden, als sie ihn packten und ihm den Sack über den Kopf stülpten. Er bekam einen Tritt in den Magen, sie fesselten seine Hände hinter seinem Rücken, dann ließen sie ihn in Ruhe. Nicht jedoch den Mann.

Er konnte hören, wie sie ihn schlugen, wie er schrie. Sie entdeckten das Loch in der Wand, aber anstatt ihn dafür zu bestrafen, traten sie nur noch fester auf den Mann ein, der bald verstummte. Dabei hatte er doch alles getan, um ihm zu helfen. Um ihn am Leben zu erhalten. Sie durften ihn jetzt nicht umbringen. Dieser Mann war seine Hoffnung gewesen, sein einziger verbliebener Antrieb. Er wollte ihn retten.

Doch als sie den Raum verließen und es wieder still wurde, abgesehen von den hektischen Bibelbekundungen des Predigers, der wohl ebenfalls in Panik geraten war, war jegliche Hoffnung dahin. Er saß da mit dem Sack über dem Kopf und wusste nicht, was er noch tun konnte oder wollte. Seine Hände waren gefesselt, er würde zweifelsohne ersticken, weil seine Atemwege sich verschlossen. Der röchelnde Mann war gewiss tot.

„Ach Gott, dass du tötetest die Gottlosen, und die Blutgierigen von mir weichen müssten!"

Ihm kamen die Tränen. Sie erstickten die aufkommende Panik, ließen ihn jedoch noch schwerer atmen. Da wurde die Tür erneut aufgeschlagen, der Sack über seinem Kopf brutal fortgerissen. Eine hell leuchtende Laterne wurde ihm direkt vor die Augen gehalten, woraufhin er elendiglich zu schreien begann. Lachen begleitete das Fortgehen seines Peinigers. Er ließ sich zur Seite fallen, die Arme noch auf dem Rücken gefesselt.

„Gott, bitte", flehte er leise, während seine Augen von schonender Dunkelheit umgeben waren und der Schmerz nachließ. Er war nun solange an diesem Ort gefangen, dass selbst das Licht, das von Gott gegebene Licht in Form von Wärme und Feuer ihm nur noch Schmerzen bereiten konnte. „Prediger?"

„Wer Ohren hat, zu hören, der höre!"

„Sind wir in der Hölle?"

„Ich glaube, die Hölle ist kein Ort, an dem du auf solche Weise und von anderen Kreaturen gepeinigt wirst", erklang eine ihm vertraute Stimme, doch es war nicht die des Predigers. „Die Hölle ist in dir selbst. Sie besteht aus deinen Ängsten, aus deinen Sünden, aus all jenen Dingen, die du Zeit deines Lebens gefürchtet, verachtet und verderbt hast."

„Fedor?", fragte er und öffnete die Augen, obwohl nur Dunkelheit ihn erwartete, bis sich ein Gesicht vor seines schob und seine Nase die eines Jungen berührte, eines kleinen, feingliedrigen Jungen. Er konnte seine Gesichtszüge erkennen und seinen Duft, der selbst die Exkremente, die in allen Ecken des Raumes lagen, überdeckte. Er schluchzte heftig. Er wollte ihn berühren, aber seine Hände waren noch auf seinem Rücken gefesselt. „Fedor. Fedor", wiederholte er und Finger strichen über seine feuchten Wangen.

„Denn wir sind Gott ein guter Geruch Christi unter denen, die selig werden, und unter denen, die verloren werden; diesen ein Geruch des Todes zum Tode, jenen aber ein Geruch des Lebens zum Leben", zitierte der Prediger und Fedor lächelte. Noch immer der jüngste und kleinste von ihnen, die sich im Kreis um ihn versammelten, sich setzten und ihn mit ihren stummen Blicken bedachten.

„Gott ist ein gnädiges Wesen. Es vergibt uns und bestraft uns nicht. Die Strafe allein finden wir in uns selbst", sagte Fedor, der immer schon ein weitaus klügerer und gottesfürchtiger Junge gewesen war. „Dies ist nicht deine Hölle. Es sind Menschen, die dich quälen, nur zu diesem einen Zweck. Wir haben versucht, dir so gut es ging zu helfen, Simon. Nein, David, der du einst Simon warst. Du hast uns alle angehört. Verzage jetzt nicht. So wie du uns gerettet hast, so wirst auch du gerettet werden."

Es kam ihm vor, als spreche Fedor wie der Prediger, als zitiere er nur Worte aus der Bibel. Doch dann strichen seine Hände warm über seine schmerzenden Augen und die aufgerissenen Lippen.

„Weißt du noch, was ich dir über Tränen und das Weinen gesagt habe?", flüsterte er, so dass nur er ihn hören konnte, und er nickte stumm, weil er sich noch gut daran erinnerte. „Meine Mutter sagte auch, dass Tränen Stärke geben. Dass wer sie weint, das Schlechte loslässt und neu auferstehen kann. Weine und weine, bis nichts mehr übrig ist. Dann erhebe dich und tu, was getan werden muss."

Fedor erhob sich und trat zu den anderen fünf Jungen. Er konnte sie deutlich vor sich sehen, als stünden sie nicht in völliger Dunkelheit, als sei er selbst noch einer von ihnen. Aber das stimmte nicht. Er war der Junge, der übrig blieb. Er war David. Und während die anderen Jungen fortgingen, um sich mit der Dunkelheit zu vereinen, weinte er, bis keine Träne mehr übrig war. Dann erhob er sich und streckte seine gefesselten Hände durch das kleine Loch in der Wand.

„Prediger, hilf mir und nimm mir die Fesseln ab!"

„In ihm war das Leben, und das Leben war das Licht der Menschen", zitierte der Prediger, bevor er sich daran machte, seine Fesseln zu lösen. Als er frei war, kroch er sofort zu dem röchelnden Mann und stellte zu seiner Freude fest, dass er noch atmete. Es war nur ein Hauch, der seinen Lippen entfuhr, aber er war noch am Leben.

„Wir müssen hier raus, Prediger. Du musst mir jetzt helfen!"

„Lass dir nicht grauen und entsetze dich nicht; denn der Herr, dein Gott, ist mit dir in allem, was du tun wirst."

„Prediger!", schrie er, so dass es in seinen eigenen Ohren schmerzte. „Ich brauche jetzt nicht Gott, ich brauche dich! Gott ist mir gerade so nützlich wie ein Zuschauer beim Mühlespielen!"

„Ich will dich nicht verlassen noch von dir weichen", sagte der Prediger und seine Stimme klang entschlossen. Ihre Peiniger würden eine Weile nicht zurückkehren, sie glaubten, er leide. Das gab ihnen genug Zeit, das Loch in der Wand zu vergrößern, und er hatte auch schon eine Idee, was sie mit den Steinen anfangen konnten.

Der nördliche Flügel I
Dienstagvormittag, 2. Mai 1876

Sie zog an ihrer Zigarette und ließ den verbleibenden Rest zu Boden fallen, direkt neben den Brunnen, der vor kaum einem Jahr blutiges Wasser geführt hatte. Sie betrachtete das stattliche Gebäude, dessen Mauern so oft schon Veränderung erfahren hatte. Der südliche Flügel des Vogtshofes mit seinem schmiedeeisernen Tor. Ob Jona in ihrer Zelle saß oder arbeiten war? Oder war sie so schwer verletzt worden, dass sie versorgt werden musste? Bei dem Gedanken würgte Vi ihr mageres Frühstück wieder hinauf und konnte eben so verhindern, dass es das Licht der Welt verkehrt herum erblickte.

Die ganze Nacht hatte sie darüber nachgedacht, wie sie es anstellen sollte. Würde Traub sie einfach zu Jona vorlassen? Würde er sie abhalten, ihr den Kontakt zu der Zuchthäuslerin verbieten, die doch nur schlechten Einfluss auf sie haben konnte? Sie erinnerte sich seiner Worte und dessen, dass er diese Strafen für angemessen hielt. Er glaubte wirklich daran, dass harte Arbeit, manchmal bis zum Tode, einem Menschen dazu verhelfen konnte, auf den rechten Weg zurückzufinden. Aber wie viele von denen, die dort drin schufteten und lebten, fanden diesen Weg? Wie viele waren nicht schon zuvor im Zuchthaus gewesen oder im Gefängnis und würden eines Tages wieder dort landen?

Sie trat mit der Schuhspitze auf das verglimmende Ende der Zigarette. Anders als sonst lag kein entschlossener Ausdruck auf ihrem Gesicht. Er schwankte zwischen Traurigkeit und Verzweiflung. Dann schüttelte sie energisch den Kopf und ihre Augenbrauen bildeten eine einzige wütende Linie, die das Funkeln in ihren Augen noch verstärkte.

„Nein, das geht anders. Wie macht sie das bloß immer? Diesen Blick, als wäre sie ein neugeborener Welpe, dem man das Fressen verweigerte?" Sie rief sich Jonas Gesicht vor Augen, aber wie sehr sie auch probierte, es gelang ihr nicht, das erbarmungswürdige Flehen zu imitieren, das dieses Gossenkind in früheren Jahren vor dem Verhungern gerettet hatte. Vielleicht wollte es ihr eben darum nicht gelingen. Weil sie diese Erfahrungen nie gemacht hatte. Das Elend, den

Hunger, die Angst, die verzweifelte Suche nach etwas, woran man sich festhalten konnte, um nicht den Verstand zu verlieren. Dafür hatte Jona nie ein Kind zu Grabe tragen müssen. Florians Kindergesicht lachte auf und sie war froh, den Brunnen in ihrem Rücken zu spüren. Seit Weihnachten waren einige Monate ins Land gezogen und ihr letztes Gespräch über ihre Kinder begann eine blasse Erinnerung zu werden. Doch die Lehre, die sie daraus gezogen hatte, fing sie auf, als sie glaubte, Florian ein weiteres von tausend Malen zu verlieren.

„Ich glaube, so geht es", sagte sie sich und ging schwankend zu der schmalen Tür neben dem Gitter. Es dauerte eine Weile, bis ihr geöffnet wurde. Vor ihr erschien eine junge Frau in einem weißen Kittel, die einen beunruhigend starren Gesichtsausdruck hatte. Sie hätte Jona sicher gefallen, aber dieser durchdringende und doch nichtssagende Blick machte selbst Vi Angst.

„Mein Name ist Vi Sperber, ich muss sehr dringend mit Doktor Traub sprechen."

„Kommen Sie", sagte die Frau und ihre Stimme klang angenehm warm und dunkel, wenn auch völlig ohne jede Intonation. Die Aufforderung konnte ebenso gut nur eine einfache Aussage sein. Vorgetragen wie eine kurze Gedichtzeile. Sie ging voran, ohne weiter nach Vis Beweggründen zu fragen, führte sie über ein enges Treppenhaus weiter nach oben. Vi ließ die Türen und Stufen an sich vorbeiziehen, aber in ihr drängte sich die Frage, ob es das gewesen war, was Walter als Letztes zu Gesicht bekommen hatte. Ein enges, dunkles und kaltes Treppenhaus und Türen, die zu engen, dunklen und kalten Zellen führten. War sein Kopf an einer jener Wände zerschellt, die so abweisend waren, dass Vi zurückzuckte, sobald ihre Schulter sie streifte? Woran mochte er in seinen letzten Minuten gedacht haben? An seine Frau? Seine Kinder? An Vi?

„Geht es Ihnen nicht gut?", fragte die Frau, als sie endlich angekommen zu sein schienen. Vi blickte auf und plötzlich war da eine Regung im Gesicht der Frau, der Wärterin oder was immer sie darstellen mochte. Es war ein leises Erschrecken, ein Zurückweichen, es war Mitleid. Vi war überrascht von ihr und von ihrer eigenen Fähigkeit. Hatte sie eben Jonas Gesichtsausdruck imitiert? War die Frau darüber erschrocken? Kannte sie Jona?

„Der Aufstieg ist nur etwas viel für eine alte Frau wie mich", versuchte Vi zu scherzen, ließ jedoch den Blick nicht los, den sie unwillkürlich aufgesetzt hatte. Die Wärterin schien vollends verwirrt.

„Ich verstehe", sagte sie mit erstickter Stimme und wollte nach einer Türklinke greifen.

„Kennen Sie Jona?", fragte Vi schnell und trat auf die letzte Stufe, brachte ihren Körper zwischen die Tür und die Wärterin, die ihr so nicht ausweichen konnte. Ihr Gesicht begann langsam zu verkrampfen, als hätte sie stundenlang geheult. Wie hielt Jona das nur so konsequent durch?

„Ich kenne keine Jona", antwortete die Frau und versuchte, ihre Sicherheit wiederzugewinnen.

„Bestimmt haben Sie sie schon mal gesehen. Sehr klein, geradezu winzig. Sieht immer recht kläglich aus, außer wenn sie vorlaut wird. Sie hat kurzes Haar." Letzteres schien ihr am geeignetsten, Jona von anderen Frauen zu unterscheiden, denn kurze Haare trugen nur sehr wenige Frauen.

„Bei uns haben einige Frauen kurze Haare. Sie reißen sie sich aus oder sie müssen geschnitten werden, weil sie Läuse haben. Doktor Traub achtet darauf, dass sich Ungeziefer nicht zu sehr ausbreitet." Sie hatte den Moment verpasst. Die Wärterin hatte ihre Selbstsicherheit wiedergewonnen, was daran liegen mochte, dass Vis Gesichtszüge inzwischen so verkrampft waren, dass sie gewiss nicht mehr wie ein hungriger Welpe aussah.

„Schade", lächelte Vi, auch wenn ihr nicht danach zumute war. Die Frau griff nach der Klinke. „Normalerweise sucht sie immer die Gesellschaft schöner Frauen. Darum lebt sie ja auch bei uns." Sie musste selbst ein wenig lächeln, aber bemerkenswerter war noch, dass auch die Wärterin zu lächeln begann. Es war kein einfaches sich an einem Scherz erfreuen. Es war etwas Tiefergehendes, Warmes, Wohltuendes. Ihr Blick machte Vi klar, dass sie Jona kannte, es aber aus irgendeinem Grund leugnete. Sie dachte an die Schilderungen der Zeugen. An diese Wasserhexe oder Nixe, die die Obdachlosen holte. Diese Frau hatte das Potenzial einem betrunkenen Verzweifelten als schöne, verführerische Nixe zu erscheinen, besonders wenn sie dieses Lächeln zeigte. Sie versuchte sich vorzustellen, wie sie über die Männer herfiel, gemeinsam mit Traub. Aber es wollte ihr nicht recht gelingen.

„Ich werde auf sie achtgeben", sagte die Wärterin und öffnete die Tür. Auf sie achtgeben. Vi nickte und trat hinter der Frau auf einen lang gestreckten Flur. Er war getrennt von den Zellen und hatte verwaltungstechnische Funktionen. Hier war auch Traubs Bureau. Als die Wärterin klopfte, erklang seine dunkel gefärbte Stimme. Die sie mochte. Die sie wirklich gern mochte. Auch wenn sie versuchte, es zu ignorieren.

„Sie werden Jona sicher erkennen. Sie sieht immer aus wie ein gefräßiger Welpe", sagte Vi, bevor sie eintrat. Die Frau rang sehr mit sich, um nicht zu lachen, und in diesem Moment war Vi klar, dass sie Jona nicht nur einfach unter vielen gesehen hatte. Sie kannte sie wirklich. Sie hatte schon mit ihr geredet. Wenn sie nur mehr Zeit gehabt hätte, um die Wärterin nach ihr zu fragen. Aber da wurde die Tür aufgezogen und Traub stand vor ihr. Die Frau entfernte sich eilends und wieder mit demselben ausdruckslosen Gesicht, wie sie Vi begrüßt hatte.   „Vi, was machst du denn hier?", fragte er und es wollte ihr gerne gefallen, dass er sie so persönlich ansprach, aber sie hatte sich geschworen, ihn nicht mehr Richard zu nennen. Er hatte zu oft gelogen – geschwiegen –, sie würde ihm zu erkennen geben, was sie von ihm hielt.

„Ich möchte Jona besuchen, Doktor Traub."

„Natürlich", antwortete er schlicht und griff an die Seite nach einem Schlüsselbund, der dort an einem Haken befestigt war. Er verriegelte seine Tür und führte sie ohne jegliche Beanstandung in den westlichen Trakt des Gebäudes. Sie redeten nicht und Vi war ohnehin viel zu perplex. Warum protestierte er nicht? Soweit sie wusste, waren Besuche in Zuchthäusern eher selten und doch streng reglementiert. Tat er es um ihretwillen? Weil er wusste, dass sie sich nicht abspeisen lassen würde? Oder weil er Mitleid mit ihr hatte? Weil er um Jona besorgt war? Er war ihr ein Rätsel.

Er führte sie über unzählige Flure und Treppen, bis sie endlich einen großen Saal betraten, in dem zahlreiche Webstühle standen. Es war so laut, dass Vi sich am liebsten die Ohren zugehalten hätte. Zwischendurch hörte sie Wärter schreien, aber als sie Traubs gewahr wurden, ließen sie die erhobenen Schlagstöcke sofort wieder sinken. Es stimmte. Er hatte das Leben im Zuchthaus verändert.

Er ging zielstrebig durch die Reihen, bis er neben einem jungen Mann stehenblieb, der ihn ansah, als erblicke er seinen Vater. Es hätte Vi nicht gewundert, wenn sich der Kerl Traub vor die Füße geworfen hätte. Irgendetwas sagte ihr, dass das der Jüngling sein musste, der am gestrigen Abend im Klosterstübl gewesen war. Ievas Beschreibung passte perfekt. Nur dass Vi beileibe keinen richtigen Mann in dem Kindergesicht entdecken konnte, das Traub anstrahlte.

„Benjamin, wo ist Jona Bote?"

„Bote? Die ist in ihrer Zelle. Zwischenfall", antwortete er knapp und sein Gesicht verhärmte sich.

„Mir ist kein Zwischenfall gemeldet worden", setzte Traub nach und seine Stimme wurde schroffer. Benjamin wollte etwas einwenden, aber da fiel sein Blick auf Vi. Was sie erschütterte, war, dass sie einander nicht kannten, aber dieser junge Wärter sie voller Hass anstarrte.

„Benjamin!", rief Traub ihn scharf an. „Was für ein Zwischenfall?"

„Die aus Zelle Siebzehn haben sie zusammengeschlagen."

„Ist sie versorgt worden?"

„Ja."

„Bring uns zu ihrer Zelle."

Das Gespräch zwischen den beiden Männern war knapp und von wenig Herzlichkeit geprägt, was Vi irritierte, denn eben hatte Benjamin Traub noch wie seinen Meister angehimmelt. Jetzt aber ging er gesenkten Hauptes und zügig voran und wieder wurde sie durch eine Reihe von Fluren und das enge Treppenhaus hinunter geführt, so dass sie sich nur anhand eines Blickes aus einem der Fenster orientieren konnte. Mehr und mehr kam ihr ihr Besuch wie eine gut inszenierte Posse vor. War das Traubs Absicht? Hatte er sich darum nicht geweigert, sie zu Jona zu bringen? Wusste er letztlich ohnehin, was mit ihr geschehen war, und wollte nun den Wohltäter geben?

Wie sehr sie sich plötzlich nach Walter sehnte! Er hätte einen klareren Blick gehabt, ihr neue Impulse gegeben. Wie es Traub bis vor kurzem durchaus auch getan hatte. War sie auf diesen Mann hereingefallen? Hatte sie sich in ihm getäuscht? Während sie den zwei Männern folgte, rief sie sich vor Augen, was in den letzten Monaten geschehen war. Wie sich Traub verhalten hatte. Ihre erste Begegnung war faszinierend gewesen. Sie hatten miteinander reden, sich austauschen können. Er hatte ihr Anregungen gegeben und für ein paar Wochen war sie der Überzeugung gewesen, es sei erneut ein Mann von Walters Format in ihr Leben getreten. Doch oft hatte sein Verhalten sie auch verärgert. Seine Thesen gegenüber Menschen wie Jona, seine Vorschläge bezüglich Odas Psyche während Pauls Verschwinden. Aber jeder Mensch vertrat andere Ansichten. Das konnte sie ihm nachsehen. Anderes nicht. Dass er verschwiegen hatte, dass er an der Schule gewesen war. Wieso hatte er das getan? Seine Ausrede, dass sie ihm nicht geglaubt hätte, dass er nichts damit zu tun hatte, war schwach. Selbst wenn er von den Geschehnissen nichts mitbekommen hätte, was sie insgeheim für unmöglich hielt, hätte er ihnen helfen können. Doch stattdessen hatte er sich geweigert, sich zu offenbaren.

Nicht zu vergessen, dass er wusste, dass Walter an jenem Abend ins Zuchthaus gekommen war. Konnte auch hier wieder der Zufall zugeschlagen haben? War er nicht informiert worden? Sie dachte an die Reaktion der Wärter vorhin in dem Saal mit den Webstühlen. Sie waren ihm untergeben. Wer von ihnen würde es wagen, ihm nicht Bescheid zu geben? Aber er gab auch vor von Jonas Zwischenfall nichts gewusst zu haben.

Nein, sie konnte ihm nicht trauen. Alle seine Versuche, sie von seiner Unschuld zu überzeugen, wirkten aufgesetzt und falsch, nur wie ein Spiel. Hatte er das während seiner Zeit bei Nathanael Wasser gelernt? Spiele zu spielen, andere Menschen zu verwirren und zu quälen?

„Das ist ihre Zelle", sagte Benjamin und schloss einen Raum auf, von dem Vi nicht mehr ansatzweise wusste, wo er sich befinden konnte. Ihre Überlegungen hatten sie völlig abgelenkt. Was war, wenn Traub versuchen würde, auch sie loszuwerden? Aber sollte ihm das möglich sein? Sämtliche Wärter hatten sie gesehen. Nur von fern. Aber Benjamin war auch noch da. Allerdings war er Traub untergeben und himmelte ihn regelrecht an. Doch da war noch diese andere

Wärterin. Die sich aber weigerte, zuzugeben, dass sie Jona kannte. Die ebenfalls in einem eigentümlichen Verhältnis zu Traub stand.

Als sich die Zellentür öffnete, war Vi überrascht. Die Zellen waren weit weniger dunkel und eng, als sie vermutet hatte. Auch dies war wohl Traub zu verdanken. Wenn er der Mensch war, für den sie ihn hielt, warum kümmerte er sich um verbesserte Bedingungen für die Insassen? War das nur Tarnung?

„He, du da!", rief Benjamin in den Raum und auf einem der Betten, die so standen, das möglichst viele in den Raum passten, regte sich eine erbärmliche Kreatur. Ein faltiges Weib, gut zwanzig Jahre älter als Vi, mit zerzaustem Haar und eingefallenen Gesichtszügen.

„Das ist nicht Jona", sagte Vi. „Wo ist sie?"

Traub schob Benjamin zur Seite und trat in den Raum. Vi wäre ihm gerne gefolgt, aber ihre Vorsicht war zu groß. Dieser Jüngling schien ihr noch weniger vertrauensvoll als die andere Wärterin. Sie versuchte jedoch, das Gespräch zwischen Traub und der Frau mit anzuhören. Nur redeten sie viel zu leise.

„Was ist denn jetzt? Wo ist Jona?", rief Vi, als die Debatte zwischen der Frau und Traub länger zu gehen schien. Das Weib war verunsichert und fing an mit den Armen zu fuchteln, während Traub auf sie einredete. Schließlich schüttelte er den Kopf und kam zurück. Benjamin schloss die Zelle wieder ab.

„Es scheint, jemand hat sie in eine Einzelzelle gebracht, nachdem es zu dem Zwischenfall gekommen war."

„Jemand? Und wer bitte schön? Der da?" Sie deutete auf Benjamin. Hatte der am Vorabend nicht sogar von einer Einzelzelle gesprochen? Was sollte das? Wusste denn hier keiner, was der andere trieb? War sie nicht im Zuchthaus, sondern in der Irrenanstalt gelandet?

„Das wüsste ich auch gerne. Leider konnte sich Edeltraut nicht entsinnen. Sie ist verwirrt und zu alt, um hier zu sein", sagte er und es klang, als habe er Mitleid mit ihr. Doch davon wollte sie sich nicht beirren lassen. „Die Einzelzellen sind in einem anderen Trakt des Hauses. Gehen wir."

Einen Moment blieb Vi zögernd stehen, denn es schien ihr, als wolle man sie nur verwirren. Aber dann beschloss sie, dass es besser sei, Traub zu folgen. Es brachte Jona nichts, wenn sie jetzt einfach ging, und sobald sie im Treppenhaus waren, konnte sie sich orientieren und feststellen, wo sie sich befand. Das wenigstens hoffte sie.

Abflüsse
Dienstagvormittag, 2. Mai 1876

Sie hätte Pauls kleine Finger gebrauchen können, um das winzige Dach der Peterskirche zu decken. Die Miniaturausgabe des Gotteshauses war zu ihrem Prachtstück geworden, das sie auf gar keinen Fall auf den letzten Millimetern verderben wollte. Auf ihrem Nasenrücken balancierte eine schmale Brille, über die sie hinwegsehen und die Kirche in ihrem Ganzen betrachten konnte, während der Blick durch die Gläser die feinen Details des Daches zeigte, das sie aus winzigen grünen Kupferteilchen zusammengefügt hatte. Selbstverständlich stammten diese vom Original. Wie sie an das Kupfer gekommen war, hielt sie jedoch geheim. Oda hätte ihr ansonsten nur Kirchenschändung vorgeworfen.

Als sie eben das letzte Teilchen anfügen wollte, öffnete sich die Tür zur Buchhandlung. Sie war so vertieft in ihre Arbeit gewesen, dass sie zusammenzuckte und das winzige Plättchen auf den Boden segelte. Sabin fluchte so heftig, dass Oda ihr weit mehr als Kirchenschändung vorzuwerfen gehabt hätte. Sie ging in die Knie, wobei ihr die Brille auf die Nasenspitze rutschte und ihr vollends den Blick versperrte. Allerdings fiel ihr dabei auf, dass der Boden dringend gesäubert werden musste. Normalerweise war das Jonas Aufgabe.

„Entschuldigung?", rief jemand und Sabin fuhr abrupt hoch, so dass sie sich den Kopf an der vorstehenden Ladentheke anschlug. Die Brille fiel ihr von der Nase und landete mit einem knirschenden Geräusch auf dem Boden. Noch wenige Wochen zuvor wäre dies ein Grund für sie gewesen, völlig aus der Haut zu fahren, doch nun atmete sie tief durch. Überstürzte Handlungen führten in der Regel nur dazu, alles noch schlimmer zu machen. Daher zählte sie ein paar Mal bis Zwanzig, bevor sie ihre Brille aufhob und langsam, auf die Ladentheke achtend, aufstand. Zu ihrer Überraschung stand Fräulein Hauptmann mitten im Raum. Dass sie es wagte, hierher zu kommen, war dreist. Aber dass sie nun auch noch Sabins Arbeit ruiniert hatte!

„Es tut mir leid. Ich hoffe, ich habe Sie nicht erschreckt."

Sabin musste sich an der Ladentheke festhalten, um nicht zu schreien. Sie war eben ein impulsiver Mensch, das ließ sich nicht so einfach abschalten. Aber sie hatte gelernt, sich zu beherrschen, und das würde sie nun auch beweisen. Sie dachte eine halbe Minute darüber nach, was sie auf Fräulein Hauptmanns Worte antworten sollte, bevor sie schließlich sagte: „Ihre Hoffnung ist leider unbegründet."

„Ich", setzte Fräulein Hauptmann an und entschloss sich zu einer anderen Antwort. „Dieser Tage werden unsere Hoffnungen oft enttäuscht, nicht wahr?"

Sabin fragte sich, was sie damit meinte. Überhaupt sah die junge Frau mitgenommen aus. Sie rümpfte die Nase, während sie mit sich rang. Sie war ein impulsiver Mensch, aber man konnte auch sehr leicht ihr Mitleid gewinnen. Daher seufzte sie und erklärte: „Mir ist ein wichtiges, aber leider sehr winziges Teil abhandengekommen. Sie haben bessere Augen als ich. Wären Sie so freundlich, mir zu helfen?"

Fräulein Hauptmann hob den Kopf und nickte mit einem angedeuteten Lächeln. Sie trat hinter die Theke und gemeinsam gingen sie auf die Knie, um nach dem kleinen Kupferteil zu suchen. Es war Sabins letztes. Wenn es nicht mehr auftauchen wollte, so würde sie erneut Kirchenschändung betreiben müssen. Etwas, was sie sehr gerne umgangen hätte.

„Ich bin gekommen, um Ihnen zu sagen, dass erneut eine Leiche am Ufer der Neiße angespült wurde."

„Eine Leiche?" Sabin fuhr auf und prallte wiederum mit dem Kopf gegen die Ladentheke. Dieses Mal zuckte sie nur zusammen. Ihr Schädel war hart. Sie würde es überstehen. Aber eine weitere Leiche und eine überaus mitgenommene Fräulein Hauptmann konnten ihre Selbstbeherrschung herausfordern.

„Ja. Ein Mann, gesetztes Alter. Seine Leiche muss schon geraume Zeit im Wasser gewesen sein, bevor sie an einer seichten Stelle nahe der Brücke angespült wurde."

Sabin atmete hörbar aus und spürte die damit einhergehende Erleichterung. Sie hatte schon geglaubt, es wäre Jona gewesen. Fräulein Hauptmann erriet ihre Gedanken und meinte: „Ich hätte gleich sagen sollen, dass es nicht Jona ist. Ich wollte Sie nicht beunruhigen."

„Schon gut. Außerdem ist Jona nicht so schnell klein zu kriegen. Dieses Kind hat das Zuchthaus und die Marek und einen mehrfachen Mörder überlebt sowie einen Schuss aus nächster Nähe. Wüsste ich es nicht besser, würde ich annehmen, das Kind ist aus unverwüstlichem Kupfer."

„Kupfer ist keineswegs unverwüstlich. Es ist weiches Metall und leicht zu durchstoßen. Aber es ist zäh."

„Wohl wahr. Doch warum ist nicht der Herr Kommissar gekommen, um uns von der Leiche zu erzählen?"

„Weil er den Kontakt zu Ihnen scheut, seit er weiß, dass Sie um die Umstände von Jonas Verhaftung wissen. Er hat mich gebeten, es Ihnen zu sagen, und da Doktor Gremlich immer erfreut ist, wenn ich ihm nicht über die Schulter sehe und ihn korrigiere, bin ich hier."

„Männer! Feiglinge und Besserwisser", raunzte Sabin und dachte an Max und sein Gehabe. „Aber was würden wir ohne sie tun? Es wäre doch arg langweilig."

„Das stimmt wohl", sagte Fräulein Hauptmann und lachte und Sabin konnte sehen, wie sich ihr Blick veränderte und in die Ferne schweifte, wo er an dem einen Mann hängen blieb, dem sie ihr Herz geschenkt hatte. An diesem einen Mann, den sie nicht mehr vergessen würde. Ganz gleich wer kam. Sabin hatte dieses Gefühl nie gekannt, bis sie Max getroffen hatte.

„Hm, aber dieser Mann, der gefunden wurde. Gehen Sie davon aus, dass es sich um einen weiteren Obdachlosen handelt? Auf dieselbe Art getötet?"

„Nach einer flüchtigen Untersuchung, ja. Der Mann war stark abgemagert und zeigte deutliche Spuren von Verwahrlosung. Da wir uns inzwischen sicher sind, dass alle Männer eine geraume Zeit gefangen gehalten worden sind, ist es aber nicht ausgeschlossen, dass es sich um einen Arbeiter oder gar um einen Angestellten gehandelt hat. Das lässt sich erst nach Doktor Gremlichs Untersuchung sagen. Aber wieder fanden wir Pilze. Das heißt, ich gehe sehr stark davon aus, dass der Mann sich an demselben Ort aufgehalten hat wie die anderen."

„Und wieder an der Neiße angespült."

„Ja, wie beinahe alle Opfer. Abgesehen vom Herrn Polizeirat, dem Mann auf dem Obermarkt und dem Mann im Ölberggarten."

„Den wir wohl weitestgehend ausschließen können."

„Ich bin mir noch nicht sicher. Vielleicht sollte er ein Opfer werden, doch es gelang nicht, ihn zu entführen."

„Darum schlug man ihn zu Tode."

„Um Spuren zu verwischen und einen möglichen Zeugen zu beseitigen."

„Einen möglichen Zeugen beseitigen", wiederholte Sabin. Etwas störte sie an diesem Satz, sie konnte nur nicht recht formulieren, was es war. Aber da schoss ihr ein weiterer Gedanke durch den Kopf. Sie erhob sich und betrachtete ihr Modell von Görlitz. Wie es dort stand. Es war eines von vielen, das sie im Lauf der letzten Wochen – alle unter der Betonung eines anderen Aspektes – gebaut hatte.

„Warten Sie mal hier! Falls ein Kunde kommt, ich bin in circa zwei bis dreieinhalb Minuten wieder da!"

Damit verschwand sie in den Keller, um dort einen Plan hervorzukramen, den sie als Grundlage für ein Modell genutzt und auch dem Herrn Kommissar gezeigt hatte. Damals hatten sie den Plan unter einem anderen Gesichtspunkt gelesen. Sie eilte mit dem Stück Papier wieder nach oben und breitete ihn neben dem winzigen Modell der Stadt auf der Ladentheke aus.

„Was ist das?", fragte Fräulein Hauptmann, obwohl Sabin keinen Zweifel hatte, dass sie ihn innerhalb weniger Minuten verstehen würde. Auch wenn Jona ein Händchen dafür zu haben schien, sich die falschen Frauen auszusuchen, intelligent waren sie zumindest.

„Das ist ein Plan des unterirdischen Görlitz. Ich habe ihn dem Herrn Kommissar schon einmal gezeigt, als es darum ging, diese Verrückte zu finden, die an dem Überfall auf Ewa beteiligt war."

„Das Klavier", sagte die junge Ärztin nur, aber dieses Mal verstand Sabin sie nicht. „Das Klavier. Es stand in dem verfallenen Haus, in dem Frau Bornzahrod überfallen wurde. Ich glaube, dass die alte Frau sich darum gekümmert hat."

„Gut möglich. Ich habe mir sagen lassen, Verrückte haben einen gewisse Neigung zu durchaus rationalen Handlungen. Jedenfalls habe ich mich damals mit ihm auf unterirdische Gänge und auf die begehbare Kanalisation konzentriert. Nicht aber auf die Abflüsse!"

„Die Abflüsse? Gibt es denn davon so viele?"

„Meine Liebe, ich bitte Sie, wir leben nicht mehr im Mittelalter und selbst zu dieser Zeit wäre ein funktionierendes Abwassersystem möglich gewesen, hätte man sich der antiken Vorbilder bedient. Wir hätten es bereits zu großen Errungenschaften bringen können, wären nicht so viele Menschen durch ewig währende und verhängnisvolle Epidemien aufgrund einer katastrophalen hygienischen Lage ums Leben gekommen. Und – aber lassen wir das! Um Ihre Frage zu beantworten, Görlitz verfügt durchaus über ein gut angelegtes Abwassersystem. Und auch wenn viele Herrschaften es bestreiten möchten, weil es ein recht pikantes Thema ist, so müssen nun einmal auch die höheren Schichten unserer Gesellschaft ihrem Leib Erleichterung verschaffen. So gibt es selbstverständlich auch Abflüsse vom Vogtshof. Die direkt in die Neiße münden."

„Demnach hätte Doktor Traub die Möglichkeit, die Leichen unkompliziert zu entsorgen?"

„Die Rohre wären sicher groß genug, ja. Die Frage ist nur, wo er die Männer versteckt hält. Ich kann mir einfach nicht vorstellen, dass er sie in den normalen Zellen gefangen hält. Das würde doch auffallen. Es bleibt eigentlich nur eine Möglichkeit. Der nördliche Flügel."

„Aber der ist doch abgebrannt."

„Nicht gänzlich."

Acht geben
Dienstagvormittag, 2. Mai 1876

Als Jona aus den wirren Träumen eines Verwundeten erwachte, war sie umgeben von Dunkelheit. Ihr Kopf fühlte sich dumpf und schläfrig an, was zweifellos an dem langen Zustand der Ohnmacht lag, der sie einen vollen Tag hatte verschlafen lassen. Darüber war sie sich zu diesem Zeitpunkt jedoch noch nicht bewusst. Ihr Körper schmerzte, jedes Glied sandte zuckende Krämpfe aus und ihr Magen glich einem brennenden Kessel mit Ievas Feuertopf. Sie lag auf der Seite, zog die Beine an den Körper und weinte eine Weile. Tränen waren etwas sehr Heilsames. Sie lösten die Krämpfe, ließen die Angst aus ihr fließen und für ein paar Minuten sank sie in einen traumlosen Schlaf. Als sie wieder zu sich kam, konnte nicht sehr viel Zeit vergangen sein. Es war noch immer dunkel und sie lag noch so, wie sie eingeschlafen war. Doch war ihr Kopf nun ein wenig klarer. Nur ihre Augen brannten.

„Pack", ächzte sie und meinte die Frauen aus Zelle Siebzehn, die sie an diesen Ort geprügelt hatten. „Elendes, verruchtes, missratenes, widernatürliches Pack!", rief sie energisch und schlug mit der Faust auf den weichen Boden. „Das werdet ihr mir büßen." Sie betastete ihren Körper. Ein paar Rippen waren zu Bruch gegangen, aber ihr Schädel war, abgesehen von einer Platzwunde an der Stirn, heil und sie konnte Arme und Beine bewegen. Das reichte. Alles andere würde heilen. Unter Schmerzen und mit viel Zeit, aber es würde heilen.

Langsam setzte sie sich auf und rieb sich die Augen. Sie dachte an ihren Traum von Fräulein Hauptmann und wie albern er gewesen war. Als ob diese Frau sich nur ansatzweise um sie scherte. Es war gewiss die Nähe zum Tod gewesen, die sie zu solchen Visionen verleitet hatte. Der Wunsch, noch einmal geküsst zu werden, noch einmal Liebe zu empfangen. Dabei hatte sie seit Marie doch längst damit abgeschlossen.

„Humbug", sagte sie leise und grinste. Würde sie eines Tages wie dieser Scrooge werden, aus der Geschichte von Charles Dickens? Sie hatte die Übersetzung des *Weihnachtsliedes* von August Diezmann in einem besonders verstaubten Regal im Lager gefunden. Vi hatte versucht, sie in den trüben Wintermonaten zu verkaufen, aber entweder sie war durch Pauls Verschwinden nicht recht bei der Sache gewesen oder die meisten Menschen hatten keinen Sinn für Dickens in diesen Tagen. Sie aber liebte diese Geschichte über alles und ohne Vis Wissen hatte sie das Büchlein unter ihrer Matratze versteckt, wo sie es gelegentlich hervorholte und darin las, wobei es inzwischen so abgegriffen war, dass einige Seiten nur noch schwer entziffert werden konnten. Ihr war die Geschichte ein Trost. Denn sollte sie tatsächlich eines Tages wie Scrooge werden, so stand ihr dennoch das Seelenheil offen. So würde auch ihre Verbitterung auf irgendeine Art vergehen.

„Ich muss hier raus", sagte sie leise und versuchte aufzustehen, aber ihre Beine waren noch zu schwach, um sie zu tragen. Schreien wollte sie nicht. Um sie herum war kein Laut wahrzunehmen. Das lag sicher an der Ausstattung dieser Räume, die gepolstert waren, damit sich die Verrückten, die die ausrasteten, nicht selbst verletzten. Früher waren sie einfach auf eine Pritsche geschnallt worden und man sorgte auf rabiate Weise dafür, dass sie ihre Zungen nicht verschluckten. „Zu mir waren sie nicht so nett", murmelte sie und machte sich bewusst, dass sie hätte sterben können. Wieder einmal. Wenn sie ihre Zunge verschluckt hätte. Zudem hatte kein Arzt sich ihrer Wunden angenommen. Kein Verband, aber ihre Platzwunde –

„Die ist sauber", sagte sie und befühlte die Wundränder. Kein Blut. Auch ihr Gesicht war gereinigt worden. Aber wer sollte das gewesen sein? War Fräulein Hauptmann gekommen? War ihr Traum gar kein Traum gewesen? Jona schüttelte energisch den Kopf, was einen unangenehmen Schmerz in Richtung ihres Steißbeines sendete. „Unmöglich. Doch nicht wegen mir."

Sie rutschte ein wenig näher zur Wand, um sich daran aufzurichten, was ihr mehr schlecht als recht gelingen wollte. Mehrere Male musste sie sich erneut hinabgleiten lassen, weil ihre Füße sie nicht mehr trugen. Nach vier Versuchen gab sie es letztlich auf. Sie schwitzte und war erschöpft. Ihre gebrochenen Rippen schmerzten und erschwerten ihr das Atmen. Aber das würde heilen, dachte sie erneut bei sich. Sie musste nur hier raus. Musste fort aus dieser Zelle. Wieder unter Menschen. Nur nicht länger allein sein.

„Jooooonaaaaa", hörte sie eine Stimme vor der Tür rufen. Sie zog das O und das A so lang, dass es in Jonas Ohren zu klingeln begann.

Ein keckerndes Lachen war zu vernehmen. Sie hatte gewiss schon viel in ihrem Leben durchgemacht, aber sie war dennoch ein Angsthase. Eilig kroch sie zum anderen Ende des Raumes und verschanzte sich in der dunkelsten Ecke, die sich in der finsteren Zelle finden ließ. War dies einer der Geister aus Charles Dickens' Geschichte, der gekommen war, um ihr eine Lektion zu erteilen?

„Joooooonaaaa", erklang es erneut und sie war kurz davor, in Tränen auszubrechen. Außerdem war ihre Blase so prall gefüllt, dass sie unmöglich noch länger an sich halten konnte, wenn der Geist zu ihr kam. Der Riegel der Zelle löste sich mit einem ratschenden und quietschenden Geräusch. Jona schlang ihre Arme um ihre Knie und vergrub ihr Gesicht in ihrer Armbeuge. All diese schrecklichen Geistergeschichten, die sie in ihrem Leben schon gelesen hatte, standen ihr nun lebhaft vor Augen. E.T.A. Hoffmanns Coppelius und sein teuflisches Lachen, wie er dem armen Jungen Nathanael die Glieder verdreht und sie neu zusammensetzt. Kleists Bettelweib von Locarno, das dort in der Ecke hockte und schließlich hinter den Ofen kroch, um zu sterben. Le Fanus Vampirgeschichte über eine untote junge Frau, die das Blut anderer stehlen muss, um zu überleben. Und nicht zuletzt kam ihr das schauerliche Gedicht über den *Raben* ein, geschrieben von Edgar Allan Poe.

Mitternacht umgab mich schaurig, als ich einsam, trüb und traurig, sinnend saß und las von mancher längstverklung'nen Mähr' und Lehr' - als ich schon mit matten Blicken im Begriff, in Schlaf zu nicken, hörte plötzlich ich ein Ticken an die Zimmerthüre her.

Jemand gab der Zellentür von außen einen kleinen Schubs, so dass sie langsam aufglitt, jedoch nach ein paar Zentimetern innehielt, weil sie durch den gepolsterten Boden aufgehalten wurde. Jonas Herz stolperte über jeden Schlag und es brauchte einige Überwindung, bevor sie aufblicken konnte. Niemand war da. Nur der unstete Schein einer Lampe bewegte sich vor der Tür auf und ab. Jona fuhr sich mit dem Ärmel ihres Hemdes über das Gesicht, um einen klareren Blick zu gewinnen. Wenn doch nur irgendjemand da gewesen wäre. Vi oder Ewa. Ewa konnte gar nichts schrecken. Sie kannte den Begriff Angst nicht einmal. Oder Sabin. Sie wäre selbstsicher auf die Tür zugegangen. Oder Cilia. Cilia hätte sie einfach aufgerissen und der Gefahr einen Kinnhaken verpasst. Aber so war sie auf sich allein gestellt.

Sie hasste dieses Gefühl. Dieses Alleinsein. Sie hatte sich in diesem einen Jahr so sehr daran gewöhnt, dass jemand da war, dass sie vergessen hatte, wie furchtbar es war, allein zu sein.

„Wer ist da?", rief sie, obwohl ihr diese Frage in allen Schauergeschichten, die sie gelesen hatte, immer dumm vorgekommen war. Welcher Bösewicht würde schon rufend antworten: Ich bin Herr Manfred Mordbach und gekommen, um dir die Kehle durchzuschneiden? Auch auf ihre Frage ertönte keine Antwort, nur das Licht schaukelte heftiger hin und her. Wer immer dort draußen war, wartete darauf, dass sie sich erhob und zu ihm kam. Sie schüttelte den Kopf. Nein, nein. Auf gar keinen Fall. Das würde sie nicht tun. Sie würde sich doch nicht freiwillig dem Wolf zum Fraß vorwerfen.

„Jooooooonaaaaa", erklang da erneut die rufende Stimme und ein Keckern folgte. Es klang nach einer Frau, aber sicher war sie sich nicht. Und wenn es Vi war, die sie rief? Die sie nur aufziehen wollte? Aber Vi würde ihr doch niemals solche Angst einjagen, oder? Außerdem wusste sie gar nicht, dass sie hier war.

„Geh weg!", erwiderte sie, aber ihr Schrei klang kläglich und wie der eines Kindes, das sich eben in die Hose gemacht hatte. Leider fühlte sie sich in diesem Moment auch wie ein Kind, das sich in die Hose gemacht hatte. An ihrem Po wurde es warm und feucht. Warum war das Zuchthaus nicht wie früher? Dann läge sie jetzt auf einer Pritsche, festgeschnallt, und würde beobachtet werden. Niemand könnte ihr Angst einjagen und jemand wäre da, um sie aufs Klo gehen zu lassen.

„Jooooooonaaaaa", rief es wieder. Jona vergrub ihr Gesicht nur noch fester in ihrer Armbeuge. Hier in ihrer Ecke war sie sicher. Aber sobald sie sich der Tür näherte, würde die- oder derjenige sie anspringen. Sie würde erschrecken und sich trotz leerer Blase noch einmal in die Hosen machen. Warum war sie nur so ein Feigling?

„Hau ab! Hau ab! Hau ab!", schrie sie. Aber da krachte etwas gegen die Wand des Flures und sie fuhr zusammen. Wer immer dort draußen war, wurde langsam wütend. Aber das war gut. Dann würde es hier hereinkommen. Sie würde es sehen und nicht erschreckt werden. Doch was würde es dann mit ihr machen?

Die Tür der Zelle flog so heftig auf, dass sie gegen die Wand prallte. Jona fuhr zusammen. Als sie wieder aufsah, war in dem dunklen

Loch, das die Tür bildete, niemand zu sehen. Das Licht war fort. Jetzt war sie in der Finsternis gefangen und keine Zellentür und kein Licht schützten sie mehr vor dem Ding, das sie gerufen hatte. Sie hielt den Atem an und horchte. Sie dachte an Adelias und Pirmins Tochter. Immer wenn ihre Eltern leise Horch sagten, verstummte das Kind und bewegte sich nicht mehr, sondern starrte nur mit großen Augen ihren Vater oder ihre Mutter an. Horch!

Schritte, patschende, unbeholfene Schritte glitten durch den Raum. Wie war es möglich, dass sie überhaupt nichts erkennen konnte, doch dieses Ding sich zielstrebig auf sie zubewegte? Es kam Schritt für Schritt näher, bis Jona faulen Atem riechen konnte, der über ihre fettigen und durch die Platzwunde blutverschmierten Haare fuhr.

„Jona!", hauchte das Wesen ruckartig und Jona sprang auf und rannte in die Richtung, in der die Türöffnung gewesen war, bis sie mit voller Wucht gegen eine Wand prallte. Aber es war nicht die Wand ihrer Zelle, sondern die des Ganges davor. Sie fiel rückwärts und landete auf ihrem Hintern, sprang jedoch gleich wieder auf und lief weiter, bis sie gegen die nächste Mauer prallte. Dieses Mal war sie darauf vorbereitet und konnte sich auf den Beinen halten.

„Jooooooonaaaaaaa", rief das Ding und Licht flammte auf. Es war so grell, dass Jona die Augen zu Schlitzen verengen musste, um nicht zu sehr geblendet zu werden. Das Licht entfernte sich in entgegengesetzter Richtung. Sie würde doch aber nicht so verrückt sein, ihm zu folgen. Oder doch? Eine Weile blieb sie unschlüssig stehen, dann entschied sie sich dafür, ein wenig mutig zu sein und folgte tapsend dem Licht. Ihre Beine waren noch schwach, aber die Aufregung schien Kraft in sie zu spülen. Dass ihre Hose klamm wurde, bemerkte sie kaum. Sie lief nur weiter dem Licht hinterher, das stets so weit entfernt war, dass Jona nicht erkennen konnte, wer es trug. Sie war sich nicht einmal ganz sicher, ob es sich um eine Laterne oder eine Fackel handelte. Schließlich erreichten sie einen verlassenen Gang, der Jona bekannt war. Es war jener, den die Wärterin genommen hatte, um den nördlichen Flügel zu erreichen. Das Licht verschwand, aber ein wenig Tageslicht von irgendeinem Fenster weit entfernt drang bis zu ihr und sie erkannte den Verbindungsgang zum nördlichen Flügel. Was wollte das Ding? Warum wollte es, dass sie ihm folgte?

„Ist doch wurscht", sagte sie sich. Das war ihre Gelegenheit, zu erkunden, was im nördlichen Flügel vor sich ging. Was die Wärterin dort gewollt hatte. Sie zog eilig ihre Hose aus, wrang sie aus, damit die Feuchtigkeit das zu große Ding nicht von ihren Hüften zog, und streifte sie wieder über. Angewidert und widerwillig zwar, aber sich ganz ohne Hose einem Monstrum zu stellen, hätte wohl recht lächerlich ausgesehen. Am liebsten hätte sie sich bewaffnet, wenigstens eine Laterne geholt, aber was wenn sie einem Wärter in die Hände fiel? „Komm schon, Jona. Es gibt keine Geister. Das sind alles nur Erfindungen. Das war gerade ein Mensch und er hat versucht, dir Angst zu machen. Leider ist ihm das auch gelungen, aber das heißt noch lange nicht, dass du jetzt einen Rückzieher machst." In Gedanken fügte sie leise hinzu: Ich muss herausfinden, was mit Walter passiert ist. Sonst war all das hier umsonst. Ich muss wissen, was im Nordflügel vor sich geht. Und dann muss ich hier raus und es Vi sagen. Damit sie nicht mehr traurig sein muss.

Sie fuhr sich erneut mit dem Hemd über das Gesicht, als sie an den toten Polizeirat und Vis Reaktion denken musste. Dann zog sie die Hose bis zum Bauchnabel hinauf und marschierte los. Der Verbindungsgang war dunkel, aber nicht sehr lang. Er führte zu einer kohlschwarzen Tür, die aber auch grau oder gar weiß sein konnte. Der Lichtschein drang nur noch schemenhaft bis zu ihr und bald würde sie wieder in der Finsternis gefangen sein. Sie zog die Tür langsam auf, obwohl sie bockte. Zu ihrer Überraschung fand sie sich auf einem Flur wieder, der mit Fackeln versehen war. Doch die zahlreichen Rußspuren an den Wänden rührten nicht von den Flammen. Ihrer eher dürftigen Meinung nach, was Fackeln anging, waren diese erst vor kurzem entzündet worden. Der Brand vor einigen Jahren hatte bis hierher gewütet. Schritt für Schritt lief sie weiter, bis ein heruntergestürzter Balken ihren Weg blockierte. Sie duckte sich und ging unter ihm hindurch. So erreichte sie einen offenen Gang, von dem zahlreiche Wege abführten. Überall sah sie die Überreste von verkohlten Türen. Vorsichtig lugte sie in eine Zelle, in der jedoch nur eine verbrannte Pritsche zu finden war. Wo sollte sie jetzt lang? Und wollte sie sich wirklich vom Licht der Fackeln entfernen? Sie entschloss sich für den Weg geradeaus, aber schon nach wenigen Metern wurde ihr klar, dass sie hier nicht weiterkam. Die gesamte Decke war durch den Brand eingestürzt und Teile des oberen Stockwerkes versperrten ihr den Weg. Sie ging zurück und erkundete die anderen Wege, aber mit ihnen verhielt es sich ebenso. Nach ein paar Schritten endeten sie.

Wohin war das Wesen mit dem keckernden Lachen verschwunden? Lauerte es in einem der Räume? Je länger Jona an diesem bedrückenden Ort verweilte, umso mehr schwanden ihr Mut und ihre Hoffnung. Warum hatte sie beschlossen, Walters Tod auf eigene Faust aufzuklären? Sie hätte mit den anderen gemeinsam ins Zuchthaus einbrechen und Beweise finden können. Aber nein, sie hatte ja unbedingt die Heldin spielen müssen. Eine Heldin mit einer Hose, die ihr beinahe über die Hüften rutschte.

„Natürlich! Und sobald ich vor dem Monster stehe, hängt sie mir in den Kniekehlen", murmelte Jona und zuckte zusammen, als sie das Quietschen einer Tür vernahm. Dahinter regte sich nichts und Jona atmete leise aus. Langsam ging sie auf die Tür zu, verbarg sich dahinter und zog sie vorsichtig auf. Dann tat sie drei Schritte von der Tür fort und bewegte sich im Halbkreis in Richtung der Öffnung. So konnte sie erkennen, was hinter dem Türblatt lag, ohne selbst sofort gesehen zu werden, doch der Raum dahinter war ohnehin leer. Nicht ganz leer. Aber leer von Monstren. Stattdessen lagen über den Boden verstreut die Überreste von Holzregalen und geschmolzenem Glas. Was die Gläser beinhaltet hatten, ließ sich nicht mehr sagen, aber der Raum musste als Lager gedient haben. Eine rechteckige Fläche aber war von der Asche gesäubert worden. Jona kniff die Augen zusammen. Durch die Ritzen des Bodens drang Licht.

„Eine Klappe", sagte sie leise und näherte sich vorsichtig, wobei sie versuchte, mit ihren nackten Füßen nicht auf das Glas zu treten. Sie legte die Hand auf das Holz der Bodentür. Sofort wurden ihre Finger schwarz vor Ruß. Aber das Feuer hatte es nicht geschafft, das Holz vollständig zu verbrennen. Sie nahm jedoch an, dass ein kräftiger Schlag gereicht hätte, um es zu zerstören. Das aber war gar nicht notwendig. Ein eiserner Ring diente dazu, die Klappe anzuheben. Jona zerrte daran, bis das Ding endlich nachgab. Ihr fehlte die Kraft für solche Handlungen. Sie hätte in einem weichen Bett liegen müssen, um sich zu erholen. Oda würde sie verarzten und ihr regelmäßig

Haferschleimsuppe bringen und Smut würde neben ihr im Bett liegen und seine tierische Kraft nutzen, um ihre Wunden besser heilen zu lassen. Kurzzeitig schloss Jona die Augen, roch die Haferschleimsuppe, hörte Smuts kräftiges Schnurren, dann fiel ihr die verdammte Klappe auf den Fuß. Sie hätte am liebsten geschrien und sich damit verraten, obwohl das Monster ja wollte, dass sie ihm folgte. So aber zog sie nur ihren Fuß hervor und biss in ihren Hemdsärmel, bis der Schmerz nachließ. Sie wackelte mit den Zehen, um zu überprüfen, ob irgendetwas gebrochen war, aber sie konnte alle bewegen und auftreten.

„Eine Treppe", murmelte sie und ging auf die Knie, um die Stufen hinunterblicken zu können. Was sie sah, war ein Kellergewölbe. Ein Gewölbe, das vom Brand verschont worden war. „Das gibt's doch nicht. Hierhin wollte sie also. Aber warum? Und was will das Ding hier?" Um das herauszufinden, stieg sie die Stufen hinunter. Weit vor ihr nahm sie ein flackerndes Licht wahr.

„Da ist –", sagte sie und fuhr herum. Über ihr war ein Geräusch zu hören gewesen. Sie rechnete schon damit, dass die Klappe zufallen und sie in dem Kellergewölbe gefangen sein würde, doch vielleicht war es nur eine der erwähnten Ratten oder Mäuse gewesen, die sich im Zuchthaus herumtrieben und vor dem verbrannten Holz nicht zurückschreckten. Sie beruhigte sich und lief langsam über den Flur, von dem Zellentüren abgingen. Sie hatte nicht gewusst, dass es auch hier unten Zellen gab. Oder waren das nur Keller gewesen? Aber diese Türen. Sie waren fest und massiv. Wozu brauchten Kellernischen so feste Türen? Die sahen sogar noch stabiler aus als die Tür vor ihrer Zelle. „Eigenartig."

Als sie an vier oder fünf dieser Türen vorbeigegangen war, wurde das Licht heller. Sie straffte sich innerlich, bereit dem Monster gegenüber zu treten, als sie hinter sich wieder ein Geräusch vernahm. Dieses Mal war sie sicher, einen Schritt gehört zu haben. Was war, wenn das Ding die Laterne oder Fackel irgendwo weit vor ihr hinterlassen und dann in den Schatten der Treppe gekrochen war, um Jona von hinten zu überwältigen? Sie blieb stehen, traute sich jedoch nicht, sich umzudrehen.

„Bitte, geh weg", sagte sie leise und schloss die Augen. „Geh weg."
Nichts passierte. Nichts regte sich. Kein Atem war zu hören, kein
Schritt. Jona atmete zitternd aus und ging weiter, bis erneut ein Geräusch zu hören war. Eindeutig ein Schuh auf dem steinernen Boden.
Sie beschloss, sich einfach ruckartig umzudrehen, als von vorn das
keckernde Lachen zu vernehmen war und das Licht sich näherte. In
diesem Moment legte sich eine Hand auf ihren Mund und zog sie
durch eine der Zellentüren. Sie ergriff den mageren Arm, wollte ihn
fortreißen, wollte hinter sich treten, aber jemand zog ihr mit dem
Fuß das Bein weg, ihr Schädel knallte gegen die Wand, sie fiel, gehalten von sehnigen Händen, lautlos zu Boden. Ihr verschleierter Blick
nahm noch einen weißen Kittelsaum war, dann wurde es dunkel.

Der nördliche Flügel II
Dienstagvormittag, 2. Mai 1876

Die Zelle war leer. Abgesehen von einem übel riechenden Fleck in einer der hinteren Ecken war die Zelle leer. Benjamin schüttelte den Kopf, als könne er sich diesen Umstand nicht erklären. Traubs Gesicht war vor Wut verzerrt. Vi verlor langsam die Geduld. Sie wurde von diesen Männern doch an der Nase herumgeführt.

„Wo ist Jona?", sagte sie und bemühte sich, nicht zu schreien. Sie hatte sich vorgenommen, sich weniger aufzuregen, die Dinge überlegter anzugehen, aber es fiel ihr angesichts des verschwundenen Kindes schwer, ruhig zu bleiben.

„Die Tür war offen. Wahrscheinlich ist sie abgehauen", sagte Benjamin. Das fiel ihm jetzt ein, dass die Tür offen war. Sie war geschlossen gewesen, als sie angekommen waren, und er hatte den Schlüssel im Schloss bewegt und jetzt auf einmal kam ihm ein, dass die Tür offen gewesen war?

„Und warum haben Sie dann mit dem Schlüssel herumgefuhrwerkt? Und haben nicht gleich gesagt, oh, die Tür steht offen, wie verwunderlich?", herrschte sie ihn an, woraufhin er seine Hände zu Fäusten ballte und ihr einen seiner Blicke schenkte, die sie am liebsten in die Hölle schicken wollten. Traub schob sich zwischen sie.

„Wahrscheinlich war er selbst überrascht. Ich bin es auch. Wir schließen die Zellen immer ab, ganz gleich ob sich jemand darin befindet oder nicht. Es spricht demnach sehr viel dafür, dass Jona geflohen ist."

„Sie war verletzt und soll geflohen sein? Wohin denn? In diesem Trakt ist es so duster wie im Hintern eines Elefanten!", schrie Vi nun, doch Traub legte ihr seine große, schwere Hand auf die Schulter. Plötzlich wirkte er völlig ruhig und gelassen, wo er doch eben noch wütend die leere Zelle gemustert hatte. Am liebsten hätte Vi ihn abgeschüttelt, aber diese Berührung erinnerte sie zu sehr an Walter.

„Das werden wir herausfinden, Vi. Ich werde die anderen Wärter befragen. Vielleicht hat sie sich auch gemeldet und musste die Toilette aufsuchen oder jemand hat sie in dem Moment, in dem wir im Treppenhaus waren, geholt, um sie in den Krankentrakt zu bringen."

„Warum ist sie nicht sofort dort gelandet? Sie war verletzt."

„Den Angaben der Frauen aus Zelle Siebzehn nach hat sie randaliert und die haben nur versucht, sie ruhig zu stellen. Dabei haben sie es wohl übertrieben", sagte Benjamin und grinste hämisch. Vi hätte ihm am liebsten die Gurgel zugedreht, aber die leuchtenden Streifen an seinem Hals zeugten davon, dass das wohl früher schon einmal jemand versucht hatte. „Darum ist sie vermutlich in der Einzelzelle gelandet."

„Sie wollen mich doch auf den Arm nehmen! Erst behaupten Sie, sie sei in ihrer Zelle. Dann soll sie von dort angeblich geholt und in die Einzelzelle gebracht worden sein und jetzt hat jemand sie in den Krankentrakt gebracht? Verarschen Sie doch jemand anderen!", entfuhr es Vi, die es seit dem Zusammenleben mit Oda gewohnt war, nicht mehr so offen zu fluchen.

„Sie hat Recht, Benjamin. Das klingt alles sehr seltsam", unterstützte Traub sie nun und der Wärter sank in sich zusammen, als habe er seinen Vater enttäuscht. „Vi, wir werden alles versuchen, um Jona zu finden. Wenn sie so verletzt war, wie Benjamin sagt, kann sie nicht weit gekommen sein. Lass uns gehen."

Sie verließen den dunklen Gang und erreichten erneut das Treppenhaus, als ein anderer Wärter die Stufen hinaufgerannt kam. Er war völlig außer Atem, als er vor Traub zum Stehen kam.

„Doktor Traub, da sind Sie ja! Kommissar Winckelmann steht mit zwei Frauen vor der Tür und will unbedingt mit Ihnen reden! Er sagt, wenn Sie ihn nicht freiwillig einlassen, wird er sich einen Beschluss holen und das Zuchthaus von oben bis unten völlig auf den Kopf stellen, auch wenn er Sie dafür in eine Zelle sperren muss", keuchte der Mann hervor.

Vi lächelte. Kommissar Winckelmann. Mit dem sie noch ein Suppenhühnchen zu rupfen hatte. Aber jetzt kam er ihr sehr gelegen. Seine Autorität würde hoffentlich bewirken, dass sie Jona schnellstmöglich fanden und von hier fortschafften. Nur, wer waren die beiden Frauen bei ihm?

Als sie das Ende der Treppen erreichten, stand dort Johannes, umgeben von Fräulein Hauptmann, die Vi ebenfalls gerne gesteinigt hätte, und Sabin. Überrascht sah sie sie an, aber Sabin gab ihr nur zu verstehen, dass sie ihr die Sache später erklären würde. Als Vis Blick durch ein schmales Fenster neben der Eingangstür fiel, erkannte sie dort eine Abordnung von zehn Polizeibeamten, die darauf warteten, das Zuchthaus zu durchsuchen.

„Guten Tag, Kommissar Winckelmann", sagte Traub und reichte dem Jüngeren die Hand. Johannes nahm sie, schüttelte sie kräftig und ließ sie sogleich wieder los. „Wärter Georg sagte mir, Sie wollen das Zuchthaus durchsuchen. Dürfte ich den Grund dafür erfahren?"

„Es gibt neue Hinweise im Fall der getöteten Obdachlosen. Ich muss insbesondere die Kellerräumlichkeiten durchsuchen lassen. Alle Keller, auch die des nördlichen Flügels."

„Der nördliche Flügel ist abgebrannt, Herr Kommissar. Sie werden dort nichts finden."

„Nicht ganz", sagte Sabin. „Das Feuer hat freilich den Flügel völlig verzehrt, wobei der Zugang meinen Informationen nach noch erhalten ist."

„Mag sein, Frau Stewicz", sagte Traub freundlich. „Der Verbindungsgang ist tatsächlich noch zugänglich und ein kleiner Bereich in der Nähe des westlichen Flügels. Aber der Zugang zum Keller ist verschüttet worden. Selbst wenn der Keller noch intakt ist, werden wir ihn nicht betreten können."

„Ich will mir die Räumlichkeiten dennoch ansehen. In der Zwischenzeit werden meine Männer die Gewölbe der anderen Flügel durchsuchen", sagte Johannes und öffnete die Tür, ohne auf eine Antwort Traubs zu warten. Doch dieser äußerte keinen Widerspruch. Vi beobachtete ihn, doch schien er ruhig zu bleiben, nicht einmal nervös zu werden. Verbarg er rein gar nichts? Oder war er nur so sicher, dass sie nichts finden würden?

„Begleiten Sie uns zum nördlichen Flügel oder muss ich ihn alleine suchen?", fragte Johannes.

„Nein, natürlich nicht. Ich begleite Sie."

Er führte sie in den westlichen Flügel, in dem auch der Trakt mit den Einzelzellen gelegen haben musste, denn hier gab es vereinzelt fensterlose düstere Gänge, und schließlich zu dem Verbindungsgang, an dessen Ende sich eine verrußte Tür befand. Es war dunkel, so dass

Johannes den Wärter Benjamin eine Laterne holen ließ. Nur von einem anderen Flur aus drang Licht bis hierher.

„Hier wird es meist erst heller, wenn die Sonne gegen Mittag höher steht", erklärte Traub und nahm Benjamin die Laterne ab, als er zurückkehrte. Es war ein kleines Ding, das kaum einen Lichtkreis von einem Meter ausstrahlte. Dennoch erkannte Vi sofort, was Traub gemeint hatte, als er sagte, der Zugang zum Keller sei verschüttet. Als sie den nördlichen Flügel betraten, erwartete sie nur Verwüstung. Der Geruch nach Verbranntem, nach Öl, nach Feuer lag noch immer in der Luft. Außerdem war es ungewöhnlich warm.

„Fühlst du das?", raunte Sabin ihr zu. „Als ob das Feuer erst vor ein paar Minuten gelöscht worden wäre. Es ist so heiß hier."

Vi musterte die Wände, an denen Ringe befestigt waren, die normalerweise Fackeln trugen. Wie zu erwarten war, befanden sich keine Fackeln mehr darin, aber als Vi ihre Hand hob, wie um sich durch die Haare zu fahren, spürte sie deutlich, dass die Hitze von dort ausging.

„Wie Sie sehen, geht es hier nicht weiter", sagte Traub und war in der Mitte eines offenen, weiträumigen Ganges stehengeblieben, von dem zahlreiche Flure und Türen abgingen. „Die Decke aus dem ersten Stock ist an vielen Stellen heruntergebrochen. Es ist meinen Mitarbeitern strengstens verboten, diesen Bereich zu betreten, da jeder Schritt lebensgefährlich sein kann."

„Sabin, wo ist der Zugang zum Keller?", fragte Johannes. Vi bemerkte im Gesicht des Wärters ein Zucken.

„Leider dort, wo wir nicht hinkommen", antwortete sie ihm und zeigte ihm die Karte. Vi ging unterdessen umher, sah in die dunklen Gänge und fragte sich, ob Jona vielleicht hier gewesen war. Die Wärme in dem Gang hinter ihnen. Hatte sie sich eine Fackel besorgt und diesen Ort hier erkundet? Sie öffnete wahllos eine Tür und fand darin nur verkohltes Holz von Regalen und geschmolzenes Glas. Der ganze Boden war davon überzogen. Hier war seit dem Brand niemand gewesen.

„Es tut mir leid, Herr Kommissar. Ich wäre Ihnen gerne behilflich. Dürfte ich fragen, warum Sie die Räumlichkeiten überhaupt durchsuchen lassen wollen?"

„Wir gehen davon aus, dass die Obdachlosen durch Abflussrohre in die Neiße gespült werden, sobald sie getötet wurden. Außerdem lässt der Zustand der Männer darauf schließen, dass sie längere Zeit in entsprechenden Räumlichkeiten, wie sie Keller aufweisen, gefangen gehalten wurden."

„Und Sie glauben, dass dies in einem Haus wie dem Vogtshof ohne Weiteres möglich wäre? Herr Kommissar, wir beschäftigen hier mehr als einhundert Mitarbeiter, die mehr als das vierfache an Gefangenen überwachen. Hier sind auf allen Fluren und Gängen andauernd Menschen unterwegs. Glauben Sie ernsthaft, dass irgendjemand ungesehen, Menschen hier hereinschleppen und verstecken kann?"

„So viele Menschen habe ich heute hier noch gar nicht gesehen. Hier gibt es sogar dunkle Flure, die anscheinend gar nicht oder nur selten benutzt werden", warf Vi ein.

„Ich bitte dich, Vi. Ich denke, ich würde davon wissen, wenn einer meiner Mitarbeiter hier Obdachlose hereinschleppt und sie versteckt hält. Ich kenne dieses Gebäude!"

„Deshalb wissen Sie auch, dass der Herr Polizeirat hier war, an dem Abend, als er verschwand", sagte Sabin und Traub sah sie an, als habe er sie gar nicht verstanden. Wusste er es wirklich nicht?

„Ich habe mehrfach erklärt, dass der Herr Polizeirat nicht hier war."

„Wir haben andere Informationen", erwiderte Sabin und es war Vi nicht recht, dass sie soviel offenbarte. Andererseits konnte sie so seine Reaktion beobachten, die weiterhin different war.

„Und von wem haben Sie diese Informationen bezogen, Frau Stewicz?"

„Da Sie es vorziehen, uns nicht alles zu sagen, sondern sich über wichtige Einzelheiten auszuschweigen, gedenken wir dasselbe zu tun", sagte Vi und lächelte ihn übertrieben höflich an. Er schüttelte nur den Kopf.

„Ich wusste, dass du es mir ewig vorhalten würdest, Vi. Vielleicht hätte ich es doch sagen sollen. Jetzt hältst du mich nicht nur für einen Kinderschänder, sondern auch noch für einen Lügner oder Mörder."

„Du irrst dich. Ich halte dich jetzt auch noch für einen Lügner und einen Mörder", sagte Vi und drehte sich um, um den Ort, der nach Verbranntem stank, zu verlassen. Sie würden hier nicht weiterkommen und sie wollte endlich wissen, wo Jona steckte. Doch die Untersuchungen der anderen Keller ergaben nichts und von Jona fehlte weiter jede Spur. Die Wärter wollten sie nicht gesehen haben und wahrscheinlich stimmte das sogar.

„Dann ist sie doch abgehauen", sagte Benjamin lapidar und zuckte mit den Schultern.

„Ach, und es macht Ihnen wohl nichts aus, wenn Ihre Gefangenen abhauen, ja?", sagte Johannes und der Jüngling, der ein Mann sein wollte, zuckte zusammen und sah zu Boden. Es war wohl nicht nur Traub, vor dem er Respekt hatte.

„Es tut mir aufrichtig leid, Vi. Ich werde eine Durchsuchung der gesamten Zellen veranlassen, um Jona zu finden. Ich glaube nicht, dass sie einfach geflüchtet ist. Zumal sie verwundet ist. Wir werden sie finden."

„Das werden wir und meine Männer werden Ihnen helfen", sagte Johannes entschlossen und gab seinen Männern entsprechende Befehle. Er wies jedoch auch Vi und Sabin an, das Zuchthaus zu verlassen, denn ihre Anwesenheit könne er gegenüber seinem Vorgesetzten – er stutzte kurz – nicht rechtfertigen. Daher zogen sie sich zurück, obwohl Vi nur ungern ohne Jona ging.

„Was sollen wir jetzt machen? Wir können sie doch nicht dort drin lassen", erregte sich Sabin, als sie die Peterstraße entlangliefen. Vi schwieg. Sie wusste selbst nicht, was sie tun sollten. Am Ende blieb ihnen doch nur, ins Zuchthaus einzubrechen. Aber der nördliche Flügel war verbrannt und selbst wenn sie über den Zwinger eindringen konnten, würden sie, wie sie gesehen hatten, nicht weit kommen. Außerdem mochte es sein, dass Jona tatsächlich geflüchtet war. Vielleicht tauchte sie bei ihnen auf.

„Nein, können wir nicht. Aber mir gehen die Ideen aus. Alle Keller sind durchsucht worden und sie haben nichts gefunden."

„Richtig, sie haben nichts gefunden. Die zwei Abflüsse im östlichen Flügel waren nicht groß genug, um Menschen darüber in die Neiße zu befördern. Aber da sind immer noch die Abflüsse im nördlichen Flügel."

„Zu denen niemand Zugang hat, weil der Keller verschüttet ist."

Sie betraten die Apothekergasse. In der Buchhandlung wurden sie schon erwartet. Die anderen Frauen hatten sich versammelt. Sogar Maren war anwesend. Sie wollten wissen, ob sie mit Jona gesprochen hatten, aber als Vi dies verneinen musste, wurde es still.

„Das heißt, wir geben einfach auf?", fragte Ieva und stützte sich auf die Ladentheke.

„Nein, aber ich weiß im Moment nicht, was wir tun können."

„Gibt es denn nicht noch einen Zugang in den nördlichen Flügel oder zu diesem Keller?", wollte Oda wissen und nahm Sabin die Karte aus der Hand, um sie auszubreiten und verzweifelt zu verstehen, was sie zeigte. „Es muss doch eine Möglichkeit geben. Ich bin sicher, dass wir etwas übersehen."

„Oda. Wir sollten uns nicht verrennen. Lasst uns noch in eine andere Richtung denken. Es gibt viele Zuflüsse, die in die Neiße führen. Gut möglich, dass ein anderer die Obdachlosen entführt", lenkte Ewa halbherzig ein.

„Zu viele Zufälle, Ewa", meinte Cilia kurz und starrte auf die Karte. Dann legte sie den Kopf zur Seite, zog die Karte zu sich und drehte sie. „Hier. Seht mal. Über diesen Weg könnte man vom Zwinger in den nördlichen Flügel gelangen. Dort, wo er an den westlichen anschliesst."

„Ja, das ist der einzige freie Zugang. Soweit wir gesehen haben, ist der Rest verschüttet. Selbst wenn wir durch ein anderes Fenster eindringen und einen relativ frei begehbaren Platz finden, kommen wir nicht bis zum Keller. Der Zugang liegt dort", erklärte Sabin und deutete auf ein eingezeichnetes Quadrat, das eben an jener Stelle war, an der die Balken vom ersten Stock hinuntergebrochen waren. „Wir kommen dort nicht hin."

„Und freischaufeln geht wohl nicht, was?", fragte Maren.

„Nicht, wenn wir lebend wieder hinaus wollen und keinen Krach veranstalten dürfen", antwortete Vi.

„Aber was ist denn mit all diesen Rechtecken hier?" Oda deutete auf die Zellen, die die Gänge säumten.

„Das sind Zellen, Oda. Die sind auch eingestürzt oder völlig ausgebrannt. Sabin hat Recht, wir kommen an den Kellerzugang nicht heran."

„Und was ist das hier?" Cilia legte ihren Finger auf ein weiteres Quadrat, das sich in einem Rechteck befand. Es musste, wenn Vi sich nicht täuschte, jener Raum sein, den sie selbst inspiziert hatte.

„Das ist auch nur eine Zelle."

„Aber in der Zelle scheint sich noch etwas anderes zu befinden", meinte Ewa. „Das Quadrat stand doch hier für einen Zugang zum Keller. Gibt es etwa noch einen Zweiten, Sabin?"

„Nein, ich vermute, das ist nur eine Luke für einen kleinen unterirdischen Keller. Dort wurden vielleicht nur Kartoffeln aufbewahrt."

„Bist du dir da ganz sicher?", fragte Ewa und Sabin runzelte die Stirn.

„Aber ich war in dem Raum, Ewa. Da war nichts. Wenn es da eine Luke gibt, war sie mit Asche verschüttet. Da war ewig niemand mehr drin."

„Ein gutes Täuschungsmanöver", sagte Cilia. „Soviel Asche lässt sich gut verteilen, um Spuren zu verwischen."

„Und vergiss nicht der Geruch nach Verbranntem. Die Hitze, Vi", erinnerte Sabin sie. „Wie erklärst du dir das, wenn niemand mehr im nördlichen Flügel war? Es muss doch einen Grund dafür gegeben haben."

„Hm, Maren, war dein Kundschafter je im nördlichen Flügel?"

„Soweit ich weiß, nicht. Zwar wollte er es versuchen, ist aber wohl gestört worden."

„Na schön. Selbst wenn das wirklich nur eine Luke zu einem Kartoffelkeller ist, heute Nacht brechen wir ins Zuchthaus ein. Ich will verdammt noch mal wissen, was dort vor sich geht, und was mit Jona passiert ist."

„Sag das nicht", fiel ihr Oda mit gebrochener Stimme ins Wort. „Sag nicht, dass ihr etwas passiert ist. Es geht ihr gut. Da bin ich ganz sicher. Es geht ihr gut."

Der Kartoffelkeller
Dienstagnacht, 2. Mai 1876

Neben ihnen erhob sich der Nikolaiturm, bis sich seine barocke Haube in der wolkenverhangenen Dunkelheit verlor. Oda versuchte den höchsten Punkt des Turmes in über vierzig Metern Höhe auszumachen, aber es wollte ihr nicht gelingen. Unterdessen machten sich Ieva und Ewa an dem Schloss des Gitters zu schaffen, das den Zwinger des Nachts vor unliebsamen Besuchern schützen sollte. Zwischen den Mauern, die ihn von der Straße und dem Karpfengrund trennten, wuchs eine Allee aus knorrigen Bäumen. Auf den ersten Blick glaubte Oda an Kirschbäume, aber da ihr die Mauern einen Blick auf den Stamm verwehrten, war sie sich nicht sicher.

„Habt ihr es jetzt bald?", raunte Vi und war seit dem Vormittag kaum mehr zu halten. Hatte sie sich die vergangenen Tage zurückgehalten, brach nun alle Ungeduld wieder aus ihr heraus und Oda war froh, das zu sehen. Eine stille, in sich gekehrte und überlegte Vi war furchteinflößend.

„Bleib ruhig. Mit Eile kommen wir nicht weiter", flüsterte Ieva zurück und warf einen nervösen Blick über ihre Schulter. Es streiften genug Wachmänner umher, auch in Folge der vermehrten Todesfälle, die noch nicht aufgeklärt werden konnten. Wenn sie sie erwischten, landeten sie im Gefängnis und Jona würde im Zuchthaus sterben. Oda straffte den Rücken. Nein, nicht diese Gedanken zulassen. Gar nicht daran denken. Jona ging es gut. Sie trat neben Ewa und flüsterte ein wenig lauter als beabsichtigt: „Beeilt euch!"

Sowohl Ieva und Ewa als auch die anderen Frauen sahen sie an. Auch eine ungeduldige Oda war durchaus ein beunruhigender Anblick. Die Einzigen, die die Ruhe bewahrten, waren Cilia und Sabin. Sie standen Schulter an Schulter, hielten mit je einer Hand die Umgebungskarte und starrten auf das Stück Papier, als ob sie mehr als nur ein paar Striche darauf erkennen konnten. Die einzige Lampe wurde gebraucht, um Ieva und Ewa die Arbeit am Schloss zu erleichtern.

Oda fehlte Marens Optimismus. Diese Frau ließ sich durch nichts erschüttern. Den ganzen Tag hatten sie den Einbruch in den Zwinger und den nördlichen Flügel des Zuchthauses geplant und wann immer

Schwierigkeiten aufgetreten waren, hatte die resolute Händlerin verkündet, dass sich dafür doch mit Sicherheit eine Lösung finden lassen würde. So war es auch geschehen. Trotzdem hegten sie alle Bedenken, nur Maren nicht. Sie hatte sie aber aufgrund ihres Beines nicht begleiten können. Sie wäre ihnen nur eine Last gewesen, wie sie selbst sagte. Oda aber hegte den Verdacht, dass Maren zurückgeblieben war, um die Polizei zu verständigen, wenn die sechs Frauen nicht in der Nacht zurückkehrten. Außerdem hatte sie Sorge auf dem Gesicht der Frau ausgemacht. Sorge um ihren Kundschafter, der sich auf eine gefährliche Aufgabe eingelassen hatte, als er im Zuchthaus angeheuert hatte.

„Wunderbar, das Tor ist offen, meine Damen", verkündete Ewa und öffnete das Gitter. Sie schlüpften hindurch und lehnten es nur an. Wenn sie später schnell flüchten mussten, wollten sie möglichst ohne Probleme aus dem Zwinger schlüpfen können. Da im Zwinger selbst keine Wachen zu erwarten waren, gingen sie eilends und achteten nicht darauf, ob ihre Schuhe auf dem Kiesweg laut waren oder nicht. Odas Verdacht bestätigte sich nicht. Es handelte sich nicht um Kirschbäume, aber mitten in der Nacht ließ sich nicht ausmachen, was die knorrigen Väterchen darstellen sollten.

„Gut. Es ist nicht weit, aber wenn wir dort sind, müssen wir uns ruhig verhalten. Der Zugang ist ein Fenster unmittelbar neben einem Wohngebäude des Karpfengrundes. Wir wollen keine Bewohner aufschrecken", sagte Sabin und sah dabei weiter auf ihre Karte.

„Warum sind wir eigentlich nicht über den Karpfengrund eingestiegen?", verlangte Cilia zu wissen, die zwar dem Plan bedingungslos zugestimmt hatte, die aber gleichzeitig als Angestellte eines Stadtrates um ihre Stellung fürchtete. „Das wäre doch wesentlich unkomplizierter gewesen."

„Aber es hätten uns zu viele Menschen gesehen und außerdem gelangen wir so nur in den westlichen Flügel. Zu groß ist da die Gefahr, von einem Wärter entdeckt zu werden", erklärte Sabin und machte dabei ein Gesicht, als hätte sie das doch schon einhundert Mal erklärt. Cilia gab ein kurzes zustimmendes, aber nicht überzeugtes Geräusch von sich, so dass Oda lächeln musste. Sie waren schon ein recht verrückter Haufen. Das war ihr umso bewusster geworden, nachdem Maren ihren Keller zum ersten Mal gesehen und ihn bestaunt hatte. Seither hatte sich jede eine kleine Nische für seine Experimente eingerichtet und wenn es Ieva und Ewa gelang, eine funktionierende Glühlampe zu entwickeln, würde sie bald auch mit ihrer Pflanzenzucht weiterkommen. Falls diesen Keller jemals ein anderer, ihnen keineswegs wohlgesinnter Mensch entdecken sollte, würde es großen Ärger geben. Allein Ewas beeindruckende Sammlung an Einbruchswerkzeugen und kleinen Waffen, von denen sie einige bei sich trugen, würde Johannes in Aufregung versetzen, wenngleich deutlich war, dass er sie mochte.

„Ich kann mir nicht helfen, aber es ist unheimlich hier. Ich glaube nicht, dass Jona hier durchgelaufen ist. Sie hätte sich doch ohne Ende gefürchtet", flüsterte Ieva und ließ ihren Blick durch die Anlage schweifen. Oda fand wenig Bedrohliches an dem Ort. Aber Menschen fürchteten sich nun einmal vor der Dunkelheit, insbesondere Jona, darum musste sie Ieva zustimmen.

„Ich glaube auch nicht, dass sie geflüchtet ist. Traub will uns doch nur ablenken", raunte Vi. Oda dagegen war immer noch sehr ambivalent in ihrer Meinung bezüglich des Zuchthausleiters. Vi hatte ihr sein Verhalten beschrieben und es wirkte nicht, als ob er von den Ereignissen wüsste. Gab es jemanden im Zuchthaus, der seine Befehle umging? Dieser Pfleger Benjamin vielleicht? Oder die Wärterin in dem weißen Kittel? Andererseits war er ein Lehrer an der Erziehungsanstalt von Wasser gewesen. Einem solchen Menschen konnte sie nach der Begegnung mit dem alten Lehrer nicht trauen.

Sie erreichten ein kleines, sich an die Wand schmiegendes Häuschen, das wohl einmal zur Aufbewahrung von Waffen oder als Wächterunterstand gedient haben mochte. Oda vermied es, einen Blick durch das vergitterte Fenster zu werfen. Aus einem irrationalen Grund glaubte sie, darin eine verblutende Jona zu erblicken. Schon seit Tagen quälten sie Alpträume von ihr, was nur an ihrem schlechten Gewissen liegen konnte.

„Die Treppe hoch und dann müssen wir die kleine Anhöhe hochkraxeln", verkündete Sabin leise. Da die Häuser des Karpfengrundes jetzt in unmittelbarer Nähe waren, wenn auch immer noch durch eine dicke Mauer von ihnen getrennt, beschlossen sie, das Licht der

Lampe zu dämpfen und leiser zu sein. Sie nahmen die Treppe und liefen gebückt die Anhöhe hinauf. Vor ihnen erhob sich der eingefallene Nordflügel noch immer als grausiger, buckliger Berg in die Höhe.

„Dort ist das Fenster", flüsterte Sabin und deutete auf ein tiefschwarzes Loch, in dem seit Jahren kein Glas mehr war. Es lag gute eineinhalb Meter über dem Boden. Das hieß, sie würden klettern müssen. Ewa machte als Jüngste und Sportlichste von ihnen den Anfang und hievte Ieva hinauf, die kurz schnaufte. Cilia gab nicht einen Ton von sich, obwohl sie einmal abrutschte und sich den Ellenbogen aufschürfte. Sabin war da weniger zimperlich. Sie fluchte, als ihr Fuß den Halt verlor, aber Ieva und Ewa zogen sie nach oben.

„Komm schon, Oda", forderte Vi sie auf und machte eine eilige Handbewegung. Oda schluckte, legte ihre Hände an den Fensterrahmen und zog sich nach oben. Ewa half ihr, weil Ieva bereits damit beschäftigt war, den Schein der Lampe zu vergrößern. Eine Seite der Lampe, die dem Fenster zugewandt war, deckte sie jedoch ab. Es war eine alte Blendlaterne, die Ewa in ihrem Fundus entdeckt und repariert hatte. Als Vi schließlich bei ihnen stand, sahen sie sich um. Sie waren an derselben Stelle, die Sabin und Vi ihnen beschrieben hatten. Ein weiter Flur, von dem viele Wege in die Finsternis führten.

„Gut, Sabin, wo ist der Zugang zu dem Kartoffelkeller?", fragte Ieva, aber Vi war schon auf dem Weg. Sie hatte den Raum ja schon einmal gefunden. Auch jetzt fand sie ihn blind wieder, doch zu ihrer Überraschung war eine rechteckige Fläche in dem Raum nicht mehr von Asche bedeckt.

„Wusste ich es doch. Alles nur Tarnung", flüsterte Cilia und verschränkte die Arme.

„Leise jetzt", befahl Vi und hob die Klappe an.

Was sie darunter fanden, war kein Kartoffelkeller. Es war nicht nur ein Loch im Boden. Es war der Zugang zu einem ganzen Gewölbe, in dem es zahlreiche massive Türen gab. Wer immer die Obdachlosen gefangen hielt und tötete, er tat es eben hier, dessen waren sie sich alle sicher. Ieva drehte die Lampe weiter ab. Es war mitten in der Nacht. Wenn Traub oder einer seiner Angestellten hier seine Arbeit – oder wie immer man es nennen wollte – verrichtete, dann würde er es gewiss bei Nacht tun.

Der Weg führte immer weiter unter den nördlichen Flügel. Schließlich erreichten sie eine Abzweigung und erkannten, dass dies der Weg zu den Abflüssen war, die in die Neiße führten. Sabins Karte war in dieser Hinsicht absolut zuverlässig. Als sie die Rohre sahen, die mit hohem Gefälle in Richtung des Flusses führten, schwiegen sie alle und gedachten der vielen toten Männer, die auf diese Weise den Weg zurück ans Licht fanden, nachdem sie vermutlich mehrere Wochen gefangen gehalten worden waren.

„Wie schrecklich! Entsorgt wie Müll", flüsterte Oda und rang mit den Tränen, die sich in ihren Augenwinkeln bildeten.

„Schlimmer noch. Wie Exkremente, wie nichts als –", sagte Cilia, als sie hinter sich Geräusche hörten. Sie drehten die Lampe weiter hinunter und blendeten sie ab. Aber die Geräusche kamen nicht aus dem Stück, das noch vor ihnen lag. Sie kehrten zur Abzweigung zurück und sahen den Gang hinab, den sie gekommen waren. Ein keckerndes Lachen ertönte.

„Barbara", sagte Ewa leise. Vor ihnen öffnete sich eine Zellentür. Sie hörten ein leises Stöhnen aus dem Raum, bevor die Frau erschien, die Ewa einerseits in die Falle gelockt und ihr dann das Leben gerettet hatte.

„Das ist nicht Barbara, das ist die Frau aus Jonas Zelle", flüsterte Vi beinahe tonlos. Aber wie war das möglich? Wie konnten Barbara und diese Frau ein und dieselbe Person sein? Das ergab doch gar keinen Sinn.

„Dieses Weib hat uns gefoppt", sagte Cilia leise. „Sie hat uns in die Irre geführt."

„Und Traub auch. Soweit ich weiß, behauptet er, diese Barbara sei immer noch verschwunden", erwiderte Sabin. „Es sei denn, sie hat auch ihn an der Nase herumgeführt."

„Dann war sie die Nixe, die alle gehört haben wollen?", fragte Ewa.

Inzwischen entfernte sich die Lampe des alten Weibes und es wurde dunkler. Ieva drehte im Gegenzug ihre wieder ein wenig höher und Ewa suchte aus einer ledernen Tasche eine schmale Gerätschaft hervor.

„Hab sie zwar nur aus der Ferne gesehen, aber der sollte für die Zellenschlösser passen. Schauen wir uns doch mal an, was Barbara hier treibt", sagte sie und sie begaben sich zu der Zelle, aus der das Weib gekommen war.

Vertrauen und Verrat
Dienstagnacht, 2. Mai 1876

Jonas Schädel dröhnte, als sei sie gegen einen Laternenpfahl gelaufen. Die Platzwunde an ihrer Stirn war aufgesprungen. Blut klebte ihr im Gesicht. Es war getrocknet. Wie lange hatte sie hier gelegen in dieser – Zelle? War sie in einer dieser Zellen, die sie im Keller entdeckt hatte?

Sie griff sich schmerzerfüllt an den Kopf und musste sich setzen, bevor sie sich übergab. Sie stank inzwischen so sehr nach Urin und Blut und Schweiß und Dreck, da machte die Brühe aus Galle und ihrem letzten wenigen Essen nun auch keinen Unterschied mehr. Sie ließ sich an die kühle Wand zurücksinken. Sie war nicht rau, sondern sehr glatt und sauber. Nicht sehr feucht. Jemand hatte sich Mühe gemacht, sie ordentlich herzurichten. Für ihren zukünftigen Bewohner.

„Du bist so dumm", schalt sie sich selbst. „Es war doch klar, dass diese Frau es ist! Sie wollte in den nördlichen Flügel, sie hat mich vor allen behandelt, damit die mich verprügeln und sie mich aus der Einzelzelle hierher locken kann. So sind die mich losgeworden. Die haben mir keinen Moment die Sache mit Fräulein Hauptmann abgenommen." Obwohl ihr Kopf in mehrere Stücke zerspringen wollte, ergab jetzt alles ein klares Bild. Wahrscheinlich arbeitete die Wärterin mit Traub zusammen. Darum wurde sie auch so respektiert. Jeder wusste, dass sie die rechte Hand des Zuchthausleiters war, dass man ihr nicht widersprechen durfte.

„Und einen kurzen, einen wirklich kurzen Moment dachte ich, sie will mir helfen", ärgerte sie sich. „Vi hat Recht. Ich sollte nicht immer jedem hübschen Augenpaar hinterherglotzen." Walter hatte immer mit ihr gescherzt. Manchmal, in den wenigen guten Tagen, die sie zusammen genießen konnten, hatte er mit ihr im Klosterstübl gesessen und sie gefragt, wie sie diese oder jene Frau fand. Am Anfang war ihr das befremdlich vorgekommen, zumal er ihre Art von Liebe doch verurteilte, aber irgendwann hatte sie angefangen, sich mit ihm auszutauschen. Ihm zu sagen, wen sie mochte, und er war der Meinung gewesen, sie habe einen guten Geschmack, aber leider nur oberflächlich gesehen. Es fehlte ihr an der Fähigkeit, festzustellen, welche Frau zuverlässig, freundlich und liebevoll war.

„Du lässt dich zu leicht von den Offenen und Aufgeschlossenen blenden. Nimm nur die da. Sie gefällt dir. Sie ist sehr feminin, lacht sehr viel, aber sieh nur hin, wie sie mit all den Jungen spaßt, wie sie ihnen vorgaukelt, sie könnten etwas von ihr bekommen, was sie niemals haben werden. Das ist nicht die Frau, die du willst, Jona. Aber schau dir die dort drüben an. Sie ist zurückhaltend, aber sie unterhält sich sehr angeregt mit dem jungen Mann. Sie lacht, wenn sie ihn wirklich witzig findet. Und sie hat vorhin ihr Essen mit ihm geteilt."

„Du meinst, wenn eine Frau ihr Essen mit mir teilt, dann ist sie gut? Das gefällt mir."

Sie hatten gelacht und sie hatte versucht, sich nicht mehr so leicht beeindrucken zu lassen, aber immer war Walter ihr einen Schritt voraus gewesen, hatte die Art der Frauen enttarnt, obwohl sie doch selbst zu dieser Spezies gehörte. Sie hatte ihn für die Erfahrung bewundert, die er mit den Frauen hatte, ohne dass er je eine ausgenutzt hätte.

„Und wer sagt mir jetzt, wer gut und wer nur oberflächlich ist?", fragte sie die Dunkelheit und wischte sich die laufende Nase an ihrem Hemd ab. Falls sie hier je wieder rauskam, brauchte sie ein ganzes Lavendelbad. Ob Oda sie überhaupt wiedererkennen würde, mit all dem Schmutz und Blut im Gesicht? Sie versuchte, sich das Blut aus dem Gesicht zu wischen, aber es war klebrig und zum Teil verkrustet. Es hing ihr an den Wimpern und war ihr bis in die Mundwinkel gelaufen.

„Carmilla hätte ihre helle Freude mit mir", nuschelte sie und rückte von ihrem Erbrochenen fort, näher zu dem Punkt, an dem sie die Tür vermutete. Aber niemand war in ihrer Zelle. Weder eine bluttrinkende Vampirin noch das Ding, das sie hier runtergelockt und überfallen hatte. Nicht das Ding. Dieser Mensch. Diese Frau. Dieses elende –

„Miststück", brüllte Jona in ihre Armbeuge. „Dabei war sie gar nicht besonders aufgeschlossen oder offen. Ganz und gar nicht. Aber trotzdem ist sie böse."

Als ein Schrei durch den Flur hallte, schreckte Jona hoch und sank sofort mit schrecklichen Schmerzen im Kopf und im Rücken zurück an die Wand. Ihr Körper hatte vor Angst vergessen, wie sehr er geschunden worden war. Nur mit Mühe gelang es ihr, die Schmerzen wegzuatmen, bevor sie sich noch einmal übergeben musste. Sie würgte nur ein wenig, ihr Magen zog sich zusammen, dann ging es ihr besser. Sie lauschte, doch es folgte kein weiterer Schrei. Ob das einer der Obdachlosen gewesen war, den die Wärterin hier gefangen hielt? Was für Spiele spielte sie mit ihnen, an denen sie letztendlich starben? Wie würde sie es wohl mit Jona zu Ende gehen lassen? Würde sie es mit ihr so machen wie mit Walter? Ihr die Haut vom Gesicht ziehen und sie in die Bütte legen, direkt vor Vis Haustür?

„Nee, das geht ja gar nicht mehr", sagte sie leise. Vor der *Bütte* war inzwischen ein Gitter angebracht worden.

Sie legte ihren Kopf auf ihre Arme und dachte an das vergangene Jahr. Ob die anderen wohl an sie denken und ihr ihre Fehler verzeihen würden? Wer wohl jetzt auf dem Dachboden einzog? Ob Ieva den Ofen reparierte und verbesserte? Würden sich Oda oder Ewa um Smut kümmern? Ob ihr Kater noch wuchs? Was wohl aus Adelias und Pirmins Tochter Leefke werden würde? Würde sie die kritischen Jahre überleben? Jona versank in ihre Gedanken und war dabei einzuschlafen, als sie auf dem Gang jemanden hörte. Sofort war sie hellwach und kam mühsam auf die Beine. Sie tastete sich an der Wand entlang zu der Tür, bis sie eine Art Klinke in den Händen spürte. Sie war nichts als ein eiserner Bogen, um die Tür aufzuziehen.

Ihr kam eine Idee. Wenn diese Wärterin in ihre Zelle kam, würde sie die Tür von innen aufreißen und sich einfach auf sie stürzen. Davonlaufen konnte sie nicht mehr. Wenn sie überleben wollte, war das ihre einzige Hoffnung. Sie würde sie umbringen. Sie würde solange auf sie einschlagen, bis sie tot war. Das würde sie schon hinbekommen. Ganz sicher sogar. Die lästigen Fliegen auf ihrem Dachboden hatte sie immerhin auch erschlagen. Nicht die Spinnen, die waren nützlich, aber die Fliegen, die waren tot. Das würde sie mit der Wärterin auch schaffen, selbst wenn es ihr um das hübsche Gesicht leid tat. Aber davon durfte sie sich nicht beeindrucken lassen.

Sie legte die Hände um die Klinke und hörte die Schritte näherkommen. Sie waren so gedämpft. Wenn jemand sich mühte, leise an der Zelle vorbei zu gehen, selbst wenn er klickende Absätze trug, würde man ihn wohl nicht hören. Wer in dieser Zelle saß, war vom Leben ausserhalb abgeschirmt.

Als die Schritte auf ihrer Höhe waren, krampften sich ihre Hände um die Klinke. Sie war bereit zu ziehen. Die Schritte waren jetzt direkt neben ihrer Tür, hielten kurz inne. Was geschah jetzt? Mit Sicherheit steckte sie eben den Schlüssel ins Loch. Jona lehnte sich zurück, riss die Tür nach innen und fiel beinahe rücklings auf den Hintern, als ihr klar wurde, dass die Tür längst offen war. Wieso war die verfluchte Tür denn offen?

„Jona?", fragte ungläubig Edeltrauts Stimme und Jona kamen die Tränen, als sie das alte Weib sah mit ihren eingefallenen Wangen. „Da bist du ja!", sagte die Frau und freute sich, wobei sie mit der Lampe in ihrer Hand aufgeregt hin und her schwang.

„Hast du mich gesucht?" Jona krabbelte zu ihr und erhob sich, sich an der Tür festhaltend. Edeltraut trug einen schmutzigen weißen Kittel. Sie musste ihn gestohlen haben, um sich hierher zu schleichen. In der Dunkelheit der Flure verwechselte sie selbst ein junger Bursche wie dieser Wärter Benjamin mit der anderen Wärterin. Jona war so erleichtert sie zu sehen, dass sie ihr am liebsten um den Hals gefallen wäre. Aber dazu war jetzt gewiss keine Zeit.

„Edeltraut, wir müssen hier raus. Komm!"

Sie wollte in die Richtung rennen, aus der sie gekommen war, aber die alte Frau hielt sie zurück.

„Nein, nein. Da, da!", sagte sie und deutete weiter den dunklen Flur hinunter. „Da sind Abflüsse. Neiße, du kannst fliehen", erklärte sie und jetzt wurde Jona klar, woher all die Männer gekommen waren. Sie waren durch die Abflüsse in die Neiße gespült worden. Und das blutige Wasser in dem Brunnen? Rührte das auch daher?

„Dieser verdammte Traub", raunte sie, als Edeltraut sie mit der Lampe durch die Dunkelheit führte, bis sie eine geöffnete Tür vor sich sahen. Sie erschraken beide. Edeltraut umfasste ihre Hand fester und führte sie voran. Wenn sie schnell waren, konnten sie an der Tür vorbeirennen, sie zuschlagen und zu den Abflüssen flüchten. Dann würde Jona zwar noch mehr nach Exkrementen riechen, aber wen scherte das? Sie würde nach Hause kommen. Zu Vi, Sabin, Ewa und –

„Sie ist verletzt. Wir müssen sie hier raus bringen", hörte sie da eine Stimme sagen und zuckte zusammen.

„Oda?"

„Ach, so ein Elend", murmelte Edeltraut. „Das bringt die ganze Planung durcheinander."

„Was redest du denn da, Edeltraut?", flüsterte Jona, bis sie spürte, wie sich der Griff der schmächtigen Alten um ihr Handgelenk wand. Wie er immer fester wurde. „Edeltraut?"

„Tut mir leid, kleines, dummes Kind, aber mein Name ist nicht Edeltraut. Ich heiße Barbara", sagte sie und lachte keckernd, bevor ein Messer sich an Jonas Kehle legte.

David

Das Loch in der Wand war so groß, dass der Prediger hindurchschlüpfen konnte. Ein überwältigender Geruch nach Dreck und Urin stieg David in die Nase. Dabei hatte er angenommen, dass nach seiner Zeit in der Zelle ihn nichts mehr ekeln würde. Die Zeit nach der Zelle, dachte er und lächelte. Ja, die Hoffnung war zurückgekehrt, dass es eine solche Zeit wirklich geben würde.

„Und es wird Gestank für guten Geruch sein", sagte der Prediger, als er seine gerümpfte Nase sah.

„Das ist gegen die eitlen Frauen gerichtet, nicht wahr? Es passt nicht so recht hierher, mein Lieber", sagte David und legte eine Hand auf die Schulter des Mannes, der sein Lächeln erwiderte. „Wir sind wahrlich keine Weiber und Eitelkeiten können wir uns nicht leisten."

Der Prediger schwieg. Zum ersten Mal schien ihm kein passendes Zitat aus der Bibel einzufallen. Aber David hatte die letzten Stunden so viele Sprüche aus den Psalmen und dem Alten Testament vernommen, dass er glaubte, er habe die Bibel selbst vom Anfang bis zum Ende durchgelesen. Vielleicht war der Prediger verrückt und vielleicht war er das schon weit vor seiner Zeit hier gewesen, aber er besaß ein unglaubliches Gedächtnis, wenn er die gesamte Bibel auswendig rezitieren konnte.

„Ich bin froh, dass du da bist", sagte David ihm leise und er war wirklich dankbar dafür, dass er nicht ganz allein war. Der röchelnde Mann, dessen Atem immer schwächer wurde, war ihm kein Trost. Ihn zu retten, war Antrieb, aber er hatte sich dennoch allein gefühlt. Doch mit dem Prediger an seiner Seite, glaubte er, könnte er es schaffen, diesem Gefängnis zu entkommen.

„Ein treuer Freund ist ein starker Schutz; wer den hat, der hat einen großen Schatz."

„Das ist wohl wahr", stimmte er dem Prediger zu und tastete sich zu dem röchelnden Mann hinüber. Sein Atem war kaum mehr zu vernehmen. Selbst wenn sie es schafften, ihn raus zu bringen, würde er nicht überleben. Aber er würde ihn nicht zurücklassen. Er konnte ihn nicht einfach hier sterben lassen.

„Prediger, wir müssen ihm helfen. Bringen wir ihn hier raus."

David ging zu dem Steinhaufen, den er aufgeschichtet hatte. Es fiel ihm zunehmend leichter, sich in der Dunkelheit zu orientieren, seit er sich bewegen, seit er einen Plan fassen konnte. Sein angsterfüllter Körper war stärker geworden und sein Kopf, von all den schrecklichen Dingen gemartert, war umso klarer, jetzt, da er wusste, dass die Befreiung bevorstand.

„Wir müssen –", setzte er an, aber da legte der Prediger ihm seine knochige Hand auf den Mund. Er verstummte, wehrte sich nicht gegen den Mann, weil er wusste, dass er ihm nichts tun würde. Stattdessen lauschte er in die Finsternis hinein und tatsächlich war es ihm, als würde er Schritte vor der Tür vernehmen. Sie waren leise und zaghaft. Sie gingen an der Zelle vorüber und verschwanden. Aber da waren noch Stimmen, die leise nachhallten.

„Dort draußen ist jemand", sagte er, als der Prediger ihn losließ. „Wir müssen uns beeilen. Nimm dir einen Stein!" Er selbst nahm sich einen der größeren und ging damit zur Tür. Er schmetterte ihn gegen das Holz. Er wusste, dass sie die Tür auf diese Weise niemals zerstören würden, aber der Lärm würde ihre Wärter aufschrecken und sie würden kommen, um nach ihnen zu sehen.

„Und David tat seine Hand in die Tasche und nahm einen Stein daraus und schleuderte und traf den Philister an seine Stirn, dass der Stein in seine Stirn fuhr und er zur Erde fiel auf sein Angesicht."

„Nein, Prediger, ich werde ihn nicht töten. Ich werde nicht gleiches mit gleichem vergelten. Nicht mehr. Ich bin nicht so wie sie. Einer muss es beenden und wenn nicht der letzte der sieben Knaben, wer dann?"

Der Prediger hielt in seinem Tun inne und packte auch David am Arm, als dieser erneut mit dem Stein gegen die Tür hämmern wollte. Auf dem Flur vor der Zelle waren schnelle Schritte zu hören, sie würden kommen. Ein Schrei erklang, der selbst durch die Tür bis an ihre Ohren drang.

„Das war kein Mann. Das war eine Frau. Halten sie hier unten auch Frauen gefangen?"

Damals waren nie Mädchen in der Erziehungsanstalt gewesen. Mädchen entsprachen nicht dem, was die Lehrer wollten. Aber sein alter Lehrer war auch nie einer von denen gewesen, die sich an ihnen vergriffen hatten. Er hatte nur den Schmerz und das Leid mit angesehen und sich daran erfreut, sie studiert. War er jetzt dazu übergegangen, nicht nur Männer und Jungen zu quälen, sondern auch Frauen und Mädchen?

Neben ihm krachte der Stein des Predigers gegen das Holz. Noch einmal und noch ein weiteres Mal. Auch er erhob seine Waffe wiederum, doch das Holz wollte nicht nachgeben und es kam niemand, um nach ihnen zu sehen. Als der Stein einfach aus seinen Händen fiel, stürzte er zu Boden. Kraft- und mutlos.

„Sie wissen, dass wir nicht entfliehen können. Darum kommen sie nicht. Es ist ihnen gleich."

Der Prediger setzte sich neben ihn. Außerhalb der Mauern ihrer Zelle war nichts zu vernehmen. Alles, was an ihre Ohren drang, war ihr eigener Atem und das leise Röcheln des sterbenden Mannes. Und ein Aufschrei, der ihrer beider Ohren zerriss, obwohl es ihr eigener war.

Wahrheiten
Dienstagnacht, 2. Mai 1876

Als Ewa die Zellentür geöffnet hatte, hielt Ieva ihre Lampe weit nach oben, so dass der Raum, der sie dahinter erwartete, gut ausgeleuchtet wurde. Es war eine Zelle von höchstens drei mal drei Metern. Eben so hoch, dass Vi bequem darin stehen konnte. Die Wände waren sorgfältig verputzt, aber an manchen Stellen drang doch Feuchtigkeit hindurch und dort hatten sich Pilze gebildet. Pilze. Hier waren die Männer gefangen gehalten worden. Daran bestand nun kein Zweifel mehr. Aus der Zelle drang ein widerlicher Geruch, aber noch erschreckender war das Geschöpf, das dort am Boden lag und sich vor Schmerz krümmte.

„Das kann doch nicht sein", murmelte Vi, als Oda in den Raum lief, um der Frau zu helfen. Sie trug noch den weißen Kittel, doch er war von Blut getränkt. Als Oda sie auf den Rücken drehte, erkannte Vi deutlich das hübsche Gesicht der Wärterin, die vorgegeben hatte, Jona nicht zu kennen. Was machte sie hier unten? Warum war sie hier?

Ieva folgte Oda, um die Wunden der jungen Wärterin besser beleuchten zu können. Sie waren nicht tief, aber sie bluteten stark. Jemand hatte ihr mit einem Messer die Arme und Beine aufgeschlitzt. Offensichtlich nur, um sie daran zu hindern, zu fliehen. Außerdem sah ihr Gesicht recht mitgenommen aus. Schürfwunden verunzierten die kleine Nase und die Wangenknochen. Sie musste niedergeschlagen worden sein. Von diesem verhutzelten Weib aus Jonas Zelle? Wie war das möglich? Die Frau hatte ausgesehen, als wäre sie gar nicht mehr in der Lage, alleine aufs Klo zu gehen. Aber dann hatte Traub sie erneut getäuscht.

„Dieser miese, kleine –", grollte sie.

„Sie ist verletzt, wir müssen sie hier raus bringen", sagte Oda und Ewa half ihr, die Frau an den Armen zu packen, als hinter ihnen ein weiterer Lichtschein zu sehen war. Vi drehte sich langsam um. In Erwartung, Traub zu sehen, der ihnen höhnisch ins Gesicht lachen würde. Doch stattdessen stand da dieses alte Weib mit ihrem breiten Grinsen mit den überraschend gepflegten Zähnen.

„Barbara", hauchte Ewa und die Frau keckerte leise. Was Vi jedoch weitaus mehr schreckte, waren Jonas schmächtige Gestalt, kaum ein paar Zentimeter größer als Barbara, und das Messer, das an ihrer Kehle lag.

„Herrgott, Kind, musst du dich andauernd in solche Gefahr bringen? Kann man dich keine zwei Minuten alleine lassen, ohne dass du gleich wieder Tritte, Schläge oder Messerstiche abbekommst?", sagte Vi und versuchte, sich zu fassen, sich nicht zu einer unüberlegten Handlung verleiten zu lassen. Vor allem aber versuchte sie, nicht zu flennen, obwohl ihr Blickfeld plötzlich sehr verschwommen war.

„Sagt ausgerechnet die Frau, die mich mal angeschossen hat", erwiderte Jona lächelnd.

„Ach, wisst ihr, ich liebe ja diese Wiedersehensfreude, aber dafür habe ich gerade keine Zeit. Das läuft hier gerade alles nicht ganz so, wie ich mir das vorgestellt hatte. Darum muss ich mich jetzt entschuldigen", erklärte Barbara und bewegte sich einen Schritt von Jona fort. Vi sah, wie das Kind eine Sekunde nachdachte, bevor es nach hinten trat. Doch die alte Frau war schneller, viel schneller, als man es ihr zugetraut hätte. Im nächsten Moment blitzte die Klinge des Messers im Schein von Ievas Lampe auf. Barbara gab Jona einen Stoß, so dass sie vornüber fiel, und verschloss eilends die Tür von außen.

Vi rannte dagegen, aber das Ding war härter als die Wände der Zelle. Als sie sich zu Jona drehte, sah sie, wie der Kopf der jungen Frau von einem roten Kreis aus Blut umgeben war. Es sprudelte aus einer Verletzung an ihrem Hals. Das Aufblitzen des Messers war kein Stich gewesen, wie Vi geglaubt hatte, sondern ein Schnitt.

„Sie hat die Halsschlagader erwischt!", schrie Oda, die immer noch die verletzte Wärterin in den Armen hielt. Vi zog sich die Jacke aus, ballte sie zusammen und presste sie auf Jonas Wunde.

„Hör mir mal zu, junges Fräulein, wir sind hierhergekommen, um dich lebend raus zu holen und nicht tot, haben wir uns da verstanden? Also wirst du jetzt deine Hand auf meine Jacke pressen und dafür sorgen, dass du nicht länger einen Springbrunnen imitierst!"

Aber Jonas Hand schaffte es nur bis auf Vis Arm, dann verlor sie das Bewusstsein. Stille breitete sich in dem Raum aus. In dieser winzigen Zelle, die trotz der acht Menschen, die sich in ihr befanden, auf einmal deutlich kühler und größer wurde. Abweisend wie ein unterirdisches Grab.

„Wir müssen hier raus", sagte Ewa in die Stille und begab sich zu der Tür. Ieva beleuchtete noch immer Jonas ruhig da liegenden Körper. Vi presste einfach weiter die Jacke auf ihren Hals, hoffte, dass es nur der Schock war, der Jona hatte ohnmächtig werden lassen. Hoffte, dass sie atmete, obwohl sie das nicht sehen oder hören konnte. Sie fühlte nur die kalten Finger, die auf ihrem Arm lagen und immer eisiger zu werden schienen.

„Von innen gibt es kein Schloss. Es gibt von innen kein Schloss", sagte Ewa verzweifelt. Das war das erste Mal, dass Vi sie so sah. Das erste Mal, dass selbst die Hoffnungsvollste und Fröhlichste unter ihnen den Mut verlor. Unter ihren Händen wurde die Jacke feuchter. Jona brauchte einen Arzt, auf der Stelle.

Und sie hatte es doch geschworen. Dass sie auf diese Frauen Acht geben würde. Sie würde sie führen und sie nicht mehr im Stich lassen. Es mochte sein, dass sie sich in letzter Zeit oft hatte gehen lassen, aber das war jetzt vorüber. Marens Zuversicht hatte auch sie gestärkt.

„Du brauchst kein Schloss, um sie zu öffnen. Ewa, Ieva, ihr habt unser Haus auseinandergenommen, ihr werdet doch so eine verfluchte Tür aufkriegen, ohne ein Schloss benutzen zu müssen!", schrie sie und weckte damit die erstarrten Frauen aus ihrem Schock. Ewa nahm ihren Rucksack ab und wühlte darin herum. Ieva trat zu ihr, um ihr zu leuchten.

„Es tut mir leid", kam da ein sachtes Flüstern von der Wärterin. „Ich wollte auf sie achten."

„Ich weiß. Sie sind Marens Kundschafter, nicht wahr?", fragte Vi die Frau, die zu nicken begann.

„Mein Name ist Helene", sagte sie lächelnd. „Als Maren von all den Obdachlosen erfahren und mitbekommen hat, in welche Richtung die Verdächtigungen gingen, bat sie mich, hier im Zuchthaus eine Arbeitsstelle anzunehmen. Ich war mal Sekretärin, bis mein Sohn zur Welt kam. Aber davor habe ich im Krankenhaus gelernt. Deshalb hat Doktor Traub mich sofort genommen."

„Er hat das hier unten angelegt, habe ich Recht? Er hat die Obdachlosen gefoltert und getötet."

„Ich weiß es nicht. Ich bin nie in den nördlichen Flügel gekommen. Als ich einmal auf dem Weg war, ist mir Jona in die Quere gekommen. Danach hatte ich keine Gelegenheit mehr."

„Aber jetzt sind Sie hier."

„Ja. Ich wollte heute Vormittag nach Jona sehen, nachdem ich Sie zu Doktor Traub gebracht hatte. Ich wusste, dass Benjamin sie in die Einzelzelle gebracht hat, aber als ich dort ankam, war sie nicht mehr da. Aber überall waren Flecken."

„Benjamin? Aber hat der dir nicht erzählt, dass er nicht wüsste, wer Jona in die Einzelzelle gesteckt hat?", fragte Cilia und Vi nickte. Das hatte er. Er hatte sie belogen. Er steckte ebenfalls in der Sache mit drin.

„Ich bin den Flecken bis zum Verbindungsgang in den nördlichen Flügel gefolgt. Ich fand einen großen Fleck, direkt vor dem Zugang. Darum bin ich ihr hinterher und habe sie hier unten gefunden."

„Aber heute Vormittag? Warum haben Sie sie nicht nach oben gebracht?", fragte Sabin.

„Das ging nicht. Edeltraut oder Barbara oder wie immer man sie nennen will, erschien auf dem Flur. Ich habe Jona nur schnell in eine offene Zelle gezerrt, aber sie hat sich so gewehrt. Ich wollte sie ruhigstellen, aber dabei ist ihr Kopf gegen die Wand geprallt. Edeltraut muss den Lärm gehört haben. Ich eilte aus der Zelle und bin ihr direkt in die Arme gelaufen. Sie hat wohl gedacht, ich sei allein, darum hat sie Jona nicht gefunden."

„Und Sie hat sie gepackt und hierhergebracht, nicht wahr?", sagte Oda und strich der Wärterin die Haare aus dem Gesicht. Sie nickte nur.

„Als ich wieder zu mir kam, stand sie mit dem Messer über mir. Es tut mir so leid."

„Sie können nichts dafür. Alles, was zählt, ist, dass wir jetzt hier rauskommen und Sie und Jona versorgt werden. Was ist jetzt, Ewa?"

„Ich glaube, ich habe da eine Idee!", sagte Ewa und holte aus ihrem Rucksack zwei Gegenstände hervor, von denen Vi nicht sagen konnte, was sie darstellen mochten. „Es ist etwas brachial und nicht sehr elegant, aber ich vermute, es wird sehr effizient sein."

„Was ist das?" Aber Vis Frage beantwortete sich von selbst, als Ewa die beiden Teile zusammensetzte.

„Ein *Steinschlossgewehr*. Ich habe es so konstruiert, dass man es auseinandernehmen kann, um es besser transportieren zu können. Im Rucksack fällt so etwas doch weniger auf, als wenn man das Ding über der Schulter trägt, findest du nicht?"

„Und was soll uns ein Gewehr jetzt helfen?", rief Oda. „Willst du noch jemanden töten?"

„Nein, gewiss nicht. Ich bin auch nicht ganz sicher, ob es funktionieren wird, aber etwas anderes fällt mir leider auf die Schnelle nicht ein. Ich möchte aber, dass ihr bitte ein wenig zur Seite rückt. Eventuell hält die Tür stand und es gibt einen Querschläger. Das wäre alles andere als angenehm."

Wäre Vi nicht so sehr damit beschäftigt gewesen, Jonas Wunde abzudrücken, hätte sie gestöhnt. Es war klar, dass sie für den Notfall keinen Plan zurechtgelegt hatten und nun auf aberwitzige Ideen zurückgreifen mussten, doch Ewa legte das Gewehr bereits an und war fest entschlossen. Daher wies sie Cilia und Sabin an, Jona in eine sichere Ecke zu schleppen, falls es eine solche in diesem plötzlich wieder sehr winzig wirkenden Raum überhaupt gab.

„Alle bereit?", rief Ewa und wartete nicht darauf, dass sie zustimmten, sondern feuerte das Steinschlossgewehr ab. Aus dieser geringen Entfernung zertrümmerte die Kugel das Holz der stabilen Tür, aber Ewas Zielkunst war noch nicht sehr weit gediehen. Dafür wusste Vi jetzt, welche Kanonenschläge sie vor ein paar Nächten aus dem Schlaf gerissen hatten.

„Mist! Ich muss weiter nach rechts zielen. Bereit?" Wieder konnte niemand Einspruch erheben und dieses Mal zertrümmerte die Kugel das Holz nahe des Schlosses. Ohne abzuwarten, feuerte Ewa ein drittes Mal, nachdem sie nachgeladen hatte, und dieses Mal sprang das zerstörte Schloss auf.

„Ich sage ja, brachial, aber effizient", verkündete sie stolz, bis ihr Blick auf Jona fiel. Der Qualm des Gewehrs zog durch den schwach erleuchteten Raum, als alle den leblosen, winzigen Körper betrachteten. Sabin legte ihre Hände auf Vis und nahm sie vorsichtig von der Jacke.

„Wir müssen hier raus", sagte Cilia leise und es war nicht ganz klar, ob sie nur von hier fort wollte, um der Verrückten nicht in die Hände zu fallen oder um Jonas Anblick nicht mehr ertragen zu müssen.

„Wir gehen nicht ohne sie", erklärte Vi und wollte Jona packen, als neben ihnen weitere Donnerschläge gegen eine andere Tür erfolgten. Hatte da etwa noch jemand ein Gewehr bei sich?

„Da ist noch jemand. Sie haben noch jemanden hier unten", sagte Helene. „Ich habe irgendwann einen Schrei gehört. Der kam nicht von Jona und auch nicht von Edeltraut."

„Dann haben sie noch einen Gefangenen. Wir müssen ihm helfen und dann von hier verschwinden." Vi erhob sich mit zittrigen Beinen, ihre Hände blutig von der Jacke, die Jonas halbes Gesicht bedeckte.

„Lass uns lieber von hier verschwinden und Johannes holen", schlug Cilia vor. „Wenn die uns erwischen, ist niemandem geholfen. Wir nehmen die Abflüsse!"

„Cilia hat Recht, Vi. Es wäre leichtsinnig, hier zu bleiben. Die Schüsse werden dieses alte Weib und ihre Helfer auf den Plan rufen", beschwor Sabin sie. Vi überlegte einen Moment. Sie musste ihnen zustimmen. Es wäre leichtsinnig und gefährlich, aber Jona und diesen Gefangenen hier zu lassen, das konnte sie nicht. Und Jona den Abfluss hinunter in die Neiße gleiten zu lassen? Sie würde sie nicht halten und mit ihr schwimmen können. Ihr Körper würde davon treiben.

„Vi?"

Sie sah Oda an, sah in ihre vor Tränen verquollenen Augen und beschloss, dass den Toten nicht mehr geholfen werden konnte und dass es galt, die Lebenden von hier fortzubringen. Daher ging sie zur Tür und nahm Ewa das Gewehr ab. Die Schüsse hatten das alte Weib ohnehin alarmiert. Dann konnten sie auch noch den Gefangenen befreien und durch die Abflüsse von hier verschwinden.

„Gehen wir!", rief sie und riss die Tür auf, als seitlich Lichtschein an ihre Augen drang.

„Beeindruckend", sagte eine vertraute Stimme. Vi blinzelte in das helle Licht und erkannte Traubs Statur.

„Also doch. Richard."

„Ja, natürlich. Ich bin erstaunt, dass du überhaupt je daran gezweifelt hast, obwohl ich schon ein recht passabler Schauspieler bin, wie ich finde." Hinter ihm erkannte Vi das alte Weib und den zitternden Wärter, diesen Jungen Benjamin. Er trat an Traub vorbei und richtete eine Pistole auf sie. Direkt auf ihre Stirn.

„Sie hat alles vermasselt!", schrie er und setzte ihr die Mündung zwischen die Augen. Sie sah ihn nur stumm an. Er würde nicht abdrücken. Das würde Traub nicht zulassen.

„Beruhige dich, Ben. Nichts hat sie vermasselt. Ganz im Gegenteil. Hol die anderen Frauen aus der Zelle", befahl Traub seinem Helfer, der an Vi vorbei in die Zelle ging und mit der Waffe herumfuchtelte, woraufhin alle in den Flur traten.

„Ach, Helene, das ist wirklich bedauerlich. Ich hatte gehofft, du könntest uns vielleicht helfen, aber als Barbara mir sagte, sie habe dich hier unten spionieren sehen – wirklich bedauerlich. Aber das hätte ich wissen müssen, spätestens als du Jona geholfen hast. Du hattest Recht, Benjamin. Sie taugt nicht für unsere Zwecke."

„Hab ich dir doch gesagt. Sie ist viel zu weich!"

„Wer oder was bist du eigentlich?", fragte Vi, während Benjamin die anderen Frauen zwang, sich an die Wand zu setzen. „Was hast du hier unten getrieben? Was hast du dir davon versprochen, Obdachlose zu töten?"

„Ach, Vi", sagte Traub leise. „Es tut mir sehr leid um dich. Wir sind uns nahe gekommen. Unsere Gespräche werden mir fehlen. Aber mir war klar, dass es mit uns nichts werden würde, als die Sache mit Nathanael letztes Jahr losging."

„Du warst also damals daran beteiligt, nicht wahr?"

„Wer war damals nicht daran beteiligt? Glaubst du ernsthaft, dass wir es vor irgendeinem Angestellten hätten verheimlichen können? Abgesehen von denen, die nicht dauerhaft im Haus lebten. Barbara hier, beispielsweise, war damals eine Hausangestellte. Hat sich ganz liebevoll um die Kinder gekümmert."

„Gehasst hab' ich die Bälger, gehasst!", spuckte Barbara aus und zeigte ihren spitzzähnigen Mundschlund.

„Es war nicht einfach damals, Vi, das kannst du mir glauben. Ich war schon ein paar Jahre Lehrer gewesen, als ich Nathanael Wasser über den Weg lief. Ich hatte zuvor studiert. Ein noch sehr junges Fach, die *Psychologie*. Wie du aber weißt, verbreitet sich diese Lehre erst seit etwa fünfzig bis sechzig Jahren in größerem Umfang und meine geschätzten Kollegen verzettelten sich oft in einzelne unbedeutende Gebiete. Außerdem waren sie noch zu sehr versessen auf die Philosophie, noch zu abhängig davon. Meine Ansichten an der Universität wurden nicht sonderlich ernst genommen oder sogar verpönt, denn ich hatte mich der Psychologie des Schmerzes und des Leides zugewandt. Ein außerordentlich spannendes Thema, wie du dir vorstellen kannst. Schmerz, Demütigung, Trauer können einen Menschen grundlegend verändern. Das weißt du selbst ja am besten."

Sie starrte ihn an. Das Gewehr war noch in ihren Händen, aber sie hielt den Lauf gesenkt und klammerte sich an die Waffe wie an ihr eigenes Leben. Was wusste er schon von ihr und ihrem Leid? Was wusste er davon, wie es sie im Laufe der Jahre verändert hatte?

„Nun ja, was soll ich lange drum herum reden? Als ich zu Zwecken meines Studiums einen jungen Mann verletzte – ich darf anmerken, dass er vollends genesen ist –, wurde ich der Universität verwiesen. Aber als Psychologe einfach nur praktizieren und mir die Geschichten von Verrückten oder einfach nur gelangweilten Hausfrauen anhören, das wollte ich wahrlich nicht. Ich hätte gutes Geld verdienen können, aber das hätte mir nichts gebracht. Darum wurde ich Lehrer. Kinder zu studieren, ist ein sehr interessantes Gebiet. Sie sind noch so formbar und ein einzelnes Wort, ein Lob oder ein Tadel, setzen sich in ihren kleinen Gehirnen fest und prägen ihre Identität. Ich habe ein paar Jahre damit verbracht, aber stets waren ihre Eltern im Wege. Dann traf ich Nathanael Wasser. Er hatte eben eine Erziehungsheilanstalt für Jungen gegründet. Ich wusste, dass dies der Ort war, an dem ich meine Studien vorantreiben konnte, denn hier gab es keine Eltern, die ihre Kinder ständig beschützten. Und dann kamen die sieben kleinen Knaben."

„Simon und seine sechs Brüder", sagte Oda leise.

„Ja, Simon und seine sechs Brüder. Dummerweise ließ mich Nathanael nicht so mit ihnen verfahren, wie ich es gerne getan hätte. Er hatte eine sehr – wie soll ich es nennen – Ja, also er war wohl ein wenig zu liebevoll zu den Jungen. Ob ihr es glaubt oder nicht, aber er hat sie ehrlich geliebt. Zu sehr und auf eine perverse Art, aber er hat sie geliebt. Das war mir im Weg. Trotzdem konnte ich in dieser Zeit sehr viele wertvolle Erfahrungen sammeln und ich fand einen Jungen, der all dem, was ihm zugefügt wurde, standhielt. Er hielt dem stand, nur um zu überleben. Das war äußerst faszinierend. Doch dann floh er, es kam zu Gerede, die Anstalt wurde dicht gemacht. Ich setzte mich ab, bevor es schwierig wurde und heiratete eine ältere Dame."

„Mich", lachte Barbara und schmiegte sich an Traub.

„Ja, ich nahm ihren Namen an und wir verbrachten eine Weile in Zittau. Aber meine Studien wollte und konnte ich nicht aufgeben. Als ich hörte, dass ein neuer Leiter für das Zuchthaus gesucht wurde, bewarb ich mich. In den etwa acht oder neun Jahren, die zwischen damals und diesem Zeitpunkt vergingen, hatte ich in einem Krankenhaus für verwirrte Menschen gearbeitet. Das hat meine Studien nicht vorangetrieben, aber es hat mir die Erfahrung gebracht, die gesucht wurde. Außerdem eignete ich mir dieses freundliche Äußere an, denn mir war klar, dass ich es brauchen würde."

„Bist du jetzt fertig mit deiner Lebensgeschichte?", zischte Vi, weil sie dieses selbstgefällige Gerede nicht mehr ertrug. Sie wollte hinter sich bringen, was immer nun folgen musste.

„Nein, noch nicht ganz. Ich denke, da sind ein paar Fragen offen, die du gerne klären würdest, oder?"

„Bestimmt nicht. Auf meine Fragen kannst du keine Ant –"

„Ich sah, wie er die Treppe hinunterstürzte und mit weit aufgerissenen Augen in die Welt starrte, während sein Gehirn nicht mehr in der Lage war, zu verstehen, was eben geschehen war."

Sie ließ die Waffe weiter sinken. Ihre Hände begannen zu zittern. Sie fühlte noch Jonas warmes Blut daran.

„An dem Abend kam er hierher. Ich sah ihn vom Verwaltungstrakt aus kommen und informierte Barbara. Ich ließ sie ihm ein wenig Angst machen, hielt mich aber selbst bedeckt. So konnte mich Helene auch nicht finden, als sie mich über seine Ankunft benachrichtigen wollte. Barbara hat ihm ziemlich Angst eingejagt und als er die Treppe hinunterstürzen und aus dem Zuchthaus entkommen wollte, da hat sie ihn einfach gestoßen. Es gab nicht viel Blut. Alles leicht zu säubern bei uns."

„Wieso? Wieso hast du ihn umgebracht? Das hat doch den Verdacht nur auf dich gelenkt."

„Natürlich hat es das. Aber das war ja auch der Plan. Der Polizeirat kommt ins Zuchthaus, ohne jemandem ein Sterbenswörtchen zu sagen. Danach verschwindet er. Selbstverständlich kommen irgendwann seine Angehörigen darauf, wo er nach der Entdeckung der Photographie gewesen sein könnte. Der Verdacht fällt auf den Leiter des Zuchthauses. Aber so richtig – hm, man kann ihm nichts nachweisen und eigentlich ist er doch so nett und so bemüht. Ein wunderbares Verwirrspiel, nicht wahr? Das ist übrigens eine durchaus gängige Praxis in der Psychologie. Von hinten durch die Brust ins Auge. Du kommst nicht an das Innerste deines Patienten heran, wenn du ihn direkt auf sein Problem ansprichst. Du musst es geschickter anstellen, dich vortasten. Fragen stellen, die nicht unmittelbar mit seinen Ängsten zu tun haben."

„Wozu das alles, Richard? Wozu diese Studien? Nur aus Neugierde?"

„Nein, gewiss nicht. Zum größten Teil, ich gebe es zu, aber meine Forschungen haben das Potenzial für andere Bereiche unserer Gesellschaft wichtig zu werden. Stell dir nur vor, was in einem neuen Krieg meine Ergebnisse leisten könnten! Du müsstest einen Gegner nicht mehr auf grausame Art foltern, um herauszufinden, was dein Feind vor hat. Du setzt einfach einen seiner Agenten für eine ganze Weile in einen absolut isolierten Raum, in dem er nichts sieht, nichts hört und dauerhaft seinen eigenen Gedanken ausgesetzt ist. Er weiß nicht mehr, wie viel Zeit vergeht. Er beginnt unregelmäßig zu schlafen. Halluzinationen sind die Folge. Nimm ihm noch für eine Weile Nahrung und Wasser und er wird verzweifeln. Und wenn du ihn dann raus holst, wird er reden. Glaub mir, er wird reden."

„Du bist einfach nur abartig!"

„Ich sehe, du vertrittst die Meinung meiner geschätzten Kollegen. Tja, die Sache ist, dass ich euch natürlich nicht einfach laufen lassen kann. Selbstverständlich fällt es auf, wenn ihr alle plötzlich verschwindet oder tot irgendwo auftaucht. Die Sache mit Jona lag mir schon schwer genug im Magen. Als sie hier eingewiesen wurde, dachte ich erst wirklich, sie habe einen Rückfall in ihre unzüchtigen Gedanken erfahren, aber ich konnte kein Risiko eingehen. Darum setzte ich Barbara oder Edeltraut auf sie an. Und Jona ist wirklich ein gutes Mädchen gewesen und hat sich sehr liebevoll um sie gekümmert."

„Das hat sie", bestätigte Barbara. „Hat mir sogar das Brot klein gerupft. Hat gedacht, ich hab keine Zähne mehr, weil ich sie schwarz gefärbt hab."

„Aber ich verstehe nicht, warum Barbara in diesem Haus war! Was sollte das?", fragte Ewa und erhob sich ein Stück, aber Benjamin drückte sie mit der Pistolenmündung an ihrer Schulter sofort wieder hinunter.

„Ach, das. Ja, das ist dumm gelaufen, ich gebe es zu. Eigentlich war sie nur dort, um Seidau auszuschalten, aber der hatte leider Gesellschaft. Es war dort nicht sehr angenehm für meine liebe Frau."

Auf Barbaras Gesicht zeichnete sich der Schrecken ab, den sie in dem verfallenen Haus erlebt haben musste. Wie hatte Seidau zu Ewa gesagt? Seine Jungen seien satt, seit Barbara bei ihnen sei. Wenn diese Frau nicht Walter und Jona auf dem Gewissen gehabt hätte, hätte sie Mitleid für sie haben können.

„Und dann kam auch noch Ewa. Aber das war die Gelegenheit für Barbara zu fliehen und Seidau zu beseitigen. Wisst ihr, er hatte an dem Abend, als ich seinen Freund holte, einfach zu viel gesehen."

„An dem Abend, als du seinen Freund geholt hast. Obdachlose waren das perfekte Ziel, nicht wahr?"

„Gewiss. Ihr Verschwinden fällt nicht sofort auf. Gut, das im Ölberggarten ist schief gelaufen. Ich hatte Benjamin angesetzt, aber er ist einfach leider noch nicht soweit."

„Es tut mir leid, Richard."

„Nein, nein, schon gut, Junge. Alles ist gut. Du brauchst noch ein paar Lektionen. Dann wird das schon."

„Wo hast du den Bengel überhaupt aufgelesen?"

„Benjamin? Er ist mein Sohn. Ich hatte schon eine Beziehung zu Barbara, als ich bei Wasser angefangen habe. Sie ist schwanger geworden. Sie war damals schon etwas älter. Hat dem Jungen leider ein wenig geschadet, aber der Dümmste ist er trotzdem nicht. Ich hab ihm früh beigebracht, wie es bei uns laufen wird."

„Daher die Striemen an seinem Hals?"

„Ja, eine Art Probe. Ich habe ihn gehängt, um seine Angst zu erforschen."

„Oh Gott", ächzte Oda und verbarg ihr Gesicht in ihren Händen. „Der eigene Vater."

„Na, Frau Minzer, ich bitte Sie. Er ist ja nicht gestorben. Es galt allein der Erforschung seiner Angst. Eine Scheinhinrichtung hat im Übrigen einen großen Lerneffekt. Er hat mir danach nie wieder widersprochen. Stimmt's, mein Junge?"

„Ja, Papa."

„Und Walter? Warum hast du ihn in der Bütte vor unserer Tür abgelegt? Und diesen Mann auf dem Markt?"

„Ach, der. Zu der Zeit war leider unser Abfluss verstopft. Mir blieb nichts anderes übrig. Und was Walter betrifft, denkst du sicher, ich wollte euch ein wenig Angst machen. Und damit liegst du in gewisser Hinsicht richtig. Ich wollte euch nicht von euren Ermittlungen abhalten, nur sehen, wie es euch geht, wenn ihr ihn seht."

„Sie sind ein ziemlich schlechter Forscher."

„Ach, dürfte ich fragen, wie Sie zu der Schlussfolgerung gelangen, Frau Rieber?"

„Sie geben vor, Schmerz und Leid zu wissenschaftlichen Zwecken erforschen zu wollen, aber insgeheim lassen Sie sich viel zu sehr von Ihrer perversen Freude daran leiten. Was hat eigentlich Ihr Papi mit Ihnen gemacht, als Sie noch klein waren, dass Sie so einen miesen Charakter entwickelt haben?"

„Ah, siehst du, Vi, das meine ich! Von hinten durch die Brust ins Auge. Sie erforscht mich, ohne direkt auf meine für sie gestört scheinende Persönlichkeit einzugehen. Aber ich darf sagen, dass ich eine sehr glückliche Kindheit mit einem strengen, aber gerechten Vater hatte, der mich nie geschlagen hat. Auch meine Mutter war eine liebevolle und anständige Frau."

„Und da sagst du immer, der Mensch sei von Natur aus gut", raunte Sabin Oda zu.

„Ja, auch das ist ein Grund, warum ich mich dieses interessanten Forschungsgebietes angenommen habe. Ich möchte herausfinden, was Täter zu Tätern macht. Ob es allein ihre Erfahrungen sind oder ob manche Menschen schlicht bösartig geboren werden."

„So wie du?"

„Ich bitte dich, Vi. Ich bin nicht bösartig. Und ich erfreue mich auch nicht, wie Frau Rieber sagt, allzu sehr an meinen Opfern. Nein, ich finde sie lediglich interessant. Es ist ja nicht meine Schuld, dass ich diese Studien geheim durchführen muss und es aufgrund dessen eben leider auch zu Todesfällen kommt. Könnte ich universitär forschen, hätte ich das gar nicht nötig."

„Richard", tippte Barbara ihn an.

„Ja, sicher. Du hast Recht. Es wird jetzt Zeit. Wir müssen jetzt eine Lösung finden. Da alle von euch hervorragende Studienobjekte abgeben, habe ich beschlossen, euch mitzunehmen. Die Nachforschungen hier im Zuchthaus haben überhandgenommen und wenn ihr verschwindet, wird der Herr Kommissar sicher das komplette Gebäude auf den Kopf stellen und irgendwann den Zugang zum Keller entdecken. Daher werden wir hier alle Spuren beseitigen und umziehen."

„Aber Vater, es sind zu viele. Das fällt doch auf."

„Mach dir keine Sorgen. Es fällt viel Wäsche im Zuchthaus an. Du bringst einfach einen Karren mit Wäschesäcken zu der alten Kutsche und fährst damit durch die Stadt in Richtung Wäscherei."

„Und wo hast du vor, uns unterzubringen? In deinem Keller?", fragte sie zynisch.

„Darüber habe ich nachgedacht, Vi, ehrlich, aber das erscheint mir sehr gefährlich. Nein, es gibt da ein sehr interessantes, halb verfallenes Haus etwas außerhalb in Richtung Nickrisch. Dort haust niemand. Aber es hat einen großen Keller, den wir vorsichtshalber haben ausbauen lassen. Leider gibt es dort keine guten Entsorgungsmöglichkeiten, aber wir werden sicher eine Lösung dafür finden, wenn es soweit ist."

„Und Jona? Wie willst du sie entsorgen?"

„Jona ist kein Problem. Sie ist aus dem Zuchthaus geflohen, war schwer verletzt durch die Auseinandersetzung mit den anderen Frauen. Sie ist im Zwinger gestürzt, hat sich den Hals aufgeschlitzt. Morgen wird sie von einem meiner Wärter" – er sah zu Benjamin – „im Zwinger aufgefunden. Verblutet."

„Das nimmt dir Johannes nicht ab."

„Was will er denn sonst machen, Vi? Er wird keine Blutspuren in diesem Hause finden. Und es wird keine angeschwemmten Obdachlosen mehr geben. Es wird aufhören, auch wenn regelmäßig weitere verschwinden. Was allerdings der Stadt nur Vorteile bringen kann."

„Und wie willst du unser Verschwinden begründen?"

„Gar nicht. Ich habe doch keine Ahnung, in welche Schwierigkeiten ihr euch bedauerlicherweise immer bringen müsst. Es ist doch bekannt, dass die Frauen aus der Apothekergasse sich ständig einmischen und Mörder jagen müssen. Dieses Mal haben sie eben Pech gehabt. Keiner weiß, wo ihr seid."

Vi begann zu lächeln, was Traubs Selbstsicherheit schwanken ließ.

„Du irrst dich."

„Ach, Vi, du brauchst mir nicht erzählen, dass du den Kommissar informiert hast. Das glaube ich dir nicht."

„Du hast Recht. Ich habe den Kommissar auch nicht informiert. Aber jemand wird es tun, wenn wir nicht zurückkehren."

Er warf einen Blick auf Helene und kombinierte recht schnell. Was hätte eine einfache Frau wie sie für einen Nutzen gewonnen, wenn sie Traubs Versteck entdeckt hätte?

„Bedauerlich. Wirklich bedauerlich. Vi, du machst es mir nicht einfach. Aber dann müssen wir eben zügig vorgehen. Barbara, gib ihnen die Spritzen!"

Barbara holte eine Spritze aus der Tasche ihres Kittels und ging zu Ewa hinüber, die ihrerseits dichter zu Cilia rutschte, aber Benjamin hielt ihr die Waffe direkt vors Gesicht. Vi beschloss, das Einzige zu tun, was ihr blieb, um nicht in ein paar Stunden in einem unterirdischen Keller als Versuchskaninchen aufzuwachen. Sie hob das Gewehr, als nur ein paar Meter weiter eine Tür aufflog und zwei Wahnsinnige laut schreiend herausgestürzt kamen. Benjamin und Barbara sprangen zur Seite. Einer der Männer schubste Vi an die Wand und stürzte sich auf Traub, der seine Pistole noch eben so ziehen konnte. Ein Schuss löste sich und ließ Vi für einen Moment taub werden. Sie sah, wie der Fremde mit Traub rang und es ihm schließlich gelang, ihm die Waffe aus der Hand zu schlagen, während der andere Mann an Benjamin zerrte und ihn schüttelte. Dieser hatte seine Pistole fallen lassen und wehrte sich nicht.

Das Erste, was sie hörte, war Barbaras Jaulen, als sie sich auf Benjamin stürzte und ihn packte. Der Schuss, der sich aus Traubs Waffe gelöst hatte, hatte den jungen Wärter in die Brust getroffen und getötet. Seine Augen waren an die Decke gerichtet, aber sie sahen dort nichts mehr. Neben Barbara und Benjamin erkannte Vi in dem Mann den Prediger, der ihr vor gut einem Jahr zum ersten Mal auf der Straße begegnet war. Als er sie ansah, zeigte sich unbändige Freude in seinen Augen.

„Hör auf! Tu das nicht!", schrie Oda. Vi wandte den Kopf und sah, wie der zweite Mann immer noch auf Traub hockte und ihm nun seine Pistole an die Stirn hielt.

„Was ist, Simon? Kannst du das etwa nicht? Einfach abdrücken?", fragte Traub ihn und kümmerte sich gar nicht um den Tod seines eigenen Sohnes. „Immer noch nicht? Aber Fedor hast du sofort umgebracht."

„Ich musste es tun", klagte der junge Mann. Simon. War er der siebte Junge? Der siebte Knabe, der ihnen Paul zurückgebracht hatte? „Ihr habt mir keine Wahl gelassen."

„Das stimmt doch nicht. Du hättest ihn uns einfach geben können. Dann wäre er nicht gestorben. Aber du wolltest ihn nicht teilen, habe ich Recht? Du wolltest ihn für dich."

„Nein!", schrie Simon und hob die Waffe, aber da ergriff Oda seinen Arm. Vi war nicht fähig, sich zu rühren. Das alles ging viel zu schnell. Und warum drückte Simon nicht einfach ab? Niemand wäre ihm böse, niemand würde ihn dafür strafen.

„Es ist gut, David. Lass ihn los. Er ist wehrlos. Es ist vorbei", sagte Oda leise. David? Vi versuchte das Gesicht des jungen Mannes besser zu erkennen. Aber ja, das war dieser Pfleger! Er war der siebte Knabe, er war Simon!

„Nein, Oda", weinte der Junge und sein Arm wurde schlaff. „Er hat sie alle umgebracht. Alle."

„Ich weiß, aber jetzt ist es vorbei. Lass ihn los, David. Besudle dich nicht mit seinem Blut."

„Es tut mir so leid, Oda. Was ich Paul antun wollte."

Vi sah, wie Traub seine Hand in Richtung seiner Jackentasche bewegte, während David sich in Odas Arme gleiten ließ.

„Du hast mir diesen Brief geschrieben, David. Und ich habe lange über deine Fragen nachgedacht. Erst war ich so wütend, verletzt, traurig. Ich dachte, ich könnte dir nie vergeben, was du getan hast. Aber ich habe mir vorgestellt, was in dir vorgegangen sein muss. All die einsamen Jahre. All die Zeit, als du noch in dieser Erziehungsanstalt warst. Ich kann das Leid nicht ermessen, das du durchgestanden hast. Wenn du mich also bittest, für dich zu beten, das habe ich getan. Die ganzen letzten Monate. Und ich glaube dir, dass du so nicht werden wolltest. Dass du niemals so sein wolltest."

„Oda", wisperte der Junge, der in sich zusammengefallen war.

„Und David, du hast meinen Paul vor diesen Männern gerettet. Wie sollte ich dich dafür nicht lieben?"

Der Junge presste sich an sie und Vi konnte sich vorstellen, wie er ausgesehen haben musste. Zehn Jahre früher. Verletzt und zerstört. Wie er vor diesen Männern gehockt hatte. Allein gelassen. Sie erhob sich und schob Oda zur Seite, die David mit sich zog.

„Tut mir leid, ich störe euch wirklich nur ungern, aber ich muss da was erledigen!"

In dem Moment, als Traub etwas aus seiner Jackentasche ziehen wollte, was nach einer weiteren Waffe aussah, rammte ihm Vi mit solcher Kraft den Lauf des Steinschlossgewehres ins Gesicht, das seine Nase zerbarst. Ein unmenschlicher Schrei entwich seiner Kehle.

„Ich verstehe! Anderen Schmerzen bereiten und wegen so einem kleinen Schlag gleich die Contenance verlieren", spottete Vi, während sich Traub ins Gesicht griff und seine Nase zu schützen suchte, die doch ohnehin hinüber war. Hinter Vi sprang Barbara auf und wollte sie packte, aber als Vi sich eben umdrehte, flog der Frau eine Faust ins Gesicht und sie stürzte gegen die Wand. Ewa stand schweratmend mit erhobenem Arm da.

„Entschuldige, Oda, ich weiß, du bist gegen Gewalt, aber das musste sein", sagte sie und rieb sich die schmerzenden Knöchel. Vi hätte gerne gelacht oder wenigstens gelächelt, aber sie war völlig erledigt. Sie ließ sich an der Wand herabsinken und sah David beim Weinen zu. David, der dort saß wie der kleine Simon, der siebte Knabe. Der Letzte. Der, der es vollendete.

„Wer sein Leben findet, der wird's verlieren; und wer sein Leben verliert um meinetwillen, der wird's finden", zitierte der Prediger. Vi ließ ihren Kopf gegen die Wand sinken, doch da fiel dem Prediger wohl etwas ein, denn er kehrte in die Zelle zurück und kam kurz darauf, etwas hinter sich her schleifend, wieder. Er deutete auf einen anderen Menschen. Einen Menschen, der mit ihm und David in einer Zelle gewesen sein musste.

„Noch so ein armer Tropf", sagte Cilia. Vi erhob sich und ging zu ihm hinüber. Der Mann war von seinem eigenen Blut besudelt. Er stank schrecklich und sein Bart war verfilzt. Doch als er das eine Auge aufschlug, als er sie ansah, da drückte sie ihn dennoch an sich. Nicht auf seinen Geruch achtend oder auf all das Ungeziefer, das auf ihm hausen mochte. Sie drückte ihn an sich und wiegte ihn und dankte Gott, so dass auch die anderen Frauen begriffen, wen sie da im Arm hielt. Und es gelang nicht einmal Cilia, die Tränen zurückzuhalten.

„Wer ist er?", fragte David Oda, als er sah, wie die Frauen auf den Mann reagierten.

„Was suchet ihr den Lebendigen bei den Toten? Er ist nicht hier; er ist auferstanden", sagte der Prediger.

„Ewa?" Aus dem Gang erklangen Schritte und der Kommissar bog mit einigen Polizeibeamten und Maren um die Ecke. War die Nacht vorüber? Hatte sie ihn darum benachrichtigt?

„Johannes", sagte Ewa und griff nach seiner Hand.

„Ach du liebe Güte! Also, so hatte ich mir die Sache ja nun nicht vorgestellt", sagte Maren und half den Frauen, aufzustehen. Alle waren sehr wacklig auf den Beinen, aber nur bei Helene blieb die kleine, kräftige Frau stehen und schloss sie voller Inbrunst in die Arme.

„Ach, mein Kind, mein Kind, was habe ich da angestellt?", entschuldigte sie sich bei der Jüngeren, aber Helene schüttelte nur den Kopf und hielt sich an der Frau fest, weil sie sonst einfach wieder umgefallen wäre. Doch Vi sah all das und nahm es doch nicht wahr. Drückte nur Walters Körper an sich und wiegte ihn.

„Vi, du musst ihn loslassen, sonst bringst du ihn wirklich noch um", sagte Sabin und lockerte ihren Griff, als einige Polizisten mit einer Trage kamen, um den Polizeirat zu einem Arzt zu bringen. Aber sie hielt, so lange es ging, seine Finger umschlossen, die sich ein wenig krümmten.

„Ich hab versucht ihm zu helfen. Aber sie haben ihn wieder geschlagen", sagte David und Vi sah ihn an und strich ihm über die Wange, was den Jungen sichtlich verwirrte. Und wie er sie so ansah, aus seinen dunklen, kindlichen Augen dachte sie an jene, die sie verloren hatte. Sie ging in die Zelle, in der Jona noch lag. Als Bündel, bedeckt mit ihrer Jacke. Aber es war Helene, die sich hineinwagte, zu ihr ging und sich neben sie hockte.

„Sie hat wirklich immer ausgesehen wie ein hungriger Welpe", sagte sie leise und Vi musste lachen. Sie musste einfach lachen, obwohl es der Moment nicht gebot.

„Was gibts'n da zu lachen, wenn einer Hunger hat?", ächzte es unter der Jacke hervor und Helene wich zurück, als Jonas Finger sich zu bewegen begannen. „Oda, mein Hals tut weh. Mach was dagegen!"

„Da gibt's doch nicht", raunte Cilia hinter Vi. „Sie ist unsterblich. Ich sag's dir."

„Ja. Gott sei Dank", flüsterte Vi und sah dabei zu, wie Jona aus der Zelle geschafft wurde. Man brachte sie auf den Platz vor dem Zuchthaus und Vi atmete die frische Nachtluft ein, während sich im Osten schon das erste Dämmern zeigte. Fräulein Hauptmann und Doktor Gremlich kamen hinzu und kümmerten sich um die beiden Verletzten, während Traub noch immer heulte und Barbara sich auf ihrer Trage hin und her schaukelte.

„Wird sie wieder?", fragte Vi Fräulein Hauptmann, als diese vorsichtig die Jacke von Jonas Hals nahm und sofort eine Kompresse auf die Wunde drückte.

„Das Gewebe der Jacke hat die Wunde verschlossen. Sie ist bisher nicht gestorben. Ich denke, sie schafft das heute Nacht auch nicht mehr", sagte die junge Ärztin und ließ dann Gremlich heran, der nur die Nase über Jonas Gestank rümpfte und sich daran machte, die Wunde zu versorgen.

Vi ging hinüber zu Walter, ließ sich auf ihre Knie nieder und strich ihm über das verwüstete Gesicht. Er konnte nicht sprechen, aber es genügte ihr, dass er sie aus seinem verbliebenen Auge ansah, seinen Blick nicht von ihr wandte.

„Ich sag's ja sehr ungern, aber –" Sie beugte sich zu ihm und flüsterte ihm etwas ins Ohr, woraufhin sein Auge sich langsam und unter einem Lächeln schloss. Nicht weit entfernt saßen die anderen Frauen auf einer niedrigen Mauer, in Decken gewickelt, sahen der Dämmerung und der Versorgung ihrer Freunde zu.

„Hat sie ihm grad gesagt, dass sie ihn liebt?", fragte Ieva.

„Niemals! Das würde sie doch nicht über die Lippen bringen!", meinte Sabin.

„Das geht uns überhaupt nichts an, meine Damen", beschwerte sich Oda. „Aber ich glaub's auch nicht."

„Wir mischen uns andauernd in Sachen ein, die uns nichts angehen, Oda", lachte Ewa.

„Und was bringt uns das? Nur Blut, blaue Flecken und eine ganze Menge Ärger! Guckt euch nur den Kommissar an! Sein Gesicht! Der zerfleischt uns in der Luft! Kolmbach wird mich morgen einfach so entlassen!"

„Keine Angst, Cilia, ich kenne da jemanden, der unter Umständen mal mit Kolmbach reden könnte, falls es soweit kommt", meinte Maren und lachte und streichelte dem jungen David über die Füße, die in ihrem Schoss ruhten. „Armer Junge. Hat ganz schön viel durchgemacht. Was meinst du, Helene? Haben wir bei uns noch eine Wohnung frei?"

„Wie bitte?" Helene hatte nicht zugehört, sondern zu Jona hinübergesehen.

„Es ist nicht Ihre Schuld, Helene", sagte Oda und tätschelte ihr die Hand.

„Nein, ich –", setzte die junge Frau an, sah dann jedoch betreten zur Seite. Die Frauen sahen sich einen Moment lang an. Augenbrauen flogen zu Scheiteln und senkten sich ab. Mundwinkel zuckten. Dann wandte sich Oda an Helene.

„Sagen Sie, wenn das hier alles vorbei ist, hätten Sie nicht mal Lust, zum Abendessen zu kommen?"

Über der Stadt
Donnerstagnachmittag, 18. Mai 1876

Sie hinkte die letzten Stufen hinauf und ärgerte sich, dass sie sich noch immer keinen Stock gekauft hatte. Vi war längst oben und lehnte sich auf das Geländer, sah in Richtung Neiße und genoss den Ausblick, der sich vom Rathausturm offenbarte. Maren stellte sich neben sie, entlastete ihr schmerzendes Bein und tat es ihr gleich. Unter ihnen sprangen ein paar Kinder um den Neptunbrunnen herum. Ihr Geschrei war hier oben nur noch das Fiepen kleiner Jungvögel.

„Was denkst du? Werden sie Traub für immer wegsperren?", fragte sie und Vi drehte sich zu ihr. Sie hatte sich von der Nacht im Zuchthaus erholt, hatte ein wenig Farbe bekommen und wirkte die meiste Zeit sehr glücklich, aber Maren kannte sie inzwischen recht gut. Wusste, dass sie sich stets eine Maske vor das Gesicht halten konnte, wann immer sie verbergen wollte, wie sie sich wirklich fühlte.

„Ja, ich glaube schon. Aber bis zu der Verhandlung wird noch Zeit vergehen. Sie untersuchen noch immer das Gewölbe im nördlichen Flügel und die Abflüsse. Johannes will keinen Fehler machen. Auch nicht was Barbara angeht. Sie schweigt sich ja aus."

„Was soll sie sonst tun? Sie hat die Verrückte nicht nur gespielt. Sie ist es auch."

„Wer weiß, was er ihr vor all den Jahren angetan hat? Aber weggesperrt wird er. Mit Sicherheit. Und seine Nase wird für immer ein entstelltes Stück Knochen bleiben. Möge er eines Tages im Schlaf ersticken!"

„Im Schlaf? Warum heute so milde?"

„Das liegt sicher an dem schönen Frühlingswetter. Wir haben beschlossen, demnächst einen Ausflug zu machen. Ein paar Tage raus aus der Stadt, sobald die Sache mit Traub erledigt ist und wir nicht mehr gebraucht werden. In die Buchhandlung traut sich nach der Berichterstattung ohnehin keiner mehr."

Maren war darüber nicht glücklich. Die Zeitung hatte selbstverständlich über die grausamen Experimente Traubs berichtet und dabei leider Vis Namen und die der anderen Frauen nicht herausgehalten, wie sie es sich gewünscht hätten. Seither war kein Kunde mehr in die Buchhandlung gekommen. Inzwischen waren die Damen einfach zu bekannt geworden.

„Wir kriegen das schon wieder hin. Fahrt ein paar Tage weg, genießt das schöne Wetter und wenn ihr wieder da seid, geht es weiter. Ich finde schon einen Weg."

„Danke, Maren. Aber wir haben schon überlegt, die Buchhandlung zu schließen. Die anderen haben ja noch alle einen Beruf. Jona findet etwas Neues und ich – vielleicht werde ich einfach Ehefrau."

Jona war nach ihrem zweiten Aufenthalt im Zuchthaus fristlos entlassen worden. Dass sie das nur getan hatte, um Traub zu entlarven, war ihrem Arbeitgeber gleich gewesen. Wenigstens musste sie nicht länger an diesem Ort bleiben. Der zuständige Richter hatte zwar lange mit Kommissar Winckelmann gesprochen, aber letztlich war auch nach Aussage von Fräulein Hauptmann das Urteil aufgehoben worden. Die Verletzung am Hals mochte Strafe genug für die falsche Tat sein. Sie heilte, aber es würde eine weitere Narbe geben und sie sah noch immer ziemlich blass aus.

„Wie geht es eigentlich dem Mann, dessen Ehefrau du mimen möchtest?"

„Besser. Er hat sein linkes Auge verloren und ein paar seiner Knochen wachsen nicht so zusammen, wie sie sollten. Man hat ihm eine gute Absicherung versprochen. Etwas, wovon er leben kann. Aber er ist bekümmert darüber, nicht länger im Polizeidienst zu stehen. Er muss erst eine neue Beschäftigung finden."

„Es ist sicher nicht einfach für ihn. Aber er hat ja dich. Nur, willst du das wirklich? Einfach Ehefrau sein?"

„Ich denke darüber nach, wenn es soweit ist."

„Wollen die anderen, dass du die Buchhandlung schließt?"

„Nein. Sie waren alle dagegen, aber ich kann kein Geschäft leiten, das keine Kunden anzieht. Ich gelte schon seit Jahren als verschroben, aber jetzt wohnen in dem Haus auch noch weitere Frauen. Ohne Männer! Und dann dieses Kind, das im Zuchthaus war! Nicht zuletzt diese ewigen Intrigen durch die Mareks. Neulich hieß es, wir würden flohverseuchten Tieren Unterschlupf bieten."

„Ratten?"

„Nein, Smut hat wieder bei Jona auf dem Dachboden übernachtet. Aber nachdem Jona wieder zuhause war, hat Oda sie und den Kater in ein Lavendelbad gesetzt. Jetzt hat Jona ein paar Kratzer mehr am Körper, aber immerhin sind beide absolut ungezieferfrei."

„Lass das nur meine Sorge sein. Ich habe da Freunde, die sich mal um die Vorgeschichte der Mareks kümmern können. Ich bin sicher, dass sie ein paar Leichen im Keller versteckt halten."

„Oh bitte, rede jetzt ja nicht von Leichen im Keller!"

„Entschuldige. Das war nur so ein Sprichwort. Aber ich möchte nicht, dass ihr die Buchhandlung schließt. Wir haben doch eben erst unseren Pakt geschlossen und die Frauen gehen alle so auf in ihren Forschungen. Du kannst ihnen das nicht nehmen."

„Sie können das auch ohne die Buchhandlung machen."

„Nein. Sie arbeiten dort zusammen, sehen sich oft, es verbindet sie. Du verbindest sie. Nimm ihnen das nicht weg, Vi. Ich weiß, wie schwer es ist, als Frau in unserer Gesellschaft alleine Fuß zu fassen. Mit dir in der Gemeinschaft können sie etwas bewegen. Gehören zueinander."

„Sieh sie dir an, Maren. Sie kommen gut ohne mich zurecht."

Dort unten am Brunnen standen sie und spielten mit Paul und Helenes Jungen, der seit der Begegnung mit den Frauen aufgeweckter war. Vi hatte ihm ein Buch mit Zeichensprache geschenkt, die er fleißig anwandte. Nur verstand ihn niemand. Darum lernte nun auch Jona die Zeichensprache und unterhielt sich bereits mit ihm. Es ging noch langsam und wenn sie ihn etwas fragte, dauerte es manchmal mehrere Minuten, aber es wurde besser. Vielleicht konnte er eines Tages auch einen Beruf erlernen, auf eine Schule gehen. Er war ein kluger Junge und sie mochte ihn sehr.

„Darum geht es doch nicht, Vi. Sie haben auch vor der Begegnung mit dir gelebt, sich zurechtgefunden. Sie sind allesamt gestandene Frauen und was Jona betrifft, sie hat sich auch durchgeschlagen." Sie lächelten beide. „Aber es geht um etwas sehr viel Wichtigeres. Es geht um Halt, Vi. Den hast du ihnen mit der Buchhandlung gegeben. Du hast ihre Fähigkeiten gewissermaßen gebündelt."

Sie schwiegen, sahen zu, wie Jona auf den Brunnenrand krabbelte und darauf entlangspazierte, bis sie Helene erreichte und sich neben ihr niederließ.

„Ich habe unser Fräulein Hauptmann schon lange nicht mehr gesehen", sagte Maren und wandte den Blick nicht von den beiden ab, die dort auf dem Brunnen saßen.

„Nein. Sie hatte vor ein paar Tagen eine Absage aus Bern bekommen, doch in Zürich haben sie sie genommen. Sie wird als richtige Ärztin an einem privaten Krankenhaus praktizieren können."

„Das heißt, sie verlässt uns?"

„Sie ist schon abgereist. Sie war an dem Abend noch einmal da, um sich zu verabschieden. Jona hat sich erstaunlich tapfer gehalten. Ich glaube, im Grunde hat sie verstanden, dass sie ihre Gefühle nie erwidern würde. Aber manchmal fällt es schwer, loszulassen."

„Ja, das geht uns allen wohl so. Aber sag mal, was macht denn Gremlich jetzt?"

„Gremlich? Der soll an dem Abend angeblich im Klosterstübl gesessen und getrunken haben."

„Du meinst, er hat gefeiert, weil seine nervige Assistentin endlich weg war?"

„Nein, laut Ieva hat er ziemlich betrübt in der Ecke gesessen und den Kopf über seinem Bier geschüttelt. Ich glaube, er hatte sich ein wenig daran gewöhnt, Gesellschaft zu haben. Da in seinem Keller."

„Ach, der Arme! Na, falls Jona nichts anderes findet, kann sie ja seine neue Assistentin werden!"

„Jona? Nie im Leben! Die kotzt ihm doch nur wieder das Waschbecken voll!"

Sie brachen in so lautes Gelächter aus, dass unter ihnen die Frauen, die Kinder und David die Köpfe hoben.

„Was ist denn jetzt? Ich dachte, wir wollten was essen gehen?", rief Jona nach oben.

„Ja, meine Schicht fängt gleich an!", ergänzte Ieva.

„Wir sollten wirklich gehen. Ich habe auch kräftigen Hunger und ich hörte Gertrud macht eine ganz hervorragende Rinderroulade, ganz zu schweigen von ihren Mohnklößen."

„Ja", sagte Vi und blieb doch stehen, um die Aussicht noch ein wenig zu genießen. Maren wollte gehen und ihr die Zeit geben, durchzuatmen. „Maren?"

„Ganz Ohr!"

„Die Buchhandlung. Vielleicht kann man sie ja doch retten. Wenn wir zusammenarbeiten."

„Na klar! Ich bin auf jeden Fall dabei! Aber nicht mehr in irgendeinem Mordfall, da könnt ihr mich vergessen! Das ist mir auf meine alten Tage viel zu anstrengend und zu aufregend! Ich hätte beinahe einen Herzinfarkt bekommen! Wie hätte ich das dem armen Caspar erklären sollen, dass seine Mama nicht zurückkommt?"

„Ich glaube, dem schließe ich mich an. Wobei das schon eine sehr interessante neue Beschäftigung wäre. Wir könnten eine Art Agentur gründen und verschwundene Personen suchen oder Diebstähle aufklären."

„Hm, also das – Das ist ja interessant!", sagte Maren und sah hinunter zum Brunnenrand, wo Helenes Kopf Jonas Gesicht gerade viel zu nahe kam. Mit einem Aufschrei beugte sich Vi über das Geländer.

„Wirst du das lassen! Willst du etwa schon wieder im Zuchthaus landen?" Vi stürmte die Treppe hinunter. „Keine zwei Minuten kann man das Kind alleine lassen, ohne dass sie einem hübschen Augenpaar hinterherglotzt! Und weißt du, wer daran Schuld hat? Walter! Der redet auch noch über Frauen mit ihr! Ah, ich bringe ihn um! Sobald er sich völlig erholt hat!"

Maren ging langsam die Stufen der Treppe hinunter. Folgte dem geschwungenen Verlauf. Ihr Bein sandte einen leichten Schmerz in ihre Hüftgegend, aber sie wollte sich nicht beschweren. Nein, dafür gab es gar keinen Grund. Sie war in Görlitz angekommen. In ihrem neuen Zuhause.

Und es würde ihr hier gewiss nicht langweilig werden.

Ende
(vorläufig)

Anmerkungen:

S. 158: Pflaster, wie wir sie heute kennen, wurden erst in den 1880er Jahren entwickelt, aber selbstverständlich gab es schon weit früher Wundverbände, die einem Pflaster nahekamen. Jene Auflagen, die Oda meint, fanden ihre Anwendung schon lange vor Beginn der christlichen Zeitrechnung.

S. 166: Zwar spielt die Geschichte beinahe dreißig Jahre nach dem Aufstand, aber Heines Gedicht ist wohl bis heute unvergessen und die Auswirkungen der Industrialisierung waren in Jonas Zeiten noch deutlich spürbar.

S. 194: „Baise m'encor" ist der Beginn des achtzehnten Sonettes der französischen Lyrikerin Louise Labé, verfasst im sechzehnten Jahrhundert. Übersetzt wurden die Sonette später von Rainer Maria Rilke, der selbstverständlich zum Zeitpunkt, da Jona sich des Sonettes erinnert, kaum ein paar Monate alt war. Zudem gibt es sehr schöne musikalische Fassungen von Nataly Dawn oder Alexandrina Chelu auf Youtube.

S. 202: Die Flutkatastrophe, auf die sich Sabin bezieht, ist auf das Jahr 1666 datiert. Im Juni kam es zu heftigen Überschwemmungen. Ihre Voraussage dagegen spielt auf das Jahr 1880 an, von diesem Hochwasser war insbesondere auch Nickrisch betroffen - das heutige Hagenwerder.

S. 203: Selbstverständlich handelt es sich bei diesen Glühlampen nicht um Ievas und Ewas Erfindungen, sondern um jene von Joseph Wilson Swan und Thomas Alva Edison in den Jahren 1878 und 1880.

S. 232: Die von Jona so heiß geliebte Ausgabe von Charles Dickens' Weihnachtslied wurde 1844 von Johann August Diezmann übersetzt und erschien im Wigand-Verlag zu Leipzig.

S. 234: Die Übersetzung von „Der Rabe" im Text stammt von Carl Theodor Eben, den Jona aller Wahrscheinlichkeit nach gelesen haben könnte. Eine wesentlich bekanntere und vielleicht noch schaurigere stammt von Hans Wollschläger, sie beschreibt das Ticken als Pochen von Fingerknöcheln an der Türe. Diese erschien jedoch erst in der Mitte des zwanzigsten Jahrhunderts.
Die restlichen Geistergeschichten beziehen sich auf E.T.A. Hoffmanns Sandmann (1816), Kleists Bettelweib von Locarno (1810) und Joseph Sherdian Le Fanus Carmilla (1872).

S. 260: Tatsächlich wurde etwa zu dieser Zeit vor der Bütte in der A-pothekergasse das Gitter angebracht, das sich auch heute noch in der Gasse finden lässt. Der Grund dafür ist aber wohl ein anderer gewesen.

S. 271: Schon zu Beginn des 19. Jahrhunderts kam das Perkussions-schloss in Mode und löste das Steinschlossgewehr ab, weil es wesentlich zuverlässiger war. Aber Ewa wäre nicht Ewa, wenn sie mit der Mode ginge.

S. 274: Die Psychologie als richtiges Studienfach wurde erst ein paar Jahre später von Wilhelm Wundt in Leipzig begründet, aber es gab bereits diverse Forschungslinien zu Beginn des 19. Jahrhunderts.

Dank an Eva
für die Diskussionen über Türangeln und Unterwäsche und
die Entschachtelung

Die Autorin wurde 1986 in Görlitz geboren, machte ihren Magister in Chemnitz zum Thema "Mary Shelleys Frankenstein und E.T.A. Hoffmanns Sandmann", drückte in Frankfurt/Main die Buchhändlerschulbank, um in Bautzen Kunden zu ärgern, und lebt nun mit kratzbürstigem Fellknäuel in Dresden. Weitere Titel der Autorin sind "Der mörderische Sagenkreis zu Görlitz" (2014), "Sieben kleine Knaben in Görlitzer Nebelschwaden" (2015) und "Erzählungen aus den Landen der Alten - Walbucht" (2014).

Görlitz im Jahr 1875. Im Ratsarchiv findet die Buchhändlerin Vi Sperber Blut, doch vom Archivar fehlt jede Spur. Einen Tag später wird er in den Kasematten am Obermarkt gefunden. Hingerichtet vom Nachtschmied. Nicht lange darauf wird der Vorsitzende der jüdischen Gemeinschaft von einem schwarzen, dreibeinigen Hund zerfleischt. Haben die Sagenfiguren der Stadt ein gefährliches Eigenleben entwickelt oder ist der Schrecken menschlicher Natur?

Herbst 1875. Auf der Neiße entdeckt ein junges Liebespaar das Skelett eines Kindes. Handelt es sich nur um einen Scherz oder sollen die Görlitzer auf ein lang zurückliegendes Verbrechen aufmerksam gemacht werden? Vi muss in dem Fall ermitteln und wird von ihrer eigenen Vergangenheit eingeholt.